Me llamo Lorena, aunque en los mundos de internet ya todos me conocen como Cherry Chic. Nací en mayo de 1987 y no recuerdo cuándo fue la primera vez que soñé con escribir un libro, pero sé que todo empezó cuando mis padres me compraron una Olivetti y me apuntaron a mecanografía siendo una niña. En la actualidad puedo decir que he cumplido mi sueño: vivir de mis libros dando vida a mis personajes.

Papel certificado por el Forest Stewardship Council®

MIXTO
Papel | Apoyando la
silvicultura responsable
FSC® C117695
www.fsc.org

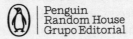

Penguin
Random House
Grupo Editorial

Primera edición en B de Bolsillo: enero de 2024

© 2022, Cherry Chic
© 2022, 2024. Penguin Random House Grupo Editorial, S. A. U.
Travessera de Gràcia, 47-49. 08021 Barcelona
Diseño de la cubierta: Penguin Random House Grupo Editorial / Maria Soler
Fotografía de la cubierta: © Margarita H. Garcia

Printed in Spain – Impreso en España

ISBN: 978-84-1314-824-3
Depósito legal: B-19.369-2023

Impreso en Novoprint
Sant Andreu de la Barca (Barcelona)

BB 4 8 2 4 3

Cuando el cielo se rompa
y caigan las estrellas

CHERRY CHIC

A mis lectoras,
sin vosotras no sabría lo bonito
que es volar acompañada.

Prólogo

Maia

Enero

Siempre pensé que moriría siendo anciana. No sé, cuando tienes diecisiete años no te planteas que hay una posibilidad de que no llegues a cumplir la mayoría de edad. Quieres vivir rápido para quemar etapas y, al pensar en la muerte, lo único que acude es la certeza de tenerla lejos, muy lejos.

Pero no siempre es así.

Me trago el pánico cuando el suelo cruje bajo mis pies. No puedo gritar, porque no sé si el eco de mi voz dará el pistoletazo de salida definitivo para desencadenar mi muerte.

No quiero morir, joder.

Tengo mucho que hacer aún, y tengo mucho que decir.

Pienso en mi madre, en lo último que le dije, o más bien grité, antes de salir corriendo, y las ganas de llorar me asaltan con tanta fuerza que suelto un quejido. Me doy cuenta enseguida del error que ha sido, porque mi pésima estabilidad se ve afectada y oigo cómo la grieta que hay entre mis pies se ensancha. Se va a abrir. Esta maldita grieta de hielo se abrirá, creará un agujero, y el agua helada me engullirá para siempre.

Morir ahogada debe de ser horrible, pero morir ahogada después de decirle a mi madre que prefería haber muerto yo en vez de mi abuelo y que todo esto es culpa de ella... eso sería demasiado macabro.

Si pudiera volver atrás una hora, solo una hora, cambiaría tantas cosas... Abrazaría a mi madre de nuevo, solo porque podría. Me perdería entre sus brazos y apoyaría la mejilla en su pecho, como cuando era una niña. Dejaría que ella me convenciera de que todo va a estar bien, aunque sepa que no es así, y acabaría creyéndolo porque ¿acaso hay algo que las madres no sepan? Si pudiera volver atrás una hora, sabiendo que este era mi destino, dejaría de lamentar todo lo que he perdido y me preocuparía más por lo que aún podía recuperar.

Saldría a dar un paseo por el bosque con mi padre y no me quejaría ni una sola vez de los bichos, el frío o el maldito aire puro del que tanto le gusta presumir. Incluso puede que presumiera con él. O quizá no tanto, pero me encargaría de sonreír para que vea que no me importa que sea feliz aquí. Que me gusta que sea feliz, joder, aquí, en las montañas de Oregón, o donde él quiera.

Y abrazaría a Steve, a mis abuelos y a Kellan... A Kellan le diría tantas cosas... Como que adoro el modo en que los acordes de su guitarra me sanan y que su voz, aunque no lo crea, porque nunca lo he confesado, me ha hecho creer que había esperanza y la felicidad, después de todo, no era tan ajena a mí.

Pero no puedo volver atrás una hora. Ni siquiera treinta minutos. No puedo evitar las desastrosas consecuencias de mis últimas decisiones y no puedo salir de este maldito lago congelado sin provocar mi muerte. ¿Y lo peor? Quedarme aquí quieta, esperando lo inevitable, es tan agonizante que me pregunto si no sería mejor acabar con todo de una vez.

El problema es que no tengo el valor. He huido del pueblo, primero, y a través del bosque, después; he corrido tanto como me lo permitían las piernas y la visión de un manto blanco de nieve y no he mirado, ni por un segundo, si el camino era el correcto. No me he dado cuenta de lo mal que iba hasta que, al pisar, ha dejado de haber nieve blanda bajo mis pies. He querido frenar, pero iba tan rápido que ha sido imposible. En este momento siento más frío del que he sentido nunca, sé que estoy encima de un lago que, por tranquilo que parezca ahora, aguarda cobrarse una víctima, y lo peor es que ni siquiera creo que alguien me haya seguido hasta aquí. ¿Quién iba a seguirme? Mi padre estará consolando a mi madre y preguntándose qué demonios ha hecho tan mal para merecer a una hija que es capaz de gritar cosas tan horribles como las que he gritado yo. Y a una madre preguntándose si de verdad pienso que ojalá hubiera muerto yo y no...

Ahogo un sollozo, incapaz de controlarme, y oigo el hielo crujir al ritmo de mi desesperación.

El suelo se abre, claro que se abre, era evidente que iba a hacerlo, porque las nevadas han comenzado más tarde este año y el grosor no puede ser mucho. El agua me recibe tan helada como un millón de cuchillas acariciando mi piel.

Este es el final y, ahora que lo tengo claro, lo que de verdad lamento es no haber dicho a la gente que me importa que, pese al dolor, la rabia y las lágrimas, los quiero tanto como un ser humano es capaz de querer.

Solo espero que lo sepan y que, algún día, cuando yo no sea más que un recuerdo lejano, puedan pensar en mí con una sonrisa en los labios. Con un poco de suerte, hasta puede que me perdonen por esto.

Supongo que, si eso pasa, después de todo, morir en medio de un lago congelado habrá valido la pena.

1

Maia

Unos meses antes

Estados Unidos tiene, según Google, 328 millones de personas.

Oregón tiene 4,218 millones de personas.

El condado de Marion posee 365.579 habitantes.

Salem, capital del estado, tiene 169.259.

Y Rose Lake, el lugar inmundo entre las montañas al que me han traído, tiene la friolera de 1.181 habitantes.

Joder, he estado en conciertos con más gente.

Me quiero morir.

—Vamos, Maia, intenta animarte un poco. ¿De verdad me vas a decir que no te impresiona este paisaje?

Observo los árboles de copas casi infinitas a través de la ventanilla del coche antes de centrar la mirada en mi madre.

—Es una mierda.

—Eh, Maia...

Pongo los ojos en blanco en cuanto oigo el tono repelente de mi padre. Me muerdo la lengua con rabia. Él ni siquiera tiene derecho a meterse en esto, nunca lo ha tenido, pero no entiendo por qué, de pronto, la única que lo ve soy yo. Me quedo mirando su nuca mientras conduce. Es una de esas camionetas americanas que tanto se ven en las películas. Ya sabes, una de esas con espacio en el maletero para cuatro de estos árboles y un par de mesas de pícnic. Bueno, quizá eso es exagerado, pero quiero decir que es un trasto enorme que, en Madrid, daría tanto el cante que la gente se lo quedaría mirando. ¡Y es difícil dar el cante en Madrid, donde todo el mundo va a su aire! Es lo bueno de las ciudades grandes. A nadie le importa lo que te ocurra, ni lo que hagas, ni cómo vistas, ni cómo seas ni si prefieres estar con chicas o con chicos. Bueno, a casi nadie. Y, de todos modos, da igual. Lo importante no es eso, sino que en este pueblo de mierda probablemente todos están al tanto de la vida de los demás.

Oh, me sé la peli. He visto demasiadas americanadas como para no hacerlo. Nada en contra, si es ficción, pero en el momento en que toda esta porquería salió de la pantalla de cualquier plataforma digital de esas que están tan de moda, dejó de ser divertido.

El traqueteo constante hace que me mueva en el asiento y pienso en la M-30. Si los madrileños tuvieran que pasar por aquí cada día, se quejarían muchísimo menos de ella. Esto está en medio de la nada. No, mentira, hasta la nada está más ubicada que esto.

—¿Cuántos kilómetros más tenemos que atravesar para llegar? —pregunto con impaciencia.

Observo el modo en que se cuadran y tensan los hombros de mi padre. ¡Ja! Que se atreva a protestar. ¡Que se atreva! Que, como empiece, va a darme la excusa perfecta para empezar yo también. ¡Y estoy completamente segura de que puedo ganar esa batalla! Después de todo no es él quien ha tenido que despedirse de todo lo que tenía, ni dejar su vida, a sus amigos y su piso. Él no ha perdido a la persona más importante de su vida. Él...

Aprieto los dientes con fuerza cuando siento el primer pinchazo de las lágrimas en los ojos. No, no voy a llorar delante de ellos. No quiero que sepan hasta qué punto me han jodido la vida. Sé que no se alegran de que esté mal, pero tampoco es como si les hubiera importado algo mi opinión. No preguntaron. O más bien fue mi madre la que no preguntó, y eso me dolió casi más, porque ella y yo siempre nos hemos llevado bien. Siempre ha hecho el esfuerzo de entenderme y todas mis amigas han envidiado nuestra relación desde pequeñas. Me tuvo muy joven, con dieciséis años, así que, para mis amigas, tener a los diecisiete años una madre con treinta y tres es un chollo. Mi madre era la hostia. En serio, la hostia. Entiende de mis gustos musicales y los comparte. Nos gusta la misma ropa, aunque no podamos compartirla porque ella tiene algunas tallas más que yo. Es, según la sociedad, una *curvy*. La sociedad es gilipollas. Mi madre no tiene un cuerpo supuestamente normativo, pero es preciosa, aunque a mí ahora mismo me caiga especialmente mal.

La cosa es que ella se preocupaba de contar con mi opinión. Si discutíamos, hablábamos y me preguntaba qué pensaba del tema en cuestión, luego me contaba su versión y, de algún modo, llegábamos a un punto intermedio en el que las dos cedíamos y nadie perdía. Así fue siempre hasta que él murió y entonces su mundo se derrumbó, la tristeza se instaló en sus ojos y empezó a hacer las cosas «por mi bien» sin preguntarme qué pensaba yo de eso.

Odio que se haya distanciado de mí, aunque diga que no. Odio que esté triste, aunque diga que no. Y odio estar triste yo, aunque también lo niego. A veces pienso que nos sentimos igual, pero con la diferencia de que ella cree que, para sanar, lo mejor era dejarlo todo y venir a un pueblo remoto de Estados Unidos a vivir con mi padre, al que he visto un par de veces al año desde que nací. Y no es que se desentendiera, no puedo decir eso, porque llamaba por teléfono cada semana y se preocupaba de mis cosas, pero... joder, es complicado.

Yo quiero a mi padre, o eso pensaba hasta que me vi obligada a vivir con él.

Ahora solo quiero volver. Observo la carretera plagada de baches, los árboles, el río que corre bajo el puente de madera que atravesamos para entrar en el pueblo y las casas de madera con tejados grises, bonitas, pero tan distintas de Madrid que las odio, no por lo que son, sino por lo que representan.

La distancia.

El cambio radical de vida.

La tristeza.

—Eh, Maia, fíjate, ese será tu instituto.

Sigo la dirección que señala mi padre a un lado, entre los árboles. Entre los putos árboles. Es que ni la escuela de Harry Potter estaba tan escondida. ¿Cómo se llega ahí? ¿Escalando?

—Tienes que estar de coña —le digo.

—¡Te encantará! Naturaleza y educación: es lo mejor para un niño.

—¡No soy una niña! Y odio la naturaleza. Las serpientes me dan miedo, los mosquitos siempre me pican y me parece que los árboles huelen raro. Díselo, mamá.

Mi madre no se lo dice, sino que sonríe. ¡Sonríe! Su mero comportamiento es como una traición continua.

—Cariño, los árboles no huelen raro. Huelen a... árboles.

—No me gusta.

—Eres una chica de ciudad, lo sé, pero si le das una oportunidad a Rose Lake...

—No, ni lo sueñes. Tengo diecisiete años, aunque se te olvide. En cuanto cumpla la mayoría de edad pienso volver a Madrid y, si no vuelves conmigo...

No puedo acabar la frase. La voz me tiembla demasiado. ¿Volver a Madrid? ¿Sin mi madre? ¿Para qué? Allí ya no hay nada.

Allí ya no hay nadie esperando.

Siento un dolor sordo en el pecho y confirmo el descubrimiento más grande que he hecho este año: da igual las veces que pienses que tienes el corazón roto, siempre puede resquebrajarse un poquito más.

2

Vera

La voz rasgada de Rayden resuena tan alto en los auriculares de Maia que puedo oírla desde el asiento delantero del coche. Después de enseñarle el que será su instituto se los ha puesto y no ha vuelto a decir ni una palabra. No puedo culparla, pienso mientras observo el paisaje. Es tan tranquilo que me asusta. Creo que es algo que desarrollamos las personas que vivimos en grandes ciudades: los pueblos pequeños rodeados de naturaleza nos relajan para unas vacaciones, pero nos dan miedo para estancias más largas. No sé bien cómo será nuestra vida aquí, sin las comodidades que teníamos en Madrid. No hablo del dinero, porque por desgracia eso nunca ha sobrado en casa, sino de salir a la calle y tener un mundo de posibilidades al alcance de la mano. Grandes centros comerciales, tiendas pequeñas, negocios sobre lo más extraño que puedas imaginar. Da igual lo que quieras comprar, en algún punto de Madrid alguien lo vende.

Aquí, según me ha contado Max siempre, hay un restaurante, el suyo, una tienda que vende de todo, una iglesia, un taller de mecánica y una serie de negocios con un máximo de una unidad por población. Miro la pantalla de mi teléfono móvil: al menos llega internet.

—En casa hay poca cobertura, pero internet va bien.

Miro a Max, que parece haberme leído el pensamiento. No despega los ojos de la carretera, lo que es una buena noticia, porque el asfalto es prácticamente un carril. Me concentro en su nariz recta, sus pestañas infinitas y su mentón moreno y atractivo. Todo él es atractivo. No me he preguntado nunca en qué estaba pensando para acostarme con él una noche loca de fiesta hace dieciocho años. No hay más que verlo para darse cuenta. Eso y la inexperiencia, la valentía desproporcionada y una inmadurez propia de una chica de dieciséis años que pensaba que lo sabía todo y, en realidad, no tenía ni idea de hasta qué punto una podía complicarse la vida por una decisión estúpida.

No usamos condón y, a la larga, creo que el menor de mis problemas fue quedarme embarazada, porque podría haber contraído cualquier enfermedad. No es que Max esté enfermo, no es eso, es que ahora, con los años, cuando pienso que Maia podría tener sexo con un chico cualquiera, una noche cualquiera, sin pararse a pensar en los peligros, hace que el vello de mi nuca se erice y el miedo me susurre al oído.

—Irá bien —murmura Max colocando una mano en mi pierna.

Sonrío por inercia, aprieto sus dedos y me pregunto qué hice para merecer un padre tan bueno para Maia. Max ha estado lejos, sí, es un hecho: ha visto a Maia dos veces al año, más o menos, durante toda su vida. A veces más, pero nunca menos. No puedo culparlo, los vuelos desde Estados Unidos son caros y, aunque le va bien, no es rico. Su familia, sí, pero él no. Max no ha estado muy presente físicamente, pero se ha preocupado de cada aspecto de la educación de Maia. Aceptó su responsabilidad desde el principio, aunque su vida estuviera a punto de dar un giro de ciento ochenta grados.

Descubrir que Max era virgen, igual que yo, fue relativamente fácil. Aquella primera y única vez fue tan torpe que acabamos riendo por no afrontar el bochorno de no saber hacer un preliminar en condiciones. Averiguar que aquello no estaba hecho para Max fue más fácil para mí que para él. Cuando aceptó su homosexualidad yo ya estaba embarazada e iba camino de convertirse en padre. No quiero ni pensar cómo fue para él asumir tantas verdades importantes en tan poco tiempo. Tenía diecisiete años y yo dieciséis, éramos demasiado jóvenes para un cambio tan radical.

Me giro en el asiento y miro a Maia. Ella no se enfrenta a un embarazo, pero ha tenido que dejarlo todo, como ya hice yo. No soy tonta, soy muy consciente de lo injusto que es que, de un modo u otro, sea la responsable de hacer que mi hija sufra, pero en realidad, esta es la única opción que me ha dejado la vida.

A veces los libros de autoayuda que tanto compra la gente están plagados de frases como «si quieres, puedes», pero la realidad no siempre es esa. Muchas veces, por mucho que quieras, no puedes. Yo quería quedarme en Madrid, tener una buena vida y ninguna preocupación. Quería salir de trabajar, llegar a casa, besar a mi padre en la mejilla y preparar la cena mientras Maia hacía los deberes y él se concentraba en el libro de turno, y pensaba que tendría a mi padre durante mucho tiempo, porque era muy joven. Demasiado joven.

Lo encontré en el suelo de la cocina junto a una taza de té derramada. Sus gafas estaban torcidas y aquello, por alguna razón, fue lo que hizo saltar todas mis alarmas. Era tan maniático que siempre se tocaba el puente de las gafas para colocárselas rectas. Sufrió un infarto fulminante, o eso dijeron los médicos cuando certificaron su muerte.

Me quedé, a mis treinta y tres años, huérfana de padre y madre, porque ella murió hace ya muchos años, cuando yo era muy niña. Me vi asimilando un duelo que no me correspondía, porque no dejaba de pensar que era demasiado pronto para aquello, y afrontando nuestra realidad monetaria: vivíamos en un piso de renta antigua y, con la muerte de mi padre, el precio se liberaba y no podíamos permitirnos pagar el alquiler que nos imponían. Ni de ese piso, ni de prácticamente ninguno sin vernos obligadas a compartir piso. ¡Compartir piso! La simple idea me hizo llorar durante horas, y me sentí tan mal por llorar por el dinero, en vez de por mi padre, que lloré más. Entré en un bucle del que solo salía cuando mi hija estaba presente, porque me obligaba a mantener la compostura, pero en cuanto me metía en la cama, o ella salía de casa para despejarse, las lágrimas me sobrevenían de nuevo.

Max fue a Madrid dos días después de la muerte de mi padre. En cuanto le conté la situación en la que estábamos, y que teníamos un mes y medio para abandonar el piso, porque el casero nos dejaba pagar un solo mes al precio antiguo, Max se puso en modo resolutivo: o dejaba que me pasara más dinero de la manutención para pagar algo decente, o me iba con él a Estados Unidos.

—Puedo ofrecerte un trabajo, casa y una vida allí para ti: para vosotras. No tienes que estar aquí sola y pasándolo mal, Vera.

Lo pensé. De verdad pensé en mis opciones, pero no soy tonta. Maia tiene diecisiete años. Max pagaría su manutención un tiempo más, pero no sería suficiente. Además, yo nunca he querido tocar el dinero que pertenecía a mi hija. Cada euro que Max me ha dado en este tiempo ha sido invertido en cosas que Maia disfrutaba de un modo u otro. No podía convertirme en una mantenida del padre de mi hija. De modo que, al descontar, las opciones quedaron claras: empezar a compartir piso en Madrid mientras yo seguía matándome a trabajar en la mercería, en la que apenas rozaba los mil euros como dependienta, o volar a Estados Unidos con Max, donde tenía un trabajo, un hogar y la posibilidad de que Maia pasara tiempo con su padre. En aquellos días incluso me sentí hipócrita, porque eso podría haberlo hecho antes, pero es que antes estaba él. Y dejarlo a él no era una opción. Nunca. El problema es que, al final, ha sido mi padre quien nos ha dejado precipitadamente. Ya no hay nada. Ya no hay nadie por quien merezca la pena malvivir allí.

—Ya hemos llegado.

Salgo de mis pensamientos a tiempo de ver la casa de madera que hay junto al pequeño embarcadero, justo al lado del lago. Es preciosa. Tiene un porche delantero que rodea la casa, según veo, con un balancín que invita a sentarse y perder la vista en la naturaleza. A un lado hay un semicírculo vallado con madera, dentro hay una mesa redonda con sillas de madera. El tejado es plano, y da a la vivienda un aspecto rústico pero moderno. Sus ventanales robustos en madera y su luz cálida encendida consiguen algo que hacía mucho que no sentía: calientan mi alma.

Miro atrás de inmediato y el remordimiento por arrancar a mi hija de sus amigos y su ciudad se adormece un poco.

—Aquí seremos felices, Maia. Te lo prometo.

Ella sigue escuchando música a todo volumen, sus preciosos ojos azules se clavan en mí y el rencor que habita en ellos me pilla tan desprevenida que me quedo sin aire.

—Vamos a salir del coche —dice Max con suavidad—. Venga, cariño, solo necesita respirar este aire tan puro para enamorarse.

Sé que le ha tocado el papel más difícil de todos, que es el de mediador, pero le agradezco enormemente su dulzura infinita, porque no sé si yo sola podría cargar con el rencor y el odio de una adolescente que piensa que soy la peor persona del mundo por traerla aquí.

Oigo el portazo que da Maia cuando sale, la observo mientras va hacia el muelle, saca el teléfono de su bolsillo y lo pone frente a su cara. La esperanza se abre paso, al pensar que va a hacerse un selfi en este paisaje maravilloso, pero ella baja el brazo, se gira y nos mira con ese ceño que antes casi no existía y ahora parece permanente.

—No hay cobertura. Esta mierda cada vez se pone mejor.

Se va hacia la casa pisando con fuerza y suspiro con cansancio.

—Bueno, a lo mejor hace falta algo más que aire puro para que se enamore —susurra Max a mi lado.

Lo miro, tan guapo, sereno y fuerte en este instante y lo abrazo por instinto, con el corazón en un puño.

—Ojalá no fueras gay —le digo en un arrebato.

—La única vez que tú y yo intentamos algo, cuando no era capaz de asimilar que soy homosexual, tampoco es que saliera muy bien.

Me río, miro hacia el porche, donde Maia nos observa con gesto malhumorado, y suspiro.

—Iba a decirte que eso lo hicimos muy bien, pero creo que es mejor que simplemente entremos.

Max ríe entre dientes, tira de mi mano hacia el porche y, cuando abre la puerta, nos hace entrar con un dulce empujón.

—Señoritas, bienvenidas a casa. Bienvenidas a Rose Lake.

3

Maia

La casa no está vacía. En cuanto entramos me doy cuenta. Podría describir los dos sofás enormes y de cuero, a juego con la decoración; las tres mesitas de madera, una en el centro y dos a los lados, con patas de hierro y sosteniendo lámparas grandes y preciosas; la impresionante chimenea incrustada en piedra y adornada con un cuadro de un paisaje precioso que, intuyo, es Rose Lake, o la increíble cocina abierta de madera que se entrevé al fondo, en un espacio separado por una mesa para unos diez comensales, pero lo que de verdad importa es que en la cocina hay un hombre sonriendo y removiendo algo en una sartén.

—¡Justo a tiempo! —exclama al vernos entrar, dejando lo que está haciendo y adentrándose en el salón.

Me quedo parada mirando a mis padres. No tengo ni idea de qué significa esto, pero él no tarda en aclararlo.

—Chicas, este es Steve. Mi... compañero.

—Su novio —rectifica el tal Steve—. Aunque antes verás a tu padre darse cabezazos contra cualquiera de nuestros frondosos árboles que reconocerlo.

—Steve... —El tono de advertencia de mi padre es conocido incluso para mí. Lo he oído muchas veces por teléfono y videollamada—. Por favor.

—¿Tienes novio? —pregunto incrédula.

No sabía nada de esto. Pensaba que sabía qué hacía mi padre, con quién iba, su vida aquí, en Rose Lake, pero en realidad, por muchas fotos que haya visto en todos estos años, no es lo mismo. Nunca he venido, ni siquiera de vacaciones. Cada vez que mi padre me lo ofrecía le decía que mi vida estaba en Madrid. Era una tontería, ni siquiera mis amigas entendían que no quisiera visitar Estados Unidos, pero es que yo sentía que aquí no se me había perdido nada. Y lo sigo sintiendo. Este no es mi hogar. Además, mi padre tampoco insistía porque decía que en Rose Lake todo era complicado. Supongo que se refería al hecho de que sus padres no saben que existo, porque, al parecer, su padre tiene veneno en lugar de sangre. A mí siempre me dio igual. No necesitaba un abuelo. Ya tenía uno y era el mejor. Tampoco necesitaba una abuela: no puedes echar de menos algo que no has tenido nunca. De todos modos, volviendo al presente, me concentro en mi madre, que sonríe mirando a mi padre.

—No sabía que fuera algo tan serio.

—¿Tú lo sabías? —pregunto un tanto herida.

Mi madre me mira con cara de culpabilidad. Por un momento pienso que no lo entiende. Estamos hablando todos en inglés y, aunque ella lo habla, porque está harta de escucharme hablar con mi padre, ha visto un millón de series conmigo y más de una vez mi padre le ha hablado en inglés para hacerla practicar, se aturrulla si tiene que hacerlo. Tiene miedo, inseguridad, y por un instante me planteo ser una buena hija y preguntarle si necesita que traduzca algo, pero es ella la que se ha metido en este marrón. ¡La que nos ha metido a las dos! Y no ha pedido perdón ni una sola vez. ¡Incluso por esto debería pedir perdón! ¿Sabía que mi padre tenía novio y no me lo ha dicho? ¿Cuántas cosas más me oculta?

—Tu padre me dijo que estaba conociendo a alguien, nada más —responde en un inglés tembloroso.

—Esperaba el momento oportuno para contártelo. —La tranquilidad que muestra mi padre me enerva más—. Apenas llevamos juntos unos meses y es... complicado.

—No es complicado —dice Steve volviendo a la cocina y rellenando dos copas de vino mientras lo seguimos: ofrece una a mi madre y otra se la queda él—. Tú eres menor de edad —me dice—. Y tú no te la mereces —se dirige a mi padre justo antes de chocar su copa con la de mi madre y dar un sorbo—. Tú eres bellísima —le dice a ella en español.

—Creo que me vas a caer bien —le digo a Steve antes de poder contenerme.

Él me mira, acaricia mi pelo y sonríe de un modo que me calma un poco. Tiene una cara amable. Es guapo, tiene algunas canas, los ojos azules y una sonrisa preciosa. No parece gay, pero tampoco es sorprendente, no es como si los homosexuales tuvieran que llevar una etiqueta en la espalda o su forma de ser debiera determinar lo que son.

—Espero que sí, porque quiero hacer muchos planes contigo, jovencita. —Se centra en mi madre y sonríe—. También contigo, preciosa.

—Eres muy amable, Steve.

—¿Vives aquí? —pregunto.

—Maia... —Mi madre intenta reprenderme.

—¿Qué? Tú has decidido cambiarme de casa, de país y de vida, ¿y yo no puedo preguntar si voy a vivir con mi madre, mi padre gay y su novio?

—Impertinente sí que es —dice Steve antes de reírse—. No, Maia, no vivo aquí. A tu padre le da miedo enfrentarse al círculo de la tabla.

—¿Círculo de la tabla? —pregunto.

—Steve... —vuelve a advertir mi padre.

Mi madre no habla, creo que empieza a perderse un poco.

—Es una pequeña broma. Algunos vecinos y vecinas de Rose Lake parecen seguir más los mandamientos escritos en la famosa Tabla de Moisés que las leyes propias. A tu padre le da miedo que nos acaben arrojando al lago por pecadores.

—¿No saben que eres gay? —pregunto, sorprendida.

—Claro que lo saben. No me escondo.

—Tampoco lo dices a las claras —se queja Steve.

—Eso no es cierto.

—¿Qué pasó cuando quise bailar contigo en la fiesta del otoño pasado?

—No querer bailar un lento entre un público tradicional no es...

—Oh, vale, no voy a discutir sobre tu represión interna frente a la niña. Ni frente a su madre. —Steve mira a mi madre, que a su vez lo mira, pero conozco su expresión: ha desconectado.

Probablemente se ha perdido con todo eso de las tablas y ahora está tan nerviosa que le cuesta conectar. Siempre le pasa. Yo solía decirle que tenía que respirar, que el inglés no es tan complicado como ella piensa y todo es cuestión de calma. Eso lo hacía antes, cuando había complicidad entre nosotras. Ahora guardo silencio, aunque me duele verla sufrir, porque imagino que sufre. No soy una mala persona, pero ella ha querido venir aquí, a un país que habla un idioma que no domina. Si yo tengo que adaptarme, ella también tendrá que hacerlo.

—Necesito ir al baño —dice al final con voz trémula.

—Ven, cariño, te acompaño —responde mi padre en español—. Luego te enseñaré tu habitación. Tiene unas vistas fabulosas del bosque.

Se la lleva mientras yo me quedo mirándolos y luchando contra el remordimiento de no haber hecho de pilar para ella. Por un instante intento convencerme de que, en realidad, no he actuado mal, pero Steve, al parecer, no va a limitarse a ser el novio de mi padre, sino que piensa otorgarse el papel de Pepito Grillo.

—No seas tan dura con tu madre, Maia. Lo está pasando mal.

—Claro, yo no, ¿verdad? —pregunto enfadada antes de mirarlo mal—. Tú no sabes nada. No tienes ni idea de lo que he pasado.

Él, lejos de entrar en la pelea, me acaricia el cabello, me besa en la frente, me arrastra por la cocina rodeando la barra americana y abre la nevera enorme.

—He preparado un costillar de cerdo y unos rollitos de canela que son una delicia.

—Soy vegetariana.

—Oh. Bueno, en ese caso, voy a hacerte el mejor sándwich vegetal de tu vida. Y desde mañana me pondré las pilas con la cocina vegetariana.

Sonrío, agradecida de que no me juzgue por ello. En realidad, mi madre tampoco lo ha hecho nunca. Dije que quería ser vegetariana con quince años y desde el primer día respetó mis decisiones y empezó a cocinar dos menús: uno para ella y mi abuelo, y otro para mí. Valoro todo eso, aunque ahora esté enfadada. Quizá debería recordar todo lo bueno que ha hecho por mí siempre, que ha sido mucho, pero... no puedo. Siento que no puedo perdonarla por esto. Todavía no.

Y lo peor es que no sé si algún día podré hacerlo.

4

Vera

—¿Sabes lo que más me gusta de estas vistas? Que puedes intentar contar las copas de los árboles, pero nunca lo consigues: el bosque parece infinito desde aquí.

Max acaricia mis hombros mientras miramos por la ventana de mi dormitorio. Es una habitación preciosa, con paredes de madera, igual que el cabecero de la cama. Pese a lo rústico del ambiente, no resulta recargado; al contrario, la madera, igual que la alfombra que hay a los pies de la cama o las lámparas de hierro forjado, dotan a la estancia de un toque hogareño. Acogedor. Está bien sentir que algo es acogedor desde que salimos de Madrid. La colcha de la cama es de colores y, cuando pregunto, Max me dice que la tejieron unas vecinas del pueblo y él la compró porque cree firmemente que estas cosas dan a las casas buena energía. Sonrío de inmediato.

—No te pega nada ser de esos que se guían por las energías.

—Tampoco me pega ser homosexual según mi padre y aquí estamos.

Sonrío, pero sé que este es un tema delicado. Todo lo que tenga que ver con su familia lo es, por lo general. Max no tiene relación con ellos, lo que supone un problema en un lugar como Rose Lake, si tenemos en cuenta que sus padres son prácticamente los dueños del pueblo. A mí, esto de que alguien pueda ser tan poderoso me sorprende, pero en realidad es así. De antepasados irlandeses e inmigrantes, la familia materna de Max creó el pueblo casi de la nada. Empezaron cuidando la tierra cedida por el gobierno, le pusieron el nombre de la hija que el matrimonio tenía por entonces, Rose, unida al lago que domina parte del escenario. Ellos cuidaron de las tierras y, más tarde, se ganaron la vida talando árboles y construyendo cabañas en Rose Lake. Con el paso de los años y las generaciones, la empresa había crecido hasta ser una de las mejores en las montañas de Oregón construyendo casas y cabañas con madera sostenible. Que ni Max ni su hermano quisieran seguir con el negocio fue motivo de disputa y, hoy en día, me consta que Max apenas se habla con su padre y va a ver a su madre solo cuando sabe que él no estará en casa.

De hecho, ellos no saben de la existencia de Maia, tema con el que nunca me he sentido cómoda. Max asegura que, de saberlo, su padre querría entrometerse en su educación, habría querido traerla por temporadas a Estados Unidos y, el miedo a que pudieran separarme de mi hija, aunque fuera en cortas temporadas, me hizo estar de acuerdo con la decisión de Max de mantener silencio. En cambio, me pregunto cómo lo haremos ahora, porque evidentemente, en un pueblo tan pequeño, pronto se sabrá todo. Joder, si hasta voy a trabajar en la cocina de Max como ayudante. Solo le pregunté una vez cómo pensaba hacerlo y, cuando me dijo que no me preocupara, desconecté, porque no podía con más preocupaciones. Ahora que estamos aquí, me arrepiento de no tener un mínimo plan con respecto a este tema. En realidad, me arrepiento de muchas cosas, pero pocas tienen solución.

—Tienes que relajarte —susurra Max—. Concéntrate en los árboles.

Le hago caso. Sé que solo quiere que me sienta un poco mejor, pero la vista del bosque, por bonita que sea, no hace que pueda dejar de pensar en todos los frentes que tenemos abiertos.

—¿Has hablado ya con tus padres? ¿Saben lo de Máia? —Su silencio tensa cada uno de mis músculos—. Max, tienes que decírselo.

—Lo haré. Es solo que... creo que es mejor hacerlo con Maia.

—¿En serio? ¿Piensas contarle a tus padres que tienen una nieta de diecisiete años con ella delante?

—Bueno, les costará más asesinarme con ella delante.

—Max...

—No te preocupes, Vera, de verdad. —Me gira hasta tenerme frente a él y frota mis hombros intentando, en vano, relajarme—. Todo irá bien.

Intento creerlo, de verdad lo intento, pero la realidad me está golpeando duramente.

—No me siento cómoda hablando en inglés, he arrancado a mi hija de su ciudad natal, sus amigos, y tus padres ni siquiera saben que existe. No sé... mierda, Max, no sé cómo hacer esto sin que parezca una completa locura.

—Hablarás bien el idioma antes de Navidad, estoy seguro.

—Estamos a finales de agosto, eso es ser demasiado optimista.

—Te prometo que todo irá bien.

—Si me hablan rápido en el trabajo...

—Vas a ser ayudante de cocina, Steve es el cocinero principal. ¿Por qué debería ir mal?

Tiene razón en eso. Él ya me dijo que no tenía que preocuparme, pues Steve maneja más o menos el español y será mi jefe directo. En principio, solo tendré que ayudarlo y no saldré de la cocina a servir mesas, por ejemplo. No habrá contacto directo con los clientes y lo agradezco. Sé que la exposición es la mejor forma de practicar y perfeccionar mi inglés, pero creo que con vivir aquí, salir, comprar y tratar de hablar el idioma todo el tiempo tengo más que suficiente.

—Y respecto a Maia... —Max me suelta los brazos y veo en sus ojos cierta preocupación, aunque se encarga pronto de ocultarla—. Irá bien. Mi madre se volverá loca al saber que tiene una nieta. Su alegría eclipsará la decepción que soy constantemente para mi padre.

Su tono es severo y lo abrazo, porque sé que su relación con su padre es casi inexistente y para él debe de ser muy duro. A veces me pregunto por qué no salió de aquí, pero la única vez que se lo pregunté me dijo que no podía dejar a su madre y a su hermano atrás. Este es su hogar, aunque tenga que compartirlo con alguien que no comprende prácticamente nada de lo que hace o es.

—¿Crees que conseguiré que deje de odiarme? —pregunto en un susurro.

—No te odia, Vera. —Lo miro escéptica y sonríe—. Está muy enfadada, es normal. Hemos hecho que su vida dé un giro radical, pero estoy convencido de que esto le vendrá bien.

—No lo sé, Max. Es una chica de ciudad. Y esto es... —Vuelvo a mirar por la ventana, la infinidad de los árboles, parte del lago que se ve por un lateral, el cielo tan limpio y puro—. Es precioso, desde luego, pero no es su entorno habitual.

—Lo será. Si tú tienes la capacidad de adaptarte, aun sin manejar el idioma al cien por cien, ella, que lo habla perfectamente, lo hará. No te estoy diciendo que no vaya a echar de menos la gran ciudad y su vida, pero acabará por acostumbrarse. Tenemos que darle tiempo.

—No tenemos tanto, cumple dieciocho en un año. Si no hemos conseguido que se adapte para entonces, podrá decidir marcharse y...

—No se marchará. —Me agarra los brazos con tanta intensidad para reconfortarme que no puedo evitar derramar algunas lágrimas—. Te prometo que ahora que estáis aquí haré lo posible y lo imposible para que seáis felices. Ella es mi hija y tú, la mejor madre que podría haber tenido. Sois mi familia, Vera, y yo, al contrario que mi padre, no pienso abandonaros ni dejar de luchar por vuestra felicidad.

Sus palabras me emocionan aún más. Lo abrazo y cierro los ojos, perdiéndome en la red de seguridad que me ofrece. Sé que ahora mismo parece un tanto inútil, porque no es real y mi vida no dejará de ser complicada después de este abrazo, pero durante el tiempo que dure, durante los segundos que él me tenga abrazada, puedo cerrar los ojos y soñar con un futuro en el que el dolor se transforme en tranquilidad y Maia y yo recuperemos, aunque sea en parte, la relación que hasta hace muy poco teníamos.

Mientras Max me abrace de este modo puedo soñar que algún día recuperaré a mi hija.

5

Maia

El primer amanecer en Rose Lake es una mierda. ¿Qué pensabas? ¿Que de pronto iba a salir al porche con una taza de chocolate caliente y viendo los árboles iba a tener una especie de visión de futuro idílico? No, ni hablar. He tenido pesadillas toda la noche. Una de ellas, muy gráfica, en la que me quedaba colgada de uno de estos árboles por culpa de una trampa para osos. No sé si hay osos aquí, pero en cualquier caso, no ha sido algo bonito de soñar.

Miro fijamente el techo abuhardillado de madera. Las paredes de madera. El suelo de madera. Las estanterías de madera del fondo repletas de libros. La maldita cama de litera DE MADERA. En serio, esta gente tiene un problema, vale que la familia de mi padre se dedica precisamente a esto, pero lo de hacer una cama litera escalonada, de un tamaño más grande del habitual como si fuera una torre, es pasarse. Mi padre asegura que no la ha hecho aposta para mí, porque de hecho había una habitación libre con cama de matrimonio, pero esta está alejada de todos, es más acogedora y tiene la estantería de libros que, intuyo, se convertirá en mi mejor amiga de aquí en adelante. Además, la cama está tan nueva que no tengo dudas de que esto antes era un despacho y mandó hacer esta litera cuando mi madre dijo que veníamos. Joder, si hasta ha tallado mi nombre en uno de los laterales. Es pequeño, muy pequeño, hay que fijarse para verlo, pero ahí está. Bueno, él no la habrá hecho, porque no se le da bien tallar, o eso dice. Lo suyo es llevar el restaurante que tiene en el pueblo, al que al parecer iremos hoy.

Anoche estábamos todos tan cansados que nos fuimos pronto a las habitaciones. Durante una fracción de segundo me planteé salir al pasillo e irme con mi madre. Posiblemente dormir con ella me hubiera evitado las pesadillas, pero no soy una niña pequeña. Y sigo enfadada. Suspiro, me restriego los ojos con los puños y pienso que va a ser muy jodido mantenerme cabreada con ella cuando, en realidad, tampoco hay mucha gente con la que pueda hablar, porque mi padre y Steve nos avisaron de que se marcharían pronto hoy a por unas compras para el restaurante. Me siento en la cama, por fin, y miro hacia la esquina de la habitación opuesta a la librería, donde dos sillones, una lámpara de pie y una mesilla reposan junto a un ventanal que deja ver el bosque de un modo precioso, como si el dormitorio se integrara en la naturaleza. Parece que hará sol y más me vale aprovecharlo porque, según he leído, en las montañas de Oregón el frío, la lluvia, la humedad y la nieve son los reyes del mambo. ¡Qué bien! (¿Se nota la ironía?).

Salgo de la cama, cojo algo de ropa y salgo al pasillo para ir al baño. Una vez dentro, descarto darme una ducha. Lo haré antes de dormir, a ver si así consigo evitar las pesadillas. Me lavo los dientes, la cara y me recojo el pelo en una coleta. Me visto con un pantalón vaquero y una camiseta básica, porque ni siquiera sé si vamos a salir. Y, en cualquier caso, por lo que he visto del pueblo, la sola idea de usar alguno de mis zapatos de tacón aquí es irrisoria. No digo esto en voz alta, porque no quiero quedar como una snob, pero empiezo a pensar que el pueblo ni siquiera está asfaltado. Además, para ser justas, yo suelo ir en zapatillas Converse a todas partes. Tengo dos pares de tacones que uso en ocasiones especiales y punto, pero de cara a la galería pienso usar eso para que se sientan mal por haberme traído hasta aquí. Y no, no siento ni un ápice de remordimiento por ello.

—¿Maia? —Los golpes en la puerta y la voz de mi madre consiguen que el anhelo y el rencor libren una nueva batalla.

Quiero abrazarla y, al mismo tiempo, quiero que me deje en paz. Aun así, abro la puerta del baño. Tiene mala cara, se nota que ha dormido fatal y no me alegro por ello. Una cosa es que esté enfadada y otra que me guste verla sufrir.

—Iba a ducharme, ¿te queda mucho?

—Ya he acabado.

—Bien, ¿quieres que desayunemos algo especial? Podemos buscar qué hay en la nevera e ir a dar una vuelta por el pueblo.

Por un momento, estoy tentada de decirle que no, que no necesito dar vueltas por ningún sitio y menos con ella, pero hasta yo sé dónde poner algunos límites y eso la heriría demasiado, así que asiento una sola vez, para dejarle claro que sí, pero que sigo molesta. Ella lo entiende, a juzgar por el modo en que se tuerce la esquina de su boca, como siempre que está disgustada o triste por algo. La dejo en el baño y bajo las escaleras de la casa sintiendo, esta vez sí, el remordimiento en las entrañas. Mi madre es la mujer más importante de mi vida, odio hacerla sentir así, pero tampoco sé cómo hacerlo para frenar la ira que me carcome a ratos.

Sobre la barra de la cocina me encuentro la documentación de mi instituto, junto a algunos folletos y una carpeta con mi nombre. Imagino que mi madre o mi padre la han dejado aquí a conciencia para que yo lo vea. Lo cojo todo y me siento en el taburete que hay al lado. En realidad, no hay mucho. El folleto no es del instituto, como pensaba, sino del restaurante, y por detrás hay un mapa en el que queda claro que este pueblo es probable que tenga menos calles que un barrio estándar de Madrid. Básicamente porque mucha gente vive entre los árboles, como nosotros. Aun así, me entretengo leyendo el número de comercios y lugares importantes de Rose Lake.

1. El restaurante de mi padre.

2. Una pequeña, pequeñísima, gasolinera a la entrada.

3. La iglesia.

4. La empresa de madera de la familia de mi padre.

5. Un taller mecánico.

6. Un supermercado.

7. Una biblioteca.

8. Un instituto, el mío, que ya he comprobado que está a tomar por culo, y un colegio que sí está en el centro del pueblo.

9. Una consulta médica.

10. Y no sé si esto cuenta como negocio, pero una tal Gladys hace bordados y los vende en el garaje de su casa.

Y ya está. ¡Eso es todo lo que compone el jodido Rose Lake!

Es genial. De verdad. Maravilloso. Un solo restaurante para todo el pueblo y es de mi padre. Mi vida social va a ser tan movida que no puedo esperar para empezar a disfrutarla.

Sí, sigo siendo irónica.

¿Si dejaré de serlo?

Mmm, puede, cuando estas malditas montañas se hundan en el infierno, y como al parecer nieva a lo bestia, hay pocas probabilidades de que eso ocurra en un futuro próximo.

6

Vera

Bajo las escaleras de casa obligándome a sonreír, porque lo cierto es que solo quiero encerrarme en mi dormitorio y esperar que mi vida se solucione sola mientras leo un buen libro. Eso no va a pasar, sería demasiado fácil y está claro que nací para tener una vida complicada.

A veces reflexiono sobre ello. Perdí a mi madre cuando era niña y, aunque mi padre siempre fue maravilloso, sentí su falta durante mucho tiempo. Hoy en día la sigo sintiendo, a veces. Hasta los dieciséis años, pensé que crecer sin madre era lo más duro que me había pasado, pero entonces me quedé embarazada de Maia. Intenté pensar que mi maternidad no se cargaría mi adolescencia, que podría con todo, pero la realidad se impuso pronto. Mi padre no podía dejar su trabajo para cuidar de Maia mientras yo estudiaba, y no teníamos dinero suficiente para pagar a una cuidadora, mucho menos una guardería, así que el primer paso hacia el abandono de mi adolescencia fue dejar los estudios para hacerme cargo de un bebé, cuando mis amigas seguían saliendo de fiesta, conociendo a chicos y chicas, y preocupándose por la ropa que iban a ponerse el fin de semana.

Fueron tiempos muy complicados, no solo por el hecho de tener un bebé, que de por sí hizo que la inestabilidad se adueñara de mi vida. Entendí, la primera vez que sostuve a Maia entre mis brazos, que nunca iba a querer a nadie como la quiero a ella. Y unos días después, cuando llegué a casa y me di cuenta de lo sola que estaba y de que aquella niña me necesitaba al cien por cien, entendí que yo, Vera Dávalos, ya no era lo primero. Tenía un bebé que lloraba día y noche, un padre que me apoyaba y... nada más. Max lo intentaba, mandaba dinero desde Estados Unidos, pero no era lo mismo que estar presente.

Me tuve que adaptar a los cambios que trae consigo un bebé, a los gastos elevadísimos en vacunas, ropa, pañales..., que me llevaron a un trabajo que hacía por pura rutina y supervivencia. Lo importante era que pasara el mes rápido para cobrar. Y sé que se supone que la vida es eso para mucha gente, pero nunca ha dejado de parecerme triste. Quizá sigo siendo un poco tonta por soñar que podría haber hecho algo más.

No cambiaría a Maia por nada, pero no puedo negar que la maternidad adolescente es durísima. Me enfrenté a la mirada reprobatoria de las otras madres cuando Maia fue al cole. Tuve que luchar para que se consideraran mis opiniones, incluso en las reuniones, porque daban por hecho que no me implicaría como ellas. Nunca nadie me preguntó cómo lo llevaba o si necesitaba ayuda. Al contrario, prácticamente me señalaron con el dedo y tildaron de unas cosas horribles solo por haber tenido sexo con dieciséis años.

Mi padre fue mi único apoyo, y cada vez que pensaba que mi vida era un fracaso, porque no conseguía ser la mujer que quería, ni la madre que quería, ni la trabajadora que me gustaría ser, él me abrazaba y me prometía que estaba orgulloso de mí. Y solo con eso me sentía un poco mejor y sacaba fuerzas para seguir adelante. Ahora él se ha ido, yo estoy... perdida. Para colmo, mi hija adolescente me odia, así que... bueno, creo que da igual lo que pase, porque es evidente que mi vida siempre puede empeorar. A veces, el pensamiento de que ya solo me queda Maia y que podría perderla si no consigue superar el enfado me persigue, y aunque intento cerrarle las puertas, lo cierto es que siento un nudo en el pecho que no se afloja con nada.

En menos de un año Maia cumplirá dieciocho años y, si no se adapta a esto, podría ser que...

—En serio, esto es una mierda. ¿Sabes que el único bar que hay es el de papá? —En cuanto pongo un pie en la planta inferior, Maia me habla señalándome el folleto que tiene en la mano—. ¿Cómo se supone que voy a hacer amigos?

—Bueno, para ser sinceras, en Madrid no pisabas mucho los bares. Hasta donde yo recuerdo has ido a varios botellones y has pasado muchas horas muertas en la biblioteca, y de eso sí hay.

Maia me mira sorprendida un segundo antes de carraspear y darse la vuelta. Suelto un pequeño suspiro. Bueno, no es una tregua, pero al menos ha dejado de intensificar su enfado.

—A saber qué mierda hay en la biblioteca de este inmundo pueblo.

—Podemos averiguarlo. Si quieres, vamos primero ahí. Aunque en tu habitación hay un montón de libros. ¿Has mirado si te interesa alguno?

—No me interesan, son de papá.

En otro momento, insistiría, porque estoy segura de que Max ha tenido en cuenta los gustos de Maia y le ha comprado varios libros, pero sé que está enfadada y la entiendo, así que me limito a estar aquí para ella. Si necesita una diana, seré su diana. Y si necesita un abrazo, aquí lo tendrá sin dudar.

Una vocecita interior me pregunta entre susurros qué pasa si soy yo la que necesita una diana o un abrazo, pero resulta que, como no tengo respuesta para eso, la acallo y me limito a rodear a mi hija para mirarla de frente.

—Vamos a recorrer Rose Lake juntas, Maia. Estoy segura de que este lugar también tiene cosas buenas que darnos.

Mi hija no se niega, lo que ya es mucho. Asiente despacio, como si le costara hacer el movimiento, y yo ni siquiera tomo café porque no quiero que cambie de idea.

—¿No desayunas?

—¿Has desayunado tú? —pregunto mirando el lavaplatos vacío.

—No.

—Bien, supongo que podemos ir a la biblioteca y en segundo lugar al restaurante de tu padre. Siempre he querido probar uno de esos desayunos de los que tanto alardeaba por teléfono.

Eso hace que Maia sonría y juro por mi vida que algo se enciende en mi interior, como cada vez que veo a mi hija ser mínimamente feliz.

—Le voy a decir que le pongo tres estrellas solo para enfadarlo.

Me río, porque Maia tiene bien cogido el punto competitivo de su padre, y le digo que puede ponerle tres estrellas siempre que lo justifique.

—Ya sabes la norma —le recuerdo.

—Oh, sí: si vas a fastidiarla, al menos que sea de un modo inteligente.

Nos reímos y, por un segundo, es como si todo fuera como antes. Por desgracia, hay mucho que arreglar y vamos a necesitar más que un par de frases, así que salimos de casa dispuestas a conocer el pueblo.

El ánimo nos dura poco. Nuestra casa está a las afueras de Rose Lake, entre los árboles, y hasta alcanzar la carretera, tenemos un buen trecho que recorrer. Max me dijo que vendría pronto y nos llevaría al pueblo, pero pensé que dar un paseo era buena idea. Me doy cuenta del tremendo error que ha sido solo dos minutos después de empezar a caminar. Miro atrás, a la cabaña, y adelante, donde solo se ven...

árboles. Bueno, árboles y otra casa, que imagino que es la del hermano de Max. Siempre me ha contado que es su único vecino y, como se llevan tan bien, es una gozada tenerlo cerca.

—Creo que es hora de que conozcas a tu tío —le digo a Maia repentinamente al ver que hay una camioneta negra e inmensa aparcada justo delante.

Mi hija, que iba murmurando algo acerca de que prefiere vivir en un estercolero que en este pueblo, me mira con el ceño fruncido.

—¿Eh?

—Tu tío vive en esa casa de ahí.

—¿Qué tío?

—Martin, el hermano de tu padre.

—Ah sí, ese al que mi padre adora, pero no ha contado que tiene una hija.

El resentimiento es patente en su voz. La verdad es que, por eso, no puedo juzgarla. Siempre he respetado que Max decidiera no decir nada de Maia a sus padres, pero no entendía por qué no se lo decía a su hermano, si tanto se quieren y tan bien se llevan. Justificaba sus viajes a España diciendo que estaba enamorado del país. Max ha sido tan hermético con nosotras como con su familia. Nos ha mantenido estrictamente separados, según él por el bien de Maia. Tiene pánico de que la influencia de su padre haga mella en ella, o así era antes, porque ahora nos ha convencido para vivir aquí y no sé hasta qué punto es consciente de que la noticia de la existencia de Maia ya no puede ocultarse más.

Miro a mi hija, enfadada y con ganas de venganza y decido que, por una vez, no voy a ser yo la diana.

—A estas alturas tu padre debería haber dicho a su familia que existes y, si no lo ha hecho, el tiempo se ha agotado.

—¿Qué quieres decir?

—¿No quieres plantarte en su puerta y dejarlo pasmado con la noticia? Vamos, Maia, eres adolescente, esos gestos dramáticos y desmesurados deberían llenarte el alma.

—Creo que te la llenan más a ti —dice mi hija riendo de verdad por primera vez en mucho tiempo.

—Puede ser.

—¡Eh!

Maia protesta cuando la cojo de la mano y tiro de ella hacia la casa, pero no me detengo. Si vamos a hacer esto, si de verdad vamos a vivir aquí, lo haremos sin mentiras, tapujos o medias verdades. Adoro a Max, pero espero por su bien que haya preparado a su hermano, porque no pienso detenerme.

Después de subir un pequeño montículo para atajar y dejar el camino, nos encontramos cara a cara con una preciosa cabaña con un tejado a dos aguas, un porche delantero elevado sobre piedras, con la mitad al aire libre y un árbol justo en el centro. Es increíble, pero hay un árbol que no debería estar ahí y, sin embargo, han construido el porche rodeándolo y respetando su derecho a estar en la tierra. Más adelante hay un porche justo en la puerta de la casa, techado y con varios sillones bajos de respaldo alto en verde musgo, a juego con los quicios de las ventanas, que están pintados en ese mismo color. Todo lo demás es madera. No sé cómo no me fijé en esta casa anoche, si es una verdadera pasada. Miro alrededor y me doy cuenta de que, en realidad, de noche, si no sabes dónde está, no es fácil verla a no ser que tenga luces encendidas, al igual que pasa con la de Max.

—¿Y bien? —pregunta mi hija—. ¿La liamos un poco o nos hacemos un selfi en la entrada? Como veo que no te mueves...

Me río nerviosa, camino hacia delante y subo los escalones del porche.

—Tú delante —le digo a mi hija.

—¿Y eso por qué?

—Eres su sobrina. Yo no soy nadie.

—Eres mi madre. Eso no es ser nadie. Eres más importante que él. Que todos ellos. —La miro impactada y con la emoción atravesándome el alma—. Aunque sigo enfadada contigo.

—Comprensible —murmuro.

—Pero no vuelvas a decir que no eres nadie.

—Lo prometo —contesto, emocionada.

—Bien.

Da un paso hacia delante, pero la detengo, estrechándola contra mí y abrazándola con fuerza.

—No hagas como yo: no permitas nunca que te hagan creer que no eres nadie. Eres mucho mejor que yo, cariño: demuéstralo.

Ella me mira un tanto emocionada y creo que las dos estamos pensando en lo mismo. Si Martin Campbell la rechaza cuando sepa la noticia, si es que no la sabe ya, será un golpe más que afrontar en este caótico cambio de vida. Subimos los tres escalones que llevan al porche delantero de la casa y Maia toca con los nudillos sobre la puerta gris de hierro. Miro a un lado, a los sillones, y descubro que hay un trozo de tronco a modo de mesa entre ellos. Original, práctico y bonito. Bajo nuestros pies, una alfombrilla con la palabra «welcome» impresa. Más vale que sea un presagio, porque si no...

No tengo tiempo de pensar más. La puerta se abre y ante nosotras aparece un hombre que no puede ser Martin Campbell. Es imposible. Me niego a que el hermano de Max sea un tío que podría ser contratado por el jodido *Men's Health* para protagonizar una de sus famosas portadas. ¡Es que me niego!

—Hola. —Sonríe con franqueza y se apoya en el quicio de la puerta—. ¿Os puedo ayudar, chicas?

Esa voz. Joder, qué voz tiene. Me derretiría, si no fuera porque va sin camiseta y el pantalón corto de deporte negro deja ver un pecho lo suficientemente trabajado para marcar abdominales, pero no tanto para que resulte excesivo. Tiene tres estrellas tatuadas en el costado, igual que tres líneas negras en el antebrazo derecho y algo que no alcanzo a ver qué es en el otro antebrazo. El pelo castaño con betas claras, los ojos almendrados y marrones, y una sonrisa que estoy segura que sería capaz de derretir las malditas montañas de Oregón cuando la nieve llegue.

—Hola, ¿qué tal? —pregunta mi hija en inglés, haciendo que mi corazón se detenga—. Soy tu sobrina. ¡Sorpresa!

Bueno, nadie puede decir que no he criado a una hija directa.

7

Maia

No quiero mirar a mi madre. No puedo. Si lo hago, me perderé cada cambio de expresión en el que ha resultado ser mi tío. Tengo que decir que si cualquiera de mis amigas lo conociera haría un charco en el suelo. ¡Está como un tren! Puede que tenga diecisiete y él más de treinta, porque se nota, pero eso no quita que sea un caramelo. Dios, menos mal que mis amigas no lo conocen, ya es suficiente que me digan lo guapo que es mi padre cada vez que ven una foto. No es que me moleste, porque lo es, pero prefiero no pensar mucho en el atractivo que hizo que mi madre y él...

—¿Perdón? —pregunta mi «querido» tío.

Extiendo la mano sin romper mi sonrisa, para dejar claro que no pienso amedrentarme ni por él, ni por nadie, y espero que él me la sujete.

—Maia Campbell. Tu sobrina.

—Eh... —Me mira, después se fija en mi madre y vuelve a mirarme a mí—. Eh...

Bien, no parece muy listo. Supongo que lo suple con ser guapo.

—Ella es Vera Dávalos, mi madre.

—Entiendo... ¿Y dices que eres mi sobrina?

Que no haya dejado de apretar nuestras manos y moverlas como si siguiéramos saludando es, incluso, enternecedor. Algún día debería mirar esta vena mía que disfruta descolocando a la gente.

—¿Te llamas Martin y tienes un hermano que se llama Max y vive en la cabaña siguiente a esta?

—Ajá.

—Entonces, sí, soy tu sobrina.

—Oh.

—Soy tu sobrina porque soy hija de Max, que es tu hermano, ¿lo entiendes?

—Maia, cielo... —susurra mi madre por lo bajini.

Sí, a veces puedo ser un poco repelente, pero es que este hombre es de reacción lenta. Recupero mi mano, porque es evidente que no está dispuesto a dármela por sí mismo, y ese gesto parece despertarlo del shock.

—Vale, necesito ponerme una camiseta, que paséis y me contéis qué demonios está ocurriendo aquí.

—Buena idea —le digo antes de entrar en casa haciéndolo a un lado. No es hasta que estoy dentro cuando me giro y veo a mi madre—. ¡Vamos!

Ella me mira, mira a Martin y sonríe señalando la puerta.

—¿Te apartas, por favor?

—Sí, perdón.

Se retira de inmediato y caigo en el detalle de que, de no haberlo hecho, ellos se habrían rozado, porque mi madre no es tan menuda como yo. De haber sido cualquier otro tío, le habría tomado el pelo a mi madre con eso de restregarse con unos buenos abdominales, pero este señor es mi tío y se supone que debemos tener una relación de ahora en adelante porque voy a vivir aquí, así que me guardo el comentario irónico.

Una vez dentro me quedo clavada en el sitio. Si hay algo que nadie puede reprocharles a los hermanos Campbell es el jodido sentido del gusto a la hora de decorar y amueblar. El suelo es de madera, como en la casa de mi padre, pero aquí, a la derecha y nada más entrar, hay un gran sofá de esquinera gris con una mesita redonda de cristal y patas de hierro negras. Juro que ese sofá llama a que te tumbes en él. Está frente a un televisor y, a mi izquierda, en el otro extremo del salón, hay una chimenea inmensa de piedra gris. Al lado, una cesta de hierro forjado llena de madera y justo arriba, un cuadro minimalista de tres montañas. Sobre el sofá, en la pared, un vinilo con la silueta de un bosque en negro. A mi tío le gusta vivir aquí, se nota. De frente hay una mesa grande de madera con ocho sillones grises y, al lado, una puerta que imagino que da a la cocina, lo cual me sorprende, porque pensaba que todos los americanos tenían la cocina abierta. Justo a mi lado están las escaleras que llevan al piso superior, donde supongo que están las habitaciones. Esta casa es más pequeña que la de mi padre, pero igualmente impacta. En Madrid tener algo así es impensable a no ser que te vayas a las afueras y a precio de sangre de unicornio, supongo. La verdad es que tampoco estoy segura, porque vivíamos en un piso de renta antigua viejo, aunque funcional e impoluto.

—¿Queréis tomar algo o...?

—Agua estará bien —le digo a mi tío.

—Vale. —Se encamina hacia la cocina, pero, en el último instante, se gira y pasa de nuevo por nuestro lado de camino a la planta superior—. Dadme un segundo.

Lo oímos subir las escaleras a toda prisa y baja en menos de un minuto con una camiseta a medio poner. Está completamente descolocado y sería gracioso de no ser porque creo que mi padre es un capullo por no haber hablado ya de mi existencia. Es ofensivo, si me preguntas mi opinión, pero, por otro lado, ahora tengo munición contra él, así que, después de todo, no está mal.

Se mete en la cocina y, un instante después, oímos un ruido de cristales. Se ha cargado algo, el sonido es inconfundible y, aunque debo admitir que estoy disfrutando bastante, mi madre no puede contenerse y se encamina hacia allí. Yo voy detrás, pero más por curiosidad que con ánimo de ayudar.

La víctima ha sido una botella de cristal, a juzgar por el agua y los cristales que hay en el suelo.

—Se me ha resbalado, lo siento.

—Tranquilo —responde mi madre—. Te ayudo.

—No hace falta, no te preocupes. —Mi madre se agacha, coge un cristal y él se pone más tenso de lo que ya estaba—. En serio, por favor, no te preocupes.

Mi madre sigue, yo creo que porque está aturrullada y, de nuevo, se ha perdido un poco con el idioma.

—Si está nerviosa, su inglés se resiente —le informo—. Somos españolas.

Martin me mira y, acto seguido, mira a mi madre.

—No te preocupes por esto. Lo limpio después —le dice en español, dejándonos a las dos a cuadros.

Es un español con acento inglés, sí, pero es español y muy correcto. No solo lo chapurrea.

—¿Hablas español? —pregunto, dejando clara la evidencia.

—Hablo español. Es importante para mi trabajo y Max lo sabe.

Su sonrisa es sincera, pero en sus ojos está desatándose una tormenta y no puedo culparlo por ello. Para mí es una putada estar aquí, pero no puedo imaginar cómo será que tu hermano, con el que supuestamente te llevas mejor que con nadie en el mundo (dicho por mi padre) te mienta en algo tan gordo como esto.

Al final, mi madre deja los cristales, tal como le ha pedido él, y Martin saca una botella nueva de un frigorífico que tiene el ancho de tres españoles, más o menos. La coloca sobre una bandeja esquivando los cristales del suelo, pone tres vasos limpios y se la ofrece a mi madre.

—Por favor, id al salón. Iré rápido.

Sonrío, porque es el típico guiri que en cualquier bar de España pide paella y sangría, solo que, pese al acento, conoce bien el idioma y se nota. Bueno, eso, y que no estamos en España y, aquí, las guiris somos mi madre y yo.

Nos sentamos en el sofá, servimos un poco de agua y bebemos mientras oímos cómo mi recién estrenado tío recoge los cristales entre maldiciones que probablemente piensa que no oímos, pero sí.

Al final, con la tontería, mi primer día oficial en Rose Lake está siendo muy interesante.

8

Martin

Es una puta locura. Una broma de mal gusto. Tiene que serlo, pero cuando salgo de la cocina y veo a Maia y a Vera sentadas en mi sofá pienso que tal vez no lo sea. ¿Por qué iban a mentir? Me acerco a ellas y acepto el vaso de agua que me ofrece Maia.

Me siento en el sofá y las miro de nuevo. ¿Cómo van a ser madre e hija? La madre es joven. Muy joven. Joder, parece de mi edad, más o menos y es... atractiva. Sin duda, lo es. Tiene el pelo oscuro, igual que los ojos, y su sonrisa es franca. Su cuerpo no entra en lo que la sociedad considera normativo, pero no le hace falta y siempre he pensado que lo que opina la sociedad es basura. Vera es jodidamente sexy con todas esas curvas y... Bueno, digamos que entiendo bien que Max se acostara con ella. O lo entendería si mi hermano no fuera homosexual.

—¿Qué edad tienes? —pregunto directamente a Vera.

—Eso no se le pregunta a una señora —contesta su supuesta hija.

En serio, no me encaja que una chica adolescente, casi adulta, sea su hija.

—Tengo treinta y tres años —responde en un inglés lento y rígido. No puedo ocultar mi sorpresa, pero ella sonríe—. Lo sé, es difícil creer que tengo una hija de diecisiete. Cuando nació, yo tenía dieciséis.

—O sea, cuando ella tenía mi edad, yo ya tenía un año —añade Maia.

—Oh. Guau...

Me siento estúpido por no haberme dado cuenta de eso. Obviamente, sé que existen los embarazos adolescentes, por desgracia, aunque a esa edad la vida debería ser mucho más sencilla y no tener la responsabilidad de criar a un bebé, pero no dudo de que lo haya hecho bien. Por lo menos se puede decir que ha educado a una joven irónica, inteligente y respondona. Sonrío, porque, en realidad, esas cualidades también encajan bien con mi hermano.

—Pensé que, a estas alturas, Max te habría hablado de nosotras. Me prometió hacerlo —admite Vera.

—A mi hermano le cuesta poner encima de la mesa los temas complicados —la tranquilizo.

No es ninguna mentira. Me duele que mi hermano no me haya hablado de esto, pero del mismo modo que a Steve le fastidia que no diga claramente que es su pareja. Por un momento pienso que a mi padre le molesta igualmente su forma de ser, pero no..., eso es distinto. Muy distinto. Entiendo que no haya dicho nada a nuestro padre, pero ¿a mí? Joder, a mí tenía que habérmelo contado. Me siento estúpido intentando asimilar que, a mis treinta y cinco años, tengo una sobrina de diecisiete, y que su madre tenga solo dos años menos que yo.

—¿Estáis aquí de visita o...?

—Hemos venido aquí a vivir. La idea fue de papá, por eso es una mierda que no te haya dicho nada —aclara Maia.

—¿Vais a vivir aquí? ¿En Rose Lake?

—¿Supone algún problema? —pregunta mi sobrina con un tono un tanto agresivo.

—No, claro que no.

Es mentira. Claro que supone un problema. No, uno no: ¡muchos! Para empezar, será imposible que mis padres no se enteren, y no quiero ni imaginarme cómo será su reacción. Y luego está el hecho de que Rose Lake es un lugar pequeño, donde todos sus vecinos se conocen y saben, o eso creen, los secretos de los demás. Esta noticia supera con creces el cotilleo actual, que es, básicamente, que Gladys ha tejido para su perro un jersey naranja con piedras que brillan en la oscuridad porque está harta de perderlo. El perro de Gladys nunca ha sido atractivo, pero ahora no puedo evitar compadecerme de él cada vez que lo veo.

—¿Vais a vivir con él o...?

—Sí —contesta Vera—. En realidad, no entraba en nuestros planes, pero estamos atravesando una etapa... difícil. —Su mirada es tan sombría que me compadezco en el acto—. Mi padre murió hace...

—Los detalles no son importantes. —El modo en que Maia corta a su madre, junto a la postura rígida que adopta, me deja claro que hay un duelo presente y, al menos ella, está muy lejos de superarlo—. Lo importante es que tenemos que ir a Rose Lake y, como hemos visto ahí fuera un coche, nos preguntábamos si podrías llevarnos.

—Maia... —advierte su madre.

—A no ser que pases de ejercer de tío, en cuyo caso tendremos constancia de que eres un capullo e iremos caminando.

Me río, y eso las sorprende, pero es que los adolescentes encabronados siempre me han caído bien. No puedo culpar a Maia por estar enfadada, yo también lo estaría si mi abuelo hubiera muerto y me hubiesen hecho cambiar de país. Es evidente que no quiere estar aquí, a juzgar por la mirada de su madre, que deja muy claro lo mal que se siente, así que decido hacer justo lo contrario a lo que ella piensa.

—En realidad, no solo os llevaré, sino que me ocuparé de que conozcáis los mejores lugares de nuestro pueblo.

—Será una visita rápida, a juzgar por el tamaño que tiene.

Me río otra vez, pero Vera se ruboriza y Maia está... intrigada. Se ve que no esperaba que me comportara así.

—Solo deja que vaya a cambiarme, ¿de acuerdo? Aunque no lo parezca, en el pueblo tengo una imagen y no suelo ir por ahí con un pantalón sudado. Acababa de llegar de correr cuando habéis venido.

—Ah, por eso el olor.

Suelto una carcajada, convencido de que no huelo mal y Maia solo lo ha dicho para fastidiar y, cuando veo su pequeña sonrisa, me doy cuenta de que, en realidad, esta chica tiene un humor muy incisivo. Me gusta y, ahora que la miro bien, creo que tiene algunos rasgos de mi hermano. La piel pálida, por ejemplo, pues su madre es más morena, y los ojos azules, desde luego.

Subo, me doy una ducha rápida y me pongo un pantalón vaquero y una camiseta blanca. Cuando bajo, cojo la chaqueta y me fijo en ellas.

—¿No habéis cogido nada? A veces las temperaturas bajan de pronto.

—Qué bien, este sitio cada vez me gusta más.

Ignoro a Maia esta vez, abro la puerta de entrada y salgo tras ellas. Subimos al coche y hacemos el camino hacia Rose Lake en silencio. Todo esto es impactante, eso es indudable, pero una parte de mí empieza a disfrutar de este cambio radical en mi vida. Me gusta vivir en Rose Lake, pero reconozco que es rutinario y tranquilo. Miro a mi lado, a Vera, y pienso que ella parece tranquila, pero cuando me concentro en mi sobrina por el espejo retrovisor la veo farfullando algo sobre los árboles de mierda y no puedo evitar reír entre dientes.

Puede que me guste la tranquilidad, pero no puedo esperar a ver el modo en que Maia Campbell Dávalos va a poner Rose Lake patas arriba.

9

Vera

La carretera se estrecha justo al pasar sobre el lago que da nombre al pueblo. Algunas personas navegan en canoa, y es precioso ver el modo en que los frondosos árboles se reflejan en el agua. Estoy segura de que esta será una visión que disfrutaré si consigo tranquilizarme un poco. No es solo que vaya en el coche de Martin sin apenas conocerlo, es asimilar todo esto sin haber tenido tiempo. Entramos en el pueblo y me quedo con la boca abierta. Una cosa es ver una casa típica americana en la tele, pero estar aquí es como entrar en otro mundo. Uno muy distinto al que estamos acostumbradas. Prácticamente todas las casas tienen su parcela rodeada de jardines con césped y árboles por doquier. Además, la distancia entre vecinos es enorme. En serio, en cualquiera de estas parcelas cabría un edificio de, mínimo, tres plantas. Es lo más opuesto a Madrid que podría imaginar y, pese al cambio radical, estoy contenta de estar aquí. Será difícil, lo sé, pero conseguiremos rehacer nuestra vida en este pequeño punto del mapa. No puedo permitirme pensar otra cosa.

Me concentro en un columpio construido con un neumático y colgado de un inmenso árbol, en los buzones al inicio del camino que lleva hasta las puertas de las casas, las máquinas cortacésped, los troncos apilados, esperando ser cortados, las camionetas enormes y las vallas de madera. Es la mejor forma de mantener mi atención en lo realmente importante. Eso, y que no me atrevo a mirar a mi hija para ver su reacción.

—¿Preferís ir en coche o aparco y damos un paseo?

—Damos un paseo —digo.

—No pienso bajar de este coche —dice Maia al mismo tiempo.

Martin se ríe entre dientes y agradezco que tenga tan buen humor, porque hoy mi hija está especialmente impertinente. Me pregunto dónde habrá ido la chica dulce y atenta que eduqué y estoy a punto de decirlo en voz alta, pero no estoy lista para una nueva ronda de reproches y menos delante de Martin, así que me limito a encoger los hombros.

—En el coche está bien.

Martin deja de reír, me mira y, un segundo después, para el coche en la calzada, a un lado y frente a una casa con el garaje abierto y una lancha dentro. Eso también es raro, según lo poco que he visto la gente tiene su lancha o barca en garajes y jardines, supongo que es normal por el lago, pero para mí no deja de ser llamativo.

—Muy bien, tengo ganas de estirar las piernas y es mejor respirar el aire puro.

—¿Qué os pasa a los de aquí con el aire puro? —pregunta Maia—. Otro como papá. Es exasperante.

—¿Te parece exasperante que la gente respire? —La sorna de Martin es tan patente que creo que Maia se enfadará.

—Me parece exasperante que os jactéis de tener algo como el aire. Todo el mundo respira en todas partes, querido tío.

—Cierto, todo el mundo respira en todas partes, pero en pocas se respira como en Rose Lake. —Baja del coche con una agilidad pasmosa, porque esta maldita camioneta es un enorme monstruo negro y sé que yo perderé mi dignidad intentando salir. Abre la puerta de

Maia y le sonríe con falsa dulzura—. Venga, Maia, deja que tu querido tío te enseñe el que será tu hogar desde hoy.

Aunque sorprenda mi hija no tiene nada que decir en contra. Baja de la camioneta y, mientras la rodean para llegar a donde estoy, intento bajar limpiamente. No me caigo, pero tampoco es una bajada elegante, porque me enredo un poco con el cinturón de seguridad y me cuesta lo mío deshacerme de él. Me retiro el pelo de la cara y miro a Martin y Maia. Me quedo pasmada, no por sus sonrisas, sino porque son... parecidas. En realidad, tienen una expresión tan parecida que me sobrecojo un poco.

—Os parecéis... —murmuro, fascinada—. Es increíble, pero... —Niego con la cabeza, aturdida.

Martin, que se da cuenta de la situación, pasa un brazo por los hombros de Maia y le revuelve el pelo pese a las protestas de mi hija.

—Soy su tío favorito, claro que nos parecemos.

—Oye, relaja, hace como dos minutos que nos conocemos.

—Es el poder de la sangre.

—Dios, estás colgado, ¿lo sabías?

Martin suelta una carcajada, vuelve a revolverle el pelo y cierra el coche con el mando antes de girarse y señalarnos la carretera.

—Muy bien, señoritas, hora de conocer Rose Lake.

—Oye, ¿no te multarán por dejar el coche aquí? —pregunto, porque está ocupando el arcén de la carretera que atraviesa el pueblo.

—Estoy bastante seguro de que el sheriff Adams conoce mi camioneta. Me avisará si hay algún problema.

—Sheriff... Mamá, que esta gente tiene sheriff.

Intento no reírme ante la impresión de Maia. Tenemos que reponernos del choque o cada pequeña cosa se nos hará un mundo y pareceremos tontas.

—Sí, cariño, lo tienen.

—¿Vamos? —pregunta Martin.

Asentimos y lo seguimos. Giramos en la primera calle hacia la izquierda y Martin nos señala un edificio blanco, con césped a la entrada y bancos para sentarse bajo los árboles.

—Es la biblioteca. Si os gustan los libros, os aseguro que no os aburriréis aquí. Rose Lake es un pueblo pequeño pero sus habitantes adoran leer, en su mayoría. Se nota que el invierno es largo, así que el catálogo es bastante amplio. Además, veréis que muchos vecinos tienen su propia biblioteca en la entrada de casa.

—¿Cómo es eso? —pregunta Maia intrigada.

—Son una especie de buzones, solo que más grandes y con la puertecita de cristal para que veas el interior. Los construyen los propios vecinos, los impermeabilizan y colocan dentro sus libros para quien quiera cogerlos prestados. Puedes llevártelos, leerlos y devolverlos cuando acabes. Incluso algunos dejan una libreta vacía para que escribas en ella lo que quieras. Un agradecimiento, unas palabras de afecto...

—Tienes que estar de coña —dice mi hija.

—Pues no. —Martin sonríe, orgulloso de haberla sorprendido—. Rose Lake es un pueblo muy pequeño y habrá un montón de cosas que no te gusten, Maia, estoy tan seguro de eso como de que habrá otras que conseguirán enamorarte.

—Pero yo no soy de aquí. Me acusarán de robo si...

—En cuanto sepan que eres mi sobrina y la hija de Max serás tan de aquí como nosotros. Eres parte de este lugar, aunque acabes de llegar.

Maia no responde y eso, en realidad, ya es un punto a favor de Martin, que lo sabe y por eso prefiere cambiar el tema, agenciándose la victoria de esta batalla. Nos señala la acera de enfrente.

—La iglesia. La mayoría viene los domingos. Yo intento escaquearme, pero no siempre lo consigo.

—Yo soy atea —dice Maia.

—Yo también —asegura Martin.

—¿Y por qué vienes?

—Porque... Bueno, es complicado. Ya lo entenderás.

Maia hace amago de replicar, pero señalo el frente, donde hay una boca de incendios amarilla.

—Mira, cariño, como en las películas.

Es una chorrada. Ella lo sabe y yo también, pero tenemos que avanzar y no encuentro otro modo de hacerlo. Caminamos mientras Martin nos enseña y explica todo lo importante. La calle por la que se va al colegio, la consulta del médico y dónde podemos encontrar al sheriff. No tardamos en divisar el lago y me doy cuenta, maravillada, de que el restaurante de Max es, probablemente, el lugar más bonito que he visto nunca y, desde luego, el mejor de Rose Lake, aunque me cuido de decirlo en voz alta por si pudiera ofender a alguien. Está justo frente al supermercado, pero entre ellos hay una arboleda lo bastante grande como para no ver el supermercado desde la terraza del restaurante y viceversa, estoy segura.

La vista cuando estás frente al restaurante es impresionante. Las montañas de Oregón, poderosas e inmensas, por detrás, el lago y el edificio construido en piedra y madera. El aparcamiento es amplio, hay césped y jardineras colgando de las ventanas. A la derecha un camino empedrado insinúa el recorrido para ir a la terraza, que se intuye detrás del restaurante y con vistas privilegiadas del lago.

—Es precioso —susurra Maia.

—Lo es. —Sonríe Martin—. El orgullo de Max, y no es para menos. ¿Vamos?

Caminamos junto a él y, cuando entramos, no consigo retener un exclamo de sorpresa. A mano derecha hay una especie de salón presidido por una inmensa chimenea de piedra sobre la que hay colgada la cabeza de un ciervo con unos cuernos tan enormes como majestuosos. Bien, vale, no sabía yo que Max era de estos gustos, pero supongo que tengo que respetarlo.

—Es un horror —dice mi hija con la cara contraída—. Nunca entenderé que alguien vea esto bonito. Pensé que mi padre era de otra forma.

—En realidad no es de tu padre —aclara Max—. Estaba aquí antes de que él comprara el restaurante, Maia, y aunque es lógico que no te guste, cuando lleves un tiempo aquí entenderás que hay cosas con un significado poderoso, aunque aparentemente no vayan con nosotros.

—Yo esto no lo entenderé nunca.

—Y es respetable, como lo son los motivos de tu padre para tenerlo ahí.

—Cazar es...

—Él no lo cazó. No haría daño ni a una mosca.

—¿Entonces...?

—No puedo decirte más sobre eso, Maia. Le corresponde a él contártelo.

El tono es serio y soy consciente de que Martin puede ser muy agradable, pero también sabe cuándo poner límites. No me ofende que lo haga con Maia, porque entiendo que mi hija esté impresionada, igual que yo, pero él no lo cazó e intuyo que eso tiene más historia de la que se aprecia solo mirándolo, así que concentro mi atención en los cuatro sillones relax y el sofá marrón que rodean la mesita de centro de cristal con patas de madera, así como en la alfombra gruesa sobre la que están los muebles y las raquetas de nieve antiguas que cuelgan de la pared en forma de cruz. En realidad, hay muchas reliquias colgadas por las paredes y empiezo a entender que todo esto tiene un sentido familiar, más que decorativo. Es curioso, teniendo en cuenta que Max no se habla con su padre, pero supongo que es un tema que deberíamos hablar en algún momento.

Pasamos a la sala principal, llena de mesas de madera y paredes de cristal que dan al exterior, donde está la terraza en una especie de muelle, sobre el lago. Las vistas al lago y el bosque son impresionantes. Dentro, en el centro, hay un pequeño escenario y la barra está al final, enorme, lustrosa y con Max detrás de ella. Está distraído colocando cosas en las neveras que supongo que habrá por dentro, lo que juega en nuestro favor.

—Sorpresa, hermanito —dice Martin en un tono que me tensa de inmediato.

Max alza los ojos distraído y, cuando nos ve a los tres juntos y repara en la mirada de Martin, su rostro se pone tan pálido que casi me preocupo por él. Casi, porque esta situación la ha provocado él al no contar las cosas a tiempo.

—Ah... —Carraspea y justo en ese instante sale Steve de lo que supongo que es la cocina.

—Tenemos que comprar más beicon y... Oh. ¡Oh! —Coge aire al vernos, se acerca a Max y palmea su espalda—. Bien, cielo, ¿recuerdas cuando te dije que ciertas acciones te traerían problemas? Pues aquí los tienes.

10

Maia

Que mi padre me mire como si estuviera superarrepentido me gusta. Y me gusta porque es lo que menos se merece después de habernos ocultado así hasta el último momento. Además, estoy enfadada con él, porque resulta que tengo un tío que es majo y listo y me lo he perdido durante diecisiete años porque mi padre no quería enfrentarse a sus padres. Total ¿de qué ha servido? Ahora estamos aquí y esos señores que se supone que son mis abuelos van a enterarse. Sí, nos ha evitado su presencia durante todos estos años, pero también me ha negado la de mi tío y eso me duele. Recuerdo, como en un flash, que en algunos momentos mi padre me invitó a venir a Rose Lake y yo me negué porque... Bueno, porque yo decía que no necesitaba más familia. En realidad, nunca he querido dejar a mi madre sola, lo que es una gilipollez, visto desde una perspectiva un poco más madura, porque creo que mi madre habría agradecido tener unos días de vacaciones sola. O quizá no. No estoy lista para ponerme a pensar en cuántas cosas ha perdido ella por mí. No, cuando aún estoy enfadada. Además, la escena que se desarrolla frente a mí es más interesante y me ofrece descargar mi frustración. ¿Cómo voy a perder la oportunidad?

—Bien, creo que lo mejor es que nos sentemos y charlemos todos juntos.

—¿Ahora quieres charlar? Qué novedad —dice Martin con ironía—. Bien, en ese caso, voy a sentarme con mi sobrina y la madre de mi sobrina. Sobrina. Perdona que lo diga mucho, tengo que acostumbrarme, teniendo en cuenta que acabo de enterarme de que soy tío.

No quisiera estar en el lugar de mi padre. Resulta que mi tío Martin es majo, pero solo hasta que deja de serlo. O lo que es lo mismo: es mejor no tocarle mucho los...

—Maia, cariño, vamos a sentarnos —dice mi madre interrumpiendo mis pensamientos.

—Podemos ir al salón de la entrada y...

—No pienso sentarme delante de un cadáver —le digo a mi padre sentándome en una mesa cualquiera—. Debería darte vergüenza.

—¿Cadáver?

—El ciervo —le aclara mi madre.

—Oh, eso... tiene su historia.

—No quiero saberla —le digo alzando la barbilla—. Prefiero que nos centremos en otras cosas.

—Está bien.

Con un suspiro que pretende ser lastimoso, mi padre se sienta, igual que mi tío y mi madre. El único que se queda de pie es Steve.

—¿Y tú? —le pregunto.

—Voy a colocar las bebidas, hoy hemos cerrado un rato, pero normalmente abrimos cada día, menos los lunes y, si no lo hacemos en una hora, vamos a tener a todo el pueblo aquí pidiendo explicaciones.

—Según he visto, tampoco es que sea una marabunta.

—¡Maia! —exclama mi madre.

—¿Qué? Es verdad, creo que todo este pueblo cabe en el patio de mi antiguo instituto.

—Debe de ser un patio enorme —dice mi tío con sorna.

—Lo era. Teníamos hasta huerto.

—¡Qué bien! Aquí hay más huerto que patio.

Pongo los ojos en blanco. Vale, es más difícil ganarle una batalla verbal de lo que pensaba. Él sonríe, pasa un brazo por el respaldo de mi silla y mira a mis padres, que se han sentado frente a nosotros.

—Hora de pedir perdón, papi. Tienes una lista larga, ¿por dónde quieres empezar?

—Por Dios, Maia —susurra mi madre frotándose la frente.

Es probable que tenga migraña y tratar de entendernos todo el rato en inglés debe empeorarla. Bueno, no me siento especialmente generosa hoy, así que encojo los hombros, dejándole claro que no voy a bajar el nivel de sarcasmo. Como se limita a negar con la cabeza, me concentro en mi padre.

—No tengo excusa. La verdad es que sería más fácil si la tuviera, pero... estaba acojonado. —Mira a su hermano y encoge los hombros—. No quería defraudarte.

—Pues lo has hecho. —Mi padre baja los ojos y una punzada de compasión me atraviesa el estómago—. Pero no por tener una hija, Max, sino por ocultármelo. Pensaba que no había secretos entre nosotros.

—No los hay. O sea... quitando esto, no los hay.

—Hombre, es que esto, en mi opinión, vale por cien secretos de los normales —replico.

—En eso tiene razón —me sigue Martin—. Joder, Max, ya pasamos por esto cuando... Bueno, ya sabes cuándo.

—Yo no lo sé —aclaro.

—Maia, ya vale —replica mi madre—. O te calmas y dejas que tu padre hable, o nos vamos a dar un paseo porque, en realidad, a quien tiene que darle explicaciones es a Martin.

—Bueno, y a mí también, porque me he perdido un tío.

—Creo recordar que te ofrecí, no una, sino varias veces a lo largo de estos años, venir aquí, a Rose Lake —me recuerda mi padre.

—¿Y qué habrías hecho si llego a decir que sí? Seguramente estabas rezando para que me negara porque así podías seguir teniéndome en secreto.

—Maia, cariño, no es así... —Mi padre suspira con pesar y chasquea la lengua. Mira hacia la barra, donde está Steve, como si solo eso lo llenara un poco de energía—. No es fácil para mí decir las cosas desde niño, cuando mi opinión se vio ninguneada por mi padre.

—¿Tan malo es? —pregunto enfadada—. ¿Tan malo como para... todo esto?

—No es malo —aclara Martin—. O eso me gusta pensar, pero sí es un hombre muy complicado. Esperaba que tu padre y yo cumpliéramos con ciertos roles y, al no hacerlo, sumado a algunos hechos delicados, la relación entre padre e hijos se fue a pique.

—No ayudó que yo sea homosexual.

—¿No te acepta? —pregunto, indignada.

Mi padre encoge los hombros. En cualquier otra persona diría que trata de mostrarse abatido para que lo perdone, pero sé que mi padre no es así. De verdad se siente mal y empiezo a apiadarme de él porque, aunque lo pueda parecer, no soy una arpía. No al cien por cien, al menos.

—Es difícil. Dice que sí, pero lo cierto es que creo que se avergüenza de que lo sea.

—Pues menudo cabrón.

—Este es un pueblo pequeño, la gente habla y muchos aún no tienen la mente muy abierta y...

—No deberías excusarlos. No estás haciendo nada malo. No eres nada malo. —Frunzo el ceño y niego con la cabeza—. Y no comprendo qué haces viviendo en un lugar en el que no te aceptan.

—Sí me aceptan, Maia, pero no lo entienden. Y no son todos, solo algunos: los más mayores.

—Es lo mismo.

—No, no lo es, algún día te darás cuenta.

—Da igual: eso no te da derecho a escondernos.

—No, no me lo da, pero quiero arreglarlo. Quiero ser un mejor padre, un mejor compañero, también —dice mirando a Steve—. Quiero hacer las cosas bien, Maia, pero necesito ir a mi ritmo.

—Pues déjame que te diga que es un ritmo lento.

—Maia, por favor —interviene mi madre.

—¿Es mentira? Joder, que estamos aquí viviendo, ha tenido un mes para decírselo a Martin, al menos, y se ha callado por cobarde.

—Eh, Maia, creo que no deberías decir que tu padre es un cobarde.

—¿Vas a decirme tú lo que tengo que decir?

Miro a mi tío enfadada. Lo acabo de conocer. Una cosa es que me caiga bien y haya podido llegar a pensar que podía entenderme con él, pero no voy a permitirle que me sermonee, básicamente porque ¡lo acabo de conocer! Y estoy a punto de decírselo, pero entonces mi madre se levanta a toda prisa y sale disparada hacia un lateral del restaurante.

—¿Qué...? —pregunto levantándome y yendo tras ella.

No soy la única, mi padre, Martin y Steve corren tras de mí y llegamos al baño justo a tiempo de oírla vomitar. La preocupación se aloja en mi cabeza y entro en el baño. Ellos no lo hacen, pero tampoco se van, demostrando que la intimidad en esta familia va a ser un asunto complicado de tratar. Mi madre no ha podido cerrar la puerta, está arrodillada en el suelo y se convulsiona de un modo tan intenso que me asusto.

—Mamá... —susurro, acongojada.

—Estoy bien. —Habla en español, pero el tono es horrible, apagado, enfermo y entre arcadas—. Sal, Maia, estoy bien.

Vuelve a vomitar, dejando claro que no, no está bien.

—Voy a llamar al médico —dice Steve.

—Es la migraña —aclaro—. Es... es la migraña. —La culpabilidad apenas me deja hablar mientras retiro el pelo de la cara de mi madre—. Necesita beber un poco de agua y una habitación totalmente oscura.

Mi madre no responde, dándome con eso la razón.

—Te llevo a casa —dice Max.

—Déjalo, tienes que abrir el restaurante. Yo me ocupo —se ofrece Martin.

—¿Seguro?

—Sí. —Mi recién estrenado tío entra, me hace a un lado con delicadeza y se acuclilla detrás de mi madre—. Eh, Vera, ¿nos vamos a casa? —Mi madre asiente, pero no habla—. Muy bien, deja que te ayude, vamos.

Me sorprende que se dé cuenta de que está mareada. Yo sí lo sé, porque sé que sus crisis de migraña se agravan con el estrés. Ha sufrido muchísimo por este tema, porque cuando empeora, ni siquiera las pastillas ayudan, y no puedo evitar pensar que el hecho de que yo sea una impertinente de mierda ha tenido mucho que ver. Mi madre se pone de pie con ayuda de Martin, está un poco tambaleante y roja, no solo por haber vomitado, sino por la vergüenza, estoy segura.

Salimos del baño en fila. Mi padre y yo tenemos la misma cara de culpabilidad. Mi madre, en cambio, hace un esfuerzo por sonreírme, lo que me hace sentir todavía peor, porque yo jamás haría ese esfuerzo sintiéndome como debe de sentirse ella.

—Estoy bien, no te preocupes. Ya sabes que se me pasará con una siesta, oscuridad y silencio.

—Está bien, vamos a casa —le digo.

Steve me sujeta el brazo con cariño.

—¿Por qué no te quedas con nosotros?

—Quiero estar con ella.

—Cielo, estaré bien —dice mi madre—. Quédate aquí, explora el restaurante y el lago y en cuanto esté mejor volveré, o cuando llegues a casa me lo contarás todo.

—No voy a dejarte sola.

Mi madre inspira, conteniendo una nueva arcada, pero sin dejar de mirarme con cariño. Joder, no me la merezco.

—Voy a estar en el dormitorio a oscuras, dormida y rezando para no oír ni el vuelo de una mosca. No puedes ayudarme y vas a aburrirte muchísimo.

—Leeré o dormiré contigo.

—¿Y por qué no te quedas aquí? —pregunta mi padre—. Vamos, apenas hemos estado juntos desde ayer.

Miro a mi madre una vez más. Podría insistir, pero es que no está en condiciones de hablar más. Se nota que está agotada y deseosa de dormir un poco, así que al final claudico.

—Está bien, llámame cuando te despiertes y haré que alguien me lleve —le pido—. O me iré andando. Total, más me vale ejercitar las piernas si voy a vivir aquí, porque... —Me corto a tiempo. Joder, nada de quejas. Sonrío, aunque sea falsamente y encojo los hombros—. Porque es bonito caminar con aire puro.

Oigo un resoplido que creo que viene de mi padre, no lo sé, pero en cualquier caso cuando mi madre se va con mi tío, y veo a mi progenitor acercarse a mí para seguir hablando, decido que he tenido bastante por ahora.

—Daré una vuelta por el pueblo, si no te importa.

Él asiente y me alegra pensar que, aunque no hayamos vivido juntos estos años, hemos hablado lo suficiente por teléfono y videollamada como para que sepa cuándo empiezo a estar sobrepasada y necesito estar a solas.

Salgo del restaurante y sigo las indicaciones que me ha dado Steve para llegar al supermercado. En realidad, es bastante fácil. Hay dos opciones: seguir la carretera bordeando los árboles, porque el supermercado, igual que el muelle, están justo en paralelo al restaurante, también pegado al lago, solo que los árboles no dejan que se vea. O elegir el sendero entre los árboles y atravesarlos para llegar antes y, según ellos, con mejores vistas. Elijo esto último, no por las vistas sino por vaga. Me adentro en el sendero de tierra, bordeado por vallas de troncos de madera, y descubro, con sorpresa, que sí disfruto de las vistas. Será la visión del lago conforme los árboles dejan paso, o las copas de estos, tan altas como edificios, pero cuando llego al final y diviso el supermercado me siento un poco más ligera.

Mi idea era entrar a por algo para comer y, de paso, comprobar que los supermercados también son como en las películas, pero al desviar mis ojos hacia la izquierda veo el muelle y no me resisto. Voy hacia él y camino por el primero de los tres pantalanes que hay. Me sorprende que sea tan amplio, teniendo en cuenta la longitud de Rose Lake. Tiene capacidad para unos sesenta barcos, a ojo, y siempre que no sean muy grandes. En su mayoría, veo lanchas y pequeños barcos pesqueros atracados. Voy hacia el final, miro el lago y me sorprende descubrir que el agua es tan cristalina que se ven los peces. Me siento sobre la madera y, por primera vez desde que llegué aquí, noto que estoy un poco relajada.

Aún me siento culpable por lo que le ha ocurrido a mi madre, pero supongo que, al final, las dos estamos adaptándonos a esto. Para ella también es difícil, eso siempre lo he sabido, y quizá por eso no comprendo bien que se haya empeñado en venir de todos modos.

Elevo la cara hacia arriba, para dejar que los rayos de sol me acaricien, y me pregunto cuánto de la decisión de mi madre ha sido por voluntad propia y cuánto por necesidad. No soy idiota, sé que teníamos problemas de dinero, pese a que ella trabajaba como nadie. Además, nunca me ocultó que había dificultades en casa. A mí no me faltó de nada porque mi padre siempre se ocupó de pasarme la manutención y, en cuanto le decía que necesitaba algo (ropa, zapatillas) no dudaba en darme más. Mi madre solía enfadarse al enterarse de que se lo había pedido. Odia aprovecharse de la gente y creo que eso, a la larga, nos ha jodido más. Es demasiado buena y creo, sinceramente, que en esta vida le va peor a la gente buena que a la mala. No sé, será que ahora mismo estoy jodida, pero cada vez se me hace más patente el pensamiento.

—¿Qué hace una chica como tú en un sitio como este?

Me sobresalto al oír esa voz. Me giro tan rápido que casi pierdo el equilibrio y me encuentro con un chico tan alto como uno de estos árboles, o al menos lo parece desde donde estoy sentada, con el pelo desordenado, seguramente porque lo lleva corto, pero no del todo; sobre todo lo tiene revuelto por arriba y disparado en todas las direcciones. Tiene una sonrisa torcida que quita el aliento y un acento tan marcado que no podría convencer a nadie de ser otra cosa que estadounidense.

—¿Y tú eres...? —pregunto con chulería, porque no pienso dejarme acobardar por un gigante de pelo bonito y despeinado, aunque haya estado a punto de caer al lago por la impresión.

Él se ríe con una despreocupación que envidio y se sienta a mi lado sin pedir permiso. Ahora que lo veo más de cerca podría decir que es guapo. Mierda, es guapísimo, en realidad. O puede que no tanto, pero tiene algo. No sé si es su pelo, sus ojos castaños, su nariz perfecta o sus labios carnosos, pero hay algo en él que... Joder, no sé. Es el típico chico americano. Eso es. Si Netflix lo viera le daría un papel protagonista solo porque sí. Y con eso lo dejo claro, ¿verdad? Él sonríe sin tener ni idea del casting que acaba de superar, y extiende una mano en mi dirección.

—Kellan Hyland para servirla, señorita.

11

Martin

Entro con Vera en la casa de mi hermano y, cuando se gira, con los ojos rojos y prácticamente cerrados, frunzo el ceño en un acto reflejo. He visto esto muchas veces antes, sobre todo cuando era pequeño. Mi madre tiene migraña y, del mismo modo que Vera, vomitaba cuando el estrés acuciaba su cabeza. No me gustaba verla así, como tampoco me gusta ver a Vera de este modo.

—Deberías tomar un poco de agua antes de irte a la cama.

—Estoy bien, solo quiero oscuridad. Gracias por traerme y...

Su voz vacila y no sé si es a causa de no encontrar la palabra correcta en inglés o su tremendo dolor de cabeza. En cualquier caso, se lo pongo fácil. Cojo su mano y la guío hacia los escalones para que suba. Cuando lo hace y me muestra la habitación que ocupa, doy un paso atrás y permito que entre.

—Muchas gracias —susurra con voz apagada.

—Estaré por aquí por si necesitas algo.

No responde y eso me da una idea de lo mal que se siente, porque algo me dice que, en condiciones normales, Vera se negaría a que me quedase en la cabaña cuando, en realidad, no hay mucho que pueda hacer por ella. Aun así, como el plan inicial antes de descubrir que soy tío era trabajar un poco, decido que puedo hacerlo desde aquí. Voy a casa, cojo la mochila con todo lo necesario y, de vuelta, me instalo en el sofá de mi hermano, donde abro el portátil y me pongo a trabajar en las cosas que tengo pendientes.

Media hora después me llama Wendy y dejo el portátil a un lado para salir y contestar fuera, donde no moleste a Vera.

—¿Cómo está la señora directora? —pregunto, con sorna.

Oigo su risa a través del teléfono y sonrío por pura inercia.

—Bueno, no te negaré que el miedo me tiene un poco paralizada.

—Lo harás genial.

—Clive dejó el listón muy alto.

Pienso en nuestro antiguo director y sonrío.

—Sí, es verdad, pero lo superarás, estoy seguro de ello.

—Todavía no entiendo por qué no te presentaste. Eres la opción más lógica.

—¿Y eso por qué?

—Oh, vamos, Martin. Eres hijo del dueño del pueblo.

—Mi padre no es dueño del pueblo —farfullo.

—Todos estamos aquí por tus antepasados.

—Eso es un tanto exagerado. Rose Lake habría existido de un modo u otro.

—No, si tenemos en cuenta que se llama así por tu familia.

Tiene razón. Rose Lake fue bautizado como tal por mis antepasadas. Pero desde entonces ha llovido mucho y mi familia no es dueña del pueblo, obviamente, aunque sí posee gran parte de las tierras y, de un modo u otro, Rose Lake sobrevive gracias al trabajo que mi padre genera con su empresa de exportación de madera y carpintería.

Carraspeo, incómodo con todo esto. No me gusta que me recuerden de dónde vengo. Al contrario que la mayoría de la gente me gusta pensar que estoy aquí por quien soy y lo mucho que he trabajado. No he tenido más facilidades por ser hijo de Ronan Campbell. En gran parte porque elegí dedicarme a algo en lo que él no podía meterse y ahora soy profesor de literatura inglesa y español en el instituto de Rose Lake. Algo que a cualquier padre habría enorgullecido y al mío...

—¿Martin? —pregunta Wendy al otro lado.

—Sí, perdona, me he distraído.

—Eso es muy raro en ti.

—Están siendo días raros, desde luego —admito.

—¿Y eso? ¿Necesitas hablarlo?

—No me iría mal tomar una copa esta noche.

—Hecho. Nos vemos en el restaurante y cenamos.

—¿Qué dirá Brad de que cenes otra vez conmigo?

—Que lo lleve, así que es probable que venga de acompañante.

Me río. Brad es su marido y, además, uno de mis mejores amigos. Diría el mejor, pero disputa ese puesto a menudo con Wendy. Ambos son más o menos de mi edad, compartimos gustos y, lo más importante de todo: queremos hacer de Rose Lake un lugar próspero. Que la gente venga y se quede. Sin perder la esencia que nos caracteriza, pero haciendo que el pueblo y sus habitantes progresen. No tenemos muchos alumnos en el instituto de Rose Lake, pero vienen de otros pueblos y, cuando hablo con ellos, me doy cuenta de que son muchos los que pretenden dejar de estudiar cuando acabe esta etapa. Los pocos que quieren hacerlo tienen muy claro que se largarán de aquí y no volverán. Lo entiendo, este no es un lugar en el que puedas desarrollarte profesionalmente en muchos aspectos, pero es un buen lugar para vivir. De verdad es un gran sitio. La naturaleza, ciertos valores y la tranquilidad son factores que deberían contar a la hora de plantearse el futuro, pero muchos jóvenes solo quieren aventuras y, aquí, salvando los deportes relacionados con la nieve o el lago, no hay mucho de eso.

—En serio, Martin, te llamo después, porque se está haciendo difícil establecer un diálogo contigo.

Me río, volviendo en mí y dando la razón a Wendy.

—Perdóname. Está siendo un día caótico.

—Lo dicho, entonces. Esta noche cenamos juntos y nos cuentas. O mejor aún, ven a casa.

—No quiero darte más trabajo.

—No es trabajo. Pediremos algo al restaurante y así no cocinaré, pero no quiero oír a Brad protestando porque tenemos que pagar una niñera para salir a cenar cuando podríamos hacerlo en casa y hablar con más calma.

—Es un hombre de costumbres caseras.

—Es un hombre aburrido, pero lo quiero y me casé con él, así que...

Me río de nuevo y, antes de que cuelgue, decido darle un adelanto.

—¿Hemos tenido nuevas matriculaciones este año en el instituto?

—Sí, claro, como cada año. Los de noveno vienen pisando fuerte y...

—No, no me refiero a ellos. Me refiero al último grado.

—Ah, sí. Es curioso, tenemos a una chica que se apellida como tú. Pensaba comentártelo en la próxima reunión.

—Ya... Maia, ¿verdad?

—¿La conoces?

—Sí, la he conocido hoy.

—Martin... Ay, Dios, Martin... No, espera, no puede ser. —Desde el porche de mi hermano casi puedo ver la velocidad a la que Wendy hace números, y es profesora de matemáticas, así que es una gran velocidad—. Martin, querido, ¿hay alguna posibilidad de que tuvieras un escarceo amoroso en tu tierna adolescencia y...?

—No. —Me río—. No. Maia no es mi hija.

—Uf, menos mal. Por un momento he pensado una locura.

—Es hija de Max. —La línea se queda tan silenciosa al otro lado que temo que Wendy se haya desmayado, pero supongo que habría oído el sonido de su cabeza al golpear contra el suelo—. ¿Wen?

—Olvida la cena. Que sea una comida y que sea pronto.

Me río, acepto y, cuando cuelgo, vuelvo a entrar en la casa. Tengo un montón de temario que poner al día antes de empezar las clases, en cuestión de días, y teniendo en cuenta que los días se han enredado un poco, es mejor que aproveche este rato de silencio. Cuando acabo estoy tentado de ir a la habitación de Vera y comprobar que duerme, pero me parece que sería invadir su privacidad y, como no ha salido ni ha pedido nada, decido que lo mejor que puede hacer es dormir y salgo silenciosamente de la casa.

A la hora de la comida llego a casa de Wendy y me encuentro con que la camioneta de Brad está en la entrada. Frunzo el ceño, un poco extrañado, porque mi amigo suele llegar mucho más tarde a casa, pero en cuanto entro me lo encuentro ansioso y con un cubo de cervezas listo.

—Mañana trabajaré como un cabrón para recuperar horas, pero explícame eso de que tienes una sobrina.

Miro a Wendy con cierto reproche, pero ella se limita a encogerse de hombros.

—Me casé para lo bueno, lo malo y no ocultar secretos, salvo cuando se trata de confesar el dinero que gasto en ropa.

Me río y permito que me abrace. Me encanta Wendy y, como siempre le digo a Brad, es una lástima que no haya podido sentir nunca nada por ella, ni viceversa, porque es guapa, dulce, simpática, lista y tiene los mismos valores que yo.

—Tú y yo habríamos sido un matrimonio increíble —le digo forzando un tono melancólico.

—Ni lo sueñes, Campbell. Te habría dejado sin dientes para quedarme con la chica.

—Qué encantador y poco machista, ¿verdad? —murmura ella en tono irónico.

Nos reímos, porque todos sabemos que, en realidad, Brad no es capaz de matar ni a una mosca. Nos sentamos alrededor de la mesa aprovechando que el pequeño Brad, de ocho meses, duerme en su cuna, y les cuento todo lo acontecido esta mañana. Ellos me escuchan atentamente hasta que llego a la parte del restaurante y los vómitos de Vera.

—Ay, Dios, la pobre. Debería probar a inyectarse bótox. A tu madre le ha mejorado muchísimo la calidad de vida.

—¿Qué tiene que ver ponerse tetas con las migrañas? —pregunta Brad.

—Inyectarse bótox en algunos puntos de la frente o nuca. Bótox, cenutrio, no silicona, que es lo de los pechos.

—Me pierdo con el tema de las cirugías —admite mi amigo, algo avergonzado.

Me río. Brad es un gran tipo. No fue a la universidad, pero eso no le resta ni un poco de agilidad mental, aunque algunas veces se aturrulle. Adora su trabajo, adora a su esposa y adora Rose Lake, así que era imposible que no acabara siendo uno de mis mejores amigos.

—El caso es que la dejé durmiendo en casa de Max y no sé cómo estará. Ni siquiera tengo un modo de comunicarme con ella y no tengo ni idea de lo que habrá hecho Maia durante la mañana. Ha sido todo muy precipitado.

—¿Y cómo son? —pregunta Wendy, fascinada—. ¿Se parece Maia a Max?

—Sí, se parecen en muchas cosas —contesto sonriendo—. Tiene sus ojos y el tono de su piel. Su pelo es castaño también, como el de Max.

—¿Su madre no es morena?

—Sí, pero es más morena. Vera es más exótica. Tiene los ojos oscuros, la tez más bronceada y los pómulos... —Me quedo en silencio al darme cuenta de que, en realidad, hay muchos rasgos que puedo describir de ella para haberla visto tan poco tiempo.

—¿Es guapa? —pregunta Wendy.

—Supongo.

—¿Supones?

—No me he fijado.

Joder, es mentira, pero Wendy está obsesionada con emparejarme con cualquiera. En serio, le vale cualquiera que sirva su propósito de tener citas de cuatro. En parejas. Brad dice que prefiere arrancarse las pelotas antes que estar haciendo el gilipollas como en las películas u obligarme a estar con una tía, y por una vez tengo que decir que estoy totalmente de acuerdo con él.

Admitir delante de Wendy que Vera es preciosa sería darle alas para pensar en una locura. Una puta locura, teniendo en cuenta que es familia. Bueno, no es familia mía, pero es la madre de mi sobrina. Tuvo una hija con mi hermano y...

—¿Y has pensado ya lo que pasará cuando tus padres se enteren?

La pregunta de Wendy se carga de un plumazo cualquier pensamiento en relación con Vera. La ansiedad se apodera de mi pecho y, cuando respondo, lo hago en un tono mucho más rígido del que pretendía en un inicio.

—En realidad, tendré cuidado de que no afecte mucho a mi madre. Lo que pase con él... me importa poco.

Mis amigos saben que no es cierto, pero me conocen lo suficientemente bien como para saber que no deben insistir y este tema se ha acabado. Al menos, de momento.

12

Kellan

Está triste.

No es como si fuese por la vida acercándome a chicas solo porque sí, pero ha sido difícil resistir la tentación de acercarme a alguien nuevo en Rose Lake. No es algo que ocurra con frecuencia, salvando los pocos clientes que van al aserradero de los Campbell, que queda al otro lado del lago, en el bosque. En el pueblo entra poca gente nueva, salvo cuando llega la temporada de esquí y siempre vienen grupos de valientes que piensan que saben esquiar libremente por el bosque. Es una gilipollez, porque no tenemos pista oficial, pero al final alquilan las casas rurales, llenan el restaurante, gastan en el supermercado y animan el pueblo, así que tampoco me quejo mucho.

Sin embargo, a solo unas horas de entrar de lleno en septiembre es raro que aparezca gente de fuera. Y mucho menos chicas jóvenes y con pinta de llevar el peso del mundo sobre los hombros.

—Hola, Kellan Hyland. —Aprieta mi mano y, cuando se suelta, vuelve a concentrar la mirada en el lago.

—¿Cómo te llamas? —pregunto, porque es obvio que no va a salir de ella contármelo.

—Maia —susurra.

—¿Solo Maia?

Ella piensa la respuesta unos instantes, pero, finalmente, asiente.

—De momento, solo Maia.

—¿Estás de vacaciones aquí?

—No —dice con una risa seca—. Llegamos ayer y, según parece, vamos a vivir aquí.

Un latigazo de emoción me recorre por dentro. Algo puramente químico. Es genial conocer gente nueva. Sobre todo si esa gente tiene unos ojos preciosos y una cara digna de inspirar las mejores canciones. Pero, además, será una novedad, y cuando vives en Rose Lake aprendes a agradecer las novedades tanto como los regalos que deja el viejo de rojo bajo el árbol en Navidad.

—¿De dónde eres? —pregunto.

—Madrid.

—¡España! —exclamo, sonriendo—. Me encantaría ir alguna vez.

—A comer paella y beber sangría, ¿no? —pregunta ella un tanto irónica, o eso creo.

—No —respondo con naturalidad—. Mi padre siempre decía que nos llevaría a España.

—Dile de mi parte que me lleve con vosotros.

—Me gustaría, pero está muerto.

Maia se tensa y me mira con los ojos tan abiertos como ventanas. No puedo culparla. Quizá debería haber respondido de otro modo, pero creo que, a veces, la acidez se resta con más acidez.

—Lo-lo siento mucho.

—Ya... En diciembre hará un año.

Maia guarda silencio un instante y después, para mi sorpresa, sus ojos se llenan de lágrimas que no derrama, pero porque se esfuerza mucho en que así sea.

—¿Se hace más fácil? —La miro sin entender y carraspea—. Cuando pasa el tiempo ¿se hace más fácil o duele igual?

Entonces lo entiendo. La ironía, el enfado y la tristeza echando raíces. Ha perdido a alguien y me gustaría decirle que sí, que es más fácil con el tiempo, pero es que todavía, antes de acostarme, entro en los mensajes de mi móvil y oigo los audios que mi padre solía mandarme. Y si no oigo su voz, no puedo dormir, aunque creo que Maia no necesita saber eso.

—Se transforma —admito—. Aprendes a vivir con ello, aunque siga doliendo. Ya no pienso las veinticuatro horas del día en lo mucho que lo echo de menos y ya no me martirizo pensando en los porqués. ¿Por qué él? ¿Por qué tan pronto? ¿Por qué así? —Trago saliva, porque aún es difícil hablar de esto—. La vida, a veces, es muy injusta, pero en algún momento tuve que dejar de enfadarme por eso. Y descubrí que, cuando el enfado se va, ya solo queda la tristeza. Parece malo, pero es mejor estar solo triste, que estar triste y enfadado, porque en esto último necesitas un culpable y, cuando no lo encuentras, la frustración te come por dentro.

—Pero tienes derecho a estar triste y enfadado.

—Sí, pero comprendí que, cuanto más tiempo pasaba enfadado, menos tiempo pasaba haciendo algo que de verdad sirviera para algo.

—¿Hay algo que sirva?

—El trabajo mientras la música suena tan alta como el altavoz puede soportarlo —contesto sin dudar—. Eso, mi madre y mi hermana. Tiene nueve años. Es pequeña, pero ha notado mucho su marcha. Más que yo, creo, porque fue mucho más difícil hacer que ella comprendiera que no iba a volver.

Maia guarda silencio un momento, vuelve a mirar al lago y respeto su mutismo, en parte porque tampoco me gusta tanto hablar y, desde luego, no disfruto presionando a las personas, por interesantes que me resulten, así que pasamos un tiempo mirando el lago, los peces y, a lo lejos, el bosque de Rose Lake.

—He venido con mi madre —dice al fin—. Vivíamos en Madrid con mi abuelo, pero él murió repentinamente. —Su voz se torna ronca—. No era viejo, no era su hora y no consigo entender cómo ocurrió, si estaba sano y se cuidaba.

—Lo entiendo. A veces cuesta comprender por qué él y no otros que lleven peor vida, ¿no? A mí me pasaba. Mi padre tenía el taller del pueblo. Le gustaba esquiar y cada invierno se pasaba su tiempo libre dirigiendo motos de nieve, esquiando o patinando sobre hielo. En verano, su pasión eran la lancha y la pesca. Hacía deporte, comía bien y, aunque bebía un poco los fines de semana, alguna que otra cerveza, no solía pasarse.

—¿También tuvo un infarto? —pregunta Maia.

—No. —Niego con la cabeza—. No, él... —Tomo un poco de aire, porque es difícil, joder, es muy difícil todavía—. Él tuvo un accidente de coche, lo que es irónico, puesto que era el mecánico del pueblo, ¿no? —Sonrío, pero en realidad es una sonrisa fea, triste—. En fin, da igual.

—No, no da igual —dice Maia, suavemente—. Siento mucho lo de tu padre.

—Gracias. Yo siento mucho lo de tu abuelo.

Ella sonríe un poco sin separar los labios, en actitud un tanto tímida, pero ahora sus hombros parecen un poco más ligeros, o eso me gusta pensar.

—Bueno, creo que estoy más enfadada por haberlo dejado todo para venir al culo del... —Se calla cuando se da cuenta y me mira un poco avergonzada—. Lo siento. No quería decir...

—Sí que lo querías decir —contesto, riéndome—. Está bien, no pasa nada. Supongo que venir desde una ciudad como Madrid aquí choca mucho. ¿Por qué habéis elegido este destino? —Ella gira la cara y yo sonrío—. Tranquila, no tienes que contármelo, soy un desconocido.

—Es que es... difícil, aunque supongo que va a saberse de todos modos.

—¿Saberse?

—Mi padre vive aquí.

Eso sí que es un notición y lo primero que pienso, aunque sea curioso, es que menos mal que he encontrado yo a Maia. Si la hubiera encontrado Gladys o cualquiera de sus amigas, ahora mismo la estarían sometiendo a un interrogatorio. Yo, por mi parte, intento darle espacio, aunque no niego que la curiosidad me puede. A ver, en Rose Lake somos muy pocos habitantes y todos nos conocemos. Podría decir que no hay secretos, pero, en realidad, sí los hay, aunque pocos. Las cosas más fuertes y jugosas se suelen saber. Que se lo digan a Archie Williams, que se le ocurrió echarse una amante que, justamente, era amiga de su mujer, y no solo eso, sino que vivía en el pueblo. El pobre diablo de verdad pensó que podía colarse en la casa de su amante sin que ningún vecino lo viera. El escándalo fue tal que Archie acabó fugándose y ahora su mujer y su amante mantienen una especie de odio mutuo que las hace convivir más o menos en paz.

Bien, pues si el tema de Archie dio para meses de habladurías, no quiero pensar lo que pasará cuando se sepa quién es el padre de Maia. Joder, yo mismo voy a toda prisa haciendo cábalas de los solteros del pueblo, que no son tantos. Miro con disimulo a Maia para intentar ver si se parece a alguien, pero como está concentrada en el lago solo puedo ver su nariz y soy un puto desastre para ver parecidos. Como investigador, dejo mucho que desear. Probablemente Gladys ya sabría hasta el ADN de Maia.

Y, de todas formas, ¿a mí qué me importa? Maia está aquí, vivirá aquí y eso ya es suficiente por ahora. Quién sea su padre no es asunto mío, aunque...

—Campbell —susurra.

—¿Cómo? —pregunto con la sangre congelada.

—Campbell.

Me mira y me siento el ser más estúpido de la Tierra por no haberlo visto antes. Es un tanto repugnante, sobre todo porque no quiero pensar cómo debe de sentirse Rose Campbell, pero supongo que Maia no tiene la culpa. Además, me decepciona que el señor Campbell haya caído tan bajo. Sé que tiene mala relación con sus hijos, pero viene a menudo al taller y nunca he pensado que sea tan malo como parece. A lo mejor debería dejar de pensar que la gente nunca es tan mala como parece.

—O sea, que vivirás al otro lado del lago.

—Sí, justo por allí —dice señalando los árboles frente a nosotros—. Aunque ni siquiera soy capaz de decir exactamente dónde está mi nueva casa.

—No —me río—. Tu casa está por allí, al otro lado del puente —digo señalándole el punto de la casa de los Campbell—. Junto al aserradero.

—Mmm, no, mi casa no está allí. Está ahí.

—No puede ser, Maia, ahí viven Max y... —Frunzo el ceño y la miro de nuevo. No puede ser. Es demasiado joven—. ¿Qué edad tienes?

—Diecisiete años.

La misma edad que yo. Hago cuentas rápidamente. Martin Campbell tiene treinta y pocos. ¿Puede ser que...?

—¿Tu padre es Martin Campbell?

Maia niega con la cabeza.

—Mi padre es...

—¡Maia! —Nos giramos sobresaltados al oír la voz de Max Campbell acercándose por el muelle—. Cariño, llevo un rato buscándote.

—Hay pocas probabilidades de perderse en este pueblo —dice ella en un tono mucho más cortante que el que ha usado para hablar conmigo.

—Vamos al restaurante, te pondré algo de comer.

—No tengo hambre.

—Maia...

—No tengo hambre, papá.

Intento que mi cara no refleje el puto cortocircuito que está haciendo mi cerebro. ¿Max? ¿Papá? Es imposible, joder, él es gay. Lo sabe todo el mundo, aunque no lo vaya gritando a los cuatro vientos, igual que todo el mundo sabe que está con Steve. De hecho, se murmura que parte de los problemas familiares se deben precisamente a eso, aunque, como digo, lo que yo he tratado con Ronan Campbell no me ha llevado a pensar que sea el ogro que parecen pensar Max y Martin. De hecho, en Rose Lake tanto Ronan como Rose son muy queridos. No solo porque tengan la mayor parte de terrenos del pueblo y una gran fortuna, sino porque son educados y ayudan, en la medida de lo posible, a los vecinos. Podrían haberse ido hace mucho tiempo a invertir su dinero en otro sitio y están aquí, apostando por Rose Lake, porque quieren seguir dando sentido a este pueblo y eso es de valorar. Aunque no niego que sea un gilipollas con sus hijos, eso sí que es verdad y todos han podido verlo.

—¿Qué tal, Kellan? —pregunta Max apoyando una mano en mi hombro cuando me levanto—. ¿Cómo va Chelsea con esa idea de hacerme la competencia?

Me río, mi hermana ha decidido que, a sus nueve años, es lo bastante adulta como para montar su propio restaurante y se pasa la vida recopilando recetas y convenciendo a mi madre para que la ayude a hacerlas. En su mayoría son pasteles que luego vende a los vecinos. Es entrañable, o lo sería si no fuera porque Chelsea le dio a mamá todo el dinero que ganó para que pagase las facturas. Mi madre se echó a llorar la primera vez que lo hizo, supongo que no es fácil para ella que sus hijos sean tan conscientes de los problemas que tenemos, pero creo que es mejor tener una Chelsea dispuesta a sacrificarse por su familia que una Chelsea que exigiera todo tipo de juguetes y placeres que los Hyland no podemos permitirnos desde que murió mi padre.

—Su última especialidad es el pastel de manzanas —le digo.

—Dile que traiga uno al restaurante. Prometo pagar un precio justo.

—Así lo haré. Gracias, Max —contesto avergonzado, porque sé que solo lo hace para ayudarnos, como todos los vecinos de Rose Lake.

—No tienes que darlas, hijo. Da saludos a Dawna de mi parte, ¿quieres? La echamos de menos la última noche de cartas en el restaurante.

—Estaba un poco indispuesta, pero se lo diré.

Max sonríe y le devuelvo el gesto en un acto reflejo. Siempre me ha caído bien.

—Maia, ¿vamos?

La chica asiente y se despide de mí con un gesto de la mano antes de alejarse.

Vuelvo a casa y, nada más entrar, me recibe el aroma de la nueva mermelada. En la cocina, mi madre y Chelsea remueven lo que sea que haya en el cazo.

—¡Mermelada de arándanos! —grita Chelsea emocionada.

Mi madre, a su lado, se ríe y me observa con atención.

—¿Qué tal el paseo, hijo? ¿Todo bien?

—Tengo noticias frescas. Prepárate para oír el cotilleo que pondrá en vilo a Rose Lake los próximos meses.

—No puedo esperar.

Sonrío, me siento en un banco junto a la pequeña isleta y le hablo de la chica de mirada triste que, al parecer, ha llegado para quedarse.

13

Vera

Abro los ojos cuando alguien llama con los nudillos en la puerta. Aprieto los párpados por inercia, temiendo que el dolor de cabeza empeore, pero descubro, contenta, que ha pasado lo suficiente como para convertirse en un suave zumbido. No sé cuánto tiempo ha pasado, pero sé que tengo que pedir perdón a Max por vomitar de esa forma en su baño. Y cuando recuerdo que es Martin el que me ha traído a casa la vergüenza hace acto de presencia. Es probable que, además de la migraña, el estrés haya tenido bastante que ver en todo lo ocurrido. ¿Puede alguien culparme? Llevamos aquí apenas unas horas y ya he vomitado en público, me han tenido que llevar a casa y, ahora mismo, no sé dónde está mi hija adolescente, lo que me angustia sobremanera, hasta que vuelven a llamar a la puerta y pienso que quizá sea Maia.

Salgo de la cama a toda prisa, bajo las escaleras y abro la puerta sin pensar demasiado, convencida de que es mi hija. No lo es. Al otro lado hay una mujer que puede tener entre treinta o cuarenta años dependiendo de cómo la haya tratado la vida. Sonríe de un modo dulce y tiene entre las manos una tarta de esas típicamente americana, con su masa hecha cuadraditos y todo. Joder, en algún momento tendré que empezar a acostumbrarme a esto.

—Hola, siento molestar. Soy Dawna Hyland. Mi hijo me habló de que sois nuevas en el pueblo y, aprovechando que mi hija pequeña y yo hicimos este pastel hemos pensado que quizá te gustaría a modo de bienvenida.

Extiende las manos y, en ese momento, una niña de ocho o nueve años sale de detrás de ella. Aún estoy algo adormilada, no sé quién es su hijo, ni esta mujer, y he entendido la frase porque habla de un modo sosegado, pero no sé si soy capaz de mantener una conversación completa en inglés. Quiero pensar que sí, con Max lo he hecho muchas veces, pero tenía la seguridad de defenderme en español si se me agotaban los recursos. En realidad, no me sentía que estuviera a prueba. Ahora es distinto. Aun así, sonrío y las invito a pasar con un gesto porque lo de la tarta es todo un detalle.

—Las noticias corren rápido —comento—. ¿Queréis pasar?

—No queremos molestar. —Por sorprendente que parezca, eso lo dice la niña, así que es inevitable que me haga sonreír.

—No molestáis, cielo. Solo perdonad mi inglés, es un poco malo.

—Oh, lo hablas muy bien. Kellan dice que venís de Madrid.

—Así es. —Me froto la frente con los dedos—. ¿Cómo sabe...? Perdona, pero...

—Oh, claro. Kellan ha conocido a Maia en el muelle y ha llegado a casa hablando de ella. Por cierto, ¿qué edad tienes? —La miro sin entender y se ríe—. Perdón, es una indiscreción, es que eres muy joven y mi hijo dice que Maia tiene su edad, así que...

—La tuve muy joven —admito—. Muy muy joven. Con dieciséis.

Dawna, lejos de sorprenderse o hacer un comentario desagradable, como pasa otras veces, sonríe tan dulcemente que decido en el acto que esta mujer va a caerme muy bien.

—Debió de ser duro.

—Lo fue, pero por Maia todo merece la pena.

—Los hijos son maravillosos, ¿verdad? —pregunta acariciando la cabeza de su hija—. No sé qué haría sin ellos.

La entiendo. Sin Maia estaría completamente perdida en el mundo. Es curioso que, a menudo, se dice que las madres hacemos de ancla para los hijos, pero creo que es porque ningún hijo es consciente de hasta qué punto salva a su madre solo con su existencia.

—¿Vais a quedaros mucho tiempo? —pregunta la pequeña.

—Eso parece —admito—. Mucho mucho tiempo.

—¿Y no tienes otro hijo de mi edad?

Me río, niego con la cabeza y tiro de una de sus trenzas.

—Solo tengo a Maia, pero seguro que le gustará conocerte.

La niña me responde algo que no entiendo, debido a lo rápido que habla, la gran mella que tiene y que no domino el idioma, y su madre se ríe.

—Dice que la piensa convencer para ir a patinar sobre hielo cuando nieve. Tenemos varias pistas seguras cada invierno. ¿Sabéis patinar sobre hielo?

Me habla pausadamente y usando gestos, algo que agradezco muchísimo, porque empiezo a sentirme incómoda de nuevo.

—No lo hemos hecho nunca.

—Aprenderéis rápido. La nieve no tardará en llegar.

Estoy a punto de responder cuando la puerta de la casa se abre y entra mi hija protestando por algo con su padre detrás restregándose los ojos.

—Bueno, cariño, la vida es dura.

—Lo que es duro es tener un padre que... —Se frena al ver que tenemos visita—. Hola.

—¡Hola, Maia! —grita Chelsea bajando del banco en el que se había subido para ir a su encuentro—. Tu mamá dice que podemos patinar juntas.

Maia sonríe, pero no entiende nada y yo me río, porque empiezo a entender que Chelsea es una de esas niñas que consiguen salirse con la suya agregándole a la vida un montón de simpatía, descaro y dulzura.

—¡Pero, bueno! ¿Qué haces tú en mi casa, pequeña impostora? —pregunta Max.

No lo entiendo bien, pero Chelsea se echa a reír mientras Max le hace cosquillas y, aunque no entienda el contexto de la frase, no lo necesito para sonreír. Me acerco a Dawna y Max se ocupa de hacer las presentaciones. ¡Menos mal! Porque yo, en cuanto hay más de tres personas, empiezo a estresarme.

—Maia, cariño, ellas son Dawna y Chelsea Hyland. La madre y la hermana de Kellan, el chico con el que has estado en el muelle.

—Sentimos molestar —dice Dawna—. Justo estábamos haciendo mermelada cuando llegó Kellan y pensamos que sería buena idea hacer una tarta para dar a Maia y... —Se gira hacia mí—. Oh, Dios, no sé cómo te llamas.

—Vera —contesto sonriendo—. Vera Dávalos.

—Encantada. Y siento la intromisión.

—No te preocupes, Dawna —dice Max—. Te agradezco muchísimo el detalle. ¿Cómo estás? Kellan me ha dicho que estuviste un tanto indispuesta.

—Sí, un poco, pero estoy como una rosa. Creo que podré ir a la próxima noche de cartas.

—Eso espero, la señora Miller hizo más trampas que nunca. Juro que esa mujer tiene un don para engañar a los demás en el juego.

Todos ríen y yo, aunque más o menos entiendo la conversación, me concentro en Maia. Ella no está completamente de morros ni su ceño está tan fruncido como para que me preocupe por sus arrugas tempraneras, así que supongo que no puedo pedir mucho más.

Max habla un rato más con Dawna y Chelsea, pero lo cierto es que yo desconecto. El zumbido ligero de mi cabeza persiste y no me importaría comer algo, darme una ducha y volver a acostarme. No puedo hacerlo, claro, quiero que Maia me cuente cómo es el tal Kellan y cómo le ha ido con su padre en su primer día por Rose Lake. Con suerte, antes de irme a dormir habré logrado sacudirme la culpabilidad que me acosa por no haber estado con mi hija, pese a estar enferma.

Cuando las chicas se marchan, Max nos habla de ellas con un cariño tan patente en la voz que no puedo evitar sonreír.

—Es una verdadera lástima lo de su marido. Se quedó viuda hace menos de un año.

—Lo sé, me lo contó Kellan —interviene Maia—. Pero me quedó una duda.

Nos sentamos alrededor de la tarta y Max corta unos trozos. Creo que deberíamos hacer el intento de comer algo más saludable, pero es nuestro primer día en Rose Lake y el cielo sabe que llevo prácticamente todo el día sin comer y lo merezco.

—Dime —sigue su padre.

—¿Quién lleva ahora el taller? Porque Kellan dijo que su padre era el mecánico del pueblo.

—Esa es fácil: lo lleva él.

—¿Él? Pero si tiene mi edad...

—Sí. —Max suspira con cierto pesar—. Intentamos colaborar con la familia Hyland en la medida de lo posible, pero no están pasándolo bien y me consta que Dawna se siente muy culpable. Sobre todo desde que Kellan ha dicho que no va a ir a la universidad.

—¿No irá? —pregunto.

—No, se quedará al cargo del taller. Compaginará el último año de estudios con el negocio, pero para ir a la universidad tendría que salir de Rose Lake y su familia no puede permitírselo. Dawna quiere trabajar, pero entonces nadie podría quedarse con Chelsea, así que estarían de nuevo en la casilla de salida. —Suspira visiblemente apenado—. Es una situación de mierda, la verdad.

—Pobres... —murmuro—. ¿Y qué tal es Kellan? —pregunto a mi hija.

—Simpático. No hablamos mucho, de todos modos. Voy a darme una ducha.

Sube las escaleras de un modo tan sospechoso que miro a Max de inmediato. No me sorprende verlo sonriendo mientras se mete un trozo de pastel en la boca.

—¿Qué me he perdido? ¿Vuelve a estar enfadada?

—Oh, no creo que esté enfadada.

—¿Entonces?

—A lo mejor no quiere que llegues a la conclusión a la que, tarde o temprano, llegarás.

—¿Y esa conclusión es...?

Max no responde directamente, sino que saca el teléfono del bolsillo, busca algo en él y, cuando lo pone frente a mi cara, me enseña a un chico de cuerpo atlético, pelo castaño y ensortijado, sonrisa preciosa y ojos pícaros.

—Te presento a Kellan Hyland.

—Oh.

—Sí, estoy bastante seguro de que nuestra hija también ha pensado «Oh» y no está dispuesta a confesarlo. Mucho menos a sus padres.

Miro a Max con la boca abierta. No soy tonta, sé que Maia ha salido antes con chicos, pero no pensé que el primer día conseguiría conocer a un chico tan guapo en un pueblo tan pequeño.

—¿Y todos los chicos son así?

—Me atrevería a decir, desde mi posición de dueño del restaurante, lugar por el que todos pasan, que hay varios chicos apuestos. Sin embargo, ninguno tiene lo que tiene Kellan.

—¿Y qué tiene? —pregunto intrigada.

—Es un adolescente cargando con el peso de la familia y un tanto atormentado con lo ocurrido. —Suspira, sin rastro de alegría en su voz—. Es, probablemente, el chico más triste de Rose Lake, pero se muestra risueño y educado con todo el mundo, aunque sus ojos rara vez brillen. Hay algo atrayente en eso, ¿sabes? Como los músicos que tocaron hasta el final en el Titanic. Hay una dignidad en la tristeza de Kellan Hyland que roba corazones.

Max se mete otro trozo de tarta en la boca y yo lo imito, preguntándome hasta qué punto es beneficioso que el chico más triste de Rose Lake y la chica nueva y atormentada hagan buenas migas.

14

Maia

El primer día de septiembre, tres días después de mi llegada a Rose Lake, descubro algo importante de este pueblo: la gente es capaz de hacer cualquier cosa por un cotilleo. Hemos llegado al restaurante al amanecer para preparar los desayunos y había cola para entrar. ¡Cola! Por el amor de Dios, es de noche aún y esta gente se ha dado el madrugón del siglo solo porque saben que hoy mi madre empieza a trabajar. Muchos no han logrado vernos porque estos días hemos pasado mucho tiempo en la cabaña, supongo que necesitamos cierta calma antes de meternos de lleno en la vida de Rose Lake. Debo decir que en estos días he sido a medias una hija perfecta y una hija bastante capulla. He sido buena hija cuando la he visto preocupada por su trabajo, la he animado y le he prometido que lo hará bien porque sé que así será. Es una gran cocinera y, a fin de cuentas, estará bajo el mando de Steve, que se ha convertido en tiempo récord en una de mis personas favoritas. Y he sido una capulla porque cada vez que me ha propuesto ir a pasear por Rose Lake me he negado. Yo, que me jactaba de ser una persona madura pese a mis diecisiete años, he intentado empeñarme en que, si no salía de casa, Rose Lake no existía. Ya ves, aparte de madura soy un puto cerebrito.

Evidentemente la ilusión se ha mantenido poco tiempo y ahora estamos en un restaurante atestado de gente que nos mira como si fuéramos el jodido regalo de los Reyes Magos. Bueno, hablando con propiedad, seríamos el regalo de Santa Claus porque aquí no llegan Reyes Magos, lo que me lleva a pensar que yo pienso celebrarlo, porque a mí podrán quitarme muchas cosas, pero nunca, jamás, me quitarán el gusto por el turrón y los Reyes Magos.

—¡Oh, pero mírate! —dice una señora acercándose a mí—. Eres la viva imagen de tu abuela.

—Gladys...

Mi padre intenta hacer de intermediario mientras la tal Gladys se acerca y me tira del pelo como si no estuviera segura de que es real. Esta gente es muy rara, joder. Vale que la señora debe de andar por los setenta años, pero no me gusta que me toquen y, al parecer, es algo que va a pasar me guste o no.

—Las manos quietas, señora. —Steve, mi salvador, se acerca a mí y retira la mano de Gladys—. Vamos a intentar que Maia se sienta cómoda, ¿verdad?

—Es que es increíble. En cuanto Rose la vea se va a quedar...

—Gladys, ¿quieres beicon con las tostadas? —pregunta mi padre interrumpiéndola.

No soy tonta. Sé bien que Rose es la madre de mi padre. Sí, es más redundante decir eso que decir que es mi abuela, pero es que he crecido pensando que mi único abuelo era el padre de mi madre y no termino de acostumbrarme. Menos aún sabiendo que la mala relación de mi padre y mi tío con ellos es conocida en todo el pueblo. No sé bien de dónde vienen todos los problemas, porque mi padre solo contesta que no puede respetar a alguien que no respeta a las personas por lo que son. Y en eso estoy totalmente de acuerdo, pero no especifica por qué no lo respeta. No sé si es algo íntimo o que, por ejemplo, no acepta que sea gay. Y si es eso, ¿por qué mi tío tampoco se habla con ellos? Bueno, según me dicen, sí se hablan con Rose, pero no con él. Debe de ser un capullo integral.

—Maia, ayuda a tu madre en la cocina.

Mi padre me ofrece la salida inmediata para quitarme de la vista de los habitantes de Rose Lake, que no dejan de mirarme como si fuera una aparición. Entro en la cocina donde mi madre intenta seguir los pasos correctos para preparar los desayunos. Sobra decir que, aunque como he dicho antes es una gran cocinera, no entiende mucho de comidas americanas. Esta gente desayuna huevos, beicon, salchichas y hasta una especie de alubias, por el amor de Dios, es que hay que estar hecho de una pasta diferente para comerse esto al amanecer y no morir de arterias taponadas. Casi me hacen pensar que las tortitas son lo más sano de la carta hasta que descubro que no todo el mundo es así y hay gente que desayuna mucha fruta, tostadas y huevos revueltos, por ejemplo. Bueno, es un desayuno copioso para lo que yo acostumbraba en España, pero supongo que me toca adaptarme.

—Te he guardado unos cuantos arándanos y fresas, por si quieres comerlos con tortitas —dice mi madre—. Dame un segundo y creo que podré... —No acaba la frase porque se le rompen los huevos que había echado a la plancha y maldice lo indecible.

—No te preocupes, me apaño con la fruta y más tarde, cuando todo se calme, desayuno contigo, que no has comido nada.

—No tengo hambre.

No respondo, porque sé que cuando mi madre no tiene hambre es que está muy muy estresada. Es una mujer que disfruta la comida, así que me da rabia pensar en lo mal que está pasándolo. Luego recuerdo que esto fue decisión suya y salgo de la cocina al mismo tiempo que entra Steve; le besa la mejilla y le asegura que está haciéndolo genial, aunque no sea cierto, porque obviamente nadie lo hace genial en su primer día.

Al salir con la fruta descubro, horrorizada, que la mayoría de las mesas están ocupadas. ¡El restaurante es inmenso! Joder, este pueblo pasa de los mil habitantes de milagro y han decidido venir todos hoy, al parecer. Vale, a lo mejor no están todos, pero sí los suficientes como para haber petado el lugar.

—Eh, Maia, ¿te quieres sentar?

Me giro hacia la voz infantil que me ha llamado. Chelsea Hyland está en una mesa de cuatro, entre su madre y su hermano mayor, Kellan. Me dedica una sonrisa mellada y me saluda con la mano exageradamente.

—¡Ven! Hay una silla libre.

Me acerco con cierta timidez. En realidad, podría sentarme en la barra, pero lo considero un poco patético y creo que la tal Gladys está deseando pellizcarme las mejillas o alguna cosa de esas, así que mis opciones son limitadas.

—No quiero molestar.

—Oh, cariño, para nada —dice la madre—. Acompáñanos, prometemos protegerte de los achuchones vecinales.

—Gracias, señora Hyland —contesto agradecida mientras tomo asiento junto a ella y Chelsea, y delante de Kellan—. Hola —musito.

—Hola —responde él sonriendo—. ¿Qué tal?

—Bien, bien. Un poco impactada con la cantidad de gente que viene a desayunar. Mi padre siempre me ha dicho que el restaurante va bien, pero no pensé que así de bien...

—Bueno, va bien, pero me temo que la mayor parte de los vecinos hoy se acercarán solo porque sabíamos que tu madre comenzaba a trabajar aquí, lo que es un tanto absurdo, porque estará en la cocina y ni siquiera la veremos. Perdónanos, es un pueblo sin muchas emociones.

Me río, me cae bien Dawna Hyland. Es dulce y cariñosa, pero sin estresar. No intenta tocarme, ni invadir mi espacio personal. Solo me da conversación para ayudarme a relajarme y que el ambiente no sea tan tenso.

—Supongo que es normal. Nos hemos convertido en la atracción de Rose Lake.

—Bueno, a pesar de eso, tratamos bien a nuestras atracciones —dice Kellan, sonriendo—. ¿Solo comes eso? —Señala mi fruta.

—No estoy habituada a desayunar... —No acabo la frase porque algo me dice que decir «desayunar como una cerda» no sería acertado—. Creo que ahora van a traerme unas tortitas.

—Ten, comparte las mías. —Antes de que pueda negarme, Chelsea me ha dado dos de sus tortitas y está vaciando un bote de algún tipo de sirope sobre ellas—. Es jarabe de arce ¡y está brutal!

—Bueno, cariño, ya vale. No a todo el mundo le gusta que sus tortitas naden en jarabe de arce —dice su madre, riéndose.

Kellan se ríe entre dientes antes de dar un bocado a sus huevos revueltos y mirarme mientras mastica y sonríe con la boca cerrada. Joder, es guapo, es muy guapo y creo que él es consciente de ello. Desvío los ojos hacia el plato y me esfuerzo mucho por comer, aun cuando sé que todos están pendientes de mis movimientos.

—Si quieres un consejo: no te escondas —me dice Kellan—. Cuanto más lo hagas, más interés despertarás.

—No me escondo —farfullo.

—Yo creo que sí. Y lo entiendo, pero no vas a ir a ninguna parte y ellos tampoco. Cuanto antes te adaptes a esta vida, mejor.

Sus palabras me molestan un poco, porque es como si todo el mundo viera facilísimo adaptarse a un cambio tan grande como este. Hace una semana estaba en Madrid desayunando pan con aceite de oliva y tomate, y ahora estoy aquí, desayunando tortitas con jarabe de arce, con vistas a un lago impresionante rodeado por un bosque aún más impresionante y con los vecinos de Rose Lake pendientes de cada uno de mis movimientos. ¡Perdón por necesitar un tiempo para procesarlo! Quiero gritar. No lo hago, claro, no quiero que piensen tan pronto que estoy loca. Ya habrá tiempo para eso. En su lugar, mastico y trago, aunque tenga el estómago casi cerrado por los nervios. Consigo comerme una tortita y media sin interrupciones, y estoy a punto de tomarme la fruta cuando la puerta del restaurante se abre y se forma un gran revuelo entre los vecinos.

No entiendo bien lo que pasa, pero un señor atraviesa el restaurante a toda velocidad hacia la barra. Es alto, fuerte y viste vaqueros y una camisa de franela como esas que se ven en las películas. Detrás, mi tío Martin vocifera de un modo que no le pega nada:

—¡Vale ya, joder! No tienes derecho a hacer esto.

Observo el modo en que mi padre se paraliza detrás de la barra cuando lo ve, pero el hombre no se detiene. Llega hasta la barra, la palmea con fuerza, silenciando los murmullos en el acto y mira a Max con la mandíbula apretada y visiblemente enfadado.

—¿Dónde está? —Mi padre no responde y él palmea la barra tan fuerte que doy un respingo en mi silla—. Maldita sea, Max, ¿dónde está mi nieta?

Me quedo congelada en mi silla cuando todas las miradas se dirigen hacia mí, incluida la suya, al darse cuenta de que me han descubierto. Se acerca a mí mientras mi padre dice algo al tiempo que sale a toda prisa de detrás de la barra y Martin intenta interponerse entre nosotros. No lo consigue. Es un hombre fuerte y esbelto. Cualquiera que lo viera pensaría que es demasiado joven para tener una nieta de diecisiete años. Es atractivo para su edad, supongo, porque mi padre y mi tío se parecen a él, pero por su expresión diría que está muy muy enfadado y, cuando está a escasos centímetros de mí, mirándome como si fuera una aparición, tengo que reunir todas mis fuerzas para no esconderme debajo de la mesa.

15

Martin

Maia parece tan asustada que estoy tentado de alzarla en brazos y sacarla de aquí. El restaurante se ha quedado tan silencioso que solo se oye el sonido de la cocina, donde Vera permanece ajena a todo lo que se está formando aquí, porque si fuera consciente estaría junto a su hija, protegiéndola como la mamá leona que es. No he necesitado mucho tiempo junto a ellas para tener esa certeza.

Mi padre está cabreado, lo estaba esta mañana cuando se presentó en mi casa exigiéndome una explicación a los rumores que circulan y se ha puesto mucho peor cuando le he confesado la verdad, porque ocultarla no tiene sentido. Maldigo a Max, en serio, tengo unas ganas tremendas de golpear a mi hermano, lo que da una señal de lo frustrado que me siento, porque no soy nada violento, pero que no haya tenido los huevos de ir de frente con todo este tema me enerva. Se lo dije la primera vez que tuvimos oportunidad de ponernos al día después de la llegada de Vera y Maia, pero se limitó a responderme que no tiene por qué contar nada a nuestros padres. No están en nuestra vida y Maia es hija suya y de nadie más. Quise añadir un millón de cosas que podrían rebatir todo eso, como por ejemplo, que yo sé bien lo que es fallar tanto en algo como para acabar cargando con la culpa toda la vida, pero Max tiene por costumbre cerrarse en banda cuando el tema le importa lo suficiente y eso es lo que hizo. Le pedí que se lo dijera a mamá, él sabe que eso sí es importante, pero está tan cegado en su enemistad con nuestro padre que no lo hizo. Y ahora tenemos un pueblo entero como espectador, un Max alterado, un Ronan aún más alterado y una Maia a punto de echarse a llorar.

—Hola —susurra la chica con voz apenas audible.

El modo en que los hombros de mi padre bajan, junto al suspiro que suelta, me estremecen por completo.

—Hola. —Sonríe, lo que es una novedad, porque no es algo que veamos demasiado—. Hola, Maia. Soy Ronan Campbell, tu abuelo.

La chica asiente. Podría decirse que es tímida, pero yo sé que no lo es. Tiene miedo, se siente sola y no sabe qué esperar de este encuentro. Ya no hablemos del pequeño detalle de tener a todo un restaurante pendiente de ella.

—¿Por qué no vamos al almacén? Estaremos más tranquilos —sugiero.

—Voy a decirle a Vera que vaya —murmura Steve, que está pendiente del revuelo e intenta arreglarlo todo a la mayor brevedad posible.

Mi padre se mueve, Maia se mueve cuando le hago una señal para que venga conmigo y Vera sale de la cocina con cara de confusión y dispuesta a seguir a quien inicie la marcha. El único que no se mueve es Max, pero en cuanto me acerco a él y lo miro serio, lo hace. Ya está bien, joder. Esto, en parte, es culpa suya y algún día tendrá que pagar por hacer las cosas tan condenadamente mal. No suelto a Maia en ningún momento mientras nos dirigimos al almacén y, cuando todos entramos y la puerta se cierra, dejo que la chica vaya con su madre, que sigue mirándonos como si no supiera de qué va la historia.

—Vera, te presento a Ronan Campbell, nuestro padre —le digo.

—Oh. —Vera se tensa de inmediato, se aferra al cuerpo de su hija y estoy a punto de sonreír. Sí, justo lo que pensaba: mamá leona—. Encantada, señor Campbell.

—Hola, Vera. —Estira la mano en un gesto formal y ella la acepta. Luego hace lo mismo con Maia, que se la da con mucho más recelo—. Siento que tengamos que conocernos en estas circunstancias. Quiero que sepáis que sois bienvenidas en Rose Lake. —Mi hermano suelta un bufido y estoy a punto de darle una patada. ¿Es que siempre tiene que empeorar las cosas?—. ¿Tienes algo que decir, hijo? Porque sería una novedad.

—Me sorprende que sigas dando la bienvenida a la gente a Rose Lake como si estuvieran llegando a tu casa. No es tu pueblo, diga lo que diga la gente y pienses lo que pienses tú.

—Este pueblo existe gracias a nuestros antepasados y...

—Existiría de un modo u otro, pero da igual, lo importante no es eso, sino el hecho de que Vera y Maia viven en mi casa y saben que son bienvenidas. Si no, no estarían aquí.

Me froto la frente y me dejo caer sobre una pila de cajas. En realidad, me estresa todo esto. Una cosa es que tengamos una pésima relación con nuestro padre y otra que me gusten estos enfrentamientos. No me gustan, pero los tolero con mucha más calma que mi hermano, eso desde luego. Tiendo a ser más reflexivo y menos impulsivo que Max. Será por eso por lo que disfruto siendo profesor de adolescentes: sus dramas no suelen afectarme porque los considero parte de la vida.

—¿También está mal que les dé la bienvenida a mi nieta y su madre?

—No es tu nieta.

—Hasta donde yo sé, tú eres mi hijo, aunque te pese, y por lo tanto esa chica es mi nieta.

—Te prohíbo acercarte a ellas, ¿lo entiendes?

Max se acerca tanto a nuestro padre que intervengo, poniéndome en medio y mirando serio a mi hermano.

—Cálmate, ¿quieres?

—¿Te vas a poner de su parte?

—Ahora mismo estoy de parte de Maia y Vera —susurro entre dientes—. Cálmate, joder.

Mi hermano parece darse cuenta, de pronto, de que las chicas nos están mirando con los ojos abiertos como platos. Estoy a punto de decir algo, pero entonces mi padre suelta EL SUSPIRO. Sí, en mayúscula, porque es el típico suspiro que nos hacía saber de pequeños que lo habíamos decepcionado y, por tanto, íbamos a sentirnos como el culo. La decepción podía venir de cosas importantes, como robarle a nuestra vecina las ciruelas del jardín, o de algo tan inocente como tirar el vaso de agua durante la cena. Lo único que no variaba era el sentimiento de culpa que se alojaba en nosotros.

—¿Es que no ves que esta niña puede ser luz para tu madre? ¿Tan egoísta eres que ni eso te ha importado?

El golpe es fuerte para los dos. De inmediato me siento mal, así que no quiero ni pensar cómo debe de sentirse Max. Y, aunque me duela, tengo que reconocer que en esto mi padre tiene más razón que mi hermano.

—No vas a utilizar a mi hija para tu beneficio.

—Intentar que mi esposa encuentre un motivo para vivir no es mi beneficio, es mi única meta en la vida ahora mismo, pero tú sigue pensando que soy un monstruo y el peor padre del mundo. Sigue, hijo. Solo te diré una cosa: por lo poco que he visto, tú tampoco eres el padre perfecto.

—No tienes ni puta idea.

—Sé lo bastante. Como que has negado a tu hija una relación con la que también es su familia.

—Lo he hecho para protegerla.

—¿Y por eso la has traído ahora aquí?

—No te incumben las razones de esa decisión. No tienes derechos...

—¡Claro! Yo no tengo derecho a nada. ¡Aquí todos los derechos los tienes tú! ¿Verdad? Tienes derecho a hacer lo que te dé la gana sin pensar en las consecuencias o en cómo tus actos afectan a los demás. Tú tienes derecho a todo porque eres un ser de luz y los demás tenemos que cargar con la mierda que dejas a tu paso como si...

—¡Ya basta! —exclamo—. Se acabó. Si queréis pelear, vale, pero no vais a hacerlo delante de ellas. —Los obligo a mirar a Maia y Vera. Esta última abraza a su hija, pero eso no impide que veamos el modo en que la chica tiembla—. Este no es el sitio ni las formas de hablar sobre esto.

—En eso tienes toda la razón —masculla mi hermano antes de mirar a mi padre—. Largo de mi restaurante. No eres bienvenido aquí.

—Max, joder... —murmuro—. Calma.

—Qué curioso que tú, que empezaste todo este camino de rebeldía, ahora pidas calma a tu hermano.

Mi padre me mira como si fuera un ser digno desconocido y aguanto como puedo las ganas de decirle que soy más feliz desde que salí de su casa de lo que lo he sido nunca. Mi padre no es una mala persona, pero es un hombre que puso unas expectativas en los hombros de sus hijos que consiguieron alejarlos para siempre de él. Parece fácil, pero no lo es. Nada en esta familia es fácil nunca.

—Maia, tienes una abuela, se llama Rose, es dulce, lista y... —Mi padre guarda silencio un instante y siento cómo me parto un poco por dentro—. Está enferma y le cuesta mucho hacer algunas cosas, pero sé que le encantaría conocerte. Si quisieras hacerlo en algún momento, por favor, llámame. Imagino que tu padre no te dará mi número, pero cualquier habitante de Rose Lake puede hacerlo.

—Maia conocerá a mamá porque la llevaré yo —dice Max—. No te necesito para llevar a mi hija a conocer a mi madre.

Mi padre se gira, lo mira como cuando éramos pequeños y Max rompía algún jarrón bonito de mamá y hace eso que tanto nos duele, que es decirle una verdad como un castillo.

—No se nota. Entiendo que me sometas al castigo que, según tú,

— 101 —

merezco, pero no voy a entender nunca que le hayas ocultado esto a tu madre, Max. No voy a entenderlo nunca.

Sale del almacén dejando tras de sí una estela de dolor y silencio que nadie se atreve a romper, así que, como mi hermano sigue poco comunicativo, decido tirar de la mano de Maia mientras sonrío a Vera.

—Tiempo de tío y sobrina. Tú tienes que trabajar y tú también —les digo a Vera y Max—. ¿Qué me dices si te llevo de paseo? —pregunto a Maia.

Ella sonríe. No es una sonrisa que llegue a sus ojos, pero es una sonrisa, que es lo importante.

—Me gustaría.

—Cariño, si quieres quedarte... —interviene Vera.

—No, mamá. Estoy bien. Tú tienes que trabajar, no podemos dar más la nota, ¿no? —Suspira y se apoya en mi costado, dejando que pase un brazo por sus hombros—. Estaré bien. Voy con el tío Martin.

El modo en que se me hincha el pecho al saber que Maia confía en mí para sacarla de aquí es jodidamente indescriptible.

—Está bien, pero si necesitas cualquier cosa...

—Te lo haré saber. —Maia mira de refilón a su padre, pero no le dice nada. Es normal, está, como mínimo, confusa, así que permito que salgamos sin despedirnos de él y, cuando estamos fuera del restaurante y sube a mi camioneta, no me extraña en absoluto la pregunta que me lanza—. ¿Cómo es ella? —La miro y aclara—. Cuéntame cómo es mi abuela Rose.

Inspiro, porque esto será difícil, y una parte de mí se pregunta si no debería Max ocuparse de esto, pero, sinceramente, mi hermano ha tenido mucho tiempo para hacerlo. Voy a aclarar cada una de las dudas de mi sobrina y si eso me mete en un problema con Max... pues que así sea.

16

Maia

Observo a mi alrededor, tal como me ha pedido Martin. Después de preguntarle cómo es mi abuela me ha llevado a casa, me ha hecho bajar de la camioneta y me ha pedido que lo siguiera hasta el muelle privado que comparten él y mi padre, donde hemos subido a una pequeña barca de remos. Había una lancha, también pequeña, pero se ve que mi tío tenía la necesidad de demostrar que puede remar como todo un campeón hasta una zona en la que casi todo lo que se ve es el bosque y el reflejo de los árboles en el agua. Es precioso. De verdad lo es. Si esto fueran unas vacaciones estoy segura de que estaría flipando. La brisa es fresca y cuesta pensar que, en Madrid, todavía debe hacer calor. No hace frío, no es eso, pero se nota que el invierno llegará pronto y lo hará con fuerza. Lo dicen todos y empiezo a entender los motivos.

Por un instante, cedo a mi instinto, inclino la cabeza hacia el sol y dejo que los rayos me calienten la piel mientras mi tío me mira en silencio. Sé que está ordenando sus pensamientos y lo entiendo. Puedo concederle eso, teniendo en cuenta que debe de ser complicado hacerse cargo de contarme todo lo que debió haberme contado mi padre.

Después de conocer a mi abuelo, intento guardar rencor hacia mi padre por haberme ocultado tanta información, pero lo cierto es que me siento confusa. No siento odio, o no especialmente. Un poco de rencor, quizá. Me hubiese gustado que mi padre me lo explicase, pero he visto en directo el carácter de mi abuelo y soy consciente de que no tengo ni idea de los motivos que llevaron a mi familia paterna a llevarse como el perro y el gato, así que lo mejor que puedo hacer es preguntar y formarme una opinión a partir de la información que obtenga y lo que yo misma vea. Creo que es un pensamiento muy maduro y también que mi madre estaría orgullosa de mí. En otro momento se lo habría contado. Ahora mismo... bueno, ya sabemos cómo están las cosas.

—Tu abuela es... —Mi tío Martin comienza a hablar y una sonrisa le curva los labios automáticamente. La adora, no necesita decirlo para que se vea. Puede que sus ojos estén tapados por unas gafas de sol, pero no necesito mirarlo bien para saber que daría lo que fuera por ella—. Es la mujer más dulce, amable, lista y cariñosa que puedas imaginar, Maia. Es un ser especial, estoy convencido. Quizá demasiado especial para este mundo.

—¿Qué quieres decir?

Él suspira hondo, como si le costara hablar de todo esto. Creo que así es, pero valoro que lo haga igualmente, porque demuestra que antepone mi necesidad de información a sus sentimientos y eso es... bonito. Creo que va a molarme mucho tener un tío.

—Cuando tu padre y yo éramos niños era una madre increíble, ¿sabes? De película. Se ocupaba de todo lo relacionado con nosotros porque nuestro padre siempre estaba ocupado, pero no parecía que eso la hiciera infeliz. Presidió el comité de fiestas del colegio y organizó un millón de actos del instituto cuando éramos adolescentes, incluyendo el baile de graduación del año de Max y el del mío. Incluso inició la noche del club de lectura en Rose Lake.

—¿Hay un club de lectura?

—Sí, nos reunimos una vez al mes en el restaurante. Y no pienses que es solo de personas mayores. Hay de todo. Si te fijas la próxima vez que vayas al restaurante verás que hay una pequeña caja de metal sobre la mesita de cristal, frente al sofá del saloncito. Cuando mi madre comenzó el club de lectura vio que era complicado elegir un libro que gustara a todo el mundo, así que decidió que lo mejor era decidir entre todos. Un día se plantó en el restaurante, que entonces pertenecía al señor Walls, y dejó la caja sobre la mesa. En ese entonces recuerdo que no había sofá, sino sillas y sillones muy viejos. Propuso a los vecinos de Rose Lake escribir en un papelito el libro que querían leer y echarlo a la caja. Una vez al mes, una mano inocente sacaba un papelito y ese era el libro elegido. Quien quisiera apuntarse, solo tenía que presentarse un mes después en el salón para comentarlo, y quien no, podría proponer un libro nuevo en la caja.

—¿Y lo seguís haciendo igual?

—Sí, así es. Mi hermano compró el restaurante al señor Walls poco antes de que muriera, lo reformó y, aunque muchas cosas cambiaron, otras quedaron intactas, como el ciervo que hay encima de la chimenea, la lámpara de araña del salón principal y la cajita de metal para el club de lectura.

—Lo del ciervo sigo sin entenderlo.

—Ayuda a tu padre a no olvidar dónde empezó todo. El restaurante es su sueño, Maia. Le ha costado mucho mantenerlo a flote en un pueblo tan pequeño y siendo hijo de Ronan Campbell. Todo el mundo esperaba que se aburriera en algún momento y cogiera las riendas de la empresa. Lo esperaban de nosotros dos. El ciervo le recuerda que su sueño empezó con el restaurante del señor Walls.

Medito sobre sus palabras. Es cierto que no me gusta nada ver ese animal disecado y colgado encima de la chimenea, por muy majestuoso que sea, pero también lo es que ya no tiene remedio y que, al menos, su muerte sirvió para algo. Es un horror igualmente, sí, pero supongo que puedo llegar a entender ese punto.

—¿Y nadie hace trampas? —pregunto.

—¿A qué te refieres?

—¿Nadie mete diez papeles en la caja de metal con el libro que prefiere?

—No —contesta, riendo.

—¿Por qué no?

—Porque entonces el sentido de comunidad se perdería. —Vuelve a suspirar y señala el pueblo—. Acabas de llegar, es pronto para que lo entiendas todo, pero cuando pase el tiempo te darás cuenta de que Rose Lake es algo más que un pueblo perdido en una montaña. Es una gran familia que se apoya en los buenos, pero sobre todo en los malos momentos. ¿Engañarías en un sorteo a alguien de tu familia solo para salirte con la tuya? Y aunque así fuera, ¿te sabría bien la victoria? Porque parece un poco triste ganar así. Además, los libros que no salen elegidos se quedan en la caja, junto a las nuevas propuestas. En algún momento saldrán. De ese modo, en nuestro club de lectura leemos clásicos, novelas románticas, juveniles, de acción, de terror y otros géneros y subgéneros.

—Odio el terror.

—Entonces ese mes no te apuntas. Es fácil. —Sonrío y mi tío lo hace a su vez—. Mi madre ideó todo aquello y parecía tan feliz... pero cuando Max se hizo cargo del restaurante, empezó a faltar algunos meses. Ella dice que no es cosa de mi padre, pero Max y yo pensamos que lo hace por no disgustarlo. Y, en cualquier caso, da igual, porque luego vino la desgracia y todo empeoró.

—Tu padre ha dicho que está enferma —murmuro.

El gesto de mi tío se vuelve tan serio que me da pena, porque imagino que no es nada agradable pensar que tu madre sufre una enfermedad. Yo me moriría si a mi madre le pasara algo, y eso que ahora mismo no es mi persona favorita del mundo.

—Hace años, en una cena familiar, la última que hicimos los cuatro, dije a mis padres que iba a ser profesor, en vez de ocuparme de la empresa. Mi padre montó en colera. No lo comprendía. Él lo había hecho: abandonó todo lo que quería por Rose Lake y la empresa porque era lo que tocaba. Mis abuelos murieron repentinamente cuando mis padres, que entonces eran novios y acababan de terminar la carrera, viajaban de mochileros por el mundo.

—¿En serio se fueron de mochileros? No parece un señor muy aventurero.

Mi tío se ríe agitando los hombros y me contagia.

—No lo parece, pero lo era. Estaban en Argentina cuando supieron la noticia y se vieron obligados a volver. Tomar las riendas era necesario y entre los dos lo hicieron. No fue fácil, porque mi madre tuvo que lidiar con el duelo de haber perdido a sus padres en un accidente de coche fatal. Con el tiempo, mi padre aprendió a amar el aserradero y todo lo que ocurría en él. Siempre tuvo claro que nosotros nos haríamos cargo de la empresa, pero no era lo que queríamos. Al principio parecía entenderlo, pero no era cierto. Lo comparaba con lo que le ocurrió a él y, realmente, esperaba que en algún momento tomáramos las riendas, aun sin querer.

—Eso es injusto.

—Para él también lo fue, pero tuvo la suerte de enamorarse del negocio y ya no recuerda lo agridulce que debió ser.

—No entendió que tú nunca te enamoraras, ¿no?

—Eso es. Cuando dije que iba a ser profesor se volvió loco. Incluso intentó prohibírmelo. Por suerte, nunca fuimos niños mimados y pagué mis estudios con lo que yo mismo ganaba trabajando muchísimas horas. Los recuerdos de mis estudios son duros, pero creo que me ayudaron a forjarme. —Suspira y hace un gesto con la mano, desechando lo que sea que iba a decir—. Lo importante no es eso. Lo importante es que esa noche acabó tan mal que me fui de casa con Max en medio de gritos y reproches. Yo había bebido, porque teóricamente iba a quedarme a dormir en la casa, y mi madre se asustó tanto pensando que podría pasarme algo que salió corriendo detrás de mí. No puedo culparla, después de perder a sus padres en un accidente de tráfico, el miedo vivía con ella. Como ya nos habíamos marchado, cogió su coche para seguirnos y asegurarse de que llegábamos bien a donde sea que fuéramos. —Mi tío traga saliva y sé que esta es la parte más complicada—. Se salió del puente, Maia. Yo conduje tan rápido que no fue capaz de seguirme y, en un intento de hacerlo, perdió el control al entrar en el puente y el coche se convirtió en una máquina de matar inmensa y agitada. Volcó y, con el movimiento, rompió el muro que hacía de valla. Cayó al lago y...

Su voz se ha vuelto tan ronca que pongo una mano en su brazo. No lo conozco mucho, pero da igual, no me gusta ver a la gente pasándolo mal.

—No tienes que seguir.

—Quiero seguir. Mi madre, tu abuela, cayó al lago y, aunque sobrevivió, tuvo una lesión medular muy grave, lo que, muy resumido, significa que quedó parapléjica. —Lo miro horrorizada—. Esa es la gran verdad de esta familia: tu abuela está en silla de ruedas por mi culpa, aunque Max diga que no, y es algo que mi padre jamás me perdonará.

17

Kellan

—¿Crees que Maia estará bien?

Miro a Chelsea desde debajo del capó de una camioneta Ford 4x4. Debo tenerla lista hoy sin falta porque el señor Smith la necesita para cargar en el aserradero mañana mismo. No tengo tiempo de distraer a mi hermana, pero no parece dispuesta a marcharse y, aunque no me sobre el tiempo, no puedo negarle la atención. Es como un don que tiene.

—¿Por qué iba a estar mal?

—Bueno, el señor Campbell entró en el restaurante como un toro. Tiene un genio de mil demonios.

—Chelsea...

—¡De mil demonios no es una palabrota!

—Da igual, preferiría que hablaras de otro modo.

—Bueno, el caso es que a lo mejor Maia está mal.

—Se ha ido con su tío, según hemos visto.

—Eso sí. Yo también sería feliz si me fuera con Martin Campbell —La risa tonta que suelta al acabar la frase me hace resoplar.

Quiero decirle que es demasiado pequeña para ponerse así al ver a un hombre que, además, podría ser su padre, pero no puedo culparla. Martin Campbell es un hombre atractivo, simpático, humilde y cercano. Es, en apariencia, el tío perfecto, así que todas pierden la cabeza por él. Sí, incluidas las de nueve años. De un modo platónico, por supuesto. Pienso en las de mi clase, con diecisiete, y esas ya... no, algunas de esas ya no lo sienten tan platónico. La mayoría sí, pero está Ashley, por ejemplo, que asegura que podría tirárselo si quisiera. Yo creo que no es más que una niñata con demasiado ego para admitir que el profesor Martin ni siquiera la mira como algo más que una alumna, ni lo ha hecho jamás, y que probablemente ir contando eso puede meterlo en problemas por no haber hecho nada, pero es que es difícil discutir con Ashley, y creo que todo el mundo ya es consciente de lo bravucona y exagerada que es. Claro que, cuando alguien se atreve a decírselo, ella sale con eso de que está a punto de cumplir dieciocho y, por tanto, de ser mayor de edad. Yo creo que Ashley va cumpliendo años y, en efecto, será mayor de edad dentro de poco, pero a nivel emocional y madurativo tiene como siete. De verdad, la quiero mucho, es mi amiga, pero he visto niños del colegio de Rose Lake más sensatos que ella.

—¿Me estás escuchando? —pregunta Chelsea, exasperada.

—Es difícil no escucharte —murmuro sin dejar de trabajar en el capó de la camioneta.

—Creo que Maia está en el lago. ¿Por qué no vamos a ver si está bien?

—Porque, como ya te he dicho no una, sino muchas veces, está con su tío.

—Pero ¡podría estar con nosotros! Deberíamos hacerle una fiesta de bienvenida.

Saco la cabeza del motor del coche tan rápido que me golpeo con el capó, pero hay palabras que tienen que decirse con rotundidad.

—Chelsea, nadie va a hacerle una fiesta, ¿de acuerdo? Es una situación delicada y tenemos que tratarla como tal.

—Puede ser una fiesta delicada... con tarta y comida de por medio.

—No creo que...

—¡Voy a decírselo a mamá, a ver qué le parece!

Se larga de nuestro garaje tan rápido que solo puedo suspirar, frustrado. Me paso una mano por el pelo antes de recordar que las tengo llenas de grasa y maldigo, porque esto va a llevarme a una ducha otra vez antes de tiempo. Siento la frente palpitándome y tomo aire profundamente. Ya sé cómo va esto, joder, me pasa siempre que estoy estresado y, si no lo paro ahora, es probable que acabe con mareos y volviéndome inservible un par de horas. Y, por supuesto, no puedo permitirme ser inservible un par de horas, así que salgo del garaje, me encamino hacia el muelle, me siento y me descalzo para meter los pies en el agua. Está tan helada que de inmediato me siento mejor. Inspiro de nuevo, pero esta vez, en lugar del desengrasante, lo que huelo es la naturaleza intensa y protegida de Rose Lake. Los sauces se mueven ligeramente al compás del viento y los peces nadan de un lado a otro, sintiéndose libres hasta que lleguen los pescadores al atardecer.

Me encanta vivir aquí.

No es un pensamiento aislado. De verdad me encanta vivir aquí, a pesar de los malos recuerdos. Sé que lo más probable es que mi vida sería más sencilla fuera, trabajando en cualquier cosa y haciendo una vida ajena a Rose Lake solo para no recordar que perdí a mi padre demasiado pronto, pero la verdad es que no hay nada que me reconforte más que estar aquí, cuidando de lo que él construyó junto a mi madre. Y aunque el estrés me pueda, me duela la cabeza y algunos días solo quiera correr hasta despejar mis pensamientos intrusivos, nada de eso tiene que ver con el hecho de adorar Rose Lake y todas sus partes, hasta las malas.

O, más que malas, conflictivas, como el tema de los Campbell.

Oigo los pasos en el muelle y no me giro, porque sé de sobra quién camina así. Mi madre se sienta a mi lado, empuja mi hombro con suavidad y se ríe cuando le guiño un ojo.

—¿Dolor de cabeza?

—Esto de que me conozcas tan bien es una mierda, ¿sabes?

—Esa boca, jovencito.

Me río, paso un brazo por sus hombros e inspiro de nuevo.

—Nada que no arregle un poco de aire fresco, meter los pies en el lago y, si tengo suerte, un trozo del último pastel que hiciste.

—Dalo por hecho. Deberías dejarlo hoy un poco antes. Tienes que preparar el nuevo curso. —Mis hombros se tensan, igual que el brazo con el que la rodeo, y ella lo nota—. Kellan, tienes que ir, lo hemos hablado.

Sí, lo hemos hablado. De hecho, hemos pasado todo el verano hablándolo. Desde que acabé las clases y empecé las vacaciones de verano el negocio ha prosperado. Tengo más tiempo para atender a los clientes y eso se nota. Y ahora, cuando llegue el invierno, si tuviera tiempo libre podría ganar mucho más con los turistas que vengan a esquiar y acaben cargándose las motos de nieve, porque eso siempre pasa. Pero para eso tendría que dejar de lado mis estudios y, aunque estoy en último curso y tengo claro que mi vida está aquí, llevando el taller, mi madre está empeñada en que no abandone.

—Nos iría mejor, mamá. Trabajaría más, ganaría más y seríamos más felices.

—¿Eso crees? ¿Que tener más dinero nos haría más felices?

—Chelsea quiere unas zapatillas con luces como las de su amiga Daisy. Las he buscado en internet y cuestan una pasta. —Me rasco la mejilla, frustrado y, por tanto, olvidando de nuevo la grasa de mis manos—. Podría comprárselas si trabajara a jornada completa.

—Podrías, sí. Y mañana, probablemente, Daisy se compre un

piano y Chelsea quiera otro. Y pasado, quizá, Daisy tenga una moto de nieve y Chelsea...

—Estás intentando sermonearme con algo, ¿verdad?

—No, hijo —contesta sonriendo—. No es solo un sermón. No quiero que lo tomes como algo así, porque estoy orgullosa de que pienses en cubrir las necesidades de Chelsea, pero es que hay algo que no entiendes. —La miro interrogante y sonríe aún más—. Chelsea ya tiene sus necesidades cubiertas.

—Esas zapatillas...

—No son vitales. No son una necesidad. Ni eso, ni un ordenador de última generación. Sé bien cómo te sientes, pero...

—No, no lo sabes —contesto frustrado—. Mamá, solo quiero darle lo mejor y me estás diciendo que tengo que negarle algo que podría ofrecerle trabajando solo un poco más. No imaginas lo duro que es.

—¿No? He visto a mi hijo cambiar su adolescencia por una adultez prematura. Lo he visto pasar de preocuparse por las chicas y la pizza a hacerlo por las deudas, el taller heredado y mantenernos a Chelsea y a mí. ¿Crees que no sé lo duro que es ver a un hijo renunciar a todo lo que le hace feliz por la familia?

—Soy feliz.

—Eso te repites cada día, y funciona, cualquiera que no te conozca bien va a creerte, pero yo te he visto siendo tú mismo.

—Siempre soy...

—Sabes perfectamente que no. No siempre. Pero yo sé cuándo sí. Y tú, también.

—Mamá...

—Voy a buscar trabajo.

—¿Qué?

—Lo que oyes. Voy a hablar con Max para que me permita poner un cartel en el restaurante. Me ofreceré a cortar césped, cocinar, limpiar o lo que sea necesario. Tú irás al instituto y acabarás tu último año antes de ir a la universidad y luego...

—No voy a ir a la universidad.

—Kellan...

—¡No tenemos dinero! Y tampoco quiero. No sueño con eso, no quiero irme de aquí, alejarme de vosotras o... No, joder, no quiero.

—Bueno, está bien, si no quieres ir a la universidad puedo entenderlo, pero vas a acabar el instituto.

—Mamá...

—No es una opción, Kellan. No es algo que vayamos a debatir. Sigues siendo menor de edad, aunque lleves el negocio familiar, pero todavía soy tu madre y tengo la potestad suficiente para decirte que acabarás los estudios. Luego, si quieres, dedícate al taller y olvida tus verdaderos sueños.

Mi madre se levanta y se marcha sin darme opción a decir nada. Claro que ¿hay algo que pueda decir?

Odio reconocerlo, pero a lo mejor debería pensar más a fondo en las decisiones que tomo antes de llevarlas a cabo. Mi dolor de cabeza, lejos de mejorar, empeora, así que me quito la camiseta y me lanzo al lago sin pensarlo más. Total, estoy lleno de grasa. Ahogo una exclamación porque, joder, el agua está fría, pero eso no impide que nade un poco y me tumbe boca arriba para que el sol haga su parte y, además de calentarme un poco, aunque sea mínimamente, me recargue de esa supuesta energía que tiene y que a mí me va faltando por días.

18

Vera

Dos horas después de que Maia se haya ido el restaurante vuelve a la calma. Ojalá pudiera decir lo mismo de mí misma. He pasado las dos últimas horas en la cocina con Steve, intentando seguir sus órdenes sin meter la pata, pero, por mucho que digan, ser buena cocinera en mi país de origen no es indicativo de que vaya a serlo en Estados Unidos, donde la gastronomía es distinta y yo lo único que tengo como referencia es las películas que he visto y los libros que he leído a lo largo de los años.

Es estresante, porque no entiendo bien la maquinaria, todo va muy rápido y, al parecer, no hay un solo residente de Rose Lake que se haya quedado con las ganas de venir a ver a las nuevas habitantes extranjeras. Tengo tal nudo de ansiedad en la garganta que, ahora mismo, lo peor ni siquiera es el cansancio o la quemadura que me he hecho en una mano al intentar freír beicon en mantequilla. ¡Beicon en mantequilla! Me extraña muchísimo que esta gente siga llegando a vieja manteniendo según qué hábitos. Y, de todas formas, tampoco me importa, porque lo único en lo que puedo pensar es en Ronan Campbell, en lo enfadada que estoy con Max y en que hace dos horas que no sé nada de Maia. Un día cualquiera en Madrid no me preocuparía, pero este no es un día cualquiera. Ni esto es Madrid. Intento repetirme una y otra vez que está con Martin y es, a fin de cuentas, su tío, pero luego recuerdo que hace un suspiro que se conocen y, aunque me dé buenas vibraciones, no sé de él más de lo poco que me ha contado Max.

¡Y ha quedado claro que Max no es de contar mucho a nadie!

Cuando el descanso llega, el susodicho entra en la cocina y Steve, como si supiera que es su señal, sale, no sin antes apretarme el hombro en señal de ánimo. Me gusta Steve. En este momento, es la persona que más me gusta del mundo, junto a mi hija.

Max se apoya en la isleta de aluminio del centro, donde hay varios fogones y unas campanas extractoras enormes. Yo estoy al lado de la freidora, limpiándolo todo para la hora de la comida. Intento contenerme por todos los medios y recordar que soy una persona educada y no puedo saltar a la mínima de cambio.

—Pero ¿a ti qué mierda te pasa por la cabeza, Max?

Esa he sido yo. Bien, lo de ser una persona educada y no saltar a la mínima de cambio ya no va a ser posible. Plan B. Dejar salir al dragón de rabia que pretende comerme por dentro.

—Sé que estás disgustada, pero...

—¿Disgustada? Joder, hostia puta, disgustada no empieza ni a definirlo.

—Vera, tranquila. Creo que nunca te he oído usar tantos tacos seguidos.

—¡Nunca me habías cabreado tanto! Y odio estar enfadada, pero resulta que estoy en un país con un idioma que no domino y considero que no hay nada mejor que un buen insulto en español para desahogarse, así que di algo o prepárate para recibir una ristra de insultos muy muy desagradables y, posiblemente, originales.

Max sonríe, pese a mi cabreo, lo que solo consigue indignarme más.

—Perdóname, es que me alegra tanto que estés aquí...

—¡No se nota! —La voz me tiembla y lo odio, pero eso hace que él se ponga rígido de inmediato—. ¿En serio no encontraste un maldito hueco para tratar esto de un modo mejor? ¿De verdad, Max?

—Es difícil, Vera.

—No lo veo tan difícil. Vas a tu padre y le dices: oye, tengo una hija. Y si es tan cabrón como dices, dejas que lidie con ello y punto.

—¿Y mi madre? ¿Qué hago con mi madre?

—¿Qué pasa con ella?

Max se pasa las manos por la cara, frustrado, y en vez de responderme sale un momento al restaurante y dice a Steve algo que no entiendo, porque no lo oigo bien. Cuando vuelve señala la puerta de la cocina.

—Vamos fuera un momento, es hora de tomar un gran descanso.

Le sigo, solo porque estoy cansada y no me iría mal sentarme. La puerta da al lateral de la terraza y, justo al lado de esta, hay un banco pegado a la pared.

—Steve suele tomar su café aquí, podría hacerlo en la terraza, pero le gusta estar solo a veces.

Miro a mi derecha, hacia la terraza que da al lago, y me doy cuenta de que yo, en realidad, soy como Steve. Este lugar tiene vistas al lago y al bosque. De hecho, soy consciente de que todo el pueblo queda en el lado opuesto, es como si el restaurante estuviera en una especie de frontera entre la naturaleza y el pueblo. Claro que este está dentro del bosque y en ningún momento puedes olvidarlo, por bonitas que sean las casas y bien hechas que estén las calles.

Me siento en el banco, cierro los ojos un segundo y, al abrirlos, miro hacia arriba, buscando las nubes y encontrándome con las copas infinitas de los árboles, como si ellos también intentaran buscar las nubes.

—Dame una buena historia, Max —susurro—. Porque estoy a un paso de hacer las maletas y volver a Madrid. No tenemos dinero, pero prefiero vivir apretada en un lugar donde las mentiras y los malentendidos no formen parte de la vida de mi hija.

—Si no he dicho nada es porque tenía miedo de que mi padre quisiera manejar la vida de Maia, aún desde la distancia.

—Eso lo sé. No querías decirlo para que no insistieran en una custodia compartida o algo así.

—Eso es.

—Pero ahora estamos aquí, ¿no crees que era necesario decirle que íbamos a vivir aquí?

—Sí, totalmente. Pero... no sabía hacerlo. Me daba miedo, Vera. Tenía mucho miedo.

—Entiendo que tu padre tiene un genio fuerte, pero...

—No es él quien me da miedo. Tiene un genio de mil demonios, desde luego, pero me importa una mierda lo que opine ahora que estáis aquí. Salvo si intenta poner a Maia en contra de Martin.

—¿Por qué iba a intentar poner a Maia en contra de Martin?

—Me da miedo que mi madre se sienta tan defraudada que no pueda levantar cabeza. O que la tristeza vuelva a apoderarse de ella.

—Max, ¿por qué tu padre iba a intentar poner a Maia en contra de Martin? —Él me mira sorprendido por mi nerviosismo—. Si hay algo que deba saber, habla, porque mi hija está con tu hermano ahora mismo y te juro por Dios que si él...

—Él jamás haría daño a Maia —dice con una seriedad que no le he visto nunca antes—. Mi hermano es la mejor persona que vas a conocer en tu vida, eso tenlo claro.

—¿Entonces?

Max inspira hondo y, por fin, me cuenta el quid de todo este asunto. Me habla de la mala relación de Martin con su padre, de la decepción que supuso que no quisiera dedicarse a la empresa y, más aún, que quisiera ser profesor.

—¿Martin es profesor?

—Será el profesor de literatura inglesa y español de Maia. Bueno, no creo que Maia dé español.

—Sí, lo dará. Le generaba curiosidad estudiar español en Estados Unidos para ver cómo es.

Max sonríe y yo no puedo evitar hacerlo con él.

—Es una chica muy curiosa.

—Se parece a su padre. Su madre tiene poco espíritu aventurero.

—¿En serio vas a decir eso? ¿Has visto dónde estás? —Me emociono así, de la nada, y él coge mi mano—. Has abandonado tu vida para dar a tu hija la oportunidad de ser más y mejor, Vera. No hay aventura mayor que la de lanzarse a ciegas por un ser querido. Y eso es, en parte, de lo que mi padre culpa a Martin.

Me cuenta la discusión, el accidente y el estado en el que quedó su madre, postrada en una silla de ruedas para el resto de su vida. Es horrible, una desgracia inmensa, pero no es culpa de Martin.

—Si Maia saliera corriendo en ese estado te aseguro que no dudaría en correr tras ella. En coche, a pie, en bicicleta. Da igual, iría al fin del mundo si supiera que corre un mínimo riesgo o está sufriendo.

—Eso es algo que mi padre no entiende. Culpó a Martin del estado de mi madre, aún lo hace, y cuando yo anuncié que iba a comprar el restaurante del señor Walls también culpó a Martin porque... bueno, porque al parecer su único deber era quedarse la empresa y, al no hacerlo, va a ser el culpable de todo lo que pase, esté o no relacionado con él. Probablemente hasta el nacimiento de Maia sea culpa de Martin —dice de un modo irónico—. Lo que nos lleva a otra cuestión: el motivo por el que no le hablé a mi hermano de Maia y de ti. No era por falta de ganas, era porque no quería darle más munición a mi padre, aunque eso haya hecho daño a mi hermano.

—¿De verdad le tiene tanto rencor? ¿Por qué?

—Porque Martin tiene pensamientos propios, Vera, y eso es difícil de asimilar para alguien que lo dejó todo en cuanto se lo dijeron sin rechistar. Solo porque era lo que tocaba. Y es admirable, no te digo que no, pero mi hermano habría sido muy infeliz llevando la empresa familiar. Mucho. Tendrías que verlo dar clases. Es... ha conseguido que los adolescentes le adoren. Le encanta enseñar, sus libros y disfrutar de su tiempo libre, ya sea pasear en su motocicleta, hacer deporte o esquiar en invierno y nadar en verano. Mi padre... bueno, digamos que es un hombre que vive por dos motivos: mi madre y la empresa. Todo lo demás es innecesario para él. Complementos. Si tienes dos horas libres y vas a esquiar en vez de adelantar trabajo eres un vago. Partiendo de esa base era de esperar que le defraudáramos.

Me quedo en silencio unos instantes, rumiando las palabras de Max y formando una idea en mi cabeza. Me cuesta un poco lanzarme, pero ahora que por fin Max se ha abierto, no quiero quedarme con la duda.

—¿Qué opina él de verdad de que seas homosexual?

Max no contesta de inmediato, lo que me hace pensar que quizá no me ha oído, pero cuando estoy a punto de repetir la pregunta suspira y habla:

—Al principio se sorprendió, dijo que no me pegaba y estallé en cólera. Pero con el tiempo... lo asumió. Creo que no le importa. O no parece que le importe. De hecho, por sorprendente que sea, habla más con Steve que conmigo y eso que él no es de aquí y lo conoció cuando ya había rumores de lo nuestro.

—¿Sabe que estáis juntos?

—Lo intuye todo el mundo.

—Intuirlo no es saberlo.

—No me gusta bailar lentos delante de todo el pueblo, porque no me gusta que murmuren de mí. No me avergüenzo de ser gay por eso.

—¿Te molestaría bailar lentos delante de todo el pueblo si Steve fuera una mujer? —Max guarda silencio y palmeo su muslo—. Está bien, no tienes por qué estar listo para todo al mismo tiempo. Solo que entiendo que Steve se sienta un poco molesto.

—Sé que aguanta mucho, pero yo nunca he renegado de él. Solo necesito... tiempo. Un poco más de tiempo. ¿Te parece mal?

—¿Está él dispuesto a dártelo?

—Sí.

—Entonces, lo que a mí me parezca, no importa.

Max sonríe, pasa un brazo por mis hombros y acerca mi frente a la suya.

—Eres un puto regalo, Vera Dávalos. Qué jodida suerte tuve el día que decidí cagarla acostándome con una mujer.

Suelto una carcajada, rozo su nariz con la mía y lo abrazo con fuerza.

—Lo mismo digo. Me diste el mejor regalo de mi vida. No sé qué habría hecho todos estos años sin Maia.

—¿Interrumpimos?

La voz de Martin hace que nos separemos. Miramos hacia un lado, por donde se han asomado probablemente al oírnos. Maia sonríe, así que supongo que no está tan mal como yo creía. Y Martin... Bueno, eso es otra historia. Martin sigue serio, pero empiezo a entender que, aunque sea agradable y educado con todo el mundo, su seriedad viene de dentro, de algo mucho más grande que estos árboles que nos rodean.

Me imagino a mi padre cuando vivía y cómo me hubiese sentido si me echase la culpa de algo tan inmenso y siento cómo se me hiela el corazón.

En realidad, lo que no entiendo es cómo consigue Martin Campbell mantenerse en pie pese al dolor que debe de sentir.

19

Martin

—¿Estás segura de que no quieres que te lleve yo, Maia? —pregunto al ver su cara descompuesta.

Ha pasado una semana desde que le confesé toda la verdad acerca de nuestra situación familiar a Maia. Ha sido una semana muy tranquila, tan tranquila que sé que en cualquier momento vamos a tener un disgusto, porque Max aún no ha ido a hablar con mi madre y sé que mi padre no se reprimirá mucho más. De hecho, no sé por qué demonios sigue guardando el secreto. Es todo demasiado confuso, pero, sea como sea, hoy empieza el nuevo curso y estoy en la puerta de mi casa, junto a mi camioneta, mirando a Maia tirar de los tirantes de la mochila que su madre le ha comprado.

—No pienso ir con el profe. No quiero quedar como una pringada ya el primer día.

—¡Maia! —exclama su madre.

Me río, la sinceridad de Maia es tan brutal como atrayente.

—Además, eso de coger el bus amarillo típico americano mola, ya sabes.

—Pues la verdad es que, dado que aquí no es un bus típico americano, sino un bus escolar normal, no, no lo sé.

Ella resopla y pone los ojos en blanco, como si yo no tuviera ni idea de lo que habla. Y tiene toda la razón, no tengo ni idea.

—¡Pues ya sabes! El bus amarillo, con su señal de STOP que se abre cuando se para, con Tommy, el niño rubio, y con un conductor que guiña el ojo y se ríe todo el tiempo.

Suelto una carcajada que, por más que intento, no puedo contener. No pienso decirle que la señora Miller está muy lejos de lo que imagina, empezando porque es mujer, pero sobre todo porque es encantadora de un modo especial: el modo cascarrabias. No se lo digo porque es mejor que esas cosas las descubra Maia por sus propios medios.

En realidad, creo que ir en el bus escolar será enriquecedor para ella, pero al ser el primer día, he preferido darle las dos opciones y que elija la que más se adecue a su estado de nervios. Que elija el bus, aun cuando no puede dejar las correas de su mochila, me hace sentir un orgullo un tanto absurdo, como si hubiese hecho un logro inmenso. Será el amor de tío.

A cada lado de ella, Max y Vera la miran como si la estuvieran mandando a la guerra.

—Tienes tu móvil, si necesitas cualquier cosa, me avisas —dice Vera—. Y si es demasiado para el primer día me llamas y...

—No puede salir de clase sin justificación antes de tiempo —le respondo yo elevando las cejas—. Sería una falta.

—Eres el profesor y tutor, joder, algo podrás hacer —se queja Max.

—¿Eres mi tutor? —exclama Maia—. ¡Joder! ¡Qué mierda!

—Yo también te adoro —murmuro—. ¿Cómo no hacerlo, si eres un encanto?

—Venga ya, en serio, soy la nueva, de otro país, vivo al lado de mi tío, que es profe y, ahora, encima, es mi tutor. En España ya estaría en el centro de la diana.

—Igual te estás pasando de dramática —sugiere su madre.

Maia refunfuña y está a punto de decir algo más, pero me doy cuenta de la hora que es y la apremio a recorrer el camino hacia la entrada, donde está la carretera asfaltada y pasará el bus. Ella camina con sus padres acompañándola y yo, cuando estoy a punto de subir en mi camioneta, en un arranque de maldad y necesidad de diversión, cierro la puerta y me giro hacia donde están.

—¿Sabéis qué? —pregunto mientras me coloco el maletín sobre el pecho, colgado como una bandolera—. Creo que me apunto a ir en el bus hoy. Después de todo es el primer día.

—Dime que es broma. Por favor, tío Martin, dime que es una puta broma.

—Deja de decir tacos, Maia —se enfada su madre—. A mí me parece que es una opción ideal. Así no te sientes tan sola el primer día.

—Gracias —le digo con una sonrisa.

—¡Van a pensar que soy una friki por ir con mi tío!

—Tu tío no tiene pinta de friki —dice Vera en un tono que me hace elevar una ceja.

Llevo un pantalón de traje gris, una camisa blanca y un chaleco a juego con el pantalón. Es formal, sí, pero me gusta vestir bien para dar clase, aunque luego tenga que discutir con muchos de mis alumnos para que se quiten la gorra en clase. Que Vera aprecie esos detalles es... interesante. Sobre todo, porque yo no puedo dejar de apreciar el modo en que los vaqueros se ciñen a sus caderas. Y Dios sabe que lo intento constantemente.

Maia refunfuña, pero yo no hago ni caso y me adelanto en el camino. Entonces ella, en un arranque, corta el paso a sus padres.

—Si voy a subir al bus con él, vosotros no podéis venir.

—¿Quién lo dice? —se queja Max.

—¡Lo digo yo! Ya es bastante malo ir con mi tío. ¡No pienso llegar escoltada por mis padres separados pero que viven juntos con el novio de mi padre!

—Steve no vive con nosotros —asegura mi hermano.

—¡Por favor! —exclaman ellas a la vez.

Yo me limito a resoplar. Steve vive en esa casa, porque duerme en esa casa seis días a la semana y el séptimo no, para que mi hermano no entre en pánico, pero vamos, vive en esa casa y lo asume todo el mundo menos él.

—No venís y punto. —Maia me agarra de la mano y alza la otra en señal de STOP frente a sus padres—. Ahí quietos.

Caminamos hacia atrás, como si huyéramos de ladrones. Estoy a punto de decir que es absurdo, pero en cuanto Maia baja un poco la mano, ellos dan un par de pasos en nuestra dirección, así que la alza de nuevo. En serio, esto es ridículo. ¡Tiene diecisiete años! Este tipo de control es insano, pero no pienso decir nada porque posiblemente el que se lleve la bronca sea yo. Siempre soy yo.

Cuando parece que se han dado por vencidos, los vemos dar la vuelta y marcharse, pero no sin mirar atrás cada tres segundos. Me río, porque no reírse es lo raro, y Maia me mira de soslayo, intentando mantener su actitud de adolescente cabreada con el mundo, pero acaba riéndose conmigo.

—¿Tú crees que es normal esa actitud conmigo? Se comportan como si fuera una niña.

Paso un brazo por sus hombros en un gesto que se está volviendo costumbre y beso su cabeza un segundo antes de responder:

—Están preocupados por ti. Tienes que adaptarte a un sitio nuevo, un instituto nuevo, un idioma que, aunque dominas, ahora se ha convertido en el primero y oficial para ti. Que lo estés haciendo jodidamente bien no significa que no se preocupen.

—Tú no pareces preocupado.

—Yo no soy tu padre.

—Ya, eso puede ser. Y mi madre siempre ha sido muy neurótica. Supongo que es lo que ocurre cuando tienes una hija joven y sientes que pierdes el control de todo rápidamente.

Reflexiono acerca de Vera unos instantes. No creo que sea una mujer dada a perder el control. Sí creo que ha sufrido más que muchas madres, pero es que ser madre adolescente no es nada fácil. He conocido solo dos casos: en uno de ellos la chica acabó dando al bebé en adopción y en el otro, aunque lo tuvo, no se la ve especialmente feliz. Abandonó los estudios, puesto que no tenía apoyo familiar, y... bueno, todo se complicó. Vera consiguió salir adelante. No fue fácil, estoy seguro, pero luchó y lo consiguió, aunque abandonó los estudios, como esta chica. Se rehízo a sí misma y no permitió que nadie, ni siquiera mi hermano Max, le sacara las castañas del fuego más que en lo concerniente a lo que sí era su responsabilidad: Maia.

—Tu madre es una madre genial y tú eres una hija genial. —Maia se sonroja un poco, lo que hace que apriete mi abrazo sobre ella—. Y una sobrina brutal.

—Y tú eres un tío brutal, pero no voy a dirigirte la palabra cuando te vea en los pasillos del insti.

Suelto una carcajada, porque ofenderme por eso es absurdo, y estoy a punto de responder, pero entonces divisamos la carretera y mi sobrina se separa de mí como si mi brazo le ardiera. No insisto, sé bien que hay conductas que debo respetar y esta es una de ellas.

Apenas hemos llegado al borde de la carretera cuando la señora Miller y su autobús escolar cruzan el puente que sale del pueblo y llega hasta nosotros. Las puertas se abren y sonrío de inmediato, como si fuera una vieja amiga.

—¡Señora Miller! Qué alegría volver a la rutina, ¿no?

—Hace frío y vas demasiado ligero, muchacho.

Sonrío de nuevo. Me encanta la señora Miller, es una cascarrabias de primera categoría, pero sabe cómo ponernos a todos firmes, incluso cuando nos hacemos adultos. Subo el primer escalón del bus y miro atrás, a Maia.

—Señora Miller, le presento a Maia, mi sobrina.

La susodicha me mira mal, como si no tuviera permiso para presentarla, así que decido que no es buena idea coger el micrófono y hacer lo mismo frente a todos los chicos y chicas que nos miran intrigados desde sus asientos. Me siento en primera fila, para no avergonzar más a Maia, y cuando sube la veo repasar todos los asientos rápidamente. El autobús va lleno y eso la impacta, lo más probable es que no esperaba tantos adolescentes en Rose Lake, y eso es porque no los hay, o sí, pero no tantos como para llenar un bus. La señora Miller pasa por los pueblos exteriores primero, y por Rose Lake al final, puesto que el instituto pertenece al pueblo, aunque esté en el bosque. Mi sobrina tiene la piel blanca, pero en este punto se le vuelve ceniza, así que no le tomo el pelo cuando se sienta a mi lado, en primera fila, pese a haber dicho que no iba a saludarme. Me encantaría pasarle un brazo por los hombros, pero no sé cómo sería recibido el gesto en público, así que me limito a palmear su rodilla con disimulo.

—¡Eh, señor Campbell! —Me giro y veo a Ashley al otro lado del pasillo, en tercera fila, de pie y sonriendo—. ¿No me nota nada raro?

Ashley es una chica de Rose Lake simpática, aunque descarada. Tiene tendencia a querer llamar la atención y entre los profesores se rumoreaba que estaba colada por mí, rumor que obviaba, porque jamás he estado ni estaré interesado en alumnas, principalmente porque son todas menores de edad y porque, joder, para mí son niñas, así que me limito a tratarlas como tal. Ashley, como decía, tiene tendencia a querer llamar la atención, así que podría haberse puesto mechas, algún piercing o, yo qué sé, un tatuaje en la base del cuello, pero no veo nada.

—¡Me he puesto tetas! —El bus entero se ríe y ella saca pecho, como si pretendiera que la mirase a ese punto—. ¿Qué le parece?

No es conocida por su discreción, ni tampoco por ser tímida, sino todo lo contrario. Oigo el gemido ahogado de Maia, no es de extrañar, debe de estar flipando, pero cuando conozca a Ashley posiblemente se le pase.

—Me parece que tus notas no fueron tan buenas como para que te hayan hecho ese regalo, pero si te ayudan a estudiar... bien por ti.

—Me ayudan a otras cosas, señor Campbell.

En este punto los chiflidos de los chicos y las risas nerviosas de las chicas ya son más que audibles, lo que provoca que la señora Miller coja el micrófono.

—¡Callaos, mocosos! Ashley Jones, espero que sepas que hablaré con tu madre de esa actitud.

—¡Oh, vamos!

—Siéntate, muchacha. ¡Eres una vergüenza para Rose Lake! La próxima vez que vea cómo te insinúas a un profesor voy a coger ese culo menudo y...

—¡Venga, abuela! ¡Era broma!

—¡No se bromea con eso! Veremos qué opina tu madre de esa broma.

Ashley se enfurruña en su asiento y yo hago todos los esfuerzos posibles por no reírme.

—¿Es su abuela? —murmura Maia.

Asiento y la veo sonreír, aunque parece tensa, y no es para menos, con la entrada que ha tenido. Apenas unos minutos después, el autobús llega al aparcamiento del colegio. Bajamos, comenzamos a caminar hacia la puerta y estoy a punto de ofrecerle una visita guiada a mi sobrina cuando se me adelantan.

—Eh, Maia. ¿Quieres que te enseñe esto?

Kellan Hyland se acerca a nosotros con zancadas largas pero tranquilas. Sonríe, pero no parece demasiado feliz. Sé que se han visto alguna vez en estos días en Rose Lake, así que, cuando Maia me mira, como si yo tuviera que decir algo, me siento absurdamente orgulloso.

—Kellan conoce bien el centro. Si quieres, ve con él.

—Sí. —Mi sobrina carraspea, sin rastro ya de la bravuconería que muestra con sus padres y conmigo, y encoge los hombros intentando parecer indiferente—. Vale, como quieras —le dice a Kellan.

Él sonríe, coge su mano y se la lleva mientras me quedo mirándolos y pensando que no sé si es bueno o malo que el chico más triste y la chica más perdida de Rose Lake hagan buenas migas.

20

Kellan

Maia mira los árboles que rodean el instituto como si en cualquier momento fuesen a doblarse hasta tragarse el edificio. Me encantaría saber qué opina, porque imagino que, en Madrid, todo es muy distinto. Aquí tenemos el edificio principal, pero, por ejemplo, para la clase música los alumnos salen, atraviesan el césped y entran en otro edificio que antiguamente era un granero y ahora, restaurado, tiene incluso un salón de actos para pequeños conciertos, obras de teatro y todos los eventos que se celebran en el instituto, como el baile de promoción, del que tenemos que encargarnos este año. Bueno, doy por hecho que se ocupará Ashley con los secuaces que elija porque yo no tengo tiempo, ni ganas, de ponerme a organizar algo que solo sirve para que los populares sean más populares y los demás les alcen la cola. Yo soy popular, o eso dicen, la verdad es que no me he parado mucho a pensar en ello, pero sé que antes, cuando mi padre vivía, yo jugaba al fútbol y estaba en ese bando en el que, al parecer, quieren estar todos. Y contra lo que digan las pelis, son buenas personas. Bueno, Hunter es un capullo, pero eso no es porque sea popular, es porque su padre es un capullo y, según decía mi padre, eso se hereda. Además, es un capullo con buen corazón en el fondo. Muy en el fondo.

—¿Qué te parece? —le pregunto a Maia.

—Pues...

No puede acabar, de inmediato saltan sobre mí con un grito que me deja sordo.

—¡Ey, Kellan! Te echaba de menos, tío. —Hunter Davis, uno de mis amigos de infancia, palmea mi hombro con fuerza—. ¡Tendrías que haber venido a California! No te imaginas los pastelitos en biquini que vimos allí y... —Repara en Maia y baja de mi espalda, donde seguía subido—. Hola, bombón.

Pongo los ojos en blanco. Hunter también es jugador del equipo de fútbol, es un creído, pero porque tiene razones para serlo y porque, además, hay muchas chicas dispuestas a convencerlo si en algún momento duda de su pelo oscuro con betas rubias, sus ojos azules, su barba de varios días, sus músculos y esa sonrisa que, según él, le ayudó a perder la virginidad a los catorce.

—Maia, este es Hunter. Hunter, esta es Maia, es nueva en el instituto y viene de España.

—¡No jodas! ¿En serio?

—De Madrid —responde Maia.

—¿Eres de Madrid de verdad?

Ese no es Hunter, sino Ashley, que se acerca recolocándose bien sus nuevas tetas. Le dije el otro día que no es algo muy elegante y me respondió que, con lo que se ha gastado en esas dos, piensa tocárselas todo el día y lo que yo opine le importa una mierda. Tiene su parte de razón, eso es innegable.

—Sí —responde Maia.

Es cauta y lo entiendo, Ashley impacta, no solo por su físico, sino por esa actitud tan abierta y, en ocasiones, avasalladora.

—¡Algún día iré a Madrid! Dicen que los españoles son muy pasionales.

—Si lo que quieres es pasión, nena, yo puedo darte tanta como puedas soportar.

—No, Hunter, no voy a acostarme contigo... otra vez. Y, en cualquier caso, deja de mirarme las tetas.

—No puedo, nena, qué dinero tan bien invertido, joder.

Ashley pone los ojos en blanco y yo tiro de Maia para que venga a mi lado, pues se ha quedado un poco separada.

—Chicos, voy a acompañar a Maia a su primera clase. Nos vemos.

—¡Eh, Maia! —grita Ashley cuando ya nos alejamos—. Bienvenida a Rose Lake y todo eso. Búscanos en la mesa junto a la ventana, en el comedor. Y no llegues tarde, en el grupo no nos gustan los tardones.

Ashley sonríe, deja que Hunter le pase el brazo por los hombros y entran discutiendo algo acerca de perlas y pezones. Prefiero no saber exactamente de qué va la conversación.

—¿Siempre es así? —me pregunta Maia mientras la llevo a secretaría.

—¿Ashley? Sí, hoy tiene un buen día, pero sí.

—¿Qué ocurre cuando tiene un mal día?

—Eh... es mejor que lo veas, es difícil de explicar.

Ella me mira con mil preguntas en los ojos, pero justo llegamos a secretaría y la conversación se corta cuando le dan toda la documentación que necesita, empezando por el número de taquilla. Al acabar, decido acompañarla hasta allí.

—¿Debo tomar su invitación en serio o estaba quedándose conmigo?

—Si te ha dicho que te sientes con el grupo, y te apetece hacerlo, pues deberías.

—¿Tú estás en el grupo?

Sonrío un poco, porque es agradable que quiera tomar su decisión a partir de lo que yo haga. Sé que es normal, fui la primera persona que conoció en Rose Lake y quiere algún tipo de respaldo, así que la saco de dudas rápidamente.

—Sí, somos amigos desde la infancia.

—Eso es genial. Seguro que hacéis un montón de cosas juntos.

—Hacíamos más cuando... —Me corto un poco al recordar, pero me obligo a seguir—: Hacíamos más cuando mi padre estaba vivo y yo no tenía que ocuparme del taller.

—Entiendo... Lo siento, Kellan.

—Eso ya lo dijiste cuando nos conocimos y no tienes que repetirlo cada vez que nombre a mi padre, ¿sabes? —Maia sonríe—. Tampoco yo te lo diré cada vez que hables de tu abuelo.

—Ya —carraspea—. Bueno, eso será fácil porque prefiero no hablar de él.

—Pero...

—¿Quién más hay en el grupo?

No soy tonto, sé cuándo debo mantener la boca cerrada y cambiar de tema, así que eso hago.

—Mmm, fijos y desde pequeños están Brody Sanders, capitán del equipo de fútbol, Wyatt Owens, un cerebrito que lleva años intentando fundar un club privado de química. Solo una vez estuvo cerca de conseguirlo, pero fue porque la única persona que se le unió quería aprender a hacer una bomba casera. Mejor no preguntes cómo acabó aquello. —Maia se ríe y yo me contagio—. Y por último está Savannah Henderson, mejor amiga de Ashley desde que ambas corrían en pañales por ahí y, además, una gran estudiante. Es el orgullo de casi todos los profesores.

—Cuesta creer que la mejor amiga de Ashley sea una chica empollona —murmura Maia, mientras mira cómo la primera le grita a alguien que le toque las tetas para que vea lo suaves que son.

—Bueno, Ashley, en realidad, es una gran chica. Sus notas no son las mejores y está más preocupada de las animadoras, su armario y sus tetas que cualquier otra persona del universo, pero si se trata de lealtad, no vas a encontrar a nadie mejor. Es fiel y fuerte como una roca.

Recuerdo a Ashley abrazándome durante noches enteras cuando mi padre murió. Todos venían de vez en cuando, sobre todo Brody, pero ella se colaba por la ventana de mi habitación cada noche y no dejaba de insistirme hasta que hablaba de él y de cómo me sentía. Acababa llorando todas las veces, y ella lloraba conmigo y me hacía promesas absurdas, como que íbamos a escalar juntos el Everest para superar el duelo. Nunca lo hicimos, por supuesto, pero tenerla a mi lado en aquellos momentos fue... sanador. A menudo se juzga a la gente alocada e impulsiva, pero a la hora de la verdad han salvado más de un alma, estoy seguro, porque Ashley Jones no paró hasta salvar la mía.

—¿Quién más hay? —pregunta Maia.

—Nadie más. Bueno, yo, pero a mí ya me conoces. Y, últimamente, no puedo juntarme mucho con ellos.

—¿Por el taller? —Asiento—. Debe de ser agotador trabajar y estudiar a la vez.

La acompaño hasta su clase después de que deje parte de sus libros en la taquilla y me apoyo en el quicio de la puerta asegurándome de estar sonriendo cuando me vea.

—Hay cosas peores. Adelante, señorita, tiene usted clase.

—¿Tú no entras?

—No, yo tengo otra. Nos vemos en español en una hora.

—¿Y cómo voy a saber dónde está la clase?

—¡Eh, Maia! —Ashley nos grita desde su sitio, junto a la ventana—. Venga, tía, date prisa y coge este sitio. El señor Foster tiene un culo que flipas y desde aquí se ve mejor. Oh, buenos días, señor Foster.

—Ashley —dice el profesor en tono cansado.

—¿Adivine qué? —pregunta mi amiga estirando el pecho.

Me río, porque sé que va a volver a vacilar de tetas, y miro a Maia.

—Te cuidarán bien.

Le guiño un ojo, la empujo suavemente hacia la clase y voy corriendo hacia la mía. Cuando entro, me encuentro con Brody guardándome el sitio.

—Gracias, tío.

—De nada. Me han dicho que estabas ocupado haciendo de guía para Maia.

Brody Sanders es mi mejor amigo, y la única persona a la que contaría algunos de mis secretos, porque sé que siempre va a guardarlos. Da igual lo que ocurra, no importa que le pongan una pistola en la cabeza. Brody no hablará. No, si con eso me perjudica. Que además sea el capitán del equipo de fútbol es algo que me llena de orgullo, porque sé bien que lo conseguirá. Llegará a lo más alto y algún día en Rose Lake podremos decir que tenemos una estrella en el fútbol gracias a él.

—Sí, la vi esta mañana con el señor Campbell y pensé que sería mejor que entrara de la mano de un compañero.

—Y ahí estabas tú para ofrecérsela, ¿eh?

—¿Qué puedo decir? Soy un caballero.

—Lo eres, pero hazme un favor y no empieces a escribirle canciones, ¿quieres? Sería muy jodido tener que curarte el corazón roto.

Suspiro y me estiro en la silla justo cuando llega el profesor.

—Puedes estar seguro de que mi corazón está a salvo.

Él me mira escéptico, lo que me molesta, pero si se lo demuestro va a empeñarse en una historia que no es. No es que me guste Maia.

Bueno, mierda, sí me gusta, pero no en ese sentido.

A ver, quizá podría gustarme en ese sentido, si nos conocemos más, pero lo que quiero decir es que no... que...

Da igual. Brody no tiene razón y punto.

A la hora de comer me siento en la misma mesa de siempre. El comedor es cuadrado, con grandes ventanales que dan al bosque y, aunque tiene una parte exterior, nosotros preferimos comer junto a la ventana. Llevamos años haciéndolo así y no íbamos a cambiar esa costumbre en nuestro último año.

Me siento en mi sitio justo a tiempo para oír a Wyatt quejarse de que Hunter siempre está con lo mismo.

—Solo he dicho que este es nuestro año y tenemos que follar tanto como sea posible, porque aquí todavía tenemos posibilidad de hacerlo mal, pero en la uni, tío, tenemos que ser máquinas de follar.

—Eres tan agradable... —murmura Wyatt.

—Tú lo tienes fácil, tío, te follas a Savannah siempre que te apetece.

—Claro. Savannah, que por cierto soy yo, no tiene poder de decisión. Savannah es un ser creado única y exclusivamente para abrir las piernas cuando a Wyatt le apetece meterla, ¿verdad?

Me río. Wyatt y Savannah empezaron a salir el año pasado y la verdad es que son la pareja perfecta. Se complementan y, al contrario de lo que me ocurre con casi todas las parejas del instituto, sí creo que ellos llegarán a ser importantes juntos, tanto en lo personal como en lo laboral. Seguramente porque los dos van a ir a la misma universidad y piensan vivir juntos en cuanto salgan de Rose Lake. Son guapos, listos y lo más probable es que acaben coronados como rey y reina del baile, porque se han convertido en algo así como un ejemplo para muchos.

—Yo solo digo que teniendo pareja es más fácil follar, joder, tampoco tienes que ponerte así.

—Es que eres un vulgar de mierda, Hunter —se queja Ashley—. Por cierto, creo que el señor Campbell sí que me ha mirado las tetas.

—Menos mal que yo soy el vulgar y tú una princesita refinada, ¿eh, Ash? Ya quisieras que el señor Campbell te mirara, no solo las tetas, sino algo en general. No eres tan memorable.

—Pues tú no dejas de mirarlas.

—Porque no dejas de tocártelas, tía, es como intentar quitar los ojos de Brody cuando tiene el balón entre las manos, solo que tú tienes dos balones y han quedado jodidamente perfectos.

—Eres un cerdo.

—Y tú una...

—¡Eh, Maia! —Ashley corta en seco a Hunter y casi mejor. Diviso a Maia en la entrada del comedor, sonríe y se acerca con tanta soltura que la admiro. No sé si yo podría ser tan extrovertido en un país nuevo. Bueno, sé que no, pero es que yo tiendo a ser más callado.

—Hola, chicos.

—Te dije que no llegaras tarde —se queja Ashley—. Que no vuelva a ocurrir, ¿de acuerdo? Ven, siéntate a mi lado, que te presento. De izquierda a derecha Savannah, Kellan, Brody, el idiota de Hunter y Wyatt. Estoy entre Wyatt y Savannah porque son pareja y se comen la boca a la mínima oportunidad. No hay forma de tener una comida tranquila con estos dos.

Maia se ríe, Ashley palmea el sitio a su lado y veo cómo mira de reojo el lugar en el que estoy. Me gustaría que se sentara conmigo, pero no quiero joder a Ashley, además, no soy tonto y sé que Brody está muy atento a mis movimientos.

—Encantada —murmura ella tomando asiento.

—Tienes que contarnos cosas de España, Maia —le pide Savannah.

—Sí, porque yo estoy en español con la única finalidad de viajar a Ibiza y follar a lo bestia en español.

No tengo que decir que Hunter ha sido quien ha dicho eso. Ella se ríe, coge una manzana y encoge los hombros.

—Está bien, supongo.

Recuerdo la primera vez que nos vimos, cuando Maia me dijo que esto estaba en el culo del mundo. Sé que no quiere ofender a nadie, pero de algún modo me hace sentir especial pensar que yo sí sé lo que piensa Maia de todo. De Madrid, de Rose Lake, del dolor...

Me pregunto si, cuando Maia conozca al grupo, dejará de hablar conmigo. Y cuando me doy cuenta de que la respuesta a esa pregunta me importa, me obligo a pensar en otra cosa, porque tengo suficientes problemas como para sumar uno más a mi vida. Sobre todo con Brody mirando atentamente cada maldito movimiento que hago.

21

Vera

El parloteo de Maia acerca de lo bien que le ha ido en su primer día de clase ayuda a mitigar un poco mis nervios. Es casi la hora de la cena, pero en vez de estar en la cabaña, como debería, voy en un coche con Max, Steve y Maia en dirección del aserradero, o más bien justo al lado, donde viven los padres de Max.

Ronan y Rose esperan conocer a su nieta hoy mismo. Al parecer, Ronan no ha aguantado más y ha acabado contándole a su mujer todo lo relacionado con Maia. Debería haberlo hecho Max, pero está tan serio y taciturno que no me atrevo a juzgarlo o enfrentarlo. Sé que teme desatar un nuevo drama familiar, pero, sinceramente, iba siendo hora de actuar.

Llegamos y aparcamos al lado de la camioneta de Martin. Este, en vez de estar dentro, nos espera apoyado en ella, como si no quisiera entrar solo. O quizá solo quiere que nosotras no entremos solas.

—¿Nerviosa? —pregunta mirándome cuando bajo del coche.

—Mucho.

—¿Asustada?

—¿Debería?

Martin me observa de un modo que me inquieta porque, a veces, todo en él es tan intenso como para hacerme preguntas de todo tipo. Preguntas que jamás debería hacerme.

—No, por supuesto que no —dice con su voz suave y ronca—. Todo va a ir bien.

—Eh, tío Martin, estaba diciéndole a mamá que hay una alumna enamorada de ti. —Maia rodea el coche para venir a nuestro lado.

—Eso no es cierto.

—Ashley dice que vais a casaros y tener tres hijos que tomarán biberón porque con sus tetas nuevas no puede amamantar.

Martin se restriega los ojos con cansancio mientras yo intento aguantarme la risa.

—Debo tener una charla con esa chica. Otra más. Si la directora del instituto no fuera amiga mía ya estaría metido en problemas por los rumores que Ashley va difundiendo cada día. Tienes que pararle los pies, Maia.

—Ni hablar, es mi nueva amiga y no pienso ponerme en su contra. ¿Sabes la suerte que he tenido de que todos sean majos conmigo? Podrían haberme hecho novatadas, las animadoras me podrían haber metido la cabeza en el váter y los chicos del equipo se podrían haber reído de mi pelo, o...

—Pero ¿de dónde sacas todo eso? —pregunta Martin espantado.

—De las pelis, por supuesto.

—Quizá deberías leer más libros y ver menos películas.

—Oh, leo muchísimos libros, muchos juveniles y en todos las animadoras son malas y los jugadores de fútbol, unos capullos guapísimos. Me alegra mucho estar equivocada en casi todo.

—¿Casi? —pregunto intrigada.

—Sí que son guapísimos —murmura un tanto avergonzada.

Me río, porque hay algo relajante en el modo en que mi hija adolescente disfruta de cada etapa. A su edad yo ya era madre de un bebé, así que me perdí muchas cosas. Ver que Maia fantasea con los chicos del equipo de fútbol o ya está pensando en salir con sus nuevos amigos me hace creer que de verdad hice bien al venir aquí.

—Tenemos que entrar. —La voz de Max, grave y preocupada, nos llega desde el otro lado del coche.

Maia se adelanta y, cuando ve a Steve con los brazos abiertos, no duda en refugiarse en su costado mientras caminan con Max siguiéndole los pasos muy de cerca.

—Dime que van a tratarla bien —murmuro, mirando a Martin, que se ha quedado el último.

—Van a tratarla bien. Oye... no me hables durante la cena.

Me paro en seco, mirándolo con el ceño fruncido.

—¿Qué? ¿No quieres que te hable en la cena?

Martin parece incómodo y, de pronto, me siento mal, porque no pensé que se avergonzaría de nuestra presencia. O de la mía, más bien. A lo mejor es porque no hablo muy bien inglés, y seguramente por eso es por lo que me pego más a él, porque domina el español, igual que Max. Sea como sea, es evidente que mi compañía no es bien recibida en grupo, así que asiento un poco brusca y procuro mantenerme fría y estable.

—No te preocupes, será como si no estuviera.

—¿Qué? —Camino sin hacer caso a su pregunta, pero me coge del brazo y me detiene—. ¿De qué hablas?

—No quieres que te hable para no dejarte en evidencia y lo entiendo, pero...

—Joder, Vera, no. No tiene nada que ver con eso. —Martin hace amago de hablar, pero la puerta de entrada se abre y nos quedamos sin tiempo—. Si mi familia piensa que no tienes relación conmigo, todo será más fácil para ti.

—No lo entiendo.

—Él va a adorar a Maia y, por tanto, va a intentar alejarla de mí.

Ronan se deshace en halagos con Maia, a la que sonríe con una dulzura que me removería un poco de no ser porque es frío con Max y Steve y ni siquiera mira a la cara a Martin.

—Tu abuela está deseando conocerte —le dice a Maia.

Mi hija me mira, como si necesitara algún tipo de instrucción de mi parte para continuar, pero me limito a sonreír y asentir, intentando infundirle ánimos.

La casa de los Campbell no tiene nada que ver con la cabaña de Max o la de Martin. Estas últimas son modernas, funcionales y preciosas, pero esta casa es... inmensa. Es como una mansión en la que estoy segura de que podría perderme. Me pregunto si Max y Martin se perderían mucho de niños y, aunque es una pregunta que podría ser aceptada con naturalidad en cualquier otro hogar, sé que aquí es mejor no sacar ciertos temas. Ronan nos guía por un pasillo plagado de fotos de la familia hacia un salón enorme, decorado con vigas de madera, muebles artesanales y una gran chimenea de piedra. No hay televisor, todo es elegante, sobrio y perfecto. Tan perfecto que me pregunto, otra vez, cómo sería para dos niños crecer entre tantas cosas que probablemente tenían prohibido tocar o ensuciar.

—Rose, querida...

Ronan le habla a la mujer que hay en una silla de ruedas, al lado de la chimenea. Es joven, no llegará a los sesenta años y, aunque tiene algunas arrugas alrededor de los ojos, es una mujer guapísima. Tiene ese tipo de belleza serena y elegante que no precisa de mucho maquillaje o adornos.

—Oh, Dios mío... —El susurro de Rose al ver a Maia hace que me emocione, porque se nota que apenas puede creer que tenga frente a ella a su nieta.

—Te presento a Maia, nuestra nieta —dice Ronan abrazando a

mi hija por los hombros y animándola a caminar—. Maia, esta es tu abuela Rose.

—Encantada —dice mi hija en un tono dulce que me hace sentir orgullosa de ella.

—Eres... Oh, Dios, eres preciosa. —Rose estira las manos y mi hija responde al gesto cogiéndoselas con cariño—. No sabes lo feliz que soy de saber de tu existencia. Te pareces mucho a tu padre.

Las lágrimas resbalan por sus mejillas en el instante en que dice las últimas palabras y no me pasa inadvertida la mirada de pena que dedica a su hijo. Me pregunto cómo me sentiría yo si mi hija me ocultase algo así durante tantos años. Probablemente no mantendría la calma del modo en que lo hace Rose. Bueno, quita el «probablemente». No mantendría la calma ni de coña.

—También tienes algo de tu tío —sigue Rose.

Sonrío. En realidad, alguna vez he pensado que tiene un leve parecido a Martin, pero no es nada descabellado teniendo en cuenta que Martin y Max comparten algunos rasgos. Curiosamente esos rasgos son los que ambos han heredado de su padre, Ronan.

—Mucha gente dice que me parezco a mi madre. —Maia me mira, y me llena de orgullo ver que quiere incluirme—. Ella es Vera.

Rose me mira con atención durante unos instantes que se me hacen eternos y, finalmente, extiende las manos en mi dirección.

Me acerco, las sujeto y, ya de cerca, me doy cuenta de hasta qué punto está emocionada.

—Gracias por darme una nieta, Vera. Bienvenida a esta familia. Ojalá tu presencia y la de Maia sirvan para unirnos, de una vez por todas.

Nadie responde, lo que me hace sentir muy mal por Rose, así que aprieto sus manos, porque como madre solo puedo entenderla, y le dedico una sonrisa que espero que le inspire cierta confianza.

—Estoy segura de que Maia disfrutará mucho de tener a su abuela cerca.

Al parecer mis palabras acaban por desatar sus emociones, porque las lágrimas ya caen libremente y, aunque se afana en limpiárselas a toda prisa, no es hasta que Ronan le acerca un pañuelo cuando consigue reponerse un poco. Mientras tanto Max y Steve aprovechan para besarla y saludarla. Martin se queda rezagado, apoyado en la chimenea mirando a su madre con tal anhelo que me parte el alma. Ella le sonríe en todo momento y hasta estira los brazos en su dirección, pero en ese instante Ronan nos insiste en pasar a sentarnos alrededor de la mesa.

Intento no ser mal pensada, no quiero caer en algo tan vil como creer que Ronan hace lo posible e imposible por romper el más mínimo contacto entre Martin y su madre, pero después de dos horas en el salón, cenando, charlando y conviviendo con los Campbell, me doy cuenta de que, por desgracia, todo lo que yo pensaba se queda corto.

—Yo me marcho ya. El primer día ha sido largo y mañana me espera un día duro. —Martin se levanta y se abrocha el chaleco mientras yo pienso dos cosas:

1. Debería estar penado por ley que un chaleco quede tan condenadamente bien a un hombre.

2. El día de mañana no puede ser más duro para él que esta cena. Es probable que nada sea más duro que esta cena, porque ha estado casi todo el tiempo callado y, lo poco que ha hablado, ha sido con la mirada reprobatoria de su padre sobre él. Que haya aguantado dos horas así es, para mí, de lo más estoico que he visto nunca.

—¡Oh, genial! ¿Puedo irme contigo? Me gusta más tu coche que el de papá —dice Maia.

—Ten hijas para esto —replica Max haciéndose el ofendido.

Rose se ríe de buena gana y da un sorbo a su copa de vino.

—¿Te tengo que recordar que tú preferías ir caminando al pueblo antes que ir en el coche conmigo?

—Eso era porque ponías la banda sonora de *Mamma mia!* a todo volumen —se queja Max.

—*Mamma mia!* es una de las mejores películas de todos los tiempos —dice Steve.

—Totalmente de acuerdo —coincido.

—¿Veis? Y por eso vosotros acabaréis siendo mis favoritos en esta familia —dice Rose riendo.

La verdad es que es un placer verla reír. Tanto que no me he dado cuenta de la tensión que se generaba en otra parte de la mesa hasta que oigo a mi hija quejarse.

—Pero ¿por qué?

—Porque no. Es mejor que te vayas con tu padre, tal como has venido. Incluso yo puedo llevarte —dice Ronan.

Concentro mi atención en la conversación y veo a Martin sonreírle a Maia y guiñarle un ojo.

—Tranquila, princesa. Ya vendrás conmigo otro día.

—No, si yo puedo evitarlo —murmura Ronan.

El dolor atraviesa a Martin. No se ve a simple vista, disimula bastante bien, pero el modo en que baja la mirada y traga saliva me deja más que claro lo que siente. Quizá por eso, o porque odio las injusticias, o porque no voy a permitir que usen a mi hija para hacer daño a nadie, intervengo antes de pararme a pensar en lo que hago.

—En realidad, conduces mucho mejor que tu hermano, así que yo también me apunto. —No doy tiempo a que nadie se queje, me giro hacia Rose, que me mira sorprendida, y sonrío—. Ha sido un placer conocerte. Espero verte por el restaurante cuando quieras y, si no, ya sabes que vivo en la cabaña de Max.

—Me encantaría ir alguna vez, si no es molestia.

—No lo es, puedes venir siempre que quieras y, si no, haré lo posible para que Maia suba a verte. ¿Vamos, Martin?

—No creo que...

—Hasta pronto, señor Campbell —digo cortándolo y tratándolo de usted solo para que entienda que, ahora mismo, no está ni siquiera cerca de entrar en mi círculo de confianza—. Muchas gracias por la cena.

Sujeto la mano de Martin y salgo del salón confiando en que Maia nos siga. Salimos de la casa, bajamos los escalones y solo cuando ya estamos dentro de la camioneta suelto el aire que he estado reteniendo sin darme cuenta.

—¡Qué pasada, mamá! Eres la mejor. —La risa de Maia me hace sonreír temblorosamente.

Miro a Martin, que arranca el coche en silencio y está aún más serio que en la cena, lo que ya es un decir. Tamborilea el volante constantemente hasta que, por fin, se suelta.

—No deberías haber hecho eso, Vera... Es una batalla perdida y no merece la pena.

—Vamos a dejar clara una cosa, Martin Campbell: en mi vida yo decido qué batallas lucho y qué merece la pena.

—Pero...

—Tu madre es un amor, no me extraña que la adores.

Martin guarda silencio. Creo que, en realidad, no sabe qué decir.

Y, para ser sincera, yo tampoco sé cómo sentirme con respecto a haber dejado sin palabras al profesor de lengua y español de Rose Lake.

22

Martin

La primera prueba de español ha sido un completo desastre. Vale, entiendo que algunos alumnos dicen que no hace ni un mes que empezó el curso, pero casi. Estamos a uno de octubre y el nivel de atención en clase es malo. Deberían estar inmersos en los libros pero muchos de ellos siguen con el chip puesto en el verano. Algo absurdo, porque, aunque algún que otro día todavía hace bueno, ya hay que abrigarse la mayoría de los días.

—Señor Campbell, ¿le he hablado de lo bien que soplo los globos hacia dentro? Mire.

Por desgracia hago caso y miro a Ashley aspirar un globo estirado tan fuerte que me da miedo que se atragante. Ella saca el plástico de su boca con una bola hecha, a modo de globo, y me mira con una mezcla de orgullo e intento de seducción que me pone el vello de punta.

—Ashley Jones, o te controlas o vas a tener que visitar el despacho de la directora Sheffield de nuevo.

—Me tiene envidia porque usted está loco por mí, por eso no deja de imponerme amonestaciones.

Las risas en toda la clase me exasperan, sobre todo porque una que no deja de reír es mi sobrina. ¡Mi sobrina! Maia ha resultado ser una gran alumna y también lo que vulgarmente se conoce como tocapelotas. Tiene ingenio y no duda en usarlo para alterar a la clase.

En poco menos de un mes se ha hecho tan popular como muchos de los chicos originarios de Rose Lake, lo que me llena de orgullo y miedo a partes iguales. Tiene genes Campbell, lo sé porque soy un Campbell y sé que eso tiene cosas muy buenas y otras que van a traerle problemas si no aprende a dominarse.

—Muy bien, hablemos de cosas importantes de verdad. Esta noche comentamos *Ciudad medialuna* y, puesto que lo debió de sugerir alguno de vosotros, me encantaría saber que la mayoría lo habéis leído y estaréis allí para comentarlo.

—No me lo perdería por nada del mundo —dice Savannah, haciéndome sonreír.

—No dudaba de ti. —Su sonrisa orgullosa me hace reír entre dientes.

—Yo también voy, señor Campbell. —Wyatt Owens alza la mano—. Lo propuso Savannah, y como soy su novio...

—Oh, no hagas como si no lo hubieras disfrutado —se queja su chica.

—¡Yo también voy! —grita Ashley—. Aunque ahora me paso la mitad del tiempo soñando con el prota. ¿Alguien adivina con quién sueño la otra mitad del tiempo?

Dado que me mira fijamente mientras hace pompas con un chicle (espero por todos los dioses que sea un chicle y no un trozo de plástico de globo) concentro mi atención en mi sobrina.

—¿Maia? ¿Vendrás?

—Mi madre trabaja en el turno de cenas.

—Lo sé, lo que quiero decir es si vendrás al club de lectura.

—Sí, me lo leí hace tiempo. Me uno a comentarlo.

—Yo también voy. —Brody Sanders, el capitán del equipo de fútbol, me sorprende.

—¿En serio?

—¿Qué pasa? Los deportistas leemos. —Algunos vítores, risitas y susurros, y después puede seguir hablando—. En realidad pensé que sería un poco distinto.

—¿En qué sentido? —pregunto, intrigado.

—Lo comento esta noche, que para eso está el club —masculla.

Entiendo lo que quiere decir. No va a comentar nada aquí, donde muchos no lo han leído y es probable que lo juzguen. La verdad es que el club de lectura de Rose Lake tiene muy buena aceptación, pero entre la gente joven aún hay muchos que pasan de acercarse. Es normal, pero espero que poco a poco se animen, aunque para eso haya que leer todos los juveniles habidos y por haber. Tampoco es una queja. Tengo una gran capacidad para leer, soportar e incluso disfrutar prácticamente cualquier tipo de lectura.

El timbre avisa del final de la clase y espero a que todos los alborotadores salgan para llamar la atención de Kellan Hyland.

—¿Puedo hablar contigo un momento?

Su seriedad me hace ver que ya sabe lo que viene. En realidad esto me incomoda y molesta, porque Kellan siempre ha sido un gran estudiante, pero saco su prueba y se la doy antes de apoyarme en mi mesa y cruzar los brazos. Él mira su suspenso fijamente durante largos segundos.

—¿Qué ha pasado, Kellan?

—Supongo que no estudié lo suficiente —dice encogiendo los hombros.

Tiene ojeras, está más delgado y sus distracciones son tan continuas que no puedo evitar compadecerme de él. Hasta antes del accidente de su padre, Kellan era un chico risueño, jugaba al fútbol, pero lo que de verdad le gustaba era la música. No era raro verlo por los pasillos del instituto con la guitarra colgada. Ver en qué se está convirtiendo me duele como profesor, pero sobre todo como vecino que lo ha visto crecer y siempre pensó que su vida sería distinta.

—¿Mucho trabajo en el taller?

—Sí, por suerte. El negocio va bien. —Kellan se frota la nuca un tanto incómodo—. Sé que he bajado el nivel, señor Campbell, pero lo subiré para el próximo examen, lo prometo. Solo necesito un poco de tiempo.

—Si necesitas ayuda...

—Estoy bien. De verdad, estoy muy bien.

No me lo creo, pero sé bien cuándo alguien se ha cerrado en banda.

—¿Vendrás al club esta noche?

—Sí, pero no he leído el libro. Max quiere que cante un par de canciones hoy y mañana.

—¡Eso es genial! Lo disfrutarás mucho.

—Sí, el dinero me vendrá genial.

Frunzo el ceño. Me gustaría decirle que no es lo mismo disfrutar que pensar en el dinero, pero no soy idiota. Sé que, al final, Kellan Hyland está ciñéndose a su realidad de un modo duro, pero necesario.

—Allí estaré para verte los dos días.

—Gracias, señor Campbell. Si tiene alguna canción como sugerencia me encantaría tocarla.

—Déjame pensar algo.

Él sonríe y se marcha, pero me deja preocupado y un tanto pensativo. Por desgracia, no tengo tiempo para dar vueltas a mi cabeza, porque mi siguiente clase espera.

Por la noche, en el restaurante de Max, me alegra ver que no son tres, ni cuatro los alumnos que se han pasado por el club. La afluencia es tanta que hemos tenido que añadir taburetes de la barra.

—¿A qué viene tanto alboroto? —pregunta Gladys—. He leído el libro y no es tan bueno.

—¡A usted no le gusta nada que no lleve falda escocesa y espada! —se queja una de mis alumnas.

—He visto personajes con falda escocesa y espada hacer mucho más que esta protagonista.

—¡Retire eso inmediatamente! —protesta Savannah como si se hubiesen metido con su madre.

Me pinzo la nariz, porque esto va a ser intenso, e intercedo por primera vez, aunque no será la última. El club pasa de ser un lugar agradable donde comentar lecturas a convertirse en un campo de batalla. Gladys y sus amigas, todas más o menos mayores, dan sus razones sobre por qué el libro no es bueno, y mis alumnos pelean por los personajes como si fueran de su familia, lo que me hace sentir extrañamente orgulloso, porque eso significa que se han metido tanto en la historia como para vivirla con intensidad.

—¡Diles algo, Martin! Son unos desvergonzados —me pide la señora Miller.

—¡Abuela, que estoy en este bando! —se queja Ashley.

La señora Miller gruñe algo, yo me río y estoy a punto de responder cuando veo a mi madre entrar en el saloncito.

—¿Llego a tiempo?

Mi madre dejó de asistir a las sesiones del club que fundó ella misma hace mucho. Decía que no le apetecía, pero sé que era, en parte, porque no quería tener que discutir con mi padre por venir al restaurante continuamente. Fue algo gradual, dejó de aparecer poco a poco. Que esté aquí es increíble y sé, sin lugar a dudas, que es gracias a Maia. En estas semanas abuela y nieta se han visto tanto como para que el pueblo entero de Rose Lake comente que Maia se parece mucho a ella. Creo que, en el fondo, tienen razón.

—Hola, mamá —le digo con una sonrisa un tanto cohibida.

—Cariño, dame un beso.

Miro alrededor para asegurarme de que mi padre no está. Es una mierda enorme, pero no quiero causarle más problemas a mi madre. Cuando me cerciono de que está sola me acerco y la abrazo con fuerza, besando su mejilla y quedándome entre sus brazos un poco más de lo necesario.

—Te echaba de menos —admito.

—Gracias por tomar el mando, como siempre. Eres un gran hijo, Martin Campbell.

Me alejo de ella un paso, carraspeando, porque no creo que sea muy apropiado perder la compostura delante de muchos de mis alumnos. Le sonrío y hago que los chicos se aparten para que pueda pasar con su silla hasta situarse junto a la chimenea prendida.

—Muy bien, hablemos de la trama, para empezar. ¿Qué os ha parecido?

La batalla vuelve a florecer, pero esta vez Rose Campbell la maneja a su antojo, como hacía hace tiempo. Se ríe con los chicos, está de acuerdo con algunas de las que son sus amigas de toda la vida y, pasada una hora y media, da por terminada una noche de lectura conjunta perfecta.

—Quiero dar un aplauso enorme para todos vosotros. Me alegra mucho que este club se llene de voces jóvenes que aseguren su continuidad cuando las mayores ya no estemos.

—Habla por ti, Rose. A mí me queda mucha guerra que dar —dice Gladys.

Las risas resuenan hasta que Savannah da un grito al oír los primeros acordes de *Colder Weather* de Zac Brown Band.

—¡Es Kellan!

Como si hubiese nombrado al mismísimo Shawn Mendes todos mis alumnos corren en bandada para llegar al salón donde Kellan Hyland comienza a cantar con voz rasgada y mirada perdida en sus propios dedos, que tocan la guitarra con suavidad y maestría.

She'd trade Colorado if he'd take her with him
Closes the door before the winter lets the cold in
And wonders if her love is strong enough
To make him stay
She's answered by the tail lights
Shining through the window pane.

Ashley Jones, la alumna más rebelde y extrovertida de Rose Lake se limpia con disimulo un par de lágrimas mientras mira a su amigo que ha vuelto a cantar. No es la única que intenta mantener la emoción a raya. En una esquina del restaurante Dawna y Chelsea Hyland se abrazan y observan el que probablemente sea el primer paso para que Kellan pueda salir adelante después de la muerte de su padre.

Voy hacia la barra solo para abrazar a mi hermano.

—Ha sido una gran idea pedirle que cante, Max.

—Solo necesitaba que alguien le ofreciera una alternativa.

Me apoyo en la barra para escuchar a Kellan y, en algún momento de la canción, Vera sale de la cocina y se sitúa a mi lado. La miro, con el pelo recogido en una coleta, las mejillas sonrosadas y los ojos brillantes. No ha hablado mucho desde que llegó a Rose Lake, al contrario que Maia. Le está costando, pero no va a reconocérselo a nadie, porque haría lo que fuera por su hija. El modo en que Vera Dávalos ama a su hija es tan brutal que no puedo evitar sentir cierta envidia, porque me pregunto cómo habría sido mi vida si hubiese habido ese tipo de amor y aceptación desde el principio.

Kellan eleva la voz, ganando seguridad, Vera llora y yo me pregunto cómo puede una mujer ser tan fuerte y frágil a la vez.

Y por qué no se da cuenta de lo jodidamente asombrosa que es.

23

Vera

Ese chico tendría que estar en un escenario frente a miles de personas y no aquí, en un restaurante precioso, pero perdido entre las montañas de Oregón. El modo en que la voz de Kellan se rasga hace que el vello se te erice y pienses, irremediablemente, en todo lo ganado y perdido hasta llegar aquí. Lleva un pantalón negro roto, una camisa negra y una herida en una mano que hace aún más hipnotizante mirarlo mientras toca. El pelo le cae por la frente en hondas desordenadas y sus labios acarician el micrófono de una manera que me hace pensar que mi yo adolescente, sin ningún tipo de dudas, se habría enamorado de Kellan Hyland perdidamente. Miro a mi hija en un acto reflejo y no me extraña verla absorta en él y su voz. Lo que también se hace patente es la mirada de orgullo de Brody Sanders viendo a su amigo tocar y cantar. No sabría describir la forma en que Kellan la mira, pero sí sé que, las pocas veces que alza los ojos de su guitarra, busca a Maia entre el público, y me pregunto hasta qué punto puedes denominar ese tipo de miradas como algo de adolescente; como si fuese insustancial o poco importante.

—Debería salir de aquí, perderse en la carretera y llegar lejos. Tan lejos como su voz y su música le permitan.

A mi lado, Martin Campbell mira a su alumno con una mezcla de orgullo y tristeza que comprendo a la perfección.

—A veces la vida cambia nuestros caminos —le digo, sabiendo bien cómo ocurre eso—. Solo espero que consiga avanzar sin perderse a sí mismo.

—¿Tú lo hiciste? ¿Te perdiste, Vera?

Lo miro y me doy cuenta de que sus ojos, tan serenos normalmente, están clavados en mí de un modo tan profundo que siento que podría leer mi mente.

—¿Tú qué crees?

Martin no responde de inmediato, lo que da margen a la voz de Kellan a elevarse sobre nosotros. Y, aun así, cuando habla, consigo oírlo con claridad.

—Creo que has luchado como una leona para que tu cría no se pierda, aunque tú vayas a la deriva.

—No voy a la deriva —le aseguro.

—No eres feliz aquí —sentencia.

—No puedes decir algo que no sabes.

—Lo veo. No haces amigos, no te relacionas, no sonríes apenas.

—Sonrío cuando estoy con Maia.

—Maia se irá, Vera. Ella es muy joven y volará más pronto que tarde. ¿Qué quedará, entonces? Mira a tu alrededor: ¿es esta la vida que quieres cuando tu cría decida dejar la manada?

El dolor que me invade es tan agudo que tengo que apartar la mirada. Y, aun así, no puedo evitar mirar a mi alrededor. Los jóvenes de Rose Lake y alrededores jalean a Kellan con fervor, como si fuese una gran estrella. La gente más mayor está sentada al lado de la barra o en las mesas, toman copas, otros cócteles y la mayoría parece sentir profundamente la situación de Kellan, a juzgar por sus miradas. Se conocen. Tienen un vínculo y un concepto increíble de comunidad, como si se tratara de una gran familia, y yo nunca he sido de grandes familias, pese a que hubo un tiempo en que lo deseé. Cuando mi padre trabajaba y yo tenía que gastar buena parte de mi sueldo en niñeras pensaba en esas mujeres que cuentan con la ayuda de familiares y en lo afortunadas que eran sin saberlo. Luego Maia creció y yo... me acomodé. Me adapté a ser solo tres: mi padre, ella y yo. Pero mi padre se murió antes de tiempo y, aunque me duela reconocerlo, Martin tiene razón: Maia se irá. No sé si será pronto o tarde, pero a juzgar por las ganas que tiene de salir de aquí... me atrevería a decir que será más bien lo primero. Y entonces ¿qué? ¿Quiero estar aquí toda mi vida? Aún no domino el idioma, porque solo lo hablo con Steve. Las madres de los alumnos de la edad de Maia son mayores que yo, en su mayoría. La gente de mi edad no tiene hijos adolescentes. Muchos ni siquiera tienen hijos. Siento que no encajo en ningún sitio y da igual dónde vaya y cuánto corra, porque parece no haber un lugar en el mundo para mí.

—¿Sabes cuál es el problema? —Odio que mi voz suene temblorosa—. Que yo nunca fui de manadas grandes y resulta que ni siquiera en un pueblo tan pequeño como este consigo encajar.

Su silencio me incomoda, así que vuelvo a mirar a Kellan, que ha acabado su canción y ha decidido cantar otra. Una mucho más movida que no conozco.

—Ven conmigo.

No tengo tiempo de responder a Martin, sujeta mi mano y me saca por un lateral del restaurante hacia la terraza que da al lago. El frío es penetrante y de inmediato cruzo los brazos. Él, que se da cuenta, se quita su abrigo y hace que me lo ponga pese a mis protestas.

—Podemos hablar dentro, Martin. No tenemos que estar aquí muriendo de frío.

—Nadie va a morir de frío. Solo estamos a siete grados.

—Siete grados, para mí, es mucho frío.

Su amplia sonrisa me pone de los nervios.

—No voy a decirte nada: dejaré que el invierno de Oregón te pille por sorpresa.

Gruño algo ininteligible en español que, al parecer, sí entiende, porque se ríe entre dientes antes de intentar subirme la cremallera. No se lo permito. Solo Dios sabe que es posible que se atasque cuando llegue a mi pecho. Aun así, es calentito y él estará helado, pero a mí me da igual, porque la idea de salir fue suya, no mía.

—¿Qué es eso tan importante que tenemos que hablar aquí?

—¿Te has parado a mirar a tu alrededor desde que llegaste?

—Por supuesto.

—Mentira.

—No me digas que miento. Soy muy consciente del paisaje tan bonito que me rodea.

—Eso es lo que le dices a Maia para convencerla de que debe ser feliz aquí. Pero ¿realmente te has parado tú a mirarlo? ¿Cómo te sientes aquí, Vera?

—Ahora mismo, helada.

En vez de tomar a mal mis palabras vuelve a reírse, me lleva hacia la baranda que da al lago y frota mi espalda en un gesto casual, para que consiga entrar en calor. No funciona del todo, pero hay algo agradable en la forma en que Martin acaricia mi espalda con brío, quizá sea el conocimiento de que se preocupa por mí, o tal vez se trate de que es tan alto y guapo que casi podría pensar que no necesita abrigo porque es un ser especial, pero de cualquier modo, como no son pensamientos que me guste tener, los desvío hacia ese cajón en el que meto todas las anotaciones mentales que hago acerca de Martin Campbell.

—Sé que te molesta que te diga esto, pero no lo hago para mal, Vera. Yo solo quiero que, cuando llegue el día y tu hija se marche, sientas que tú te quedas en casa. Que no estarás aquí solo como un faro guiándola cuando quiera volver. Quiero que seas el faro que se alumbra a sí mismo, si es que eso tiene algún sentido.

Las lágrimas me sobrevienen y me odio por querer llorar cuando, en realidad, debería estar agradecida porque nuestra situación ha mejorado considerablemente.

—¿Y cómo lo hago, Martin? —Lo miro en un ataque de sinceridad—. ¿Cómo hago para dejar de sentir que soy una paria esté donde esté?

—No lo eres.

—No domino el idioma, todavía intento hacerme a la comida de aquí, pese a trabajar en una cocina, pero me las he ingeniado para engordar más, lo que es un problema porque cuando vine aquí ya tenía kilos de más, y a menudo me pregunto si mi hija de verdad se ha adaptado tan bien a esta vida o me miente para no preocuparme más. Tengo treinta y tres años, pero la mitad del tiempo me siento como si tuviera cincuenta y la otra mitad, como si tuviera quince y no supiera hacia dónde tengo que ir. —Cojo aire intentando que el llanto no me supere, pero fracaso—. Estoy cansada y estresada y triste y no puedo decírselo a nadie porque Maia, que era quien no quería venir, parece feliz, y no puedo permitir que su estado de ánimo vuelva a cambiar. Si ella es feliz, yo tengo que ser feliz.

—Pero no es así —me dice con suavidad—. Eres una persona distinta a tu hija. Eres una mujer joven, Vera. Tienes que dejar de vivir como si solo fueras la madre de Maia. Es demasiado triste. Eso solo es una versión de ti.

—¡Parí con dieciséis años, Martin! Y nuestra situación económica nunca fue buena. Si no puedo ser todo el tiempo la madre de Maia, entonces... —Me trago el sollozo que lucha por salir de mi garganta—. Entonces no sé quién puedo ser.

Él gira mi cuerpo suavemente y me coloca frente a él.

—¿Qué te parece ser Vera Dávalos, sin más?

—¿Y cómo se hace eso? ¿Cómo hago para dejar de pensar que ser solo yo es ser una mala madre?

—Eso puedes dejármelo a mí. Tengo experiencia en arrastrarme por el fango y quedar como un capullo por intentar ser yo mismo.

Sonrío, pese a lo mal que me siento en este instante.

—Tienes mejores cosas que hacer que perder tu tiempo conmigo.

—En realidad, no. No se me ocurre nada mejor que conseguir que te enamores de Rose Lake.

Sonríe y, por una fracción de segundo, todo lo que puedo pensar es que pasar tiempo con Martin Campbell intentando enamorarme de un pueblo perdido en las montañas de Oregón suena divertido, atrayente y... peligroso.

Y ya sabemos cómo salió todo la última vez que decidí jugar a algo divertido, atrayente y peligroso...

24

Kellan

Es bueno. Es tan bueno que me siento mal, porque hay una parte en mí, en alguna parte entre el cerebro y el corazón, que me grita lo jodidamente mal que está disfrutar tanto cuando él ya no está. Y lucho, de verdad lucho, pero cada vez que cierro los ojos puedo ver a mi padre sonriendo entre las mesas del restaurante y, al abrirlos, pese a estar rodeado de gente, me siento más solo que nunca.

Por eso los cierro. Porque así duele menos y, si me esfuerzo, casi puedo fingir que él sigue aquí. Que me abrazará cuando baje del escenario y propondrá un brindis con nuestros vecinos por su hijo, el cantante.

Eso no pasará, no habrá brindis al bajar del escenario, pero en una de las pocas veces en las que abro los ojos veo a Maia mirándome como si yo estuviera haciendo magia para ella. Y yo, que nunca he creído en la magia, descubro que me encantaría poder hacerlo de verdad, para que no deje de mirarme. O a lo mejor no debería dejar de cantar.

Vuelvo a cerrar los ojos cuando la canción se acerca al final, porque no quiero que me aplaudan. No sé si podré soportar que lo hagan cuando por dentro me estoy rompiendo, así que al finalizar apenas dejo tiempo antes de comenzar a tocar otra. Es como huir de un modo absurdo e irracional, porque aplaudirán en algún momento, puesto que no puedo pasarme toda la vida cantando, pero si lo retraso algunas canciones puede que me sienta mejor, más preparado.

No ocurre. Canto cuatro canciones seguidas y el aplauso llega, lo que me obliga a abrir los ojos. Observo a mi madre y a mi hermana llorar y duele tanto tanto tanto que busco a Maia desesperadamente. Ella no llora, aunque está emocionada. Sonríe y lo hace de un modo tan dulce que pienso que quizá, después de todo, no está tan mal haber vuelto a cantar por algo más que el dinero que me pagará Max.

A lo mejor, si ella sigue sonriendo, puedo olvidar que la persona que más creía en mí ya no está y mi vida ha dado un giro de ciento ochenta grados. Que ya no hay sueños por los que merezca la pena luchar.

Y, aun así, si Maia sigue sonriendo tal vez yo pueda volver a ilusionarme con noches de guitarra y micrófono en las que no existe nada más importante que la música.

Y puede que si Maia Campbell sigue sonriendo yo consiga creer, por fin, en la magia.

25

Maia

En cuanto Kellan baja del escenario me acerco a saludarlo. ¡Es brutal! Había oído que antes cantaba y lo hacía muy bien, bueno, en realidad fue Ashley la que me lo contó, igual que me dijo que ya no lo hace. No desde que su padre murió y él tuvo que hacerse cargo del taller. En opinión de Ash eso es una mierda, porque nadie se merece más que Kellan triunfar en la música, y ahora se quedará en este pueblo de mierda para siempre. Son sus palabras, no las mías, aunque después de oírlo cantar... no puedo evitar pensar que tiene razón. ¡Es tan increíble...!

Él saluda a todos nuestros compañeros y, cuando llega hasta mí, sonríe de ese modo que hace que se me acelere el pulso, aunque no se lo haya confesado a nadie, ni siquiera a Ash, y eso que ella y Savannah se han convertido en buenas amigas para mí. Pero no soy tonta, solo llevo un mes aquí y sigo siendo la nueva. Y a mis amigas de España... bueno, no veo normal contarles que, con todo lo que lloré por tener que venir aquí, ahora siento que hice bien porque de no haberlo hecho no habría conocido a Kellan. Y el mundo sin Kellan Hyland es un lugar mucho más feo y triste, de eso no tengo ninguna duda.

—¿Qué te ha parecido? —pregunta, tirando de las puntas de mi pelo.

Empezó a hacerlo casi al inicio y, aunque antes me quejaba, ahora me gusta, porque me he dado cuenta de que solo lo hace conmigo. Soy una idiota, sí, pero no me importa.

—¡Ha sido brutal! No me dijiste que eres cantante.

—No soy cantante —dice riéndose y me aparta de los demás para llevarme hacia la barra—. ¿Quieres tomar algo? No me iría mal un batido.

—¿No quieres saludar a tu madre y tu hermana?

Él las mira, se acerca y las abraza con fuerza. Les dice algo, aunque no consigo oír el qué, pero su madre sonríe, besa su mejilla y asiente antes de sentarse con Chelsea de nuevo.

—Podemos sentarnos con ellas si quieres —le digo cuando vuelve a donde estoy.

—No, le he dicho que quería comerme una hamburguesa y un batido contigo, si te apetece. Podemos quedarnos aquí.

Sonríe de medio lado, como siempre que está nervioso, o eso creo. La verdad es que, aunque me dé vergüenza admitirlo, he pasado mucho tiempo pensando en los gestos de Kellan. Quizá más del que debería.

—Me parece genial —admito, sonriendo.

—¡Eh, chicos! ¡Tenemos pillada la mesa del saloncito! —grita Ashley desde la otra punta del restaurante—. Gladys casi me mata con su paraguas, pero da igual, porque el frente joven ha ganado. ¡Somos mejores!

—Cierra la bocaza, Ashley —le dice su abuela desde un lateral—. Solo os dejamos ahí para que no arméis tanto escándalo en el restaurante.

Ashley pone los ojos en blanco y vuelve a gritarnos que vayamos de una vez. Esta chica no tiene sentido del ridículo, es algo que aprendí el primer día, cuando la conocí.

—Si no vamos, va a estar gritando hasta quedarse afónica —le digo a Kellan.

Él suspira, sabe que tengo razón, así que asiente, le dice a Steve que estaremos en el saloncito y se abre paso entre las mesas del restaurante hacia donde están todos. Por el camino muchos vecinos lo paran para felicitarlo y no puedo evitar sonreír y estar feliz por él. Kellan, en cambio, parece un poco sobrepasado. Tanto que cuando llegamos por fin y nos sentamos, él en el sofá junto a Wyatt y Brody y yo junto a las chicas, su sonrisa se esfuma y se vuelve un tanto taciturno y pensativo. Me encantaría preguntarle qué le ocurre, pero no quiero hacerlo con gente delante. Además, sé que sonreirá y dirá que nada, que solo está un poco distraído. Es lo que hace siempre.

—Pienso comerme una hamburguesa del tamaño del estado de Oregón —anuncia Savannah—. Hablar de libros y oír música me abren el apetito y hoy tenido las dos cosas. Buen trabajo, Kellan.

—Siempre dispuesto a abrirte el apetito, princesa.

—Eh, no te pases con los piropos a mi chica —se queja Wyatt.

—A lo mejor deberías aprender de él en vez de quejarte tanto —sugiere Savannah.

—Eso, eso, empieza a ser romántico, Wyatt, joder. A las mujeres nos gustan los hombres delicados. ¡Hunter, como me robes una sola patata frita te arranco los huevos!

—Debería aprender de ti, nadie dice cosas tan bonitas como tú, Ash —dice Wyatt mientras Hunter suelta la patata que había cogido con disimulo del plato de Ashley.

Me río y le pido a mi padre su hamburguesa especial con patatas. Apenas puedo esperar, porque estoy hambrienta. Al contrario que mi madre, a mí no me ha costado lo más mínimo hacerme a la comida de aquí. Ella se pasa la vida quejándose de no poder comer cocido y yo, sinceramente, no lo echo de menos. Creo que mi mayor problema será conseguir turrón español, pero estoy pensando en serio pedir por internet. Mientras haya conexión, que no cunda el pánico.

La comida del grupo llega y agradezco al cielo tener a Steve en mi vida, porque mi hamburguesa vegetal hecha a base de garbanzos está de muerte. Comemos todos juntos, porque los chicos nos han esperado. Estoy inmersa en mis patatas fritas con queso cuando mi teléfono, que está en el bolsillo trasero del pantalón, vibra. Me limpio las manos y lo cojo un poco preocupada, porque en España es de madrugada y, si no es alguna de mis amigas, no sé de quién puede tratarse. Me quedo medio muerta cuando veo el nombre de Kellan en la pantalla.

Kellan
¿Quieres que te lleve a casa luego?

Me muerdo el labio con fuerza solo para no sonreír abiertamente. Lo miro de soslayo, pero está hablando con Brody y disimula tan bien que casi podría hacerme dudar de que es él quien lo envía. Pero lo es, no tengo a otro Kellan Hyland guardado en la agenda, así que respondo.

Maia
Mi madre está por aquí y no sé
a qué hora se va.

Sigo comiendo patatas y veo el momento en que Kellan coge el teléfono, lo mira y responde en el acto. No sonríe, no hace ningún gesto que pueda delatarlo y lo envidio, porque yo me estoy poniendo muy nerviosa. Mi teléfono vibra, pero espero un poco para cogerlo. Nuestros amigos no son idiotas y no puedo hacer que esto sea demasiado evidente.

¿Por qué? Pues no lo sé, porque tampoco es que hagamos nada malo, pero supongo que se preguntarían por qué demonios hablamos por mensajes estando uno frente al otro. Pasado un tiempo prudencial de aproximadamente dos minutos que a mí me parecen dos horas, lo saco y leo.

Kellan
Pregúntale. Puedo llevarte a la hora que
quieras.

No le respondo. Estoy demasiado nerviosa. A ver, que quiera llevarme a casa es algo un poco especial, ¿no? Quiero decir, ya sé que Kellan es un chico agradable y educado, pero no se ha ofrecido a llevar a todas las chicas. Claro que Ash se irá con su abuela y a Savannah la llevará Wyatt, porque al parecer el chico se las ingenia para llevarla antes a un lugar secreto en el que Savannah y él llegan hasta la cuarta base, si no los interrumpe el teléfono o, como la última vez, lo que Savannah asegura que era un fantasma y Wyatt dice que solo fue un ciervo.

En cualquier caso, Kellan podría llevar a cualquier persona a su casa y quiere llevarme a mí, así que no sé qué hago preguntándome los motivos. En lugar de eso, me levanto sin responderle y voy hacia la cocina del restaurante. Tengo la hamburguesa a medio comer y probablemente acabaré comiéndola fría, pero no me importa. Hay cosas por las que merece la pena comerse una hamburguesa fría.

—¿Dónde está mi madre? —pregunto a Steve cuando, al entrar en la cocina, no la veo.

—Se ha tomado un descanso. Creo que la vi salir a la terraza.

Los motivos por los que mi madre querría salir a la terraza con el frío que hace se escapan a mi conocimiento, pero de todas formas da igual, porque si está en un descanso es posible que la pille más receptiva. Además, pienso jugar la carta de que soy prácticamente mayor de edad. ¡Hay gente con los mismos años que yo que ni siquiera pide permiso para según qué cosas! Y ella debería empezar a aflojar un poco el agarre que tiene sobre mí porque...

Mi línea de pensamientos se corta cuando veo a mi madre abrazada a mi tío Martin. Me acerco corriendo, la separo de él y la miro a la cara.

—¿Qué pasa? ¿Qué te pasa?

Ella carraspea a toda prisa e intenta ocultar las lágrimas que ha derramado, pero no cuela, la conozco demasiado bien. ¡La conozco tan bien como solo conocería a mi madre! Miro a mi tío y la confusión se agranda.

—Maia, tu madre está bien.

—No la veo bien. ¿Qué ha pasado? ¿Qué le has dicho? ¿Habéis discutido? Sea lo que sea, tú eres el culpable.

Mi tío se ríe. ¡Se ríe! ¿He dicho ya lo mucho que odio que se ría cuando a mí se me desbordan las emociones?

—Tranquila, fierecilla. Te prometo que no le he hecho absolutamente nada.

—Las canciones de Kellan me recordaron al abuelo —dice mi madre en un susurro. La miro intentando que el dolor no me atraviese, como cada vez que lo nombra—. Echo de menos a mi padre y me puse un poco triste, Maia. Nada más. —Nada más... Como si eso no fuera motivo suficiente para que el mundo dejara de tener algún sentido—. ¿Qué querías, cariño?

Pienso en Kellan, en el modo en que hasta hace dos minutos yo disfrutaba sin acordarme siquiera de que hace solo unos meses que murió mi abuelo, y la culpabilidad me coge tan desprevenida que necesito unos instantes para poder hablar.

—Nada importante. Kellan quería llevarme a casa más tarde, pero me iré contigo. Podemos ver una peli o...

Mi madre, que en cualquier otro momento habría aceptado sin dudar, me mira de un modo extraño. Como si yo estuviera diciendo algo raro. Me quedo en silencio, sin saber bien si estoy haciendo lo correcto o no, y entonces ella me sorprende sonriendo y asintiendo vigorosamente.

—Creo que es una gran idea. Pásalo bien con tus amigos, Kellan es un buen chico y seguro que te lleva a casa sana y salva. Más le vale, si no quiere enfrentarse a mí.

—¿De verdad no te importa? —pregunto, dudosa—. Porque puedo...

—Creo que deberías disfrutar de tus amigos esta noche.

—Pero tú estás triste...

—Pero no es tu culpa, y solo ha sido un momento. Ahora voy a acabar mi turno y luego me marcharé a casa a darme un baño y meterme en la cama. Estoy cansada y ya sabes que no respondo bien cuando estoy así. Estaré como nueva mañana por la mañana.

—Pero, mamá...

—Yo la llevaré, Maia. —La voz de mi tío vuelve a sorprenderme. Por un instante, había olvidado que estaba aquí. Lo miro y, cuando me sonríe, consigue calmarme. Es el efecto Martin Campbell—. No te preocupes, me ocuparé de ella.

—Hola, siglo veintiuno, soy una mujer joven que no necesita que nadie se ocupe de ella, pero te permito llevarme a casa, si es lo que pretendías decir antes de cagarla.

Martin y yo reímos, que mi madre sea capaz de bromear me deja un poco más tranquila.

—¿Estás segura de que no te importa...?

—Ve, Maia. Y dile a ese chico que canta como los ángeles.

—Lo haré —contesto, sonriendo.

Vuelvo al restaurante y, al ver que Brody se ha levantado para enseñarle algo de su móvil a Hunter, no lo pienso demasiado. Cojo mi hamburguesa, me siento al lado de Kellan y asiento antes de meterme una patata frita.

—A lo que querías saber: sí, puedo.

Él sonríe, no necesita nada más, me roba una patata frita y no lo mato porque sería una pena quedarme sin saber cómo es un viaje a casa en la camioneta de Kellan Hyland.

26

Martin

—Tienes que respirar.

—¡No me digas lo que tengo que hacer!

El ataque de carácter de Vera me hace gracia, pero me cuido mucho de no sonreír. No sé hasta dónde puede llegar su mala hostia y algo me dice que, si presiono justo ahora, no voy a salir bien parado.

—Maia no se ha dado cuenta de nada.

—¿Tú crees? Llevo tu abrigo, me ha pillado llorando y...

—Te ha pillado llorando, pero piensa que es por tu padre, que tampoco es nada descabellado. Y ni siquiera ha visto que llevas mi abrigo. Además, si así fuera ¿qué más da?

—Pero ¡¿cómo que qué más da?! ¡Claro que da! Da y mucho.

—Es un abrigo.

—Es tu abrigo.

—¿Y qué? Soy el hermano del padre de tu hija y su profesor.

—Eso suena muy enrevesado.

—También soy tu amigo.

—¿Lo eres?

Me río. Cuando Vera se pone así no me cuesta nada constatar de dónde viene la lengua afilada de Maia.

—¿No somos amigos?

—No lo sé.

—Voy a hacer que te enamores de Rose Lake. ¿No merezco que me llames amigo?

Ella guarda silencio y algo en mi interior se remueve. Hacer que se enamore de Rose Lake. No tengo ni idea de cómo conseguirlo, pero sé que tengo que hacerlo. No es algo que me apetezca y ya está, es que necesito... necesito que Vera deje de ver en ella solo a una madre y empiece a ver a la mujer que es. No entiendo de dónde viene este interés, pero creo que puede estar relacionado con el hecho de haber perdido a mi familia por defender mis ideales. Quizá es que tengo una vena un tanto macabra que disfruta poniendo a la gente al límite y, durante un instante, una vocecita me pide que deje en paz a Vera, porque soy experto en destrozar la vida de la gente que me importa, pero soy un cabrón egoísta que ni siquiera puede contemplar la idea de alejarse.

Y no es solo porque sea la madre de mi sobrina. Es porque... porque... porque hay una luz apagándose en ella y no soporto ver que no hace nada por remediarlo.

—Creo que sí podemos ser amigos —dice ella sacándome de mis cavilaciones.

Sonrío. Y ya está. Así de fácil. Ella lo hace fácil. Sonrío y eso es suficiente para seguir adelante con este plan.

Vera vuelve dentro, pues su descanso acaba, y yo me acomodo junto a la barra y observo cómo Rose Lake se va vaciando. Prácticamente todo el mundo deja el local después de cenar y agradecer a Max que haya convencido a Kellan de tocar de nuevo. En algún momento, incluso Maia se va con el chico de la guitarra. Y cuando quiero darme cuenta, el restaurante está casi vacío. Supongo que por eso veo a la mujer que sigue junto a una mesa, con una copa de vino en la mano y una manta sobre las piernas. Me sonríe como si todo estuviera bien: como si yo no hubiera jodido su vida.

Me acerco a mi madre y me siento frente a ella.

—¿Dónde está papá y por qué no ha impedido que vengas?

Ella sonríe, aunque hay tristeza en su mirada.

—Está en casa y no lo ha impedido porque sabe lo importante que es para mí el club de lectura.

—¿Aunque ahora lo lleve la persona que más odia del mundo?

—No te odia, Martin. ¿Cómo podría? Eres su hijo.

—Ni siquiera está de acuerdo en que Maia o Vera se acerquen a mí.

Mi madre guarda silencio, confirmando mis palabras, y aunque ya lo sabía, duele, joder, cómo duele saber que para mi padre soy algo así como un monstruo, aunque tenga razón.

—Creo que tu padre está perdido en el miedo que pasó, en el rencor y en la idea de que tú lo odias. No va a salir de ahí si no lo ayudas, hijo.

La sorpresa me deja sin palabras unos instantes.

—¿Ayudarlo? Mamá, no quiere ni que vaya a tu casa. La última vez que vino a buscarme fue porque no dio con Max para que le confirmara que tenía una hija. Papá no me quiere en su vida. Si por él fuera, ni siquiera estaría en este pueblo.

—Eso no es así.

—Eso es lo que tú dices porque quieres pensar que el hombre con el que te casaste tiene humanidad.

—La tiene. Solo está perdido y...

—Yo también estoy perdido y jodido. Sé que la cagué, sé que estás como estás por mi culpa y que...

—No, cariño, no. Basta con eso. Esto que me ocurrió fue un accidente y tienes que empezar a aceptarlo.

—Él no deja de culparme.

—Porque tú lo haces. Dejas que te diga que tienes la culpa para que así intente sentirse mejor, pero no se siente mejor. Y tú tampoco.

Tienes que convencerte de una vez por todas de que lo que ocurrió fue un accidente y de algo aún más importante: estoy viva.

—Mamá...

—Estoy viva, Martin, y aunque la tristeza se adueñó de mí un tiempo, ahora mismo solo pienso en los motivos que tengo para despertarme cada día, que son muchos. Más aún desde que Maia llegó a mi vida. Estoy viva y he tomado una decisión: no voy a permitir que mi familia se rompa.

—Nuestra familia ya está rota, mamá —le digo con una sonrisa triste.

—Ahora tenemos a Maia en ella, y a Vera, y no permitiré que este odio absurdo las salpique. Vais a solucionar las cosas, si no por vosotros, por el amor que los dos le tenéis a esa muchacha que no tiene la culpa de nada. Ha perdido a su abuelo, se ha mudado a un país nuevo y acaba de conocer a toda su familia paterna. Lo mínimo que merece es que nos esforcemos por hacerle la vida un poco más fácil.

—No tienes de qué preocuparte. Maia se está adaptando de maravilla, ha hecho amigos y...

—Quiero que vengáis a comer en Acción de Gracias. Todos.

La miro completamente impactado.

—Vale, para empezar, falta más de un mes para eso, y para continuar, ¿estás loca?

—No lo estoy. Vais a venir a comer y vamos a dar gracias por nuestra familia, porque ya he pasado suficientes festivos con el corazón roto y he decidido que es hora de unir los pedazos.

—Hablas como si fuera fácil... Nada puede volver a ser como antes.

—No, no puede. Es verdad, estoy postrada a esta silla, pero eso no me impedirá rellenar el pavo y a vosotros no debería impediros venir a disfrutar de un día en familia y agradecer por lo que sí tenemos en vez de seguir lamentando lo que perdimos.

Estoy a punto de responder, pero mi padre entra en el restaurante con su abrigo negro, sus andares rígidos y su mandíbula tensa. Se acerca a donde estamos y gruñe algo que bien podría ser un saludo o un «vete al infierno».

—Hola —le digo en un intento de ser educado.

Ni me mira, y estoy tentado de preguntarle a mi madre cómo pretende que arregle esto si mi padre no es capaz ni de mirarme a la cara.

—Ronan, querido, le estaba contando a Martin lo mucho que disfrutaste su charla virtual para los alumnos de Rose Lake. —Mi madre me mira y sonríe dulcemente—. Me la envió la señora Miller porque Ashley la descargó para mostrarle a su abuela lo guapo que es su profesor. Y tiene toda la razón. Esa chica tiene buen gusto.

Esta vez el que gruñe soy yo. Debo tener una charla muy seria con Ashley Jones. En todo caso, ahora eso da igual porque mi padre, para mi sorpresa, carraspea y encoge los hombros.

—Estuvo bien.

«Estuvo bien». Eso lo ha dicho mi padre. El señor que yo pensaba que me quería muerto. Como elogio no es lo mejor del mundo, en eso puedo estar de acuerdo, pero es algo bueno para variar y se siente... reconfortante. Y que me reconforte una mierda de frase como esa es deprimente, porque da una idea de lo jodido que estoy.

—Gracias —murmuro.

—Bueno, vámonos a casa, el club de lectura de hoy ha sido maravilloso. Tengo ganas de que se elija otro libro, tus alumnos me han convencido para repetir la charla en dos semanas, en vez de un mes. Son chicos muy aplicados.

—Eso es cuando les interesa el libro. Si sale uno que no les guste, seguramente ni se apunten.

—Confía un poco más en ellos y en ti como profesor, hijo.

Mis padres se marchan y yo me quedo sentado en la silla, mirando hacia la puerta y preguntándome qué demonios acaba de pasar.

—¿Qué demonios acaba de pasar? —pregunta Max detrás de mí.

Me río, porque en muchas ocasiones bien podría ser la voz de mi conciencia, y me levanto encogiendo los hombros.

—¿Un milagro?

—Pensé que no creías en esas cosas.

—Ya, yo también. Oye, quedé en llevar a Vera a casa. ¿Está lista?

—Sí y, de hecho, me haces un favor, porque quiero quedarme con Steve un rato por aquí...

El modo en que rehúye mi mirada me da una idea de lo que pretende hacer por aquí con Steve, así que me limito a sonreír y agradecer que esté tan distraído como para no hacer preguntas. Voy a la cocina, aviso a Vera de que ya puede marcharse según órdenes del jefe y la saco del restaurante directa hacia la camioneta. Arranco y, diez minutos después, cuando se da cuenta de que no vamos hacia casa, pregunta extrañada.

—¿A dónde vamos?

—He pensado que no puedo esperar a hacer que te enamores de este pueblo.

—Martin, te lo agradezco, pero estoy agotada, me duele la cabeza y quiero asegurarme de que Maia está en casa y no en una fiesta clandestina.

—Está en casa —le digo riendo—. Kellan es un chico responsable. No mentiría para llevarla a una fiesta clandestina. O puede que sí, pero no esta noche.

—¿Cómo estás tan seguro?

—Estoy al día de todas las fiestas clandestinas.

—¿Por ser profesor?

—Y porque Ashley me invita a todas.

Vera suelta una carcajada, de las pocas que le he oído, y se cruza de brazos mirándome con cierta socarronería.

—He visto que está un poco obsesionada contigo.

—¿Un poco? Las Navidades pasadas me persiguió por todo el instituto con una rama de muérdago. He tenido varias conversaciones con ella, porque al final podría meterme en problemas, pero en todas me deja ver que, en realidad, su obsesión no es tanto por mí, sino más por ser el centro de atención.

—¿En serio?

—No lo reconocerá jamás, pero es una chica muy sensible. Y si todo lo que necesita Ashley Jones para ser feliz es estresarme con sus salidas de tono... Bueno, supongo que puedo ser valiente y aguantar. —Vera guarda silencio y aprovecho que estamos en un tramo de carril recto para mirarla de soslayo—. ¿Qué?

—Nada. Es solo que a veces pareces un estirado, pero, otras, eres un hombre de lo más adorable. Es difícil descifrarte, Martin Campbell.

—Y doy gracias por eso, porque estoy a punto de darte a conocer otra faceta mía que acabará enamorándote.

—¿No me digas?

Paro el coche justo frente a uno de los barrancos que dan al lago que da nombre al pueblo y señalo el cielo justo frente a nosotros.

—Desde hoy me recordarás como Martin Campbell, el hombre que te demostró que en un trocito de cielo caben un millón de estrellas.

Ella sigue mi mirada y, cuando se fija en el punto que le señalo, sus ojos se abren notablemente y un suspiro muere ahogado entre sus labios. Tiene la coleta deshecha, las mejillas sonrosadas por haber estado en el coche con abrigo y unas ojeras tan profundas como sus miedos.

—Es impactante, abrumador y precioso —susurra.

—Lo es —convengo, aunque estoy seguro de que hablamos de cosas distintas.

27

Kellan

Aparco frente a la casa de Maia y me echo un poco hacia atrás en el asiento. Espero que con eso le quede claro que no quiero que baje todavía y sonrío cuando ella se desabrocha el cinturón, pero también se acomoda.

—Entonces ¿dices que es en tres semanas?

—Sí, exacto.

Llevamos todo el camino hablando del Festival de Otoño de Rose Lake, que se celebra cada año dos semanas antes de Halloween, lo que significa justo un mes antes de Acción de Gracias.

—¿Y qué suele hacerse? ¿Es como una feria con atracciones?

—No, atracciones no tenemos. O no como esas europeas a las que estás acostumbrada.

—Oh, por favor, no hables como un paleto, Kellan. Sé que hacéis una feria en verano que sí tiene atracciones. Me lo contó Ash.

—¿Sí, eh? —pregunto, divertido y un poco decepcionado por no poder tomarle el pelo—. Ash te explica muchas cosas últimamente.

—Cierto. Y es verdad que no tenía ninguna necesidad de saber que en la feria pasada se enrolló con Hunter después de tomar unos chupitos que robó del mueble bar de su abuela, pero ella me lo cuenta de todas formas.

—Te aprecia —contesto, riendo—. Y eso, cuando se trata de Ashley Jones, es una suerte y una desgracia al mismo tiempo.

—Empiezo a darme cuenta, pero ¿sabes? Creo que la quiero. —Se queda en silencio un segundo—. Joder, la primera persona que quiero de Rose Lake es la chica de tetas recién operadas, supuestamente enamorada del profesor, que es mi tío, y con un gusto excesivo por todo lo que brille y llame la atención.

Me río a carcajadas. Esa es Ashley Jones. Preciosa, llamativa, lanzada. Como un meteorito imparable a punto de impactar, que da miedo, pero, si eres capaz de pararte a observarlo con atención, descubrirás algo que no olvidarás nunca.

—Espera a verla apostar como una posesa en la subasta de calabazas.

—¿Hay subasta de calabazas? ¡Dios, es tan americano que me quiero morir!

—En serio, tienes que dejar de compararnos con cada película de mierda que ves.

—No son de mierda. Y si no queréis que os comparen, no hagáis cosas como fiestas de otoño con subasta de calabazas. Ay, quiero participar. Me encanta el puré de calabaza.

—Bueno, antes de eso la idea es que se subasten las más bonitas para decorar las casas en Halloween.

—Y luego hacemos puré de calabaza.

Me río. Al parecer, Halloween no está entre las prioridades de Maia.

—Sí, luego hacemos puré, o tarta.

—Tarta de calabaza... Dios, qué americano.

Me aprieto el puente de la nariz con los dedos, porque, en serio, esta chica tiene que comenzar a superar esa obsesión.

—Viendo cómo te pones por una subasta, mejor no te digo nada del concurso de cortar leña.

—¿Hay un concurso de cortar leña? ¿Y tú participas?

—No —me río—. No soy muy hábil con el hacha. Y casi siempre gana tu tío, de todos modos. Pero se hace en el granero de los Jones, lo que significa que Ashley enciende todas las estufas del ganado para que haga un calor infernal y prácticamente todos los hombres se quiten la camiseta. Puede que no tenga las mejores notas, pero es una chica muy lista.

—Ashley Jones está ganando cada vez más puntos para convertirse en el ídolo de mi nueva religión.

Nos reímos y charlamos un rato más acerca de todo lo que suele hacerse en las fiestas. No sé en qué momento la conversación va perdiendo humor para centrarse en temas más serios, pero sé que, antes de darme cuenta, estoy confesando cosas que no había dicho en voz alta ni siquiera en casa, o con mis amigos.

—En realidad solo iré por mi madre y Chelsea. No me apetece mucho estar allí ahora que mi padre no está. Será raro y... no sé.

Maia guarda silencio unos instantes. La miro de soslayo, pero sus ojos están clavados en la oscuridad del bosque que rodea las cabañas. Apoya la nuca en el reposacabezas y, cuando habla, su voz es baja y suena un tanto alterada:

—¿Te puedo hacer una pregunta?

—Claro.

—A veces... Bueno, me gustaría saber si a veces tú también...

Parece no encontrar las palabras, así que cojo su mano, que estaba sobre el asiento, y estiro sus dedos mientras los masajeo, intentando que deje la tensión a un lado.

—Dime —susurro.

—¿A veces sientes ganas de romper cosas? ¿De estrellar todo tipo de objetos hasta que se rompan en mil pedazos? —La miro sin poder esconder mi sorpresa, lo que hace que se avergüence—. Ya veo.

—¿Te ocurre eso? —Ella encoge los hombros—. Puedes contármelo, Maia. No se lo diré a nadie.

—No me preocupa que se lo digas a alguien. Me preocupa lo que puedas pensar de mí.

Sonrío sin despegar los labios, aprieto sus dedos y, cuando pasa de mirarme, cojo su barbilla suavemente y hago que gire la cara hacia mí.

—Yo no voy a pensar mal de ti, ¿de acuerdo? Da igual lo que me cuentes. Sé bien cómo se siente uno cuando ciertos pensamientos atacan con fuerza. Puedes confiar en mí, Maia, pero si no estás lista, también lo entiendo.

El iris de sus ojos alcanza una profundidad que por un momento me deja impactado.

—A veces quiero hacer añicos todo lo que me rodea. Todo. Me imagino arrancando uno de estos árboles y lanzándolo lejos, con tanta fuerza como para que estalle en pedazos al tocar la tierra de nuevo. Me siento en el sofá y, si veo un jarrón, me pregunto cómo de fuerte podría reventarlo. A veces miro los libros que tanto me han gustado siempre y me pregunto cómo sería arrancar todas sus hojas. Siento ira, Kellan. Siento una ira que no entiendo pero me pone muy triste, y la siento sobre todo cuando pienso en mi abuelo. —Se le saltan las lágrimas y se las limpia a toda prisa—. Se supone que no debería ser así, ¿no? Debería sentir tristeza o algo parecido, pero no me ocurre. Yo solo estoy... enfadada. Con él por morirse, con mi madre por traerme aquí, conmigo misma por no ser capaz de perdonarla del todo pese a que ahora estoy bien y contenta en Rose Lake. Estoy muy enfadada y no sé cómo dejar de estarlo.

La punta de su lengua acaricia su labio superior en un intento por controlar su voz medio rota. Aprieto más su mano y me acerco a ella, hasta que puedo rodear sus hombros con mi brazo.

—No te preocupes, Maia, hay comportamientos peores que el tuyo ante un duelo.

—¿Cómo podría ser peor que querer arrancar los malditos árboles? —pregunta exasperada.

Pienso un segundo si contárselo o no. Solo un segundo. En un segundo se deciden tantas cosas importantes en la vida que hasta escribí una canción pensando en ello. Un segundo basta para que una persona tome una decisión que la haga ser feliz o lo arruine todo para siempre. Un segundo de descontrol y todo se pierde.

—Podrías ser como yo —susurro en voz apenas audible.

Maia me mira sin entender y yo bajo la mirada. Mi brazo sigue sobre sus hombros y eso, en cualquier otro momento, me encantaría y me haría pensar en la mejor manera de seguir acercándome a ella, pero ahora estamos hablando de otras cosas. Cosas importantes de verdad. Y podría callarme, o inventarme algo que no cambiara su visión sobre mí, pero no soy un mentiroso y, hasta no hace tanto, me gustaba pensar que tampoco era un cobarde.

—A veces, simplemente, no tengo ganas de ser. —Maia me mira asustada—. No, no me refiero a eso. No quiero morir.

—¿Entonces? ¿A qué te refieres?

—Es muy difícil de explicar.

—Inténtalo. —Me muerdo el labio y, esta vez, es Maia quien acaricia los dedos de mi mano y los aprieta, convirtiendo el gesto en ánimos—. Quiero entenderte, Kellan, y no podré hacerlo si no hablas conmigo.

¿Puedo hacerlo? ¿Puedo abrir mi corazón a una sola persona y confiar en que no lo dejará peor de lo que ya está? Miro sus ojos azules, intentando llegar a una decisión coherente y objetiva, pero es que cuando la mirada de Maia se clava en mí... Bueno, nada es coherente ni objetivo. Todo es acelerado, arrebatador e intenso. Pierdo la cordura y, una vez perdida, me da igual hablarle un poco de los pensamientos que me preocupan.

—A veces me levanto por las mañanas, pienso en todo lo que tengo que hacer y no siento nada. —La miro fijamente para intentar captar e interpretar su reacción—. Nada, Maia. Es como si me arrastrara por algunos días deseando que acaben para poder dormir y empezar de nuevo. Y no puedo decir que sea infeliz, porque tengo a mi madre, a Chelsea y... —Me detengo en seco antes de decir que también la tengo a ella—. A veces, cuando Brody, Wyatt y los demás hablan, yo solo siento apatía y rechazo, porque no me interesa nada de lo que dicen. No me interesa hablar de fútbol, aunque antes me encantara. No quiero hablar ni siquiera de música, y eso sí me preocupa. Y no es porque esté enfadado, como tú, es porque... es porque creo que ya da igual.

—Pero no da igual, Kellan. Es importante tener una ilusión por algo, por mínima que sea.

—Lo sé.

—No me gusta pensar que estás triste.

—No estoy triste.

—Pero todo eso que me cuentas sí lo es. Es triste vivir así.

—Sí, pero... no sé, se me pasará.

—¿Eso crees? ¿Que pasará solo? —Encojo los hombros, pero ella no se rinde—. Cuéntame cosas que te motivaran antes.

—¿Antes?

—Cuando él vivía.

Pienso en ello un instante y, de nuevo, la respuesta llega en un solo segundo. La música. La música era lo que hacía que me levantara de la cama cada día, pero desde que él se fue los acordes callaron y mi guitarra se quedó en silencio. La inspiración se cortó en seco y, ahora, cuando canto en el restaurante de Max, no lo hago como antes. Pienso más en el dinero que ganaré que en lo mucho que me gusta cantar. Y si de casualidad comienzo a disfrutar sobre el escenario, me acuerdo enseguida de que mi padre no está y me siento tan mal que el sentimiento de rechazo vuelve. Es una espiral que asciende con fuerza solo para volver al mismo punto de partida.

—¿Sabes qué? —pregunto—. No me apetece mucho hablar de eso ahora.

—Pero, Kellan...

—En serio, Maia, no me apetece. Estoy bien, no es como si no tuviera ganas de vivir. Solo siento apatía y pereza, tengo diecisiete años, hay muchos adolescentes así, ¿no?

Maia quiere insistir, lo noto en su postura rígida y el modo en que me mira, pero agradezco que su cabeza pueda más que sus impulsos, porque se obliga a relajarse en el asiento y vuelve a acariciar mis dedos de un modo casual.

—No lo sé, no conozco a muchos. Y, de todas formas, recordemos que yo quiero arrancar árboles. No hay mucho de apático en eso.

Nos reímos y, cuando Maia se despide de mí para entrar en casa, pienso que tiene razón en una cosa: es triste vivir así, pero, aunque no lo sepa, todo es un poco menos triste y aburrido desde que ella está por aquí.

28

Vera

Dios mío, no me extraña que esto esté lleno de gente. ¿Por qué nadie me avisó de que existía un pueblo en el que hombres guapos, altos y fuertes cortaban leña en un granero solo para ganar un trofeo de barro artesanal? El mundo merece saber esto. O mejor no, por si de pronto vienen todos y se acaba el chollo de sentarse en primera línea. El calor es insoportable, eso sí, no me extraña que los participantes hayan ido quitándose la camiseta uno a uno. Y aunque sé que es cosa de Ashley (todo el mundo lo sabe, porque no se corta a la hora de manipular las estufas) no puedo reñirla. Sería demasiado hipócrita fingir que no estoy más que agradecida con la chica.

Las estrellas que Martin tiene tatuadas en el costado, hacia la pelvis, se mueven cada vez que golpea la leña con el hacha y juro que, cada vez que hace eso, yo tengo que tragar saliva.

Posiblemente él tenga gran parte de culpa, porque desde que me prometió hacer que me enamorase de Rose Lake, hace ya dos semanas, hemos pasado tanta cantidad de tiempo juntos como para tener que desmentir ante el Club de la Tabla, como los llama Steve, que tenemos algo más que una bonita amistad. Y así es, lo juro, no hemos hecho nada que no hagan dos buenos amigos. Por ejemplo, Martin se empeñó en que lo primero que necesitaba era una jornada de senderismo por los bosques de Rose Lake. Yo ahí, más que enamorada, sentí que odiaba el pueblo, la lluvia, el barro y cada bicho que se me puso en la cara, la pierna o las manos durante la caminata. Martin se rio de lo lindo, así que acabé el día diciéndole que no me parecía bien pasar mi poco tiempo libre andando por andar y que la naturaleza no es lo mío. Y como es un hombre de ideas resueltas y capaz de ignorar completamente a todo el mundo, al día siguiente esperó a que saliera de trabajar y me llevó a pescar. A ver, en comparación con la caminata estaba bien, porque al menos solo tenía que estar sentada en la barca. La cosa se complicó cuando pescó un pez y a mí me dieron unas ganas tremendas de vomitar. Tan tremendas que tuvo que liberarlo. Soy inculta, lo sé, pero en lo que a mí respecta, el pescado y la carne siguen viniendo del supermercado y no tengo el más mínimo interés en practicar la caza, la pesca, el tiro con arco ni cuanta chorrada primitiva se le ocurra. Así se lo hice saber y, después de reírse un buen rato de mí, me prometió intentar algo que sí me gustara.

Al día siguiente no me esperó a la salida del trabajo y, aunque me cueste reconocerlo, aquello fue un poco decepcionante. Y más decepcionante aún fue que me resultara decepcionante. Lo sé, es redundante, pero es justo así como me sentí. Por fortuna (o no) al día siguiente estaba apoyado en su camioneta, sonriendo de ese modo que hace temblar las piernas de cuanta fémina u homosexual esté cerca y consigue que los heteros lo miren con recelo, porque saben que en Martin Campbell hay un rival.

—Dime, por lo que más quieras, que no acabaré llena de barro, picaduras o...

—Sesión de manicura y pedicura.

—¿Qué?

—Lo que oyes. Hemos quedado con mi mejor amiga, Wendy, en su casa en veinte minutos.

—Oye, no es así, no puedes hacer amiguitas por mí y pretender que me quede en una casa ajena haciéndome la manicura y pedicura sin...

—Vale, pues no vengas, pero yo pienso ir a tomarme una cerveza y enterarme de los últimos cotilleos del pueblo. Y si para eso tengo que dejar que Wendy me pinte las uñas... es un mal menor.

Tres horas después había comprobado lo simpática que es la directora del colegio, lo agradable que es su marido, la preciosa amistad que ambos mantienen con Martin y que a este, por extraño que parezca, le queda divinamente el morado en las uñas. Yo opté por el rojo, porque no soy tan atrevida como Martin. Esa misma noche se quitó el esmalte, pero no sin antes hacerse alguna que otra foto en las manos, según él por curiosidad y según yo porque le encantó la experiencia.

Aparte de eso hemos ido a jugar al billar en el garaje de un tal Archie, hemos recolectado fruta del bosque y hemos hecho una tarta con ella. En definitiva, he comprobado de primera mano que la vida en Rose Lake es tranquila, pacífica y agradable.

No sé si estoy enamorada de este pueblo, dos semanas son pocos días para saberlo, pero sé que ayer Dawna Hyland me invitó a tomar un café en su casa y, por primera vez, sentí que mantenía una conversación en inglés que no me hacía parecer un besugo. Es probable que Martin sea el culpable de eso, porque se empeñaba en hablarme en el idioma de aquí salvo cuando me perdía y traducía en español. Y aunque es frustrante, debo reconocer que ha sido de mucha ayuda y ahora soy yo quien pide a Max y Steve que me hablen en inglés. Ahora esta es mi realidad y, cuanto antes me haga con ella, mejor.

Pero lo importante no es eso, sino el hecho de que, tomando café con Dawna, descubrí que tenemos en común mucho más de lo que podría parecer en un inicio. Apenas es seis años mayor que yo, porque tuvo a Kellan con veintiún años, así que siento que, con el tiempo, podríamos entablar una bonita amistad. Por eso cuando se acerca a mí sonriendo le devuelvo el gesto y me paso a la siguiente silla, que está vacía, para que pueda sentarse.

—¿Me he perdido mucho?

Miro hacia los participantes para decirle que no, pero otra vez esas malditas estrellas de Martin me están llamando a gritos. Tengo un problema. Un problema enorme, muy serio. No dejo de tener pensamientos que no debería tener y estas imágenes, desde luego, no ayudan.

—¿Vera? —pregunta Dawna.

—Justo a tiempo de ver el final, supongo. La verdad es que no sé cuándo llega el final.

—El sheriff Adams marca el final del tiempo —me dice señalándolo.

Asiento. Conocí al sheriff cuando vino a la cabaña para presentarse. De verdad, la sola idea de que en España un policía venga a tu casa a presentarse, por pequeño que sea el pueblo, es surrealista, por eso no me sentí culpable por no quedarme muda un buen par de minutos con él sonriendo y esperando que lo dejara entrar en casa.

—¿Y dices que esto solo se hace una vez al año?

Dawna se ríe y asiente.

—Por desgracia, ¿no? Te entiendo perfectamente. Es de mis momentos favoritos. O lo era cuando James vivía.

Sus ojos se entristecen de inmediato y siento ganas de reconfortarla de algún modo, pero aún no tenemos confianza suficiente como para que pueda abrazarla y, de todos modos, algo me dice que un abrazo mío no la aliviaría demasiado.

—Sé que ya ha pasado tiempo, pero si algún día quieres hablar, aunque mi inglés no sea el mejor, soy buena escuchando.

Ella se ríe, palmea mi rodilla con cariño y asiente.

—Te lo agradezco mucho, Vera. Además, no quiero ponerme triste ahora porque tengo una buena noticia. Wendy me ha dicho que necesitan a alguien más para limpiar el instituto. Ha venido a preguntarme después de que Martin le comentara que buscaba trabajo.

—¿En serio? ¡Es genial!

—Gracias, estoy muy contenta. Quiero que Kellan no se sienta muy presionado con el taller. Trabaja muy duro en él, pero a veces me pregunto si no estará cargando con demasiada responsabilidad. Me ha insinuado que quiere dejar los estudios y me da pánico incluso que lo valore. Necesita acabar esto, al menos. Entiendo que no vaya a la universidad, porque tampoco podemos permitírnoslo económicamente, pero al menos debe acabar esto, ¿no crees?

Tardo un poco en responder, porque estoy traduciendo todo más o menos en mi cabeza y poniendo cada frase en su contexto. Martin asegura que llegará un momento en que no tenga que traducir: saldrá solo. Rezo para que ese día llegue más pronto que tarde.

—Creo que es buena idea trabajar y animarlo a acabar el instituto. Podrá hacerse cargo del taller a jornada completa luego, si es lo que quiere.

Dawna sonríe, encantada solo con el hecho de tener esta conversación, supongo, porque así es como me siento yo.

—Wendy también me ha dicho que fuiste a hacerte la manicura.

—La miro un poco avergonzada—. Creo que es genial. Está un poco agobiada, ya sabes que la maternidad, al principio, suele ser estresante y el pequeño Brad, además de la dirección del instituto, le dejan pocos ratos de ocio.

—No sé cómo consigue hacerlo todo.

—Igual que lo hicimos nosotras, supongo —sonríe y la imito—. Le he dicho que deberíamos fundar un pequeño grupo las tres.

—¿Las tres?

—Tú, ella y yo. Ya sabes, un grupo como el que forman Gladys, la señora Miller y las demás. Un grupo solo para desahogarnos una vez a la semana y poder cotillear de la gente sin sentirnos mal. Incluso quejarnos de los hijos, si nos apetece. Y Dios sabe que, a veces, me apetece.

Me río y pienso en mi vida en Madrid. Nunca tuve amigas con niños pequeños porque las madres del cole de Maia eran más mayores y no me incluyeron en sus reuniones y a mis amigas del instituto las acabé perdiendo. Es lógico, llevábamos vidas muy distintas. No culpo ni a unas ni a otras, eran unas circunstancias especiales y yo trabajaba mucho. Pero ahora tengo un horario decente, un sueldo decente, vivo en una casa preciosa y, aunque todavía tengo que adaptarme al idioma, estoy haciendo amigos. Y si bien es cierto que me encanta pasar tiempo con Martin y sus estrellas, también lo es que me hace mucha ilusión intimar con mujeres más o menos de mi edad que sepan entenderme cuando necesite quejarme de las rutinas diarias.

—Me encantaría ser un grupo.

—Formar —dice ella, corrigiendo mi frase y haciéndome reír—. Pues ya lo tenemos. Wendy se va a poner exultante, está deseando tener una excusa para dejar al niño con Brad e ir a donde sea una vez a la semana.

Nos reímos y charlamos un poco más acerca de nuestros planes como «grupo», pero toda charla termina cuando Martin acaba ganando el trofeo de barro y lo alza sobre su cabeza de cara al público, haciendo que todas y cada una de sus maravillosas abdominales se marquen en su vientre.

Y por si fuera poco, al acabar me doy cuenta de que se dirige directamente hacia mí.

—Voy a saludar a Gladys.

Agradezco que Dawna se vaya, porque prefiero no tener testigos que den fe de lo idiota que puedo volverme cuando Martin se acerca a mí sonriendo de ese modo.

29

Martin

He ganado muchas veces el primer premio cortando leña, no tanto por mi fuerza, sino por mi coordinación. Por eso y porque me ocupo de cortar la leña para Max y para mí cada año. Mi hermano tiene muchas virtudes, pero me da pánico que coja un hacha y acabe con un pie menos, sin cuello o algo peor. Lo sé, lo del cuello es muy improbable, pero, tratándose de Max y sus habilidades con las herramientas, todo es posible. A cambio, no voy a poder hacer un café decente nunca mientras a él le salen verdaderos manjares negros. Mis cafés espabilan y... eso es todo lo bueno que puede decirse de ellos.

Busco con la mirada a alguien conocido y... Bueno, mierda, tampoco se trata de mentir. Todo el mundo es conocido aquí, pero yo la busco a ella. Vera aplaude como si acabara de ganar una maratón y me acerco a ella con pensamientos que más me vale guardarme para mí, porque ahora mismo solo quiero mostrar mi trofeo para que ella vea lo habilidoso que soy y... joder, es patético. Quiero besarla. Deseo abrazarla, besarla y... lo peor es que ese pensamiento no es de ahora. Tampoco podría decir en qué momento empecé a tenerlo, pero sé que un día la miré sonreír a un cliente en el restaurante y pensé que ojalá todas esas sonrisas fueran para mí. Todas. Egoísta, sí; ansioso, también, y soñador de imposibles, al parecer, también.

No puedo fantasear con Vera, hay un montón de razones por las que eso es una mala idea, pero el problema principal es que creo mis emociones han decidido ir por libre y se han declarado en huelga. Ahora mandan ellas y yo solo puedo mirarla, sentir, fantasear y callar. Callar, porque hablar no es una opción. Y en un sitio como este, menos.

—¿Qué te parece?

—¡Me parece que no tenía ni idea de que eres todo un hombre de las cavernas! —exclama en español.

Me río y, aunque odie reconocerlo, siento cómo cuadro los hombros para que se me vea más ancho. ¿Soy el único que no se ha puesto la camiseta todavía? Pues, sí. ¿Me importa? No. O, al menos, no mientras Ashley Jones no se presente aquí sugiriendo lamer mis abdominales o alguna mierda que me haga sentir superincómodo.

—Si fuese un hombre de las cavernas no habría impresionado a nadie partiendo leña, sino cazando.

—Prefiero la leña. Ya sabemos que no soy fan de la sangre.

—Muy bien, vecinos. ¡Es hora de ponernos serios! —Vera y yo miramos al sheriff Adams, que se ha subido a un pequeño escenario en el que han colocado, delante de él y en el suelo, todas las calabazas en fila—. Recordad que lo recaudado en esta subasta irá destinado a rehabilitar el tejado de la iglesia, así que no seáis tacaños.

—¿Y si soy atea puedo pasar de pujar? —pregunta Savannah—. Prefiero que el dinero se destine a la biblioteca.

—En ese caso, deberías sugerir una actividad para que lo hagamos, pero hoy estamos aquí por la iglesia.

—Yo no voy a pujar.

—No lo hagas. El Señor tomará nota.

—Oiga, sheriff, no puede amenazarme con venganzas divinas. ¡Eso es cruel!

—Si no crees, ¿qué más te da?

Se enzarzan en una discusión que hace que Vera se pierda y yo me divierta porque, sinceramente, es interesante ver que los jóvenes de Rose Lake tienen ideales propios y los defienden con uñas y dientes.

—¡Martin! ¿Puedes decirle algo a tu alumna? —pregunta el sheriff, desesperado, a través del micrófono.

—Voy a dejar que se ocupe la directora del centro.

—¡No pueden decirme nada, no estamos en horario lectivo!

—Savannah, cierra le pico —le pide Wendy.

—Pero, señora Sheffield, no es justo.

—Lo es. Injusto sería que te obligaran a pujar, pero eres muy libre de no hacerlo.

—¡Me está amenazando con que, si no lo hago, me castigará el Señor!

—La atea no es tan atea. Sorpresaaa.

Se me escapa la risa, lo que me hace ganar varias miradas reprobatorias. En pueblos tan pequeños como Rose Lake la religión todavía es algo serio. Yo mismo he ido a misa más de un domingo, no por ser creyente, sino por... No lo sé, supongo que tiene que ver el hecho de que el pastor sea mi amigo y hayamos tomado más de una cerveza juntos. Es un hombre religioso, sí, pero no intenta imponer nada y siempre está dispuesto a ofrecer un buen consejo. Supongo que lo que quiero decir es que, en pueblos tan pequeños, importa más el tipo de persona que eres que lo que representas, siempre y cuando esto último no interfiera en las relaciones entre vecinos. Y, aun así, he sido reprobado por las más mayores del pueblo por no ir a misa.

De todos modos, Max, por ejemplo, intenta pasarse porque es una forma de ver a nuestra madre, aunque sea acompañada de nuestro padre.

—¿Siempre son así? —pregunta Vera a mi lado.

—¿Así, cómo?

—¿Siempre discuten por todo?

—Esto no es discutir, cariño. Espera un poco y no pierdas detalle de la subasta.

Ella me mira intrigada, pero, solo diez minutos después, sus ojos están tan abiertos que no puedo contener la risa. Gladys y la señora Miller están apostando por la calabaza más grande de un modo tan salvaje que hasta los demás vecinos se han apartado.

—No lo entiendo, si solo es una calabaza —susurra Vera.

—Sí, pero la que gane tendrá el honor de decir que, gracias a ella, se ha arreglado el tejado de la iglesia.

—Pero el resto también se va a subastar, ¿no? Y he visto que se venden tartas y...

—No intentes entender la competitividad de Gladys y la señora Miller. Son amigas y se tienen aprecio, pero en lo referente al Festival de Otoño de Rose Lake son rivales desde que eran jóvenes.

Ella frunce el ceño y me mira, un poco frustrada.

—Cada vez que pienso que entiendo este pueblo, descubro que todo es mucho más complejo de lo que aparenta.

Acaricio su espalda en un gesto amistoso, sin embargo, cuando veo el modo en que Vera se tensa, me pregunto qué sentirá ella cuando la toco así. No parece molesta, o incómoda. No se mueve ni se aparta. ¿Y si...?

—No hace tanto calor como, al parecer, tienes.

La voz autoritaria de mi padre hace que olvide mis pensamientos de inmediato. Me giro con el ánimo automáticamente ensombrecido. Odio que ocurra esto. Odio que él sea capaz de hacerme esto. Abrazo a mi madre, que sonríe con orgullo señalando el trofeo.

—Siempre has sido el mejor.

Mi padre suelta algo así como un bufido, de manera que me limito a elevar la barbilla en su dirección. Ese es todo el saludo que pienso dedicarle. A su lado está Maia. No es raro. Ha descubierto las partes buenas de tener abuelos aquí y ahora los visita con asiduidad, lo que me alegra por mi madre y me preocupa, porque no quiero que mi padre le coma la cabeza. Maia asegura que su abuelo Ronan es simpático y amable, y no lo dudo, porque siempre ha sabido mantener el tipo con todo el mundo menos conmigo y, cuando Max me defendió, con él.

—¡Has estado brutal, tío Martin! —exclama, abrazándome—. Mamá, ¿puedo ir con Kellan?

—No deberías ir con chicos todavía. Tienes tiempo, Maia.

Para mi sorpresa, es mi padre el que responde, y aunque su tono es serio, no es el autoritario que solía usar con nosotros de adolescentes. Aun así, no puedo evitar intervenir.

—Maia ya es mayorcita para salir con chicos y Kellan es uno de los buenos.

—¡Gracias, tío Martin! —Maia me besa la mejilla y se va ante la sonrisa de mi madre, la cara de circunstancias de Vera y la mirada reprobatoria de mi padre.

—No deberías haber hecho eso, Martin. No eres su padre.

—Tú tampoco, y su madre está aquí. A ella le parece bien que vaya con Kellan. Además, son solo amigos.

Miro a Vera, esperando que lo confirme, porque hemos hablado de esto en más de una ocasión. Y, aunque por un instante siento que quizá sí me he sobrepasado al darle permiso a Maia, ella sonríe y encoge los hombros.

—Kellan Hyland parece un gran chico. He conocido a su madre y me gusta.

—Su padre era un ángel. Nos arreglaba la maquinaria de la empresa y jamás aceptaba que Ronan le pagara un poco más. Ni siquiera aquella vez que intentaste regalarle ese vino de importación, ¿recuerdas, Ronan?

—Era un buen hombre. Fue una pena que muriera en aquel desgraciado accidente, pero su hijo no es él. Es joven, inmaduro y...

—Y ya sabemos que no te gusta la gente joven e inmadura —murmuro.

—¿Qué has dicho? —pregunta mi padre en el mismo tono en que me hablaba cuando yo tenía quince años. Lo bueno es que ya no soy aquel adolescente y, por fortuna, no le tengo miedo.

—He dicho que Maia tiene un padre y una madre que son los que deciden lo que puede y no puede hacer. Tienes razón, no debería haberme metido y darle permiso, pero tú tampoco.

—Bueno, maldita sea, da la casualidad de que su padre no está por ninguna parte.

—Chicos, por favor —murmura mi madre.

Estoy debatiéndome entre responderle como se merece o largarme, porque no merece la pena discutir nada con él, cuando la música comienza a sonar para que los vecinos de Rose Lake se unan a bailar en la pista del centro. No es eso lo que me deja sin palabras, sino el hecho de ver a mi hermano vestido con pantalón de traje y camisa, dirigiéndose a Steve y extendiendo la mano en su dirección.

—¿Quieres bailar conmigo?

Me quedo a cuadros. Y el hecho de que me quede a cuadros habla de lo necesario que era esto, no solo para Steve, sino para todos nosotros. La aceptación definitiva de que mi hermano tiene su vida y no le debe nada a nadie. Steve es un buen hombre, se quieren y merecen vivir ese amor sin tabús ni parches. Sin mantener la compostura. Y no, no digo que eso se solucione con un baile delante de todo el pueblo, pero es un paso para que todos dejen de rumorear acerca de si se dan o no un beso, porque no es que puedan, es que mi hermano y su chico deberían besarse en cada ocasión que tengan no solo por ellos, sino por todos los que miramos a la persona a la que deseamos y no podemos hacerlo.

Observo a mi madre, que mira la escena emocionada. No es para menos, adora a Steve y supongo que, al final, todo lo que una madre quiere es ver a su hijo feliz y con una buena persona. Mi padre está serio, no es nada novedoso, pero no es una seriedad restrictiva. No sé explicarlo. No me llevo bien con este hombre, me culpa de un montón de cosas que, a menudo, hacen que tenga que tomar somníferos para poder dormir, porque me ha creado un sentimiento de culpa que no sé si debería tener. Creo que, como padre, ha fallado en muchas cosas, pero en este instante, mientras mira a su hijo bailar con el hombre del que está enamorado, yo solo puedo ver a un padre que respeta eso lo suficiente como para no apartar la mirada o mostrarse insatisfecho con la elección de su hijo.

Y eso, hablando de Ronan Campbell es un gran punto a favor.

Supongo que lo que quiero decir es que el ser humano es tan complejo que es capaz de tener comportamientos buenos con unas personas, malos con otras y que eso no lo determine como una buena o mala persona, porque al final del día, somos algo más que nuestras acciones y pensamientos.

30

Vera

El amor tiene tantas formas y niveles de intensidad que, viendo a Max y Steve bailar sin dejar de mirarse a los ojos en ningún momento, hace que yo misma sienta amor. Un amor amistoso, casi fraternal, pero no por eso menos importante que cualquier otro amor. Esta es una lección que aprendí cuando me convertí en madre y empecé a preguntarme si algún día querría a alguien con ese ímpetu y de un modo tan desmedido. Amar a mi hija fue como... como descubrir que mi vida tenía un nuevo sentido. Ella era mía, era lo más mío que había tenido nunca y, aunque no sería fácil, conseguiría hacerla crecer. La cuidaría, mimaría, respetaría y apoyaría hasta que, un día, ya mayor, decidiera echar a volar. Pensaba eso porque Maia era una bebé recién nacida de ojos inmensos y abiertos. En cambio, cuando creció, la posibilidad de dejarla marchar se antojaba dolorosa. Insoportable, por momentos. Te pasas la vida cuidando de otro ser humano, dándole tu tiempo, tu sueño, tu paciencia, tu sabiduría, y cuando al fin consigues que sea alguien adulto, independiente y con pensamientos propios, se va. Me parece una de las cosas más crueles de la maternidad. Y sabes que deberías dejar de vivir por y para esa persona, pero se hace difícil porque ella... se convierte en todo. Es algo que pasamos muchas madres. Afortunadas las que consiguen mantener restos de la mujer que fue una vez convertida en madre, porque no son mayoría.

Yo, a mis treinta y tres años, he aceptado que no amaré a nadie como amo a mi hija, pero también he aprendido que está bien. Eso no es un problema. Puedo querer a Max como a un amigo, compañero de viaje en la paternidad y prácticamente un familiar. Puedo tomar cariño a Steve y llegar a quererlo como alguien nuevo en la familia. Puedo querer, incluso, un pueblo perdido entre montañas custodiado por un lago. De hecho, ya lo hago. Y puedo querer a Martin como... Como...

Lo miro de soslayo y mi corazón, sin avisar, decide saltarse un par de latidos. En realidad, creo que prefiero no seguir reflexionando acerca del modo en que podría querer a Martin Campbell. Quizá por eso me deja tan bloqueada que él agarre mi mano y sonría como si fuese un chico bueno. Aunque es curioso, porque su sonrisa siempre es angelical y, sin embargo, yo no puedo dejar de pensar en que sus ojos se asemejan a los de los lobos cuando pasean alerta, al acecho.

Acepto por inercia, me dejo llevar a la pista y, una vez en el centro, con una de sus manos en mi cintura y la otra rodeando mis dedos, pienso en todo lo acontecido estas semanas. En eso y en que Martin, a veces, me trata como si yo fuera... especial. Quiero decir que no veo que trate así a Wendy, pese a ser su mejor amiga. O tal vez es que no quiero verlo. Los seres humanos también son expertos en eso. La atracción que siento por él es tal que mi subconsciente intenta convencerme de que es recíproco, aunque no tenga ni idea.

Podría decir que no siento nada por él, podría preguntarme cuánto tiempo necesita una persona antes de asegurar semejante afirmación: sentir algo por él. No es amor. No aún, eso lo sé. Pero ¿qué es? Química, atracción... No, eso, a secas, parece algo frío e insulso. Es algo más, pero menos que el amor.

Es... es el preamor, supongo. Ya sabes, ese momento en la vida en el que ves a alguien y piensas: creo que podría quererte. En realidad, no me ha pasado nunca antes, pero con Martin... con Martin es así. Es como ver dos tamaños de helado en el supermercado y llevarte el grande, sin haberlo probado nunca, solo porque sabes de antemano que sí, que te encantará. Y mucho tienes que equivocarte para que no sea así.

Martin es el helado que no he probado nunca, el vuelo de mariposa que no he sido capaz de fotografiar y el preamor cuando la conciencia se apaga y solo me quedan los sentimientos.

—Me gusta verte así —dice él entonces.

—Así, ¿cómo?

—Sonriendo, relajada, solo... siendo tú.

Quiero decirle que no estoy relajada, pero el caso es que... sí lo estoy. Estoy muy tranquila, aunque por dentro tenga un torbellino de emociones girando sin parar. Es contradictorio y maravilloso.

—Me gusta estar aquí —confieso—. Y creo que no me refiero solo a al Festival de Otoño. Me gusta Rose Lake, Martin, y en gran parte es gracias a ti.

—¿Te gusta tanto como para pensar en quedarte aquí si Maia alza el vuelo y se marcha?

El pensamiento duele tanto como dagas atravesando mi pecho, pero, en medio del dolor sordo, intento visualizarme en cualquier otro lugar del mundo y... no me sale. Solo me sale imaginarme aquí, sentada en el muelle en verano, con los pies en el agua del lago, o en el porche de Max leyendo un libro cuando un rayo de sol decide ser lo suficientemente cálido y la lluvia da tregua. Incluso me veo aquí paseando bajo la lluvia y, aunque no lo diga, estoy deseando descubrir cómo es el pueblo cuando la nieve lo cubre por completo.

—Sí, creo que sí.

No sé si me llena más la sonrisa de Martin o la confirmación de que, por fin, parece que hay un sitio en el mundo con posibilidades de ser el lugar ideal para mí. Y no tengo tiempo de meditarlo, porque Ronan Campbell se presenta a nuestro lado, y nos interrumpe:

—Me gustaría bailar con la madre de mi nieta.

Me quedo inmóvil, pero soy incapaz de negarme. Si digo la verdad, durante un instante contemplo la posibilidad de que solo haga esto para fastidiar a Martin, pero no ha sido bravucón ni maleducado, como es su estilo con su hijo, así que acepto y Martin, aunque tuerce el gesto, cede y se aleja de mí. Ronan ocupa su lugar y, cuando todavía estoy valorando si esto es positivo o negativo, decide sacarme de dudas con respecto a sus intenciones.

—Sé que no soy tu persona favorita en Rose Lake, Vera.

—Tienes razón, no lo eres —le digo con sinceridad.

Él sonríe. Nada de fruncir los labios ni medias sonrisas. Sonríe de verdad y tomo conciencia del gran parecido que tienen sus hijos con él. Es un hombre atractivo, lástima que esté tan lleno de rencor.

—Puedo entenderlo, pero, aun así, llevo días dando vueltas a que hay algo que necesito decirte. —Me tenso, porque no sé qué esperar y, de nuevo, él decide sorprenderme—. Quiero darte las gracias por haber venido a Rose Lake. Y quiero darte las gracias por Maia. Sé que no soy de hablar mucho, pero ella... ella ha conseguido que Rose y yo encontremos motivos nuevos para luchar. Habéis dado a este par de viejos una razón para levantarse de la cama con una sonrisa.

Me quedo en shock. Por un instante ni siquiera soy capaz de procesar que Ronan esté diciéndome algo tan bonito. Y entonces comprendo una cosa que, hasta el momento, escapaba a mi razón: el motivo por el que Rose sigue amando a su marido. Ronan, como padre, deja mucho que desear, pero es evidente que no es una mala persona. O no al cien por cien. Hay partes buenas en él, aunque yo no pueda entender las malas.

—No eres ningún viejo —le digo en un intento de no sonar antipática—. Y si sonrieras más de ese modo y no fueras tan ogro, creo que me caerías mejor.

Ronan, en vez de ofenderse, se ríe, lo que me deja aún más sorprendida.

—Bueno, me gustaría darte la oportunidad de demostrarte que no soy un ogro todo el tiempo. Rose quiere que vengáis a casa en Acción de Gracias.

—Y tú ¿qué quieres?

—Lo mismo. Puede que no sepa verbalizarlo y todo sea difícil y doloroso, pero mi mujer quiere reunir a su familia alrededor de la mesa de nuestra casa y yo quiero que mi mujer sea feliz.

No me pasa inadvertido que el motivo de que ceda es Rose, pero una parte de mí quiere pensar que, en el fondo, él también quiere tener a su familia allí, con ellos.

—Iremos, aunque antes tengo que asegurarme de que Maia esté de acuerdo.

—Lo está, le preguntamos ayer por teléfono.

—Oh.

—Espero que no te moleste.

Sabía que Maia hablaba con ellos, porque mi hija ha empezado a decir que no comprende bien por qué el abuelo tiene que ser así con sus hijos, si en realidad ella sabe que los quiere mucho, pero eso no quita que a mí, todo esto, me pille un poco de improviso.

—Si ella está de acuerdo, no hay problema.

La canción acaba y nos separamos para volver cada uno a nuestro lugar. Yo aprovecho para echar un ojo a mi hija y contarle lo sucedido, pero después de dar un par de vueltas por el inmenso granero en el que celebramos las actividades, no la veo. Empiezo a ponerme nerviosa, así que busco a Max, pero no los encuentro ni a él ni a Steve.

Mi última opción es Martin, así que voy hacia él, que está sirviéndose algún mejunje casero en la mesa de las bebidas.

—No encuentro a Maia. —Miro hacia todas partes y trago saliva—. Y a Kellan, en realidad, tampoco.

—Estará en la fiesta que se celebra en la cabaña del bosque.

—¿La cabaña del bosque? —pregunto, alterada.

—Antes de que imagines algo típicamente americano y siniestro, cálmate. Es de los padres de Brody, está al otro lado y es un sitio seguro. Fíjate en que no queda ningún joven aquí. Lo más probable es que estén todos allí.

—Pues me vas a perdonar pero una cabaña al otro lado del lago, perdida en un bosque, suena siniestro y muy muy muy americano. ¡Seguro que hasta tiene un sótano al que todos bajarán cuando se vaya la luz!

—¿Por qué debería irse la luz? Tienen generador.

—¡Por el asesino! —exclamo, desesperada—. Tenemos que ir.

—¿Ase...? —Martin me mira con los ojos entrecerrados—. Mierda, Vera, deja de pensar en clichés hollywoodienses.

—No estoy pensando...

—No mientas. —Guardo silencio. Odio que empiece a conocerme tan bien—. Oye, tú eres su madre ¿de acuerdo? Y mi hermano el padre, así que tenéis siempre la última palabra, pero déjame decirte algo una vez más: Maia es joven y es bueno que se relacione con sus nuevos amigos.

—Ese chico...

—Kellan no hará nada que Maia no quiera hacer.

—¡Ese es el problema! ¿Y si ella quiere...?

—Tú, a su edad, ya la habías tenido.

—¡Ese también es el problema! —Martin se ríe y yo siento una vena violenta que no me gusta nada—. Deja de reírte.

—Solo digo que no puedes impedir que tu hija tenga sexo, si eso es lo que ella quiere. Soy profesor de todos esos adolescentes y he pillado a más de uno en escenas muy inapropiadas en los baños del instituto, el gimnasio y tras las gradas del campo de fútbol, por decir algunos lugares.

—Si estás intentando tranquilizarme, lo haces fatal.

—Lo que quiero decir —contesta riendo— es que si Maia quiere hacer algo, lo hará en cualquier lugar. Tienes que confiar en haber educado una hija lo suficientemente responsable como para mantener relaciones seguras. Además, lo más probable es que solo estén bebiendo ponche robado y haciendo esos bailecitos para las redes sociales. Yo una vez salí en uno. Ashley insistió tanto que...

—Martin —le interrumpo—. Me estás poniendo muy nerviosa.

Él se ríe, se acerca a mí, acelerándome el pulso en solo un segundo, y cuando su frente casi roza la mía, se muerde el labio inferior de una manera que hace que me obligue a recordar que debo respirar para mantenerme con vida.

—Bien, me gusta ponerte nerviosa.

—¿Qué hacéis, chicos?

La interrupción de Max nos hace saltar en el sitio. Bueno, yo salto. Martin solo ríe entre dientes, se sirve el mejunje rosa y da un sorbo sin dejar de mirarme del modo más divertido y sexy que he visto nunca antes en un hombre.

Dios, estoy bien jodida.

31

Maia

Si un día me hubiesen dicho que para llegar a una fiesta iba a tener que atravesar el bosque en una camioneta con ruedas todoterreno habría pensado que se trataba de una locura. Pero, claro, seamos sinceros: mi contacto más estrecho con la naturaleza lo tuve el día que me perdí en el parque del Retiro, en Madrid. Hay que tener cuidado con ese parque, porque entras con toda la inocencia pensando en dar una vuelta y acabas llorando a las once de la noche e intuyendo que han cerrado contigo dentro. Lo sé porque le pasó a una amiga...

Como iba diciendo, es alucinante estar en medio de un bosque de árboles tan altos que, si te quedas mirando fijamente, intentando buscar el final de las copas, llega a dolerte el cuello. Le he preguntado a Kellan si aquí hay osos y se ha reído. No sé si le hace gracia la pregunta o el hecho de que sea un poco inculta y no lo sepa. En cualquier caso, no he podido seguir preguntando porque hemos llegado a un punto en el que hemos aparcado y me ha mirado para guiñarme un ojo.

—Hora de caminar un poquito.

Sé que los estadounidenses y los españoles tenemos unidades de medida distintas. Ellos tienen sus millas y nosotros los kilómetros. Ellos las pulgadas y nosotros los centímetros. Ellos las onzas y nosotros los mililitros. Pero da igual en qué lo midas, porque el trecho que caminamos no es, ni de lejos, «un poquito».

—Al padre de Brody le encanta tener una cabaña totalmente aislada. La usa para cazar y disfrutar de la naturaleza, según él.

—«Cazar» y «disfrutar de la naturaleza» son dos términos que nunca van a encajar bien y espero, por el bien de mi salud mental, que no haya animales muertos en esa cabaña.

La risa de Kellan retumba entre los árboles y un escalofrío recorre mi cuerpo. Podría echar la culpa a la suave lluvia o el frío, pero siento que no es un buen día para autoengañarme. Se debe a Kellan. Y algo me dice que nunca voy a acostumbrarme a todo lo que su risa, la forma en que me mira y su presencia me hacen sentir.

La cabaña es roja, lo que me sorprende hasta que Kellan me explica que la pintan así para encontrarla en los días de nieve, puesto que solo se puede llegar a pie hasta ella. Es preciosa, como todas las de aquí, solo que esta tiene algo... primitivo. La chimenea está encendida, a juzgar por el humo que sale del tejado, y la música retumba en los altavoces, pero incluso eso se queda en nada ante una estampa tan impresionante. Empiezo a preguntarme cómo he pasado de odiar estos bosques a enamorarme en menos de dos meses. Supongo que hay algo en las montañas de Oregón, una magia oculta y fría que hace que los paisajes te atrapen para siempre, porque creo que, después de estar aquí, ningún lago será tan bonito, ningún árbol tan verde y ninguna cabaña tan impactante como estas.

—Entremos, tienes las manos heladas.

Ni siquiera era consciente de que Kellan me sostenía de la mano, pero sí lo soy de que no me suelta mientras entramos y nos encontramos con todos sus amigos. ¿O debería decir «nuestros»? Porque Ashley me saluda con un grito en cuanto me ve y Savannah no tarda en unirse a ella. A nuestro alrededor, muchos alumnos del instituto disfrutan de comida servida en bandejas de plástico y bebidas en vasos rojos. ¡Tan americanos! Me callo, porque no quiero que se rían de mí, pero casi espero que en cualquier momento aparezca alguien gritando que es hora de beberse un barril de cerveza haciendo el pino o algo así. Las pelis han hecho mucho daño, lo sé. No hay animales muertos a la vista, lo que es todo un detalle, conociendo para qué se usa esta cabaña, y cuando Brody se acerca a nosotros con botellines de cerveza de cristal casi me siento decepcionada de que no me dé también un embudo para...

Tengo que dejar de pensar en películas.

—Sentíos como en casa.

—Gracias, tío —dice Kellan.

—De nada, ya sabes las normas, pero te las recuerdo y así Maia las aprende: el que rompa algo lo paga, nada de hacer el gilipollas más de la cuenta y si necesitáis una cama os vais a la buhardilla porque los dormitorios están cerrados con llave.

Me enciendo en el momento, pero Kellan se ríe y no responde. ¿Qué significa que no responda? ¿Que hay posibilidad de que él quiera ir conmigo a un dormitorio o...? Mucho pensar. Stop. Demasiado para mí en este instante. Bebo de la cerveza por inercia y no es hasta que trago cuando recuerdo que no me gusta. Kellan, que me está mirando, se ríe y me quita el botellín de las manos.

—Seguramente haya vino.

—¿Y refresco?

—Claro. ¿Coca-Cola?

—Por favor.

—¿Quieres hacer el favor de venir? —pregunta Ash de nuevo desde la otra esquina del salón. Está sentada con Hunter, Wyatt y Savannah en un sofá de cuero marrón. Bueno, esta última está sentada en el regazo de su chico, no por falta de espacio sino porque... pues porque ellos siempre están así. Ya me he acostumbrado a que sean dos lapas.

—¿Quieres sentarte aquí, Maia? —pregunta Hunter señalando sus piernas—. Prometo empalmarme solo si te mueves en círculos.

—Eres un cerdo —le respondo riéndome y sentándome junto a Ashley.

—Déjame ser tu cerdo, nena.

La cara que pone es sexy, puedo reconocer eso, porque Hunter está muy bueno, pero pierde todos los puntos al pensar que las mujeres solo servimos a su propósito de follar con cuantas más, mejor. No lo dice tan claramente, pero es el típico chico popular, deportista y mujeriego que no quiere complicaciones y pasa de sentimientos de ningún tipo, salvo si son amistosos. Creo que por eso nos llevamos bien desde el principio, porque los dos sabemos que entre nosotros nunca pasará nada, lo que no implica que él no suelte puyas cada vez que nos vemos.

—¿De qué habláis? —pregunta Kellan acercándose a donde estamos y dándome un vaso con refresco.

—Hunter está haciendo el idiota —le digo.

—Nada nuevo bajo el sol —murmura antes de mirar alrededor y ver que no hay sitio.

—Ven aquí, guapo, yo voy a por una cerveza —le dice Ashley, cediéndole el sitio junto al mío.

No me pasa inadvertido el guiño que me dedica antes de alejarse. Me preocuparía por si alguien más lo ha visto, pero sentir el cuerpo de Kellan rozarse con el mío cuando se sienta me distrae.

El tiempo empieza a pasar entre música, alcohol para algunos (vale, la mayoría) y un Brody preocupado de que nadie rompa nada.

—No esperaba que fuera así —susurro.

—Sus padres son muy tradicionales y estrictos —me dice Kellan, serio—. Ellos son... no son buenos padres. Parece que dejan que Brody haga lo que quiera pero, en realidad, es porque no les importa mucho siempre que la cabaña se mantenga intacta y sus notas no bajen del sobresaliente.

—Es una manera muy bonita de decir que, si una puta taza se rompe, Brody aparecerá el lunes con un bonito ojo morado, como mínimo.

—Hunter... —le advierte Wyatt muy serio.

—¿Qué? Joder, estoy harto de tener que disimular. Si Maia ya es del grupo, tiene que saberlo todo. —Me mira y, por primera vez, veo a Hunter Davis ponerse serio—. La única razón por la que nunca vas a ver a los padres de Brody en una fiesta de Rose Lake es que el sheriff Adams le prohibió a su padre aparecer en cualquier acto público del pueblo desde que una vez se llevó a su hijo a rastras por no ganar un estúpido partido. Por eso Brody no es el típico capitán chulo que sale en esas pelis que tanto te gustan. Si un día no consigue ser impecable en todo, bueno... no será un buen día en ningún sentido.

Sus palabras me impactan tanto que no puedo decir nada. Miro a Kellan, que se levanta y me ofrece su mano.

—Vamos a dar una vuelta.

No sé a dónde podemos ir, con la lluvia que se ha intensificado, pero accedo, porque sigo demasiado impactada. Quizá por eso no protesto cuando Kellan me lleva escaleras arriba, a la famosa buhardilla. Me sorprende ver que no hay un colchón ahí tirado, sino un sofá y una tele pequeña apagada, aparte de cajas de cartón repletas de cosas al fondo.

—El padre de Brody sube aquí a ver la televisión y beber —me dice Kellan mientras nos sentamos en el sofá.

—¿No se supone que toda la cabaña es suya?

—Sí, pero a veces viene con su mujer o... no sé, es un hombre raro y solitario.

—Y un poco cabrón, según Hunter.

Kellan se queda pensando unos instantes antes de asentir.

—¿Sabes qué me dijo Brody cuando murió mi padre? Que ojalá hubiera sido el suyo. Creo que eso define bastante bien toda la situación.

Me quedo impactada de nuevo. Es difícil imaginar que alguien puede llegar a hablar de un modo tan duro de su padre, pero lo es aún más pensar en que un padre maltrate a su hijo, que se supone que es el ser que más debe querer del mundo.

—Eh, Maia, no te pongas triste. Brody está bien, tiene unas notas increíbles y se largará de aquí en solo unos meses. Su padre es un cabrón, pero tiene más interés que el propio Brody en que su hijo triunfe. Eso y un montón de dinero dan como resultado que irá a una buena universidad, se hará jugador profesional, si una lesión no lo impide, y no volverá aquí más que para vernos, si es que no consigue arrastrarnos hasta donde sea que esté él. Y sé todo eso porque me lo ha contado, así que no estés mal. Él será libre muy pronto.

—No estoy triste, pero me siento un poco culpable.

—¿Tú? ¿Por qué?

—Pues porque llevo protestando y poniendo pegas a Rose Lake desde que llegué, pensando que era la persona que más odiaba del mundo este lugar sin ser cierto, porque en realidad Brody está sufriendo mucho más.

—Pero eso no es culpa tuya. Todos tenemos problemas y mierdas a cuestas y nadie es menos importante que los demás.

—Hombre, lo de él sí es un drama de verdad. Yo juro que no me gusta este pueblo pero creo que ahora mismo no elegiría volver a Madrid.

—¿En serio?

—Bueno, en Navidad sí, sufro mucho al pensar que no encontraré turrón de chocolate aquí. Y pienso hacer que los Reyes Magos vengan a mi casa, aunque no lleguen a este país.

Kellan se ríe, se sienta de costado y cruza una de sus largas piernas por debajo de su trasero para quedar de frente a mí.

—¿Y si yo lograra encontrar ese turrón que tanto te gusta?

—Te querría por los siglos de los siglos.

Su gesto cambia tan rápido que mi corazón empieza a latir desbocado.

—¿Lo harías? ¿Me querrías por los siglos de los siglos?

No sé si está de broma. Creo que no, porque su mirada es profunda y penetrante y su sonrisa ha desaparecido. Y no sé en qué me baso para responder, pero sé que consigo soltar una risa nerviosa y encoger los hombros.

—Claro, ¿por qué no?

Kellan sonríe, pero no es una sonrisa alegre. Empiezo a preguntarme si alguna vez veré en él una sonrisa alegre. Y, aun así, cuando se acerca a mí de un modo lento pero seguro, siento que podría volar antes de que me toque.

—¿Qué pensarías si te dijera que me muero por besarte, Maia?

Esto no suena a broma ¿verdad? Kellan Hyland, el chico más guapo de Rose Lake, quiere besarme. Quiere hacerlo y está esperando una respuesta mientras nuestras narices hacen el esfuerzo de no rozarse, de tan cerca como está.

—Pensaría que ojalá lo hagas de una vez, Kellan —confieso.

Veo el reflejo de sus dientes cuando un amago de sonrisa escapa de su boca pero, solo un segundo después, sus labios rozan los míos de un modo tan dulce que pienso, por un momento, que podría quedarme aquí, en esta cabaña en medio del bosque, toda mi maldita existencia y sería increíblemente feliz.

32

Kellan

De todas las cosas interesantes que he hecho en mis diecisiete años, nada se parece a lo que he sentido al besar a Maia. No es la primera vez que beso a una chica, pero es la primera vez que siento que esto que hacemos importa. No es solo un beso, esto es... esto es algo más.

Sus labios son suaves, sus manos están frías cuando las pone en mi cuello y su respiración está agitada cuando, después de unos instantes, nos separamos.

—Ha sido... —Sus palabras quedan suspendidas en el aire.

—Como viajar por el mundo en coche con la música a todo volumen y volver a casa, todo el mismo día. Todo al mismo tiempo.

Maia sonríe y asiente, provocando que nuestras narices se rocen.

—Sí, justo así. Como huir y reencontrarse.

—Creo que hay una canción en este beso, pero voy a volver a hacerlo, solo por corroborar.

Maia se ríe y así nos pilla nuestro segundo beso, con su risa y mis ganas entremezcladas. Sí, joder, definitivamente hay una canción en esto. Supongo que, al final, Brody me conoce mejor que yo mismo. Es lo que ocurre cuando abres la puerta a alguien, le muestras cómo eres y sientes, y luego esperas que no sepa cómo vas a actuar en cada momento de tu vida.

Brody tenía razón, pero no me importa. No, mientras Maia quiera explorar esto junto a mí. Nos besamos durante un tiempo indescifrable y, al separarnos, los dos estamos ansiosos por más, pero no son solo besos lo que quiero de Maia. Si solo fuera eso, sería fácil. Besar, tocar, incluso tener sexo es sencillo. Lo complejo es lo otro: los sentimientos. Sé que soy joven, la gente suele decir que, a nuestra edad, los sentimientos no son reales, pero creo que es justo al contrario. Son los sentimientos de muchos adultos los que pierden autenticidad cuando los obligan a meterse dentro de cajas, encorsetados, donde no se interpongan entre ellos y sus metas.

Nosotros todavía podemos soñar con amores que todo lo pueden, no de un modo idealizado, porque los dos hemos aprendido por las malas lo que duele perder a alguien, pero sí dando prioridad a lo que sentimos. O eso quiero pensar que siente ella también.

—Gracias, Kellan —susurra ella.

—¿Por qué?

—Porque acabo de descubrir que, si me besas, solo siento cosas bonitas. Cuando tú me besas el enfado se calla. Y me hacía mucha falta acallarlo.

—¿No hay ganas de romper cosas? —pregunto mientras aparto un mechón de pelo de su cara. Ella niega con la cabeza—. Supongo que tendré que besarte mucho, entonces.

—Sería un detalle por tu parte. Espero que el esfuerzo no te deje agotado.

—Oh, creo que podré soportarlo. —Me río y la beso de nuevo, acariciando su nuca y acercándola más a mí—. Me encanta besarte, joder. No voy a cansarme nunca de ti.

—Acabas de hacer una promesa —contesta ella, riendo.

La abrazo, sin responder pero dejándole claro con un nuevo beso que sí, acabo de hacer una promesa.

No sé en qué momento nuestros cuerpos se van pegando y acomodando hasta quedar semitumbados en el sofá, pero cuando mi mano asciende por su muslo, Maia se tensa y rompe nuestro beso.

—Yo no... —La miro, intrigado—. No quiero llegar hasta el final hoy.

—Vale —susurro.

—¿No te importa?

—No tiene que importarme —contesto con sinceridad. Me siento en el sofá y tomo un poco de distancia de ella, para poder hablar con algo de calma—. Si no quieres llegar hasta el final, pues vale, no hay más.

Ella se queda sorprendida, o quizá no es sorpresa lo que refleja su rostro, pero no sé definirlo de otro modo.

—Algunos chicos se enfadan si no quieres hacerlo.

—Bien, me alegra decir que no soy como esos chicos. Me gusta el sexo, pero me gusta cuando a los dos nos apetece. Si no es el caso... prefiero no avanzar.

Otra vez esa mirada, como si hubiera algo en mí que no entiende. Tanto que me resulta un poco incómodo. Por fortuna, ella me da una explicación.

—A veces cuesta creer que un chico criado en un pueblo tan aislado tenga una mente tan... abierta.

Me relajan sus palabras. Entiendo su punto de vista. Rose Lake no es un pueblo que haya avanzado demasiado, si se compara con pueblos de otras ciudades o países, pero, aun así, intento que entienda mi punto de vista.

—Mis padres nunca han sido anticuados, aunque tienen sus cosas, como todos. No son tan tradicionales como los padres de Brody, ni tan liberales como los de Ashley, que no le permiten todo lo que le da la gana porque su abuela se pone firme. Sé que los pueblos pequeños no avanzan al ritmo de otros lugares, pero lo hacemos, aunque sea de un modo más lento. Y el instituto tiene que ver, incluido tu tío. Trabajan duro para que los jóvenes comprendamos ciertas cosas. Como que no es no aquí, en Madrid y en el confín de la Tierra.

—El tío Martin es genial.

—Lo es —convengo, sonriendo—. Lo que quiero decir, Maia, es que está bien todo. Si quieres que solo nos besemos, es tu decisión. Si algún día quieres ir más allá, estaré encantado, no puedo negarlo. Pero a mí me basta y me sobra con que quieras besarme y dejar que te bese ahora mismo.

—Eres un gran chico, Kellan Hyland.

Sonrío, un poco avergonzado.

—No, lo que pasa es que creo que puedes llegar a importarme y no quiero joderla hasta el fondo.

Su silencio me angustia. A lo mejor no debería haberle dicho que podría llegar a ser importante para mí, pero, sinceramente, tampoco me salía mentir.

—No creo que puedas joderla hasta el fondo. Seamos sinceros, Kellan. Hay muchas más posibilidades de que yo acabe jodiendo, no solo la situación, sino a ti.

—No eres una mujer fatal.

—No tengo que serlo para hacer daño a alguien. —La miro sin entender—. Estoy en un momento complicado. Hay días que pienso que me gusta estar aquí y que por fin me he adaptado y otros... solo quiero subir en el primer vuelo que salga desde Salem y volver a casa, pero entonces recuerdo que ya no tengo casa. Y que, aunque la tuviera, tampoco querría volver, porque él no está en ella. —Sus ojos se aguan, pero toma aire y, como en un truco de magia, vuelven a limpiarse. Joder, cómo la admiro por poder hacer eso. Por reconstruirse en el tiempo que dura un pestañeo—. Vivo dentro de una pelota que va dando tumbos y me da miedo que, en uno de esos, tú puedas salir mal parado.

—No será así —le aseguro—. Estarás bien aquí, en Rose Lake. Te prometo que cada día amarás más este sitio. Te prometo que... —intento encontrar las palabras exactas sin parecer loco—. Te prometo que valdrá la pena.

Ella me mira y juro que puedo ver el puto mundo en sus ojos. Que solo con esa mirada como referencia podría escribir varios versos.

—Hace un rato no te creería, pero, después de besarte... bueno, quizá exista una posibilidad de que te crea.

—¿Solo una? —Ella se ríe mientras me acerco—. Supongo que es cuestión de seguir besándote.

—No voy a quejarme por eso.

Su risa vuelve a ser tragada por mis labios y, esta vez, cuando nuestros cuerpos acaban tumbados en el sofá, no hay tensión, sino confianza. Y creo, aunque suene estúpido, que solo por eso ha merecido la pena tener esta charla.

Aunque ella jure que puede hacerme daño y yo esté convencido de que, en realidad, es mucho peor que no sepa el daño que puede hacerse a sí misma si no consigue gestionar su dolor. Y podría decírselo, pero sería hipócrita, porque creo que estoy más perdido que ella, así que decido tomar el camino sencillo: seguir besándola y dejar que sea el destino el que decida cómo acaba esto.

Cómo acabamos nosotros.

33

Martin

¿Se puede matar a alguien por interrumpir lo que, a todas luces, era el inicio de un beso? No, supongo que está mal, sobre todo si ese alguien es tu hermano.

Pero, joder, era un beso. Estoy seguro. Y Vera también lo sabe, a juzgar por cómo me mira. ¡Ha faltado poco! Muy poco. Es una locura, sé que habría estado mal hacerlo aquí, donde cualquiera puede vernos si se esfuerza un poco, pero algo dentro de mí me pide que lo haga de una vez. No es lujuria, ni algo salvaje. No es así como lo definiría. Es un ramalazo de necesidad y no me siento muy orgulloso de que surja, pero lo hace cada vez con más asiduidad cuando estoy con ella. Vera tiene un modo de ser y ver la vida que me cautiva. Y me enfurece, aunque no lo sepa, que no sea capaz de ver todo lo bueno que yo veo en ella. Está perdida en las necesidades de los demás, principalmente su hija, y no se para a mirar las que tiene ella. Si lo hiciera, sería consciente de lo necesario que es que siga haciendo excursiones en las que acabe maldiciendo y riendo a carcajadas, solo porque son expresiones sinceras. Cuando sueltas carcajadas incontrolables tienes que pararte y pensar qué las ha provocado y, después, si puedes, provocarlo mil veces más, porque no hay nada más natural y bello que sentir que no puedes controlar algo como la risa.

Algo así me pasa a mí con Vera todo el rato. No puedo controlar las ganas de estar con ella. Últimamente tampoco puedo controlar las ganas de besarla. O sí, eso sí puedo, pero a duras penas. Esta vez se ha dado cuenta, estoy seguro. Puede que este tiempo haya sido un poco ambiguo porque no estaba seguro de que la atracción fuese mutua, pero ella hoy me ha mirado como si... como si sintiera un poco de lo que yo siento. Y quiero explorarlo, pero no sé cómo hacerlo sin meter la pata.

Aunque, a juzgar por la cara que está poniendo, creo que eso ya ha sucedido.

—¿Os habéis quedado sin lengua? —dice mi hermano sobresaltándome—. Como no decís nada.

Se ríe, pero ni Vera ni yo conseguimos relajarnos para seguirle el juego en la broma. Al final, es ella la que reacciona.

—En realidad, le estaba diciendo a Martin que estoy agotada y quiero irme a casa. Me gustaría esperar a Maia allí y asegurarme de que llega bien.

—Llegará bien, es una chica responsable —dice Max.

—Aun así...

—Yo me voy ya —le digo—. Puedo llevarte.

—No te preocupes, Martin. Si quieres, quédate. Steve y yo también nos vamos, así que...

Me gustaría insistir, pero sé bien cuándo parar y Vera no está receptiva en absoluto, así que me muestro de acuerdo y los veo marchar después de buscar a Steve.

—Oportunidad perdida, amigo mío.

Wendy se coloca a mi lado y me ofrece un vaso de ponche.

—¿Qué dices?

—Te he visto. —Pongo cara de póquer pero se ríe—. Oh, vamos, Martin, nos conocemos desde hace demasiado tiempo y sé bien cuándo estás pillado, sobre todo porque no es algo que suceda con muchas mujeres.

—Pues da la casualidad de que he estado con muchas mujeres.

—No hablo del sexo.

—Yo no tengo relaciones serias.

—Tampoco hablo de relaciones. O no «solo» de relaciones. Hablo de que te estás pillando por ella. No sé si para un revolcón, diez o para casarte y tener hijos, pero quieres pasar tiempo con ella, te hace reír, te genera interés y, en definitiva, estás pillado.

—Vera es una gran mujer, pero yo no estoy pillado.

—Ay, qué pereza das cuando te pones negacionista, de verdad.

—Tiene razón —dice Brad acercándose—. No sé qué está diciendo mi preciosa esposa, pero tiene razón.

Brad va empujando el cochecito de su hijo y, cuando me río, el crío también lo hace. Me agacho, beso su escaso cabello y, al levantarme, aprovecho la pausa para despedirme.

—Pues tu preciosa mujer solo estaba diciendo tonterías, así que yo, con vuestro permiso, me marcho a casa.

—Ten cuidado, no sea que acabes confundido de cama —murmura Wendy levantando la risa de Brad y mi cabreo.

Adoro a mis amigos, pero empiezan a ser como un grano en el culo.

Llego a casa en medio de una lluvia torrencial. Suspiro y visualizo una playa desierta acariciada por el sol. Una playa en la que no necesitaría más que un bañador, un libro, unas gafas de sol y crema protectora.

«Y a ella».

Ignoro la vocecita que retumba en mi cabeza mientras entro en casa. Me despojo del abrigo y los zapatos, subo a la planta superior y me doy una ducha antes de ponerme el pantalón del pijama y refugiarme bajo el edredón. Adoro esta casa, pero lo que más me gusta, sin duda, es la idea que tuvo Max de canalizar la chimenea tanto en su casa, como en la mía. Dejé el fuego ardiendo cuando me fui y la casa aún está caliente, motivo por el que no necesito usar camiseta. Cierro los ojos, intento dormir y, media hora después, todo lo que he logrado ha sido dar vueltas a lo mismo una y otra vez. He fantaseado con todos los posibles caminos que podría haber tomado la escena con Vera y, ya de madrugada, cansado de pensar, de la cama y de mí mismo, decido ir a por un libro para leer. Si no voy a poder dormir, al menos haré que el tiempo merezca la pena.

Elijo *Las uvas de la ira*, de John Steinbeck, solo porque necesito algo que ya haya leído antes y, por tanto, me ayude a conciliar el sueño al leer con monotonía. Algo que no me enganche porque ya sé lo que viene. Y estoy a punto de lograrlo cuando un golpe en la ventana me sobresalta. Por un instante pienso que alguna rama ha dado contra el cristal, impulsada por el viento, pero apenas unos instantes después algo vuelve a repicar. Me levanto, curioso, y me enfrento atónito a la imagen de Vera envuelta en un chaquetón de plumas negro, con gorro y tiritando.

—¿Qué ocurre? —pregunto abriendo la ventana y dejando que el agua y el frío se cuelen en el dormitorio.

—¡Joder, esto se ve mejor en las pelis!

Me río. Es otro de los dones de Vera, consigue hacerme reír hasta cuando debería estar maldiciendo por mandar al infierno el calor de la habitación.

—Tenéis que dejar de ver esas pelis. Ve al porche, te abro la puerta.

Ella no protesta. Corre por la tierra y, por un instante, estoy tentada de decirle que es en vano, porque ya está empapada. Creo que alguien está a punto de experimentar su primer resfriado estadounidense pero, sinceramente, el pensamiento me ocupa poco tiempo porque la pregunta que más retumba en mi cabeza es: ¿qué hace aquí? De inmediato me asalta el pensamiento de que quiere hablar de lo ocurrido y pedirme que no vuelva a generar una escena tan íntima, pero en realidad yo no generé nada. Todo se dio de un modo casual. O tal vez quiere... No, es mejor no fantasear con eso.

Probablemente solo sea la charla.

Maldita sea, no quiero charlar del casi beso. Quiero el beso completo. Abrazarla, besarla y dejar que esto que siento, sea lo que sea, crezca, aunque tenga la sensación de que es peligroso, porque podría convertirse en algo imparable. Pero ¿qué más da? Llevo toda la vida tomando decisiones difíciles solo porque creo que valen la pena.

Y he perdido mucho, sí, pero también he ganado el trabajo de mis sueños, por ejemplo. No siempre acierto, desde luego, pero ¿qué pasaría si acertara una vez más?

Abro la puerta y me la encuentro calada hasta los huesos, tiritando y limpiándose a toda prisa el agua de la cara.

No sé qué hace aquí, no tengo ni idea, pero ojalá no se tome a mal que la meta en casa de un tirón solo para conseguir que deje de tiritar. Cojo su mano, tiro y, por un instante, cierro los ojos y me siento como si estuviera a punto de saltar de un acantilado.

El problema es que no sé qué voy a encontrar cuando llegue abajo.

34

Vera

Una de las primeras cosas que haré la próxima vez que vaya a la ciudad con Max será comprar camisetas para Martin. No me puedo creer que el sueldo de profesor no le llegue para una mísera camiseta. Claro que, pensándolo detenidamente, creo que el problema es que le gusta estar así, y lo entiendo, de verdad: del interior de la casa sale un calor muy agradable, sobre todo en comparación con el frío que tengo, y si yo tuviera su torso estoy segura de que iría incluso por la calle así, solo para que me mirasen, pero no tengo su torso. Además, estoy helada. Fui una ilusa al pensar que, como la nieve llega más tarde, el frío no lo haría hasta entonces. Dios, estoy tiritando y calada hasta los huesos y él no deja de mirarme como si no comprendiera bien qué hago aquí, algo que tiene toda la lógica.

—¿Has venido para quedarte toda la noche ahí? —pregunta en un momento dado.

No sé, puede que haya estado aquí un minuto, pero no me siento los dedos de los pies y empiezo a temer seriamente por mis mofletes, porque los noto como si tuviera cuchillas clavadas en ellos. Tengo que hablar, pero no sé qué decir. Y, al final, pienso en todo el tiempo que llevo dando vueltas en mi cama. En lo mucho que ya he pensado acerca de esto, no solo esta noche, sino desde que nuestras salidas conjuntas comenzaron. Pienso en lo que he descubierto de Martin hasta el momento y lo mucho que me gusta. Estoy segura de que, cuando lo conozca más, también habrá cosas que me resulten desesperantes, pero eso es parte de fraguar relaciones, ¿no? Ya sean de amistad, amor o familiares. Tienes que aprender a tolerar lo malo porque lo bueno compensa. Solo cuando lo bueno compense. Y, de todos modos, ¿es este el momento ideal para reflexionar acerca de eso? Porque creo que no, pero él sigue mirándome, yo estoy nerviosa y, al final, como no encuentro el modo adecuado de decirlo, lo suelto sin más, porque mi padre solía decir que vale más una colorada que doscientas amarillas y mi padre siempre me pareció un hombre muy sabio.

Voy a hacer, aunque solo sea esta noche, en este momento, algo que llevo años sin practicar: pensar solo en mí y en lo que yo quiero. Saltar al vacío para conseguir lo que quiero, aunque solo sea una vez.

—Quiero entrar contigo... si tú quieres.

Me está mirando. Dios, me está mirando de una forma que me hace temblar, no solo de frío. Hay algo brillando en sus ojos, no sabría decir si es deseo, curiosidad o sorpresa, pero no puedo pensarlo más cuando Martin se agacha y tira de mis botas para sacármelas y dejarlas en el porche. Una vez hecho, coge mi mano y tira hacia el interior de la casa, cerrando la puerta, apoyándome en ella y quitándome el gorro en un espacio tan corto de tiempo que apenas puedo procesar que mi pelo debe de verse como un nido de pájaros.

—Ya estás aquí dentro, conmigo. —Lo miro completamente inerte—. ¿Y ahora, qué quieres?

—Estás haciendo esto muy difícil —susurro.

Él sonríe, pero no lo hace con malicia, sino con... dulzura. Con toda la dulzura que Martin es capaz de albergar, porque no es un hombre que definiría como dulce. Tampoco es tosco. Creo que Martin Campbell es de esos hombres cariñosos sin llegar a ser empalagosos.

—¿Crees que lo estoy haciendo difícil?

—¿Tú no lo crees?

Coloca las manos a los lados de mi cabeza, sobre la puerta, y trago saliva en un acto reflejo cuando se acerca. Dios, qué guapo es. Es guapo en toda la extensión de la palabra. Tiene los pómulos perfectos, los ojos miel y dorados perfectos, el pelo perfecto... Juro que no es porque me haya encaprichado, es que de verdad es, objetivamente, un hombre muy atractivo y me pregunto cómo es que no está en las portadas de revistas de modelos. Luego recuerdo que es profesor y eso me parece aún más atractivo. Cuando Martin por fin responde estoy tan perdida en lo que me provoca que me cuesta un poco entenderlo.

—Perdona, no te estaba escuchando.

Se ríe entre dientes de un modo tan sexy que estoy a punto de perder el hilo de nuevo.

—Bueno, básicamente te decía, Vera Dávalos, que tenemos un pequeño problema.

—¿Lo tenemos?

—Eso es.

—Oh. ¿Y cuál es? —No dejo de tiritar pero empiezo a preguntarme si lo hago por frío o ya es algo más.

—Bueno... —Su pulgar acaricia mi frente justo antes de volver a apoyar la mano en la puerta de nuevo. Su cara se acerca más a mí y trago saliva en un acto reflejo—. Resulta que hace días que me estoy muriendo por besarte y, si empiezas a venir a escondidas y de madrugada a mi casa, se me va a hacer muy difícil...

No consigue acabar la frase. Es lo que ocurre cuando te llamas Martin Campbell y le dices eso a cualquier mujer con emociones operativas. Me alzo de puntillas, lo agarro de la nuca y lo atraigo hacia mí para estampar su boca en la mía. Lo beso, sí, o más correcto sería decir que lo obligo a besarme. No lo sé, lo que sí sé es que me apoyo en la puerta y, por un instante, todo lo que puedo pensar es que, al final, va a resultar que el cielo y los milagros sí que existen. Es fácil creer en ello, sobre todo, cuando Martin se pone al día de inmediato y toma el control del beso, consiguiendo que pueda relajar mi cuerpo. Sigo calada hasta los huesos, pero creo que ya no me importa. Es posible que mañana tenga fiebre y no pueda moverme pero... joder, cómo ha merecido la pena.

Por un leve instante, también pienso que es posible que mañana acabe arrepintiéndome de esto, pero suplo el pensamiento con uno mejor, y es que la vida es demasiado corta. Me he privado durante mucho mucho tiempo y merezco, al menos, cumplir esto. No sé cómo me sentiré mañana, aunque puedo intuirlo, pero de todos modos voy a ir hasta el final con esto, aun sabiendo que hay una posibilidad real de que sea un error. Lo haré y luego, cuando todo pase, consideraré qué hago al respecto.

Arriesgado.

Alocado.

Impulsivo.

Tan como era yo hace diecisiete años que asusta, pero no por eso freno.

—Llévame a la cama —susurro rompiendo el beso.

Martin me mira mordiéndose el labio. Me desea, lo veo en sus ojos y lo siento en su cuerpo cuando se pega al mío, por eso me siento aún más empoderada y segura.

—Llévame a la cama, Martin.

—Joder... —Su voz es tan grave que consigue que un escalofrío recorra mi espina dorsal.

Sujeta mi mano, tira de mí hacia las escaleras y, cuando llegamos arriba, se gira y comienza a desabrochar mi abrigo.

—No sabes cuánto he imaginado esto —confiesa.

Lo beso, despojándome del abrigo y sintiéndome un poco mejor, porque estaba empapado. Llevo puesto el pijama, de manera que ahora tengo más frío, pero confío en que eso pase cuando la ropa caiga y solo queden la cama, su cuerpo y el mío.

Aun así, cuando Martin cuela las manos bajo la camiseta del pijama, algún tipo de interruptor salta y se encienden varias alarmas. Intento no desconcentrarme, pero acaban pitándome tanto en los oídos que interrumpo el beso que está dándome.

—Apaga la luz —le pido.

Martin frunce el ceño, enmarca mi rostro y sonríe.

—Quiero verte desnuda.

Debería dejarlo estar. ¿Y qué si tengo el pecho caído por los nueve meses que amamanté? ¿Y qué si mi vientre no es plano y no he conseguido eliminar del todo las estrías que hay en mi pelvis debido al embarazo? Son marcas normales, me digo. Soy una mujer real, con partes bonitas y otras menos estéticas pero igualmente válidas. Así es como debe ser y así es como pensé que me sentiría, pero, a la hora de la verdad, reconozco que las únicas veces que he tenido sexo ha sido insustancial, con hombres que apenas conocía y a oscuras o en semipenumbra. No sé qué me hizo pensar que con Martin sería más fácil, cuando, en realidad, es más difícil, porque a él lo conozco: a él quiero impresionarlo, y no siento que este cuerpo esté hecho para impresionar a nadie.

—Por favor... —susurro.

No sé en qué momento se da cuenta de que esto ha dejado de ser excitante para pasar a ser un acto que me hace sentir un poco defraudada conmigo misma, pero Martin se aleja de mí y yo siento que la autoestima que logré al tomar el impulso de venir y besarlo cae en picado.

La oscuridad nos asalta de pronto y comprendo, un poco sorprendida, que no se está marchando, sino que está obedeciendo mi petición. Bien pensado, sería absurdo que se fuera de su propia casa, pero tengo las emociones tan desconectadas entre sí que, sinceramente, no me he dado cuenta.

—Dime si quieres seguir con esto —susurra acercándose a mí—. Porque solo lo haré si estás segura, Vera. No te tocaré si no estás segura del todo de que es lo que quieres.

—Sí quiero. Es solo que... que... —Por alguna razón, confesar que mi cuerpo me avergüenza me resulta violento, así que, al final, me quedo en una verdad a medias—: Solo me siento un poco tímida.

El silencio nos envuelve, junto con la oscuridad, y lamento no haber prendido, al menos, una luz en el pasillo. Al final, siento una mano en mi mejilla y me sobresalto, hasta que su calidez me obliga a relajarme.

—Está bien —susurra con voz suave y ronca—. Puedo entender que seas tímida, pero no podrás esconderte de mí para siempre, Vera. ¿Entiendes eso? —Asiento, y noto el movimiento en su mano, por eso el alivio me invade cuando su otra mano vuelve a colarse bajo mi camiseta—. Quiero tocarte, lamerte, besarte... y quiero mirarte a la cara cuando lo hago.

—Yo...

—Pero mientras tanto —sigue—, pondré todos mis esfuerzos en no dejar de hablarte para que, cuando te corras, tengas presente con quién lo estás haciendo.

Una vez leí que una mujer puede llegar a tener un orgasmo sin que nadie la toque, ni estimular ninguna parte de su cuerpo. Que es difícil, pero se puede. Bien, creo que si Martin Campbell susurrara ese tipo de cosas en mi oído durante un ratito, yo lo conseguiría, porque ahora mismo, sin apenas tocarme, ya estoy rozando el éxtasis.

Nos besamos mientras me quita la camiseta y solo nos separamos el tiempo justo de que la tela pase por mi cabeza. Cuando su torso caliente se pega al mío, frío por el agua que me ha calado, Martin nos arrastra hasta la cama y, guiado por su intuición, nos tapa con el nórdico.

—Tienes que entrar en calor —murmura mordisqueando mi labio inferior antes de pasar su lengua por la base de mi cuello.

—Si sigues así, lo conseguirás antes de lo que crees.

Su risa entrecortada llega a mis oídos lejana, porque sus labios están bajando por mi torso y, aunque me siento un poco insegura con el hecho de que esté besando, tocando y lamiendo partes de mi cuerpo que no me hacen sentir segura, la oscuridad me protege, o así lo siento.

Martin me despoja del pantalón y las braguitas al mismo tiempo, abre mis piernas, se cuela entre ellas y agazapado, como un león listo para atacar, explora mi intimidad de un modo que me hace gemir y arquear la espalda sin ningún tipo de control.

Su lengua parece estar en todas partes, como sus dedos, y cuando el primer orgasmo me asalta, arrollador e imparable, me siento como si fuese capaz de parar una estrella fugaz con la fuerza que emano. Pararla y desear mirándola fijamente que esta noche no se acabe nunca.

Oigo a Martin moverse, abandonar mi cuerpo después de besar una de mis rodillas y trastear por la mesilla de noche. El ruido inconfundible del envoltorio de un condón al rasgarse hace que mis ganas, en pausa tras el orgasmo, revivan con ímpetu.

—Quiero más —digo con la voz entrecortada por la excitación—. Te quiero dentro.

Un gemido llega hasta mí y, solo unos instantes después, su cuerpo largo y fuerte cubre el mío y sus labios se las ingenian para encontrar los míos, a pesar de la oscuridad. Y eso, que parece un gesto tan tonto, me hace pensar que, en realidad, creo que este hombre sería capaz de encontrarme en el lugar más oscuro del mundo.

—Eres un milagro —susurra justo antes de entrar en mí. Lento, pero decidido a llegar hasta el final siempre que yo no lo pare. Y no lo hago, porque no hay nada que desee más. Martin extiende mis manos por encima de mi cabeza, entrelaza nuestros dedos y mueve sus caderas a un compás que solo suena para nosotros—. Un puto milagro, Vera.

No sé durante cuánto tiempo hacemos que el sexo sea nuestra vía de comunicación, ni cuántas veces cambiamos de postura, pero sé que, cuando caemos rendidos y saciados en el colchón, sudando, no solo por el calor, sino por el ímpetu, apenas soy capaz de contener la risa.

—Esto ha sido...

Me quedo en silencio. En realidad, no tengo palabras. He tenido sexo otras veces, pero no así. No de un modo que me haya hecho sentir tan libre y segura. Y sé que él quiere que encienda la luz y acabe de entregarme, pero es que resulta que aquí se está bien. Demasiado bien. Tan bien como para creer que la oscuridad es lo único que nos salva de nosotros mismos.

Martin tira de mi mano para que me tumbe con él, pero me río y me niego, mientras me envuelvo con el nórdico.

—Tengo que volver a casa. Si alguien despierta y se da cuenta de que no estoy... —Tomo aire profundamente—. No, eso no puede pasar.

—Solo dos minutos.

Consigo enderezarme lo justo para poder sentarme en el borde de la cama.

—Ya puedes encender la luz. —Él lo hace de inmediato, como si hubiera estado ansioso por recibir la orden, y sus ojos se fijan en los míos. Sigue desnudo, gloriosamente desnudo, lo que me hace pensar en lo mucho que me gustaría empezar de nuevo, porque Martin con el torso descubierto es una maravilla y sin nada de ropa es un jodido monumento. Aun así, mantengo mi decisión. Cuando lo veo sonreír, me sonrojo, porque sé que me ha pillado repasándolo de arriba abajo y es un poco injusto que no le permita hacer lo mismo—. Sé que...

Mi intento de justificación no sirve, porque él me interrumpe:

—Estás preciosa. Joder, siempre lo estás, pero el sexo pone en tus ojos un brillo que... —Se remueve en el colchón—. ¿Estás segura de que no quieres quitarte ese estúpido nórdico y volver aquí?

Me río, es imposible no hacerlo, Martin en plan seductor es mucho Martin.

—No lo estoy, pero voy a dejar que mi parte responsable gane la batalla.

—Tu parte responsable es aburrida, yo quiero a la Vera seductora, la que se escapa de madrugada y viene a por...

—¡Para! —le pido riéndome, en parte porque me hace gracia y en gran parte porque su tono me está poniendo a mil de nuevo—. Ayúdame a encontrar mis bragas.

Martin da un salto de la cama, se pone su pantalón sin ropa interior y, cuando divisa mis bragas, sigo su mirada. Estoy a punto de levantarme a por ellas pero él es más rápido, las coge, las enreda entre sus dedos y me mira con picardía.

—Estas me las quedo. Si no vas a dejar que te mire mientras te quito la ropa, por lo menos voy a quedarme con un pequeño trofeo.

—¿Y para qué quieres tú mis bragas? —pregunto.

—Recuerdos, cariño. Los recuerdos lo son todo. —Me río y, cuando estoy a punto de pedirle que se dé la vuelta para que pueda ponerme el pijama, me guiña un ojo—. Voy a bajar a la cocina, abre mi armario y ponte algo mío. No tengo nada tan bonito como esto, pero mi ropa está seca.

Se va jugueteando con mis bragas de encaje entre los dedos y la imagen me resulta divertida y erótica al mismo tiempo.

Dios, tengo un problema enorme. Bueno, tengo muchos, porque me avergüenza un poco no ser capaz de mostrar mi cuerpo libremente, pero eso es algo sobre lo que reflexionaré en otro momento. Ahora mismo mi prioridad es marcharme a casa antes de que nadie se dé cuenta de que no estoy, así que abro el armario de Martin y elijo una camiseta que considero lo bastante ancha como para que me entre. Cuando me la coloco veo que el pecho me queda más o menos ceñido, pero no me paro a pensar. Cojo uno de sus pantalones largos y me los pongo junto a los calcetines, que es lo único que no se me mojó gracias a mis botas.

Al bajar las escaleras, me encuentro con Martin de pie, apoyado en la pared, al lado de la puerta y cruzado de pies y brazos.

—¿Vas a abandonarme de verdad?

—Empiezo a entender por qué Max dice que de niño te iba mucho el melodrama.

Martin se ríe y, cuando me agarro al pomo de la puerta, cubre mi mano con la suya.

—Antes de que te vayas, solo una cosa... —Sus labios rozan los míos. No es un beso como tal, sino una caricia, y consigue lo que desea, que es volver a tensar ciertos músculos de mi cuerpo—. Ahora sí, buenas noches, Vera. Que sueñes bonito.

—Eres un cabrón pretencioso, Martin Campbell.

Su risa me acompaña mientras salgo de la casa y cierro tras de mí. Me coloco las botas y me doy prisa por el camino. En nuestro porche, vuelvo a descalzarme, entro haciendo el mínimo ruido posible y subo las escaleras hacia mi habitación. Debería darme una ducha, porque huelo a... a sexo, y a las sábanas de Martin, pero no quiero alertar a nadie y, además, ¿a quién pretendo engañar? Me encanta oler así. Me encanta oler a... él.

No sé en qué momento consigo dormirme, pero sé que, cuando

mi hija me llama a gritos desde el baño preguntando por su sudadera roja, apenas he tenido tiempo de descansar y, lo poco que he dormido, lo he hecho con un sueño recurrente en el que una versión de mí mucho más enfadada y quejicosa que yo me recuerda las palabras de Martin. «No podrás esconderte de mí para siempre, Vera».

Tiene razón, sé que la tiene pero, aun así, decido hacer oídos sordos, porque si algo se me da extremadamente bien es ignorar mis propios sentimientos.

35

Kellan

El miércoles después del Festival de Otoño, salgo de casa alzando el cuello de mi abrigo. Es temprano por la mañana, hace un frío de mil demonios y tengo sueño porque anoche me quedé hasta tarde arreglando un remolque. Podría haber dormido un poco más si fuera al instituto en coche, pero quiero ir en el bus escolar. Estoy un poco jodido desde el festival. Maia y yo no hemos hablado de lo ocurrido. En realidad, es raro. Cuando nos vimos a la luz del día fue como si nuestra noche de besos y confesiones no hubiera existido. O no, no así. Pero me evita. Y ahora no sé si hice algo mal. No sé si se arrepiente o está esperando a que yo dé el primer paso para hablar de lo ocurrido, pero pensé... No sé, pensé que todo sería igual de natural que siempre cuando volviéramos a vernos. Es cierto que ella ayer y antes de ayer tenía que ayudar en el restaurante porque uno de los trabajadores se ha puesto enfermo y su padre le pidió que, por favor, le echara una mano. Creo que es una táctica de Max para que se sienta aún más parte de Rose Lake, aunque en mi opinión no hace falta. Maia se ha integrado en el pueblo con una facilidad sorprendente. Incluso los más mayores la conocen y aprecian. Es agradable, educada y le gusta hablar con los demás, lo que lo hace todo mucho más sencillo.

Veo a la señora Miller dar la curva justo antes de parar frente al supermercado y procuro ponerme al borde de la carretera para que pare al verme. Ella lo hace, pero no sin sus gruñidos correspondientes.

—¿Qué quieres, chico?

—Déjeme ir en el bus, señora Miller.

—No estás en la lista.

—Se me ha estropeado el coche —miento. Ella me evalúa por encima del puente de sus gafas—. Puedo pagar en cuanto llegue al instituto.

—¡No seas cabrona, abuela! —grita Ashley.

—Ashley Jones, pienso hablar con tus padres de ese comportamiento.

—Como si les importara —dice mi amiga con un resoplido antes de reírse.

Tiene razón. No es que a sus padres no les importe que Ash sea así, es que están demasiado ocupados mirándose el ombligo.

—Sube, chico, y dile a Dawna que me debe un trozo de su tarta de calabaza.

—Por supuesto, señora Miller. Lo tendrá esta misma tarde.

Ella sonríe y yo avanzo por el pasillo. Hago un barrido visual rápido. Sé que Maia no está, porque es la última en subir, ya que su casa está al otro lado del lago, en el bosque, pero diviso a Brody al final, como casi siempre. Camino hacia él y me siento a su lado. Hunter está tan dormido que ronca, es increíble lo rápido que puede dormirse. Wyatt y Savannah discuten acerca de la temática del baile de promoción. A mí me parece una locura estar hablando ya de eso, pero paso de comentar nada. Ash tiene los auriculares puestos a todo volumen y mi mejor amigo me espera con una ceja elevada y una sonrisa socarrona.

—¿Vas a ser valiente y sentarte conmigo, por fin?

—No sé de qué hablas —murmuro.

—Sí que lo sabes. Llevas ignorándome desde la fiesta.

—No digas gilipolleces, Brody.

—No las digo. Sé bien que estuviste en la buhardilla con Maia.

—Chist.

—Tranquilo, no nos oye nadie. Te dije que tuvieras cuidado, tío. Vas a empezar a componer por ella, ¿verdad?

—No —miento. No veo la necesidad de decirle que, en realidad, ya tengo una canción a medias—. Y no pasó nada.

—Venga ya, joder. ¿Tienes idea del pecado que supone mentir tan descaradamente a tu mejor amigo? —No respondo y él insiste—. ¿Te acost...?

—No —contesto serio—. No, Brody.

—Vale —dice igual de serio—. Está bien, tío.

—Nos besamos, pero... ahora pasa de mí.

—No pasa de ti, Kellan.

—Me esquiva desde la fiesta y no lo entiendo.

—Pues estará avergonzada, o yo qué sé, pero no te ignora. Ayer se pasó el día mirándote de reojo.

—¿Y tú cómo lo sabes?

—Te sorprenderá, pero pasar tiempo en silencio hace que observes con más atención lo que pasa a tu alrededor.

Tiene razón. Brody no es tímido, pero pasa mucho tiempo en silencio. Creo que intenta concentrarse en sus objetivos porque está obsesionado con ellos. No pregunto mucho acerca del tema, sé que no le gusta, pero no puedo evitar preocuparme por él.

—¿Siguen las cosas mal en casa?

—¿Sigue siendo el sol una estrella?

Es su frase favorita. La dice tanto como respuesta a las preguntas que no quiere responder que creo que todos esperamos que lo haga incluso antes de preguntar.

—Ya queda menos —le digo palmeando su pierna.

—Ya queda menos —susurra él mirando por la ventana.

El autobús frena en el camino de entrada que lleva a la casa de Maia y, cuando ella sube, estoy a punto de decirle que venga con nosotros, pero Ash se me adelanta:

—¡Eh, Maia! Escucha esta canción, es una pasada.

Maia se sienta junto a ella pero no me pasa desapercibida la mirada de soslayo que echa hacia aquí.

—Tío, habla con ella y déjate de miraditas y mierdas. Te lo juro, no tengo la paciencia de veros hacer el gilipollas mucho tiempo.

—Qué bien que no tengas que vernos, Brody, dedícate a lo tuyo.

—Lo intento, pero estoy rodeado de gente lenta.

—No estás para hablar, amigo mío.

—¿Y eso a qué viene?

—Te vi discutir con Ash ayer.

—Eso es distinto.

—En parte, solo. Deja de buscarle las cosquillas. Es nuestra amiga.

—Debería empezar a controlarse, joder.

Me callo. Sé que Brody no lo pasa bien en casa, lo obligan a ser tan recto que, a veces, sufre cuando ve a otras personas salirse del molde, que es justo lo que hace Ashley a diario. Aun así, como no estoy para insistir en los consejos, me callo.

No tengo oportunidad de hablar con Maia hasta que llegamos a clase de español, y todo lo que consigo es un leve saludo, así que, harto de esto y como no puedo sacar el móvil en clase, escribo en una nota y me ocupo de pasársela disimuladamente a Brody, que está a mi lado, para que la ponga en su mesa.

—Tienes que estar de coña —susurra—. Te dije que no quería...

—¿Pasa algo, Brody? —pregunta Martin en voz alta.

Me repantigo un poco en la silla y hago como si no fuera conmigo.

—Nada, señor Campbell.

La patada que Brody me da me pone difícil no gruñir, pero lo consigo. Martin sigue dando la clase y Brody deja el papel sobre la mesa de Maia. Veo cómo lo abre y lee.

«¿Comemos juntos?».

Intento hacer como que estoy concentrado en el profesor, pero lo cierto es que solo quiero mirarla a ella y comprobar que ninguna de sus facciones se contrae en un gesto extraño. Brody vuelve a darme una patada y lo miro mal, pero señala al profesor. Está mirándonos de reojo. Intento concentrarme en la clase y, pasados unos minutos, Brody gruñe un insulto y deja caer un papel en mi mesa.

«He quedado con Ashley para enseñarle unas canciones españolas que me encantan».

Vale, eso es raro. No es cosa mía, joder. Está rara y no sé qué le pasa. Aun así, respondo:

«¿Quieres venir al taller esta tarde?».

Ni siquiera presto atención al gesto de Brody cuando se lo doy. Me da igual. Quiero que Maia lo lea y me responda cuanto antes porque... porque no entiendo nada, sinceramente.

Ella lo hace, responde y se lo da a Brody, pero, cuando va a dármelo, Martin nos interrumpe acercándose a nuestra mesa.

—Vamos a ver qué es esto tan importante. —Coge la nota mientras a mí me da un amago de infarto y Maia se pone colorada.

—Si te gusta lo que lees, puedo escribirte notitas, profe —dice Ashley haciendo que toda la clase se ría.

Bueno, toda no. Maia no se ríe, Brody tampoco y yo menos. Martin lee la nota, se la mete en el bolsillo y nos mira muy serio.

—Hora de prestar atención a la clase, ¿de acuerdo?

Se va hacia la pizarra con la nota en el bolsillo y yo me quedo contrariado, porque quiero saber qué pone y agradezco infinitamente que no la haya leído en voz alta, como es probable que hubiese hecho cualquier otro, lo que confirma que el profe Martin Campbell es el mejor y que Maia y yo tenemos que hablar. Sin notas, sin mensajes. Cara a cara. Por eso, al acabar la clase, corro para pillarla en el pasillo.

—Tenemos que hablar.

—Lo sé.

—¿Cuándo?

Ella está a punto de responderme, pero Savannah llega preguntándole algo acerca de su siguiente clase y la arrastra por el pasillo. Yo tengo otra clase, así que me trago la frustración y alcanzo a Brody a tiempo de que me insulte por haber conseguido que le llamen la atención por mi culpa.

—Toda la razón, perdona.

No responde y eso sí es raro, porque Brody suele ser callado, pero no maleducado ni rencoroso. Supongo que las cosas están peor de lo que parece.

—Vamos, chicos, daos prisa. Sé que no tenéis interés en adquirir conocimientos que os libren de problemas en el futuro pero tenéis que hacerlo de todos modos. —La directora del instituto nos apremia y aceleramos el paso.

Si los adultos no olvidaran al crecer todo lo que pasa en nuestras jóvenes y jodidas vidas en solo unos minutos, tal vez el mundo sería un lugar mejor.

36

Maia

Miro por encima de mi hombro para ver a Kellan alejarse con Brody. La culpabilidad hace amago de aparecer, pero no tiene tiempo de hacerlo porque Ashley se agarra a mi brazo y comienza su interrogatorio.

—¿Puedo saber por qué Kellan está tan obsesionado con que le hagas caso hoy?

—No sé a qué te refieres —le digo en un intento de distraerla—. Mejor cuéntame tú qué es eso de que te has comprado un tanga de caramelo.

—Ah, sí, nada, una tontería. Lo he hecho llegar a casa a esta hora, más o menos, que es cuando mis padres se levantan. Verás la sorpresa cuando vean lo que le llega a su hija.

—Pero si está envuelto no deberían invadir tu privacidad.

—Mi madre considera que en casa no hay secretos.

Tampoco hay normas, según me ha contado Ashley alguna vez. Sus padres son varios años mayores que mi madre y, sin embargo, actúan como adolescentes. Según he podido vislumbrar por lo poco que cuenta mi amiga, en su casa no existen las normas, pero tampoco las responsabilidades. Y, aunque pueda ser el sueño de un adolescente, creo que, de no ser por su abuela, Ashley estaría bastante perdida.

—¿Y no es mejor pasar de ellos? —pregunto.

—No, si hay una sola cosa que mi madre no soporta es pensar que tengo sexo y no le permito darme su charla del amor libre y bla, bla, bla. No sabe cómo, cuándo ni con quién lo hago y eso es lo mejor.

—Bueno, tú al menos lo haces... —murmuro.

—¿Qué?

—Nada. Que me cuentes el resultado de tu idea.

—Lo haré. Y ahora, querida amiga, cuéntame tú por qué estás ignorando a Kellan después de liarte con él en la fiesta.

Me quedo en shock. Teóricamente nadie sabe que Kellan y yo nos besamos, aunque supongo que tampoco es un secreto que subimos juntos a la buhardilla. Pudo vernos cualquiera, porque no nos escondimos y, si soy sincera, no sé qué pensar al respecto. No sé si debería mantenerlo en secreto, si Kellan quiere que lo digamos. ¿Y quiero yo? No tengo ni idea. Mi cabeza es un jodido caos y eso me pone aún peor. Miro a Ashley y pienso un segundo si puedo confiar en ella. Solo tardo eso: un segundo. La respuesta me llega clara como el agua. Claro que puedo. Es una chica alocada, impulsiva y siente un placer un poco macabro al alterar a los que la rodean, pero eso no la hace mala.

—¿Cómo supiste que nos liamos?

—Yo lo sé todo, pequeña Maia —canturrea. Estoy a punto de pedirle que no diga nada, pero no hace falta—. Puedes estar tranquila, no pienso ir hablando por ahí de ti. Bueno, con Savannah sí, si tú quieres, porque es que Sav es distinta.

—Eh, chicas, ¿habláis de mí? —Savannah aparece a nuestro lado.

—Sí, le decía a Maia que no tiene que preocuparse de que me vaya de la lengua con sus secretos. Lo que contemos nosotras tres, se queda en nosotras tres.

—Oh, imagino que es por lo de que Maia se ha liado con Kellan.

—¿Tú también lo sabes? —pregunto, exasperada.

—Os vi subir a la buhardilla. Solo hay una razón para subir ahí en una fiesta. Bueno, dos, porque Wyatt una vez me llevó solo para escondernos de Hunter.

—¿Y por qué os ibais a esconder de Hunter?

—Wyatt le robó la maría y la tiró por el váter. Odia las drogas. Hunter estuvo un mes sin hablarle.

Nos reímos y, justo cuando llegamos a la puerta de nuestra próxima clase, Ashley nos frena.

—Creo que este problema de Maia requiere medidas extremas.

—No creo que sea un problema, tampoco —sugiero, pero Ashley ha comenzado a hablar y no va a callarse.

—Deberíamos saltarnos la clase de química. Podemos comprar unos refrescos en la máquina de la entrada, ir bajo las gradas del campo de fútbol y...

—No, Ash —dice Savannah.

—O también podemos escondernos en el salón de actos. Hay un hueco detrás del escenario que...

—No, Ash, nadie va a saltarse las clases. Tú, tampoco.

—Joder, para ser adolescentes sois un muermo. ¿Qué ha sido del espíritu competitivo? ¡Se supone que tenemos que comportarnos de un modo salvaje!

—Saltarse la clase de química no parece muy salvaje —le digo.

—No estás tú para hablar de lo que es salvaje o no, Maia, teniendo en cuenta que te liaste con Kellan y ahora ni siquiera lo miras a la cara.

—¿Tan mal fue? —pregunta Savannah.

—¡No! —exclamo, frustrada—. No, no es eso. Es que...

—Chicas, tenéis que entrar —nos dice la profesora.

No hay opción. La clase va a comenzar, así que entramos y, durante todos los minutos que dura, que a mí se me hacen como medio millón, pienso en todas las formas que tengo de librarme de comer en la mesa con todo el grupo, aunque Kellan quiera hablar conmigo. Odio sentirme así, no quiero ignorar a Kellan, pero tampoco quiero que hablemos nuestras cosas rodeados de nuestros amigos. Y lo que está claro es que hasta que no hablemos no vamos a solventar esta incomodidad que nos ha envuelto.

Al acabar la clase, Ashley me para en la salida.

—Hora de la comida, mesa del inicio del comedor. Nos sentamos las tres y nos lo cuentas todo.

—Vale —acepto.

En realidad, me hace un poco de ilusión contarle mis mierdas a alguien. Y cada día que pasa siento que Savannah y Ash podrían ser grandes amigas para mí. Todavía echo mucho de menos mis amistades de España, pero, si soy sincera, creo que empiezan a olvidarme. Cada vez me escriben menos y ahora, cuando entro en mis redes sociales y los veo hacer planes sin parar, siento como si yo ya no formara parte de aquello. Sé que es así, porque los vídeos y fotos lo constatan a cada momento. Al final, en muchas ocasiones cierro la aplicación o busco a los chicos y chicas de Rose Lake. No sé si es porque ahora vivo aquí y son parte de mi día a día, porque ya me estoy adaptando a esto o porque, simplemente, la distancia, antes o después, lleva al olvido.

Lo único que sé es que, si tengo que olvidarme en algún momento de mis amigas de España, o ellas se olvidan de mí, es un consuelo saber que voy a poder contar con chicas como Savannah Henderson y Ashley Jones.

37

Martin

Esta reunión va a ser un completo desastre y la culpa la tiene Vera Dávalos. No puedo concentrarme en cuadrantes, asignaturas, correcciones y quejas varias mientras tengo la imagen de Vera anoche, en mi cama, cabalgándome a oscuras como una jodida amazona invisible. Adoro y odio todo esto a partes iguales. Que se escape de casa de Max y venga de madrugada cada noche es maravilloso. Que no me permita verla desnuda es frustrante. La he besado, la he lamido y he recorrido con mis dedos cada parcela de su piel. La he sentido tanto como se puede sentir a una persona. No soy idiota, sé que los problemas de autoestima no son cualquier cosa y no sirve solo con que yo le diga que me gustaría verla. Sé que es un trabajo personal el que tiene que hacer, pero eso no quita que me frustre y cabree que no sea capaz de valorarse al completo. Me cuido mucho de decírselo, sé que no puedo opinar libremente de un cuerpo que no es el mío y cómo se siente ella al respecto, pero si pudiera... si tuviera una boca prestada, le diría que odio el modo en que se bloquea, que me da igual lo que piense, y lo que más me jode no es no poder verla, sino saber que no disfruta al cien por cien porque está pensando en sus complejos e inseguridades. Eso sí que me jode. Ella me asegura que lo disfruta, pero no puede hacerlo por completo. No, si está tan preocupada por mantenerse a oscuras.

—Martin, ¿me estás escuchando? Esto es importante. —Wendy me llama la atención y carraspeo, avergonzado.

—Perdona, estaba distraído.

—Lo entiendo, pero, como digo, esto es importante.

Mira al resto de los profesores que estamos en la sala de reuniones antes de sacar una carpeta amarilla y ponerla sobre la mesa.

—¿De qué se trata? —pregunto.

—No hay una forma sencilla de decir esto, así que vamos allá: la calefacción del gimnasio se ha roto y hay que sustituir la máquina centralizada. —Guardamos silencio. Puede parecer algo nimio, pero los números del instituto no son los mejores y eso suena a caro—. No hay dinero —dice Wen, confirmando mis sospechas.

—Yo ya dije que tendríamos que haber informado de nuestra situación antes del Festival de Otoño —dice uno de los profesores—. Podríamos haber hecho que el dinero de las subastas fuese a partes iguales para la iglesia y para nosotros.

—No es una solución viable —contesta Wendy—. Además, la iglesia lleva rota más tiempo.

—Pero no todos vamos a la iglesia —replica el profesor.

—Bueno, y no todos los habitantes de Rose Lake tienen hijos en el instituto —le recuerdo—. Soy ateo, pero no podemos caer en eliminar unas donaciones para sacar beneficio propio. Moralmente no me parece bien.

—¿Sabes lo que no está bien, Martin? Que los alumnos vayan a congelarse este invierno en el gimnasio.

—Eso, de hecho, no es lo peor que puede pasar. —Wendy suspira, frustrada, y se echa hacia atrás en su silla, lo que siempre es un mal augurio. Conozco bien las señales corporales de mi amiga—. Los técnicos avisan de que hay que cambiar la instalación de todo el edificio, o acabará corriendo la misma suerte que el gimnasio.

—Tienes que estar de broma —murmuro—. No hay dinero para eso.

—No, no lo hay —confirma Wendy.

—Muy bien, o sea, que necesitamos un puto milagro para mantenernos a flote.

—En realidad, hay una opción. —La miro impaciente, igual que el resto de los profesores—. El señor Sanders está dispuesto a cubrir los gastos de la instalación.

—No —le digo—. Ni de coña. La última donación del padre de Brody Sanders nos salió tan cara como podía salir que un desgraciado diera dinero al centro. Acuérdate de cómo se puso de exigente con nosotros y con el propio Brody. Aquello levantó una oleada de maltrato familiar y lo sabemos.

—No tenemos pruebas —me dice uno de los profesores.

—¿Que no tenemos...? Tienes que estar de puta coña, Matt.

Mi compañero me mira muy serio. Sé que es un asunto delicado, pero no puedo creer que anteponga el dinero a lo que ocurrió la última vez.

—¿Y qué otra opción tenemos, Martin? Te gastas una moralidad que no podemos permitirnos.

—Lo que no podemos permitirnos es tener a un maltratador con voz y voto en el colegio.

—No está demostrado que sea un maltratador. Además, tú dirás, porque la otra única persona que puede donar una cantidad elevada de dinero es tu padre. ¿Vas a hablar tú con él?

—Bueno, ya está bien. Matt, te pido, por favor, que te controles. No estamos aquí para tener más problemas, sino para intentar aportar soluciones.

No respondo. Wendy sabe que Matt necesita algo más que una provocación con respecto a mi padre para hacerme saltar. No soy uno de esos hombres que se levantan de la silla con bravuconerías solo por lo que diga un imbécil, pero es que, además, de lo que Matt ha dicho hay una parte que sí podría ser interesante.

—Creo que es hora de que mi madre vuelva a hacerse cargo del comité de fiestas de este instituto. —El silencio que se hace en la mesa es un tanto inquietante, pero no me detengo—. Hablaré con ella. Solía tener un montón de ideas cuando se ocupaba. Recaudaba dinero del modo más original siempre y hacía que el pueblo de Rose Lake se volcara al completo.

—Eso sería genial, Martin, pero no quiero que se sienta presionada —me dice Wendy con suavidad.

—Bueno, no pierdo nada por tener una conversación con ella.

Todos se quedan impactados, pero acceden a mantener en pausa el ofrecimiento del padre de Brody y me alegro, porque no puedo tolerar que ese hombre gane poder en vez de perderlo, que es lo que debería pasar.

Tanto me interesa el tema que, en cuanto salgo del instituto, cojo el coche y voy a la casa de mis padres. Por fortuna mi padre no está, lo que simplifica mucho mis planes de persuasión.

—No imaginas lo feliz que me hace que me visites —dice mi madre mientras beso su mejilla.

—Prometo hacerlo con más asiduidad. Y sabes que no tienes más que llamarme cuando él no esté y vendré a hacerte compañía.

—Lo sé, pero me parece tan triste tener que estar jugando al gato y al ratón que no lo hago nunca.

—Mamá...

—¿Cómo estás? —pregunta, cortando mi línea de lamentos.

—Bien, tengo mucho trabajo, pero no puedo quejarme.

—Te veo contento, hijo. Contento y preocupado.

Sonrío. En realidad, no sé por qué me sorprende. Mi madre siempre ha tenido una capacidad extraordinaria para ver a través de nosotros. No me ando con rodeos. Le cuento la situación que tengo entre manos y, al acabar, veo en ella algo que he esperado ver mucho tiempo: la ilusión, la esperanza. Las ganas.

—Yo no... no sé si sería un estorbo más que otra cosa, pero me encantaría ayudar.

—¿Cómo podrías ser un estorbo? Eres quien mejor lo hizo en el pasado y volverás a hacerlo ahora. Sabes que el comité apenas funciona. Muchas madres son trabajadoras y no tienen tiempo o ganas de ocuparse. No lo juzgo, es algo que lleva mucho trabajo y sacrificio, pero no se me ocurre nadie mejor que tú. Te necesitamos en Rose Lake, mamá. Es hora de que vuelvas a la carga.

Las lágrimas que acuden a sus ojos me asustan en un primer momento y me levanto de la silla, acuclillándome frente a ella, pero mi madre me acaricia la mejilla y niega con la cabeza.

—No te preocupes. Todo está bien. Es la felicidad de volver a sentirme útil.

Sus palabras son como una patada en el centro del pecho, porque me obligan a preguntarme si no hemos permitido que mi madre se hundiera en su idea de que, al estar postrada, no podía hacer lo mismo que cuando no lo estaba. La culpabilidad me carcomía tanto que no me sentía con el derecho de opinar sobre lo que debía o no hacer, pero supongo que debí pensar que ella era la que más perdida estaba.

—Te ayudaré —susurro—. Haré todo cuanto me pidas. Sacaré tiempo para ponerme a tu servicio, mamá. No tendrás que hacerlo sola.

Las lágrimas siguen brotando, pero esta vez no me preocupan. No, hasta que una voz ajena irrumpe en el gran salón familiar.

—¿Qué demonios...? —Puedo sentir las zancadas de mi padre a nuestro lado y cuando se acuclilla frente a mi madre, igual que yo, me levanto, porque hay una distancia invisible que los dos respetamos con riguroso fervor—. ¿Qué le has hecho a tu madre, Martin? —pregunta mirándome con rencor.

La patada al centro de mi pecho vuelve, pero esta vez es distinto. No es preocupación, es dolor. El dolor de saber que da igual lo que ocurra, porque a sus ojos seré responsable de todas las lágrimas que derrame mi madre.

—No, Ronan, por favor, Martin solo estaba dándome una buena noticia.

Mi padre guarda silencio pero no deja de mirarme y yo me quedo sin energías. Porque no puedo más. No puedo más con esta mierda de relación que me agota. No puedo más con la culpa, ni con las miradas reprobatorias. No puedo más con él. Ni contra él.

—Es mejor que me vaya.

—Martin, cariño...

La voz de mi madre queda a mis espaldas, igual que el silencio de mi padre.

Conduzco hasta casa, me pongo un chándal y salgo a correr, aunque la lluvia no quiera dar tregua. Necesito desentumecerme pero, al volver, una hora después, todo lo que he logrado es llenarme de agua, barro y resentimiento.

Me ducho, ceno algo, me meto en la cama y, cuando Vera viene y usa la llave que le di, cuando sube los escalones hacia mi habitación, me siento, apago la luz, adivinando que me lo pedirá, y destapo la cama.

—¿Estás dormido? —pregunta entre susurros.

—Estaba esperándote. —No era consciente, pero sé que así era.

Oigo la ropa rozarse contra su piel mientras se la quita. La oigo caer al suelo y, cuando el colchón se hunde, la busco en la penumbra, la tumbo en la cama y me cuelo entre sus piernas.

—¿Estás bien? —pregunta, sorprendida.

—Si vamos a hacer esto siempre con la luz apagada, quiero que me hables. —Vera empieza a hablar, pero la corto—. Si no puedo verte, entonces déjame oírte, además de sentirte. Háblame para que no olvide que estás aquí, Vera. Hoy lo necesito. Hoy es lo único que te pido.

Ella lo hace. Me demuestra, una vez más, que esto no es solo sexo, aunque ninguno de los dos haya hablado una sola palabra al respecto. Esto es algo más y algún día, no sé cuándo, los dos estaremos listos para encender la luz y enfrentarnos al millón de verdades que estamos guardando en la oscuridad.

38

Kellan

No lo entiendo. La vi leer la nota. Contestó, aunque Martin se quedara con el papel. ¿Qué escribió en su respuesta? ¿Y por qué las chicas se han sentado aparte? Esto es tan frustrante que empiezo a sentir ansiedad. ¿Qué se supone que tengo que hacer? Le he dicho que quiero hablar con ella pero no estoy acostumbrado a estas idas y venidas. Y tampoco me gustan. Cuando tengo una relación, del tipo que sea, prefiero ser directo y sincero, y no entiendo por qué Maia actúa de este modo.

—Menuda mierda, tío, comer sin Savannah es aburrido —se queja Wyatt.

—Vaya, gracias, ¿eh? Menudo cumplido —dice Hunter.

Brody y yo nos reímos. Hunter no lleva muy bien que Savannah y Wyatt sean pareja, no tanto por celos como por nostalgia. Es de los que aseguran que, cuando te echas novia, no vuelves a ser igual. Sus ideas me parecen un poco retrógradas algunas veces pero, sinceramente, ya es mayorcito para controlar esa bocaza.

—Yo agradezco un día sin estar en medio del absurdo drama que haya inventado Ash hoy para llamar la atención —dice Brody.

—A ti no te gustan los dramas de ningún tipo —le recuerda Wyatt—. Sean de quien sean.

—Tienes toda la razón. Mi único objetivo es salir de aquí. Todo lo demás... no importa.

Sus ojos se clavan en Ashley y yo, que soy su mejor amigo, sé que sí, sí que importa, pero, de nuevo, creo que todos somos mayores para tomar decisiones importantes. Brody ha tomado la suya y es, además, la más coherente, así que no hay mucho que yo pueda hacer. Su sueño de triunfar en el fútbol y salir de Rose Lake es más importante que todos los motivos que pueda encontrar para quedarse. Todos lo sabemos. Lo echaré de menos, es una realidad, pero, cuando no esté, me alegrará saber que Brody, al fin, es libre.

Vuelvo a centrar mi vista en Maia y las chicas. La verdad es que estos dramas improvisados y adolescentes nunca han ido demasiado conmigo. Antes de que mi padre muriera estaba ocupado con el fútbol, ayudaba en el taller y salía por ahí con los chicos, haciendo planes e intentando que el melodrama no asaltara mi vida. Cuando mi padre se fue... bueno, ahí tomé conciencia de lo que realmente era un drama para mí. No digo que todo esto no sea importante, lo que digo es que considero que hay cosas que se deben hablar sin evasiones ni dar vueltas como una peonza. No soy de esos y creo que nunca lo seré. Mi madre dice que me parezco a mi padre, porque él tampoco soportaba ciertas actitudes. Si discutía con mi madre, le daba su espacio, pero no se dejaba llevar por sentimientos negativos demasiado tiempo. Enseguida intentaba hablarlo y arreglarlo. Yo, sinceramente, no sé si me parezco a él o, en realidad, esto es fruto de la educación.

A veces me hago esa pregunta: ¿somos fruto de lo que nos inculcan o hay dentro de nosotros una tendencia a ser de una determinada forma? Por ejemplo, Chelsea no se parece en nada a mí. Los dos somos extrovertidos pero yo me fuerzo y a ella le sale natural. O no, «forzar» no es la palabra. Supongo que lo único que hago es tomar conciencia de que no puedo encerrarme en mí mismo y debo ponerle solución. Creo que eso me convierte en alguien más práctico que extrovertido. Pero la vida funciona así, ¿no? Haces cosas que no necesariamente te apetecen solo porque... hay que hacerlas. Lo importante, al final, es el resultado. Si me centrara en lo que yo quiero, me pasaría el día encerrado en mi habitación con la guitarra en un muslo y una libreta en el otro. Parece una buena forma de vivir, pero sé lo que eso provocaría en la gente que me rodea y, por tanto, tampoco sería feliz.

—Tío, ¿me estás oyendo? —Wyatt suena molesto, así que presto atención.

—Perdona, estaba distraído.

—Sí, pensando en la españolita, ¿no?

—No la llames así.

—No es una ofensa —replica—. He dicho españolita porque es española, nada más.

—Tiene un nombre.

—Vaya, guau. —Brody suena irónico y, cuando suena así, mis hombros se tensan de forma automática. Quiero a Brody. Es mi mejor amigo desde que éramos muy pequeños, pero tiene cierta tendencia a hacer daño cuando está jodido para intentar sentirse mejor, una tendencia que, evidentemente, no es positiva para él ni para los que le rodean—. Si quieres podemos llamarla por su nombre y apellido.

—Con que la llaméis por su nombre es suficiente —le digo en tono serio.

—Ahora resultará que...

—Cuidado, Brody —le advierto—. Ten cuidado.

Mi amigo me aguanta la mirada. No es alguien que esquive los retos y está lo bastante cabreado con el mundo como para buscar una pelea de la situación más nimia. El problema es que yo también estoy cabreado, aunque no vaya por ahí pagándola con los demás. Tengo que poner el freno porque él no va a ponerlo y no voy a dejar que nuestra mierda interna se cargue una amistad de toda una vida. No, cuando solo quedan unos meses para que se marche de Rose Lake.

Y que ese pensamiento levante cierto sentimiento de resquemor en mi pecho tampoco es culpa de Brody. No es culpa de nadie, así que carraspeo y me echo hacia delante, le doy con el puño en el hombro en un gesto amigable y señalo a la última chica con la que se lio.

—¿Qué tal van las cosas con Emm?

—No van. —Se ríe entre dientes y se relaja un poco, lo que hace que yo también me relaje—. La última vez que nos vimos empezó a soltar mierda sentimentaloide acerca del futuro y tal. Ya sabes.

—O sea, que se cavó su propia tumba —dice Hunter.

Nos reímos. Sí, todos conocemos a Brody. La más mínima referencia a un compromiso serio le hará correr casi tanto como lo hace cuando está en el campo y en posesión del balón.

El resto de la comida es relajada. Hablamos de chicas, fútbol y coches. Cuando llega la hora de volver a clase intento convencerme de que estoy más relajado, pero lo cierto es que una simple mirada a Maia, que también me está mirando, sirve para volver a joderme. Sobre todo cuando sus ojos se desvían hacia la mesa, como si de pronto fuera la cosa más fascinante que ha visto nunca.

Resoplo, me voy hacia mi clase y, antes de poder contenerme o pensar en lo que estoy haciendo, le escribo un mensaje.

Kellan
No sé qué pasa, Maia, pero no me van estos
jueguecitos. Si quieres hablar conmigo, ya
sabes dónde estoy.

Para mi sorpresa, su respuesta no tarda en llegar.

Maia
No te enfades conmigo, Kellan.

Kellan
No estoy enfadado.

Maia
Pareces enfadado.

Kellan
Estoy...

Medito bien lo que quiero o no quiero poner. Es fácil caer en palabras de las que luego pueda arrepentirme. Tamborileo con los dedos sobre mi pupitre y, pese a que el profesor ha llegado, disimulo para responderle a Maia.

Kellan
Estoy sorprendido.

Maia
No pareces sorprendido.
Pareces enfadado.

Kellan
Hay dos formas de sentirse sorprendido.
Besarte en la buhardilla de la cabaña y
descubrir lo suave que es tu boca me hizo
sentir gratamente sorprendido. Que ahora
pases de mí y hagas como si no eso hubiera
existido me hace estar jodidamente
sorprendido. ¿Ves la diferencia?

—Kellan, ¿todo bien?

La voz del profesor me hace apartar rápidamente la mirada del teléfono.

—Sí, solo respondía un mensaje a mi madre —miento.

Él asiente; sabe, igual que todo el mundo, que la situación en casa ha sido delicada durante meses. En realidad me siento como un imbécil teniendo que mentir, pero ¿qué voy a decirle? ¿Que la chica nueva está poniendo mi puto mundo del revés? Creo que no es algo para decirle a un profesor. No es algo para decirle a nadie.

Ni siquiera es algo para decirle a Maia. No, si quiero conservar mi maldita cordura.

39

Vera

Como cuando ves lucecitas parpadeantes en la carretera mientras conduces. Así me siento después de que anoche Martin se mostrara tan... vulnerable. Supongo que, analizado desde fuera, podría decir que fue dulce, pero no había dulzura en su cama anoche. Era otra cosa. Algo más profundo y enrevesado. Era necesidad mezclada con anhelos. Era pasión y melancolía. Anoche salí de la cama de Martin convencida de que el sexo no es solo un conducto para el placer. En el sexo se pueden albergar tantos sentimientos y descubrimientos que te sientas así: como cuando ves lucecitas parpadeantes en la carretera mientras conduces. Te preguntas si serán simples motas de polvo o algo tan extraordinario como luciérnagas, pero al final del camino descubres que, en realidad, parte del sentimiento es no saberlo.

Y supongo que por eso no pregunté qué ocurría. Salí de su casa abrumada, satisfecha y con la sensación de haber hecho algo importante, pero no saber bien el qué.

—¿Me estás oyendo? —pregunta Steve.

Estamos en un pequeño descanso después de que la mayoría de nuestra clientela se haya marchado con el estómago lleno.

—Sí, perdona. Me preguntabas por millonésima vez si me importa que vivas con nosotros, ¿no? —Steve resopla y me río—. Ya vives con nosotros, cielo. Lo haces desde el principio.

—Ahora es distinto. Ahora Max me lo ha pedido oficialmente y no quiero invadir la que también es tu casa.

—No digas tonterías. Esa casa es mucho más tuya que mía. Max tuvo el detalle de acogernos a mí y a Maia y es una buena solución para que ella no esté yendo de una casa a otra como si tuviera padres divorciados normales.

—Claro, ¿quién querría tener padres divorciados normales pudiendo tener esta maravillosa familia desestructurada?

—Nosotros no somos una familia desestructurada, solo somos... especiales.

—Totalmente de acuerdo. —Nos sobresaltamos al sentir a Max a nuestra espalda. Estamos sentados a la barra del restaurante con una taza de café, así que no lo hemos visto llegar por detrás—. Un gran tema para el descanso. —Nos guiña un ojo y se cuela tras la barra para servir un café—. Dawna ha venido. —Señala la mesa del fondo, junto a la puerta.

—Voy a saludarla —digo de inmediato antes de besar la mejilla de Steve—. Deja de hacer preguntas idiotas, ¿me lo prometes?

Él se ríe y murmura algo que Max contesta pero no alcanzo a oír. En realidad, quizá debería preocuparme por buscar una casa ahora que Steve vivirá oficialmente con nosotros. Supongo que sería lo normal, pero de verdad pienso lo que le he dicho. No somos normales ¿y qué? La normalidad está sobrevalorada. Creo que mientras todos los involucrados estemos cómodos con esto y no sienta que de verdad sobro, todo estará bien.

—Eh, ¿mañana libre? —pregunto sentándome al lado de Dawna.

—Hola. —Sonríe, pero sus ojeras son más profundas de lo normal—. Sí, trabajaré esta tarde en el instituto.

—Perfecto. ¿Necesitas que me quede con Chelsea?

—¿Harías eso? —pregunta, sorprendida.

—Claro, somos grupo de tres, ¿recuerdas? —Dawna sonríe y me alegro, porque no tiene buena cara. Me atrevo a rodear su mano con la mía—. ¿Va todo bien?

—Sí, sí, es que... He vuelto a soñar con él. —Sus ojos se desvían hacia el tablero y algo me pellizca por dentro.

—Lo siento.

—Yo no. —Sonríe y niega con la cabeza, aunque el movimiento haga caer una lágrima traicionera—. Me gusta soñar con él. Me recuerda que fue real. —Se emociona más y su voz se rompe cuando habla—. Ayer no pensé en él en todo el día. Aún no hace un año que murió y yo me olvidé de él un día completo. —Me quedo en silencio para permitirle seguir, si quiere—. ¿En qué clase de esposa me convierte eso?

Mi mano sigue sobre la de ella, así que la aprieto, en un intento de reconfortarla.

—¿Una persona viva, tal vez? —Ella solloza y alza su jersey para taparse la cara con él, pero no dejo de acariciar su mano ni de hablar—. ¿Recuerdas la primera vez que Kellan se cayó después de que aprendiese a gatear? —Eso hace que saque la cara de su jersey.

—¿Qué tiene que ver?

Sonrío y aprieto sus dedos.

—La primera vez que Maia se cayó yo estaba a solo un paso de ella. Solo un paso. Se clavó el único diente que tenía en el labio superior y sangró tanto que fui corriendo al hospital. No tenía nada grave, salvando la herida del labio, pero cuando llegué a casa y conseguí dormirla me senté en mi cama, a oscuras, y lloré hasta que sentí los ojos del triple de su tamaño y la cabeza iba a estallarme. Me sentí la peor madre del mundo. Pensé... pensé un montón de cosas malas. Pensé que no debería tener un bebé siendo tan joven y que Maia nunca estaría segura conmigo.

Ella sonríe un poco, olvidando el tema que la aflige.

—Kellan tenía un año y medio cuando vio a su padre nadando en el muelle y echó a correr hacia él. Yo estaba distraída buscando un pañal en su carrito y, cuando alcé la vista, Kellan ya estaba saltando al agua. Recuerdo el pánico. James lo cogió enseguida, pero pasé días preguntándome qué habría ocurrido de no estar él allí. Y culpabilizándome.

—Todas las madres aprendemos a vivir con la culpa, de un modo u otro. No dejas de sentirte culpable e intentamos, por todos los medios, que nuestros hijos sean tan felices como una persona puede serlo, pero eso no les evita el sufrimiento. Da igual cuánto nos esforcemos, porque, antes o después, tienen que enfrentarse a una caída, una decepción o que alguien no los quiera. Tienes que quedarte parada viendo cómo el dolor les llega y no puedes hacer nada por sanarlos. —Me emociono pensando en todo lo que he vivido con Maia—. Y lo asumimos. En algún punto asumimos que es así, que la maternidad va unida a la culpabilidad y no somos perfectas.

—Lo sé, pero, Vera, ¿qué tiene que ver esto con lo de James?

—Cuando ves sufrir a tu hijo te consuelas pensando en todas las cosas bonitas que le llegarán en un momento u otro. Lo abrazas, pones su peli favorita o le haces tortitas con chocolate solo porque sabes que siempre consiguen ponerlo de buen humor. Y aunque eso no evite el dolor, sí reconforta. Con la muerte es distinto. No puedes hacer nada bueno por alguien que se ha ido para siempre. No hay pelis, tortitas, abrazos... No puedes hacer nada bueno que compense el hecho de que se han ido. No van a volver. Así que nos aferramos a los recuerdos. Todos lo hacemos, Dawna. Nos obligamos a pensar en ellos porque creemos que, así, retendremos aunque sea un poquito de lo que fueron a nuestro lado. Y el día que no lo hacemos... todo se desmorona. —Miro a Dawna, que intenta contener las lágrimas sin éxito—. ¿Y sabes qué? —pregunto con la voz temblorosa, asumiendo que no hablo solo de mí—. Está bien. Creo que está bien pasar un día entero sin sufrir al recordar que hemos perdido a alguien que no debería haberse ido, y menos tan pronto. Está bien respirar un día. Uno solo. No eres una mala esposa. Eres una mujer que hace todo lo que puede para sobrevivir a un día más.

Su abrazo me sorprende tanto como me agrada. Sus hombros se agitan y no puedo evitar recordar a mi padre y, antes que a él, a mi madre. El pensamiento de ser huérfana a los treinta y tres años no me asalta con frecuencia, pero cuando lo hace es devastador. He reflexionado tanto acerca de esto que me alegra ver que, al menos, mis reflexiones han servido para aliviar un poco a alguien más.

—Ahora entiendo que mi hijo esté perdiendo la cabeza por tu hija. Hay algo en vosotras... Tenéis luz. Aquí nadie me habla de James. Sé que todos lo apreciaban mucho, pero no quieren que me ponga triste, así que, si su nombre sale, me miran con lástima y cambian de tema. Desde que murió no puedo hablar con nadie de Rose Lake sin recordar que él ya no está y contigo... puedo ser yo. Solo yo. Puedo pensar en disfrutar hablando de tartas sin que estés pensando: «Pobrecita, se ha quedado viuda demasiado pronto». Porque no lo piensas, ¿verdad?

—No. No, después de la primera vez que supe tu historia —contesto sonriendo.

Su risa me alegra. Es triste ver a una mujer tan sumida en la tristeza. El pensamiento fugaz de que yo soy así casi todo el tiempo me asalta, pero lo dejo ir. No es momento de pensar en mí.

—Me gusta tener una amiga de verdad. Una a la que poder contarle los pensamientos que más me carcomen. Alguien que me convenza de que sentirse culpable por sonreír es normal. Y si algún día necesitas consejo, o contarme algo para desahogarte o...

—Me estoy acostando con Martin Campbell. —Los ojos de Dawna se abren como platos y yo me tapo la cara, horrorizada—.

Oh, Dios, no quería decirlo. No así, lo siento muchísimo. Estabas ahí hablando de confiar la una en la otra y...

Esta vez es Dawna quien me sujeta la mano, despegándola con suavidad de mi cara.

—Creo que Martin es un gran hombre, además de guapísimo, y me alegra que tenga a alguien como tú.

—Oh, nosotros no... No es nada serio. —Ella me mira con atención y suspiro, frustrada—. Esto es... creo que solo es sexo.

—Entiendo.

—Está bien así, no me malinterpretes. Creo que está bien. Está genial, de hecho. No hacemos nada mal, ¿no? No es algo tan serio como para contárselo a nadie. —La contradicción de estar contándoselo justamente a alguien irrumpe en mi cabeza pero, de nuevo, dejo ir el pensamiento—. Quiero decir que... me merezco esto. Sé que es egoísta, pero me merezco hacer algo excitante y un poco peligroso. Me merezco... me merezco vivir. ¿Verdad? Dime que lo merezco.

Ella aprieta mis dedos, y esta vez es su sonrisa la que consigue calmar la agitación que nace en mi pecho.

—Hagamos un trato —susurra—. Pase lo que pase, tú y yo vamos a intentar vivir. Solo eso. Viviremos nuestras experiencias por los que ya no están y no pueden hacerlo, pero sobre todo por nosotras. Es hora de vivir por nosotras, Vera, ¿qué me dices?

Le tiembla la voz y sus ojos titilan con la duda constante. Está muy lejos de creer en lo que dice, pero es un deseo. Está en lo profundo de su ser, igual que lo está en lo profundo de mi ser, por eso me levanto y la abrazo, ignorando que puedan mirarnos posibles fisgones. La abrazo porque es bonito encontrar a alguien tan roto como yo, pero sobre todo por lo grandioso que es encontrar a alguien dispuesto a dejar crecer flores entre las grietas del dolor más profundo que pueda existir.

40

Maia

Estoy portándome muy mal con Kellan. Lo sé, pero antes de hablar con él necesito consejo urgente de las chicas. No, no puede ser de él. Sí, yo sé por qué lo digo. Por eso cuando me miran intrigadas lo suelto sin más, sin darle vueltas, porque es absurdo:

—Soy virgen.

La noticia cae en la mesa como una bomba. Savannah se queda inmóvil y Ashley suelta un insulto que no repetiré de nuevo porque ha conseguido ser exquisitamente vulgar.

—Bueno, tampoco es el fin del mundo —dice Savannah, pero su tono está lejos de la sinceridad.

—¿Por qué? No me creo que no hayas tenido oportunidades antes.

—Las he tenido, y no soy una mojigata. He hecho... cosas.

—¿Entonces?

—No quiero tener sexo hasta estar segura de que la persona con la que lo tenga es especial.

—Ay, Dios. ¿Fuiste a un cole de monjas o algo así? Dicen que en Europa hay mucho de eso.

No tengo que aclarar que esa ha sido Ashley.

—No, Ash, no fui a un colegio de monjas. Sé perfectamente cómo va el sexo, ¿vale? Lo repito: no soy una mojigata. Además, no es tan raro ser virgen a los diecisiete.

—Eso es verdad, yo es que fui muy adelantada —dice Ashley—. No aconsejo perder la virginidad con catorce. De verdad que no sabes ni dónde demonios tienes la cara, mucho menos el clí...

—Lo que Ashley intenta decir sin ningún tacto —interviene Savannah— es que es completamente normal ser virgen con diecisiete, con dieciocho y hasta con veinte, porque cada mujer ha de hacerlo cuando esté segura.

—O no —dice Ash.

—Y con el chico adecuado —sigue Savannah.

—O no —repite Ash.

—No me estáis ayudando nada —digo, mortificada—. A ver, el problema es que el otro día, en la buhardilla, le dije a Kellan que no estaba lista y él entendió que no estaba lista esa noche. O eso creo. Me da miedo que piense que voy a estar lista la próxima vez que estemos a solas, o la siguiente a esa, porque no sé lo que voy a tardar en sentirme... decidida.

—Oh, por Dios. —Ashley pone los ojos en blanco—. Solo es sexo, Maia. Eso de guardar la virginidad para alguien especial es una mierda anticuada que han metido en la cabeza de las mujeres desde jóvenes para privarlas del placer. Mi primera vez fue una mierda, como la de la mayoría ¿y qué? No me he muerto ni nada de eso.

Me guardo para mí el pensamiento de que, mientras lo dice, el tono es amargo. Como si, en realidad, sí le escociera pensar en ello. Ashley intenta ser dura constantemente. Hace ver que no se arrepiente de sus salidas de tono, sus actos impulsivos y los errores que comete, pero creo que, en el fondo, vive debatiéndose entre la culpa y el desenfreno que siente causado, lo más probable, por el hecho de no tener ningún tipo de límites en casa, salvo los que intenta ponerle su abuela, la señora Miller. Por supuesto, esto son teorías mías y no tienen por qué ser ciertas.

—¿Me estás diciendo que, si volvieras atrás, perderías la virginidad del mismo modo? —le pregunto.

—Dios, no. Steve resultó ser un patán y yo no estaba lista, pero... —Se queda en silencio, dándose cuenta de que acaba de darme la razón—. ¿Sabes qué? A la mierda. Cuanto antes te quites la virginidad de encima, antes podrás disfrutar del sexo.

—No estoy de acuerdo —dice Savannah—. Mi primera vez fue con Wyatt. Esperé, como Maia, aunque no tanto. —Quiero decirle que, si eso es un intento de animarme, no funciona demasiado bien—. Cuando lo hicimos fue superbonito y especial.

—Oh, claro, me vas a decir que no te dolió, ¿no? —rebate Ashley.

—Claro que me dolió, pero aun así me sentí querida y respetada y no me arrepiento de nada. ¿Puedes decir tú lo mismo?

—Vale, chicas, no me va a ayudar en nada que discutáis ahora —intervengo antes de que Ash se enfade, porque ya la conozco y tiene toda la pinta de que va a enfadarse.

—Mira, Maia, lo mejor que puedes hacer es dejarte llevar —dice Savannah—. Kellan jamás intentará hacer algo que no quieras. Habla con él, díselo. No es como el capullo de Hunter, que intentaría presionarte, lo sabemos.

—Lo sabemos —corrobora Ashley.

—Kellan te dará tu espacio, es un buen chico. Siempre podéis ir paso a paso. Si te sientes bien con los besos, genial. Si quieres ir un poco más allá y pasar a la segunda fase, pues genial también.

—O la tercera —dice Ash—. Kellan tiene pinta de ser de los que bajan a oler las flores sin que tengas que pedírselo.

—Arg, Ashley, joder, ¿oler las flores? —protesto—. Es un eufemismo horrible.

—Podría decir que tiene pinta de que le encante lamer helado pero hace frío, joder.

Me río, porque Ashley es una bruta, pero tiene un corazón de oro y sé que, en el fondo, solo quiere ayudarme a que esté un poco más tranquila. En realidad, pese a la cara larga de Kellan, estoy contenta de haber tenido esta charla antes de hablar con él. Puede no parecerlo, pero hay ciertos temas en los que me siento muy insegura y este, desde luego, encabeza la lista.

Aun así, intento tomar como referencia lo que me han dicho las chicas, pero cuando acaba la hora de comer y hablamos un poco por mensajes lo noto enfadado. Él jura que no, pero yo creo que sí, por eso, a la salida, lo comento con las chicas.

—Deja los malditos mensajes —me dice Ash—. Lo que tienes que hacer es ir esta tarde al taller y comerle bien la boca para que se le quiten las dudas.

—¿Qué dudas?

—Hombre, Maia, te besaste con él y luego tu actitud ha sido más bien la de una chica que pasa de repetir.

—Estoy deseando repetir. ¿Es que no se os ha quedado nada de todo lo que hemos hablado en la comida? —pregunto, exasperada.

—Sí, claro que sí —dice Ash palmeando mi hombro—. A nosotras nos ha quedado todo muy claro. Al que tienes que aclarárselo ahora es a él.

Subimos al bus para volver al pueblo y, cuando lo veo sentado al fondo, como siempre, hago acopio de valor y voy hacia donde está antes de que Brody y los demás lleguen. Es complicado hablar con Kellan a solas cuando los chicos lo rodean siempre, sobre todo en el autobús.

—¿Quieres que vayamos a tomar algo esta tarde? —pregunto sin medias tintas.

Él me mira como si no estuviera seguro de qué esperar. ¿Y acaso puedo culparlo? Los nervios se me aprietan en el estómago pero aguanto estoicamente hasta que me responde.

—¿Qué ha sido de eso de no pasear mientras llueve para salvaguardar la humedad de tu pelo? —pregunta, receloso.

Tiene razón. He sido un verdadero incordio desde que la lluvia llegó a Rose Lake, pero hay que entenderme. Es imposible tener el pelo decentemente planchado y pasear al aire libre, la lluvia lo empeora todo.

—Bueno, he pensado que si voy a vivir aquí más me vale ir acostumbrándome a las gotas constantes.

Una pequeña sonrisa ilumina su cara y algo revolotea con fuerza en mi interior. Dios, qué guapo es. Es tan guapo que creo que podría escribir canciones en su nombre. ¡Y es él quien adora escribir canciones!

—En realidad, tengo que trabajar —contesta, aplastando mis fantasías de golpe.

—Oh, entiendo. —En ese momento llega Brody y me hago a un lado para que pase. Cuando se sienta al lado de Kellan, hago amago de despedirme—. Entonces otro día...

—Bueno, si no te aburre demasiado, puedes venir al taller mientras trabajo. Haré descansos y... bueno, seguro que puedo hacer un batido decente.

Paso por alto la risita del idiota de Hunter, que justo llega en ese instante.

—¿Me haces un batido a mí, Kellan?

—Cierra el pico, Hunter —contesta él, riéndose.

Vuelvo a mi sitio sin responder, porque me caen genial los chicos, pero no pienso hacerlos partícipes de lo que sea que esté forjándose entre nosotros. Aun así, cuando me siento al lado de Ashley saco mi móvil y tecleo a toda prisa.

Maia
Iré si prometes cantarme algo. Echo de
menos oír tu voz.

Kellan

Solo hace unos días que no me oyes.

—Dile que te cante la de *Make you feel my love* de JJ Heller —dice Ash mirando descaradamente la pantalla de mi móvil—. Lo oí una vez cantarla y, chica, te juro que no siento nada por él pero si ese día hubiera llevado bragas se las habría dado en señal de ofrenda.

—¿En serio, Ash? —pregunto irónica—. Es demasiado hasta para ti.

—Tú no lo has oído. Creo que hasta mi abuela se las habría ofrecido.

—Joder, Ashley.

Su carcajada hace que aparte su vista de mi móvil lo suficiente para que yo pueda girarme y escribir una respuesta.

Maia

Quiero que me cantes *Make you feel my love*
de JJ Heller.

Kellan

Has hablado con Ashley, ¿eh?

La risa de mi amiga me confirma que vuelve a leer mi móvil, y mis mejillas sonrosadas que es posible que Kellan acabe de darse cuenta de que tengo a las chicas al corriente de toda nuestra historia. Y, sinceramente, me preocuparía, de no ser porque los nervios por contarle a Kellan que soy virgen y no quiero acostarme con nadie todavía, ni siquiera con él, me tienen desquiciada.

¿Puede ser ya esta tarde, por favor?

41

Kellan

Por la tarde, cuando Maia llega al taller, siento que todavía no estoy listo para recibirla. Es estúpido, en realidad, porque parece que por fin vamos a hablar de lo que ocurrió, pero supongo que después de estas horas de incertidumbre solo estoy nervioso al no saber qué esperar de este encuentro.

—¿Cómo vas con el coche del señor Davis?

—Está dando más guerra de la esperada, pero es lógico, teniendo en cuenta que tiene más años que yo —contesto.

Maia se ríe y yo me relajo. Joder, qué bonita está así, sonriendo y aparentemente despreocupada. Se acerca al coche en el que trabajo, observa el motor con el ceño fruncido y, al final, me mira a mí.

—¿Lo del batido sigue en pie?

—Si eres capaz de esperarme unos minutos para que avance algo, dalo por hecho.

—Claro, tengo la tarde libre. ¿Sabes que Chelsea está en mi casa? Tu madre la llevó poco antes de venirme.

—Sí, le he dicho que a mí no me importaba cuidarla, pero ha insistido en que es mejor que me concentre en el trabajo y no ocupe los descansos en ella.

Frunzo el ceño de manera inconsciente. Maia, en cambio, lo capta a la primera.

—¿Todo bien con que tu madre trabaje?

La miro por encima de los tornillos que estoy engrasando.

—¿Por qué no iba a estarlo?

—No has comentado nada.

—No hemos hablado mucho. —El gesto de su cara me hace chasquear la lengua—. No quería ser borde, perdona. Es solo que... —Salgo de debajo del capó y apoyo la cadera en uno de los faros—. No sé. Le dije que estaba dispuesto a dejar los estudios y de pronto se ha buscado un trabajo solo para obligarme a seguir con esto.

—Creo que hace bien. Tienes que acabar los estudios, Kellan. Al menos el instituto.

—¿Para qué? Esta es mi vida, Maia. —Señalo el coche y encojo un poco los hombros—. Esto es lo que voy a hacer el resto de mi vida y resulta que nada de lo que hago aquí viene en los libros, así que dime, ¿qué sentido tiene?

Ella se queda un momento en silencio, meditando mis palabras. Al final, se levanta del banco en el que se había sentado y camina hacia mí.

—¿Y si esto no es tu vida para siempre? A lo mejor en el futuro decides que el taller no basta y quieres algo más.

—Esto es Rose Lake —le digo con una pequeña sonrisa—. No hay mucho más.

—Podrías dedicarte a la música...

—Eso son tonterías —le digo en tono seco—. Cantar y componer está bien. —Omito el dolor que me produce infravalorar lo que siento cuando canto y compongo—. No me entiendas mal, me gusta, pero mi vida está aquí, en Rose Lake. Mi vida es este taller, mi hermana, mi madre y...

Guardo silencio. No necesita que le diga que mi vida también es ella, porque es demasiado pronto y estamos muy lejos de definirnos como algo serio. Pero, aunque suene egoísta, no negaré que me pregunto a menudo qué hará Maia al acabar el instituto. A veces habla de la universidad; otras, en cambio, habla como si fuese a quedarse aquí. Imagino que ni ella misma lo tiene muy claro pero, sea una cosa o la otra, tiene que decidirse porque pronto llegarán los formularios para rellenar y solicitar plaza en las distintas universidades del país.

—Está bien —dice al fin—. Supongo que no todo el mundo tiene por qué soñar a lo grande.

Hay algo en sus palabras que me hiere, pero como no sé definir qué es exactamente, lo dejo ir.

—Acabo una cosa aquí y vamos a por ese batido.

El cambio de tema ha sido brusco, pero no quiero seguir hablando de algo a lo que, simplemente, no hay que dar más vueltas. Acabaré el instituto porque mi madre está haciendo el esfuerzo de trabajar para que yo pueda estudiar, pero luego el taller será mi vida al cien por cien. Y estaré bien, seré feliz porque recuerdo a mi padre trabajando aquí y sé que él fue muy feliz. Lo único malo es que se marchó demasiado pronto. Frunzo el ceño, pensar en él nunca me hace bien, así que me decido a acabar el trabajo cuanto antes para poder estar con Maia y hablar de nosotros... si es que hay un «nosotros».

Una hora después, en la cocina de casa, le hago ese batido que le prometí.

Abro el armario, cojo las dos tazas más grandes que tenemos que, además, están pintadas por Chelsea y por mí y las coloco en la isleta de la cocina.

—*Shine like the stars* —lee ella en una de las tazas—. ¿Quién lo hizo?

—Chelsea me la regaló. Yo le regalé la otra.

Ella coge la otra taza y lee.

—*Happy ho ho ho to you.* —Se ríe y me mira—. La suya es mejor.

—Es que ella es mejor —declaro sin ningún tipo de problema.

Sé bien que mi hermana es un ser adorable que no merezco. Nadie la merece, en realidad. Maia se ríe y yo saco la leche para ponerla a calentar. Mientras tanto, abro la fiambrera en la que tenemos las bombas de los deseos.

—¿Bombas de los deseos? —pregunta Maia al ver el cartelito que dibujó Chelsea y pegamos con silicona caliente a la tapa de la fiambrera.

—Atenta, Maia, estás a punto de descubrir el modo en que mi hermanita me esclaviza por las noches.

Ella me mira con interés poco disimulado justo cuando la leche comienza a hervir. La quito del fuego y luego ofrezco la fiambrera a Maia para que pueda ver su interior.

Saca una de las esferas de chocolate y la mira con interés.

—¿Qué se supone que es?

—Ponla dentro de la taza y lo descubriremos —murmuro.

Sonríe y algo en mi pecho se agita tanto como para obligarme a carraspear. Pone la esfera de chocolate en su taza y echo la leche con suavidad por encima. Maia ahoga un grito alegre que me hace reír y juntos vemos cómo el chocolate se abre al contacto con el calor, liberando un montón de esponjitas, cacao y corazones de azúcar.

—¡Es genial! —exclama supercontenta.

—Chelsea las llama bombas de los deseos porque está convencida de que puede pedir un deseo cuando se rompen, así que cierra los ojos y pide el tuyo, solo por si acaso. No queremos defraudar a Chelsea.

—No queremos defraudar a Chelsea —susurra con una sonrisa tan jodidamente bonita como ella.

Cierra los ojos, pide su deseo y, cuando los abre, algo en ella brilla de un modo distinto, o eso me gusta pensar.

—Te toca —me dice. Me río y lo hago. Coloco una bomba en mi taza, derramo la leche por encima, pido mi deseo cerrando los ojos y, al abrirlos, la bomba se ha derretido y Maia ahoga una exclamación—. ¡Esta me gusta más! ¿me la cambias?

—Son iguales —le contesto riendo.

—No, tú tienes estrellitas de azúcar en lugar de corazones, ¿ves? —Miro mi taza y tiene razón, en el suyo hay corazoncitos rosas y, en el mío, estrellas de colores—. Porfi, me encantan las estrellas.

Me río, le cambio la taza y remuevo la mía para que el cacao se integre bien.

—Vale, pero solo si me dejas darle el toque final —le digo. Ella me mira intrigada y yo saco los bastoncillos de caramelo, justo como hace Chelsea—. Mi hermana asegura que no hay una etapa del año adecuada para comer bastoncillos de caramelo.

—Dios, es una bomba de azúcar. Me encanta.

Nos reímos y, como aportación, Maia sugiere poner canela y un poco de cacao por encima.

—Mejor aún, ya que te gustan tanto las estrellas. —Saco de un armario de la cocina una bolsa con azúcar tintada en dorado brillante—. Chelsea está obsesionada con su futuro negocio de tartas y pide este tipo de cosas en cada oportunidad que se presenta, así que estás de suerte. —Saco un poco y lo espolvoreo sobre su taza—. Polvo de estrellas para la chica que vino desde casi tan lejos como ellas.

Maia me mira de un modo... extraño. Extraño, pero bonito. Sonríe y observa su taza emocionada.

—Me encanta, Kellan. —Y a mí me encanta ella, joder—. ¿Tú no quieres?

—Demasiado dulce para mí —murmuro—. Tengo suficiente con los mil elementos azucarados. —Nos reímos, vamos al salón de casa y nos sentamos en el sofá con nuestras tazas—. ¿Y bien? ¿Apruebas mi batido?

—¿Cómo podría no hacerlo? Es, desde ahora mismo, mi batido favorito. Y pienso sobornar a Chelsea para que me deje hacer bombas con ella. Compartimos el amor por el azúcar y eso solo puede traer cosas buenas.

Nos reímos, probamos una de las esponjitas y nos achicharramos al mismo tiempo, lo que provoca una nueva ola de risas y pequeñas maldiciones. Bueno, Maia es la de las risas y yo el de las maldiciones, pero queda mejor que lo hagamos juntos.

—Soy virgen.

Las palabras llegan tan repentinamente que estoy a punto de tirar mi taza. La miro sorprendido y sus mejillas se encienden tan rápido que es como si le hubieran puesto fuego a un centímetro de la cara.

—Oh.

—Dios, no quería decirlo así. —Deja la taza en la mesita que hay frente al sofá y se tapa la cara con las manos—. Lo siento, no sabía cómo decirlo y...

—No, no, está bien, no pasa nada —susurro, pero parece tan mortificada que no sé qué hacer. Al final, guiado por instinto, tiro suavemente de la manga de su jersey—. Eh, está bien, Maia.

—No, no lo está. Es raro.

—No es raro —digo riéndome.

—Tengo diecisiete.

—¿Y qué? Hay un montón de gente virgen incluso más mayor que nosotros.

—No hay tantos. Tú no lo eres, seguro. —Me quedo en silencio y ella insiste—. ¿Cuándo?

—El año pasado, pero da igual, Maia. —Ella parece tan afligida que dejo mi taza en la mesa e insisto en que me mire a la cara—. Oye, en serio, ¿qué más da? Cada persona tiene un ritmo. No todos estamos listos al mismo tiempo.

—No soy una mojigata.

—No he dicho que lo seas.

—Pero lo piensas.

—No, no lo pienso.

—Entonces ¿qué piensas?

—¿Tengo que pensar algo? —Ella me mira confusa—. Vale, eres virgen. Pues bien. No tengo que pensar nada al respecto. Si lo eres me parece bien y si no lo fueras también me parecería bien. Lo que quiero decir, Maia, es que: ¿por qué esperas que, de algún modo, te juzgue? Ni yo ni nadie tiene derecho a hacerlo.

—Pero tendrás una opinión al respecto...

—No la tengo, te lo repito: me parece bien que lo seas y me parecería bien que no lo fueras. Lo único que importa es lo que opinas y quieres tú.

Maia me mira sorprendida.

—No... no esperaba ese tipo de respuesta.

Suspiro, entendiendo algunas cosas, y cojo la taza solo porque no sé qué hacer con las manos. Ella me imita y coge su taza.

—¿Es por esto por lo que me evitas?

—El otro día en la buhardilla... —Sus mejillas se ponen más rojas, si es que eso es posible—. Cuando te dije que no estaba lista...

—Oh, entiendo. No te referías solo a ese día. —Ella asiente removiendo sus estrellitas con la cuchara—. Bueno, vale.

—¿Vale?

—Sí, vale. Siempre que no me ignores de nuevo y dejemos claro lo que esperamos del otro... vale.

—Yo quiero... a mí me gustas —confiesa en tono bajo—, pero no sé si tú estás dispuesto a...

—Joder, Maia. —Me acerco acariciando su cuello y rozando sus labios con los míos. Solo un roce. No es un beso, creo que esto no se puede catalogar así, pero es más que una caricia. Es... es una promesa. Dejo su boca pero rozo su nariz con la mía y uno nuestras frentes—. Estoy aquí, voy a estar aquí si quieres besarme, incluso si no quieres. Estaré si decides que ha llegado el momento y quieres que sea conmigo. Y estaré aquí si no estás lista en un tiempo. Estaré aquí, y eso es todo lo que puedo decir con palabras, porque ni siquiera creo que te merezca. Maldita sea, estoy bastante seguro de que no te merezco, pero...

—Cántame —susurra ella, sin dejarme acabar y sorprendiéndome. Se separa de mí y me mira con tanta intensidad que siento que algo dentro de mí despierta. Algo que no va a dormirse fácilmente—. No sé qué decir, solo que quiero estar contigo y necesito... necesito que cantes para mí, porque creo que las palabras ahora mismo son innecesarias.

Trago saliva, un poco sobrepasado, pero me levanto, voy a mi dormitorio y cojo la guitarra. Vuelvo al sofá, a su lado, y la coloco sobre mis piernas. Estoy a punto de preguntarle qué quiere que cante pero, en lugar de eso, decido elegir yo. Y lo decido porque hay una canción... hay una letra que necesito que oiga, aunque no sea mía.

Arranco a la guitarra los primeros acordes de *Incomplete*, de James Bay mientras ella me mira y empiezo a cantar cuando todavía no estoy seguro de poder tragarme el puto nudo que tengo en la garganta al saber que Maia no quiere pasar de mí. Que solo es... miedo. Y contra el miedo puedo luchar. Soy un experto luchando contra eso.

I breathe in slow to compose myself
But the bleeding heart I left on the shelf
Started speeding now, beating half to death
Because you're here and you're all mine
I press my lips down in to your neck
And I stay there and I reconnect
Bravery I've been trying to perfect
It can wait for a while...

A medida que avanzo en la canción mis sentimientos se adueñan de la letra, como casi siempre. A menudo pienso que debería tomar distancia pero luego me doy cuenta de que la música trata precisamente de esto. Me atrapa como una de esas sirenas de la mitología griega, me envuelve con cada nota, aislándome del mundo y arrastrándome mar adentro.

La canción se acaba, pero lo que provoca en mí... eso no termina. Eso se queda conmigo para siempre. Por eso la música es tan jodidamente increíble.

Vuelvo a mirar a Maia, pero ella tiene los ojos vidriosos y parece tan abstraída como yo.

—Más —pide.

Y lo hago, le doy más porque creo que, en realidad, le daría a Maia tanto como fuera posible. Canto *Shallow*, de Lady Gaga y Bradley Cooper. No sé bien por qué la elijo, pero sé que cierro los ojos, porque la mirada de Maia es demasiado ávida y yo, ahora mismo, me siento desnudo. La letra fluye junto a la música y, durante los instantes que la música suena, todo está bien. Durante este tiempo solo somos Maia, yo y las canciones y creo que no me percato de hasta qué punto esto me hace feliz.

Cuando termino la canción miro a Maia y me sorprende verla llorando. Suelto la guitarra y agarro su mano. Las tazas se han quedado a medio beber en la mesita y sus dedos están fríos, así que cojo la suya y la coloco entre sus manos.

—¿Por qué lloras? —pregunto entonces.

—¿Cómo podría no hacerlo? —pregunta ella a su vez con una sonrisa antes de lamerse una de sus lágrimas—. Tienes algo, ¿sabes? Hay algo en ti cuando cantas que consigue acariciarme por dentro.

—No sé si te entiendo. ¿Eso es malo?

—Creo que... creo que lo que intento decir que es tú me rompes, Kellan, pero también me arreglas cuando cantas, así que imagino que tengo un problema.

—No quiero romperte.

—Creo que no es algo que puedas decidir. Simplemente... ocurre. Cuando cantas pienso en cómo eres en realidad. En todo lo que ocultas y... me doy cuenta de que quiero conocerlo todo. Quiero saberlo todo sobre cómo eres, pero, sobre todo, quiero saberlo todo acerca de lo que piensas.

Trago saliva y miro a la guitarra que he dejado sobre la alfombra.

—Maia, yo no soy... no soy el mismo de hace un año —confieso—. A veces lo único que quiero es estar solo, y otras me atosiga tanto la idea de quedarme a solas que necesito rodearme de gente que me impida pensar. Y sonrío todo el tiempo porque pienso que, si no dejo de sonreír, será más difícil acabar sucumbiendo a todo lo malo que hay en mí. —Tomo aire con cierta dificultad y la miro—. Creo que lo que intento decir es que no quiero hacerte daño, pero creo que podría.

Ella me devuelve la mirada y esta vez no hay duda. Hay tristeza en sus ojos, así que desvío los míos. Entonces sujeta mi barbilla y hace que vuelva a mirarla.

—Sí, creo que podrías, pero aún no lo has hecho, así que elijo quedarme con el presente, siempre que tú quieras y tengas claro que hay cosas para las que todavía... no sé si estoy lista, aunque sea un poco tonto.

—Estás de broma, ¿no? Estoy loco por ti, Maia. Y no pienso ir a ninguna parte.

—¿No te parece tonto que a mi edad...?

La beso, interrumpiéndola.

—Me parece inteligente que quieras estar segura. Y ¿sabes qué? Me encantan las chicas inteligentes.

Maia sonríe y me besa. Su boca sabe a chocolate, a corazones de azúcar y a bastoncillos de caramelo. Sabe a esperanza, también. Sabe a tantas cosas bonitas que me pregunto hasta qué punto puede una persona estar hecha pedazos y ser feliz al mismo tiempo.

42

Martin

No puedo creer que esté aquí para celebrar Acción de Gracias en familia. Observo la casa en la que crecí y me apoyo en mi coche. No pienso entrar solo. No estoy tan loco. Lo mejor que puedo hacer es esperar a que lleguen Max, Steve, Maia y Vera. No tardarán, porque salimos juntos, pero tenían que ir al restaurante a por las tres tartas que han hecho para el postre. Yo no creo que llegue a quedarme hasta el postre, así que posiblemente por eso me negué a cocinar nada con ellos ayer. He hecho mi receta de judías verdes y, diga lo que diga Maia, estarán buenas.

Además, si están malas tampoco importa, porque el odio en la mesa será tal que lo de menos será ver quién se come las judías.

Intento pensar, otra vez, en todos los motivos que encontré para decir que sí a esta locura en vez de convencer a Vera de quedarnos en casa, a poder ser, enredados entre las sábanas. Joder, llevo más de un mes acostándome con ella, robándole besos a escondidas en el restaurante, la cabaña, el lago y hasta en el colegio, cuando fue para tener una reunión oficial acerca de la adaptación de Maia. Más de un jodido mes y no he conseguido que se desnude a la luz del día, o de noche, pero con la luz encendida. Tampoco he conseguido que hablemos de nuestra relación, o más bien del hecho de hacerla pública. Vera tiene tantos miedos arraigados con respecto a nosotros que, sinceramente, es un milagro que no discutamos a diario. Y estaría bien, de verdad que yo no insistiría si la viera feliz. Si de verdad Vera pareciese estar bien con la decisión de estar a oscuras tanto en el aspecto físico como en el metafórico de la relación, pero no es así. Hay un grado de incomodidad en su modo de comportarse que hace que, automáticamente, yo también me sienta incómodo, sobre todo ahora que estoy desarrollando ciertas emociones. Intenté negármelo, pero en cuanto Wendy averiguó lo que ocurría y teniendo en cuenta que ha hecho grupo con Dawna y Vera, empezó a machacarme con que yo no soy un hombre de relaciones secretas. Yo no soy un hombre que sienta necesidad de esconder nada, en realidad. Luché mucho para conseguir estar donde estoy. Me enfrenté a muchas cosas que tenía en contra y, aun así, no agaché la mirada, por eso Wendy no entiende que no actúe de un modo más enérgico con Vera. Y lo haría, si viera que solo es cabezonería lo haría, pero no lo es. Hay... hay miedo en ella. No, miedo en singular no. Mejor en plural. Hay miedos, tantos, tan distintos y de tantos tamaños que no entiendo cómo consigue mantener la cordura. Tiene miedo de lo que opine de su cuerpo, pese a sabérmelo de memoria ya de tanto como lo he acariciado, besado y lamido. Tiene miedo de la reacción de Maia si se entera de que tenemos algo. Tiene miedo de lo que la gente de Rose Lake opine de ella ahora que su inglés ha mejorado tanto y empieza a sentirse integrada. Tiene tantos miedos que hasta Wendy, que en un principio me aconsejó ir a por todas, ahora duda y me aconseja cada día una cosa distinta, lo que, evidentemente, no ayuda a mi estado de ánimo.

Estoy harto, impaciente y un poco dolido, si digo la verdad. Y quizá esto último es porque, aunque no lo haya dicho en alto nunca, me da miedo de que una de las cosas que Vera más tema sea la reacción de mis padres al saber que la madre de su nieta sale con su hijo mayor. Y lo entiendo, sé muy bien que mi padre pondría el grito en el cielo.

Mi madre lo aceptaría, o eso me gusta pensar, pero, en cualquier caso, sumaríamos un drama familiar a toda esta montaña de resentimiento, ira y falta de comprensión con la que ya luchamos.

Sin embargo, todo esto me lleva a pensar en mi único miedo: que Vera se avergüence tanto de estar conmigo que no permita que esto vea la luz nunca. Y no podría culparla, ¿no? Quiero decir, es normal. Maia tiene una gran relación conmigo, pero también con sus abuelos. De hecho, pasan juntos como mínimo dos tardes a la semana. Me consta que mi padre la ha llevado de excursión por Rose Lake y que han ido al cine de la ciudad con mi madre, lo que es curioso, porque en su vida nos llevó al cine ni a Max ni a mí. Supongo que, como abuelo, intenta arreglar lo que hizo mal como padre. Se me escapa una risa porque, joder, si es eso, tiene bastante trabajo por hacer.

Sea como sea, da igual, Vera tiene claro que por ahora seguimos siendo dos personas que mantienen sexo a oscuras y en secreto, y yo tengo dos opciones: aceptarlo o cortar esto. No estoy listo para dejar de estar con Vera. Es una realidad. De hecho, quiero mucho más, así que supongo que solo me queda tener un poco más de paciencia.

Cuando el coche de Max asoma por fin entre los árboles, respiro aliviado. Últimamente odio quedarme a solas con mis pensamientos y tampoco me agradaba demasiado la idea de que mi padre saliera y me encontrara solo, apoyado en el coche. Creo que está rezando ahora mismo para que me quede en mi casa. Lástima que Maia me hizo prometer que vendría y me comportaría bien. Espero que haya obligado a su querido abuelo a prometer lo mismo o este va a ser el día de Acción de Gracias más desastroso de la historia de la humanidad.

Max aparca al lado de mi coche. Cuando bajan me fijo un segundo en lo elegantes y guapos que están todos. Un segundo. Solo uno. El resto del tiempo lo invierto en mirar a Vera maquillada, con un abrigo de corte largo negro que se ciñe a sus curvas y las mejillas sonrosadas, posiblemente por la calefacción del coche. Quiero besarla, joder. Quiero llevármela de aquí, meterla en mi cama y pasar ahí el día entero. Quiero...

Quiero pasar este Acción de Gracias haciéndole al amor con la luz encendida y agradeciendo por las cosas importantes de verdad. Agradecería, por ejemplo, el modo en que a Vera le gusta mordisquear mi cuello cuando estamos juntos y solos. Agradecería poder tocarla, besarla y entrar en ella, pero también tenerla aquí, en Rose Lake. Agradecería verla cocinar en el restaurante, reír en las excursiones y emocionarse con películas románticas llenas de clichés.

Agradecería, sobre todo, que su llegada haya llenado mis pulmones de un aire que no sabía que necesitaba.

Sí, creo que eso sería lo más importante: agradecer que respiro mejor desde que Vera Dávalos irrumpió en Rose Lake.

43

Vera

Hay miradas que matan, otras que endulzan y luego está el modo de mirar de Martin Campbell. Nada más bajar del coche sus ojos se han paseado por mi cuerpo de tal forma que, siguiendo a mi instinto, he querido hacer dos cosas: la primera, lanzarme a sus brazos; la segunda, inmediatamente seguida de la primera, ocultarme. No es fácil asumir que un hombre pueda sentir deseo por un cuerpo que a mí me genera tanto rechazo, pero empiezo a comprender que es cierto: a él le gusta lo que ve. Y le gusta mucho, a juzgar por cómo se oscurecen sus ojos cuando entramos en casa y me quito el abrigo. De un modo inevitable, el recuerdo de sus manos en mi cuerpo me invade y, por un instante, permito que ocurra. No hago nada por ocultar mi expresión de su escrutinio. De hecho, le sonrío, dejándole ver que a mí también me encantaría estar con él a solas. Y eso da una idea de lo distinto que es todo hoy.

Es Acción de Gracias, llevo más de un mes acostándome con el hombre más guapo de Rose Lake (y posiblemente del mundo) y, maldita sea, quiero hacerlo al cien por cien, sin remordimientos, complejos o culpas. Sé que no es tan fácil hacerlo como decirlo, pero creo que es hora de dar algún tipo de paso en su dirección. Por eso pretendo que, esta noche, todo sea distinto para nosotros. Esta noche mi ropa interior es nueva porque tengo la firme intención de dejar las luces encendidas. No sé si funcionará. La verdad es que no puedo asegurar que a la hora de la verdad no acabe comportándome como una cobarde, pero quiero hacerlo y eso ya es un gran paso. O eso me digo para intentar animarme.

Cada vez que el pensamiento de que Martin pondrá muecas extrañas al ver mi cara me asalta intento recordar que ya se ha acostado conmigo. Ya me ha acariciado y besado de tantas formas como es físicamente posible. Ha sido testigo de primera mano de cómo mi vientre se hunde si lo acaricia, pues está lejos de ser plano. Sabe de mis curvas, de todas, porque se ha encargado de estudiarlas a fondo con todos los sentidos, salvo el de la vista. Solo es un velo. El último eslabón que necesito soltar para sentirme completamente libre, pero es un eslabón psicológico y esos, por desgracia, son mucho más difíciles de quitar.

Necesito centrarme en el modo en que me hace sentir. En todas las veces que me susurra al oído lo que quiere hacerme, solo porque sabe que me excita y abochorna a partes iguales y le encanta que la primera gane la batalla. Y cuando estamos fuera de la cama... lo noto. Me mira de un modo que no mira a nadie más, eso puedo asegurarlo. No son imaginaciones mías, Wendy y Dawna llevan todo este tiempo dándome la lata con que debería dejar de comportarme como una muchacha virgen y recatada. En realidad, me entienden, pero creen que, si no me obligo, no llegaré a hacerlo nunca. No puedo pasarme la vida escondiéndome de quienes de verdad me importan. Y, sobre todo eso, es hora de demostrarme a mí misma que soy una mujer deseable. Soy alguien digno de ser amado también a través de la vista. No será fácil, pero será.

Rose nos guía hacia el salón y, una vez allí, se coloca al frente de la enorme mesa que han preparado para la cena.

—Estás muy guapa, abuela —le dice Maia.

—Oh, cariño, eres tan dulce... ¿Por qué no vas al despacho a avisar a tu abuelo de que habéis llegado? Quería aprovechar el tiempo para poner al día unas cosas del trabajo y así tomarse el día libre mañana.

Maia sale del salón y los demás nos sentamos alrededor de la mesa, dejando el otro extremo libre para Ronan. Me siento al lado de Martin que, a su vez, está al lado de su madre. Frente a nosotros, Steve y Max. Maia irá a mi otro lado, junto a su abuelo.

—¿Quién quiere vino? —pregunta Max señalando el decantador de vino que hay sobre la mesa.

—No me iría mal una copa —dice Rose—. ¿Cómo estáis?

Martin, Max y Steve le comentan nimiedades, porque no ha pasado gran cosa. En realidad, Rose Lake es un lugar tan tranquilo que ahora comprendo la conmoción que todos los vecinos sufrieron cuando llegamos, hace prácticamente tres meses.

Yo, por mi lado, no puedo hablar. El pavo sobre la mesa me hace estar un poco tensa. Maia es vegetariana y me preocupa que esta visión la altere. Sin embargo, cuando mi hija llega lo hace riéndose a boca llena de algo que dice su abuelo en tono apenas audible para nosotros. Me alegra ver que se lleva bien con Ronan, sobre todo porque, aunque él no podrá sustituir a mi padre, siento que Maia no se ha quedado tan sola en el mundo. No tan sola como yo, porque toda mi familia de sangre ahora es ella y... Bueno, eso es un poco triste.

—El abuelo estaba contándome una anécdota supergraciosa de unos trabajadores. Cuéntasela, abuelo —lo anima Maia.

—Quizá otro día —murmura Ronan antes de sentarse a la mesa y suspirar con cierto cansancio—. Buenas noches a todos.

Respondemos todos, menos Martin, pero no es de extrañar, porque Ronan nos ha mirado a la cara a todos menos a su hijo. Es tan doloroso como crispante ver cuánto se esfuerza por ignorar a su hijo. Intento pensar que es casualidad pero, conforme la cena avanza, me doy cuenta de que no es así. En ningún momento establece contacto visual con Martin. En cambio, con Max incluso intenta sacar tema de conversación. Esa actitud de mierda está cansándome mucho, pero intento controlarme por el bien de la familia. Aunque, de seguir así, no descarto hablar con él y dejarle claro que no voy a permitir según qué comportamientos como algo normal. No voy a normalizar frente a mi hija algo como dejar de lado a una persona que, claramente, se siente cada vez más apartada del grupo. Tanto es así que hasta Maia, que está absorta entre las conversaciones y su móvil, acaba reclamando la atención de su tío.

—Eh, tío Martin, ¿has probado las judías verdes con la salsa de arándanos?

—La salsa de arándanos es para el pavo —protesta Ronan.

—Yo no como cosas que respiran, pero gracias, abuelo. ¿La has probado, tío Martin? Están buenísimas así.

Martin sonríe. En realidad, no ha comido mucho. En contraposición, lleva ya dos copas de vino. Por un momento pienso si no estará bebiendo demasiado, pero cuando habla lo hace en un tono afable y sereno, como siempre.

—No puedo decir que no a algo tan suculento. —Se sirve algunas judías y las rocía con la famosa salsa de arándanos. Lo prueba y, aunque hace una mueca un poco rara, acaba asintiendo—. Muy ricas.

—Dios, qué mal mientes —ríe Maia.

—Tu tío odia las judías —dice Rose, también riendo—. Cuando era pequeño esperaba la mínima oportunidad para echárselas a un perrito que teníamos.

—O me convencía a mí para comerme su parte —interviene Max—. Ni siquiera recuerdo el montón de veces que acabé comiéndome sus verduras.

—Sí, siempre lo tuvo muy fácil para manipularte. —Las palabras de Ronan a Max cuando el ambiente era, por fin, un poco menos incómodo, hacen que la tensión vuelva por todo lo alto.

—¿Qué tal si sacamos ya los postres? Me muero por probar tu tarta de calabaza, Steve —dice Rose en un intento desesperado de mantener el ánimo.

Algunos no hemos acabado de cenar, pero todos nos mostramos de acuerdo. Yo, particularmente, creo que cuanto antes acabe esto, mejor. No veo la hora de largarme de aquí.

44

Martin

No sé en qué momento empezó a torcerse esto, pero para cuando acabamos de comer el postre esta es, oficialmente, la peor cena de Acción de Gracias del mundo. Ya no hablo de la incomodidad que reina en el ambiente, que es evidente hasta para las moscas desde que entramos. Hablo de... de que duele. Duele que mi padre me trate así, pero también duele el silencio. Sé que no soy nadie para exigir a Max, Steve, Maia o Vera que me defiendan. Mucho menos a mi madre. Pero me pregunto hasta qué punto sería yo partícipe de algo así sin intervenir. No sé, supongo que todo se traduce en que no estoy en sus cabezas y, a lo mejor, para ellos todo esto tiene sentido.

Quiero decir, lo tiene, sé que mi madre está así por mi culpa, pero, si ella ha sido capaz de perdonarme, ¿por qué no pueden los demás? Sinceramente, sería más fácil intentar perdonarme a mí mismo si los demás colaborasen. Y conforme pienso en ello me doy cuenta de lo egoísta que sueno. No puedes obligar a la gente a defender una causa si no creen en ella, igual que no puedes obligar a alguien a hacer el amor con la luz encendida, y desde luego no puedes cargarte una cena familiar solo porque te sientas peor de lo que te has sentido nunca, así que, antes de estallar, hago lo que mejor se me da: retirarme y dar espacio a todo el mundo. Y estoy a punto de hacerlo, lo juro, de hecho ya estoy levantándome cuando mi madre habla:

—Es hora de agradecer. —Casi me da algo solo con sus palabras y, cuando miro alrededor, veo que todos están más o menos igual—. Sé que han sido tiempos complicados, pero no voy a dejar de dar gracias por todo lo bueno que hay en mi vida, que también es mucho, y me gustaría mucho que os unierais a hacerlo conmigo. Quiero agradecer, sobre todo, la llegada de Maia y Vera a nuestras vidas. —Sonríe a mi sobrina y a su madre—. Saber que tenemos una nieta ha sido... ha sido luz y vida. Gracias, queridas, por hacer a este par de viejos felices.

—Tú no eres vieja, abuela, no digas tonterías —dice Maia intentando quitar intensidad al momento.

—Aun así, agradezco que estés aquí, pequeña. Agradezco a la vida tu existencia, igual que agradezco la de tu madre, la de mis hijos y la de Steve, que no podría ser mejor hombre ni aunque lo intentara. —Steve sonríe y le guiña un ojo, haciendo que mi madre ría—. Gracias por querer así a mi hijo. Ojalá mi otro hijo también encuentre un amor tan puro y bonito como el vuestro. —Me mira y extiende la mano, agarrando la mía—. Y agradezco a la vida tu presencia en esta casa y en mi vida, Martin Campbell. Gracias por tener un corazón tan grande.

Desvío mis ojos hacia la mesa. No me siento capaz de sostenerle la mirada cuando es evidente que dice todo eso para que me sienta mejor. Mi madre aprieta mis dedos, como si entendiera mis pensamientos, pero lo cierto es que no puede entenderlos. No puede, porque ni siquiera yo lo consigo muchas veces.

—Creo que voy a tomar la palabra —dice Max—. Y también quiero dar las gracias por la llegada de Vera y Maia. —Estas se emocionan y mi hermano les sonríe—. En realidad, creo que esto es algo que va a repetirse con todos los miembros de esta familia. Tener a mi hija lejos ha sido duro, pero no me había percatado de cuánto hasta que he tenido la posibilidad de convivir contigo, Maia. Después de haberte visto en estos bosques, en este pueblo, junto a este lago... creo que no soportaría perderte. Rose Lake ya nunca será lo mismo después de tu llegada. Tampoco lo será después de la llegada de tu madre. —Mira a Vera, que está aguantando el llanto a duras penas—. Me apoyaste cuando me acojoné ante la noticia del embarazo. Me apoyaste cuando decidí aceptar quien soy. Me aceptaste cuando tomé decisiones importantes que marcaban una diferencia en tu vida, como no decir nada de la existencia de Maia. —Noto la tensión de mis padres, pero mi hermano no se detiene—. Me has apoyado siempre, sin importar lo mucho que te perjudicaban algunas de mis decisiones. Y no te imaginas lo agradecido que me siento de compartir una hija contigo. No te imaginas el honor que es ser parte de lo que creas como madre. —Vera se echa a llorar y no es para menos, porque como mi hermano siga así llorará todo el mundo. Menos mi padre, que no llora jamás—. También agradezco por mi preciosa madre, por el mejor hermano del mundo y, sobre todo, por el amor de mi vida. —Mira a Steve y pasa un brazo por sus hombros—. Gracias por darme tiempo, espacio y tanto amor como para sentir que puedo enfrentar cualquier cosa por ti. Por nosotros. Prometo intentar ser alguien digno de ti durante toda nuestra vida. Te quiero.

Steve se emociona tanto que, en un acto impulsivo, besa a mi hermano en los labios. Es la primera vez que mis padres ven a mi hermano besar a un hombre y me alegro, porque esto lo hace aún más real y no tendrían que esconder algo tan jodidamente bonito como un beso. Nadie tendría. Y no lo digo por mí... Bueno, sí, joder, lo digo por mí. Mi hermano no se separa, sino todo lo contrario. Lo besa con la dulzura que requiere el momento y, cuando se separan, los dos sonríen y Max ni siquiera mira en dirección a mi padre, lo que me llena de orgullo. No necesita su aprobación. No necesita la aprobación de nadie para amar al hombre que ha elegido. Pero, si lo hubiera hecho, si hubiera mirado a nuestro padre como hago yo ahora, habría encontrado, por sorprendente que parezca, una pequeña sonrisa bailando en sus labios.

Supongo que eso demuestra que, a veces, las rocas albergan sentimientos.

Los agradecimientos siguen, todos más o menos en la misma línea mientras yo rezo para que esto acabe. Entonces sí que me sentiría agradecido. Estoy a punto de tomar la palabra pero, por desgracia, mi padre la toma antes, así que intuyo que yo no podré hablar.

—Quiero agradecer que estéis aquí. Somos una familia y la familia debe permanecer unida. —El trabajo que me cuesta no resoplar solo lo sé yo, que casi muero de contención—. Agradezco tener una nieta, aunque me haya enterado cuando ya es prácticamente una adulta.

—Ronan... —interviene mi madre.

—Agradezco —sigue él—, que al menos haya sabido de tu existencia, pequeña Maia, porque me divierte mucho pasar tiempo contigo. —Maia sonríe y yo no lo entiendo. En mi puta vida me he divertido con mi padre, sinceramente. Es trabajador, honrado y perseverante, pero ¿divertido? Ni de coña—. Agradezco también tener a mi preciosa esposa conmigo. Y agradezco tener al resto de mi familia aquí hoy, incluso a los que deberían hacer un ejercicio de conciencia y arrepentimiento antes de dignarse a venir.

Vale, estaba esperando el pistoletazo de salida y es este, así que me levanto, cojo mi chaqueta, y controlo mis emociones a duras, durísimas penas.

—Si lo dices por mí, no me arrepiento de nada.

—Se ve, hijo, se ve. —Mira a mi madre y casi se me corta la respiración.

—No me refería a eso. Yo no... yo siempre me arrepentiré de eso. Hablaba de mi trabajo y de...

Intento explicarme, pero, como si de una revelación se tratara, me callo y miro alrededor. Silencio. Silencio de nuevo. Y entonces lo entiendo: ¿de qué sirve que intentes defenderte si realmente a nadie le interesa lo que tienes que decir? La única que parece consternada es mi madre y por eso es la única a la que me dirijo antes de marcharme.

—Eres bienvenida en mi casa siempre que quieras —le aseguro—. Me alegra que hayas vuelto a tomar las riendas del comité de fiestas y... y ojalá quieras que te eche una mano alguna vez. Me encantaría. Te quiero, mamá, te quiero mucho, pero no volveré a pisar esta casa. Espero que lo entiendas. No puedo volver a un lugar que me hace sentir prácticamente un asesino, aunque sea muy consciente de mi culpa y vaya a llevarla a cuestas toda mi vida, te lo aseguro. Ojalá algún día puedas perdonarme, pero yo no... no puedo volver aquí.

—Martin, por favor. —Su voz suena tan rota que me parte por dentro—. Hijo, yo te adoro y no te culpo de nada.

Silencio. El silencio martilleando cada rincón de esta casa me quema tanto que me acerco, beso su mejilla y me alejo sin decir nada, porque ya no hay más que decir.

A veces las cosas son así. Algunos errores son imposibles de arreglar.

Algunas heridas no se cierran nunca, pero por primera vez voy a dejar que mis culpas pesen menos que mis sentimientos. Por primera vez voy a regodearme en lo jodidamente doloroso que es sentir que da igual cuánto lo intente, porque nunca voy a ser merecedor de que alguien alce la voz por mí.

45

Vera

—No me puedo creer que de verdad hayamos llegado a este punto —murmuro levantándome—. No puedo... es que no puedo concebir que trates así a tu hijo. No lo entiendo, de verdad.

Ronan me mira muy serio, pero no es hasta que Maia se levanta también cuando sus hombros se tensan.

—¿A dónde vas?

—Abuelo... —Maia niega con la cabeza. Solo eso, niega con la cabeza y me sigue hacia la salida.

Nos despedimos de Rose con un gesto, pero en realidad no hacemos más, porque está llorando en silencio y supongo que, como madre, intenta lidiar con todos los conflictos que se han desatado en su interior.

Yo, por mi lado, no tengo nada que hacer aquí. Solo quiero ir a la cabaña, que Maia se duerma y colarme en la casa de Martin. No hablo de sexo, hablo de... hablo de consuelo. Hablo de que me ha roto el corazón ver el modo en que nos miraba a todos, como si el dolor fuera insoportable. Me habría encantado abrazarlo, consolarlo en ese mismo instante, pero no soy idiota. A ojos de todo el mundo tenemos una relación buenísima de amigos, pero la manera en que yo abrazaría a Martin nunca daría a entender eso. Lo sé porque soy incapaz de controlar mis impulsos y, en cuanto lo toco, necesito más. Esa es la razón por la que intento no rozarlo siquiera en público.

Max y Steve salen los últimos de la casa, subimos al coche y, aunque parezca mentira, hacemos el camino en silencio.

Al llegar a casa, en cambio, cuando Steve sube a darse una ducha y Maia se despide para irse a dormir (aunque sospecho que lo que quiere es hablar con Kellan), Max me propone tomar una taza de té. No quiero té, pero soy consciente de que todos tardarán en dormirse, así que acepto y me siento en una silla junto a la mesa de la cocina. Mis ojos se van hacia el infinito, o eso pensaría cualquiera que me vea, pero en realidad... en realidad solo estoy deseando tener el superpoder de ver a través de los muros, porque justo donde estoy, en línea recta, está la casa de Martin, y no puedo imaginar cómo está.

—A lo mejor debería ir a ver cómo está —dice Max, y aunque sea una tontería, estoy a punto de saltar y decirle que no, que iré yo.

No puedo hacerlo y me controlo justo a tiempo, pero... pero... por irracional que parezca, estoy un poco molesta con Max. Y aunque debería callarme, lo cierto es que Max y yo siempre hemos hablado largo y tendido de todo. Es mi mejor amigo, además del padre de mi hija, y me gusta pensar que estamos por encima de muchas cosas. Por eso tomo aire y hablo mientras él prepara el té:

—No lo entiendo.

—¿El qué? —pregunta mirándome.

—No entiendo que no lo defiendas. Creo que Martin ya habría saltado hace mucho para defenderte a ti, si todo esto fuese al revés.

La cara que pone Max hace que me arrepienta durante un instante de hablar, pero solo es eso: un instante. Luego recuerdo el modo en que Ronan trata a Martin sin ninguna consecuencia y la rabia vuelve.

—Mentiría si te dijera que tengo una excusa, porque no la tengo. Sé que no lo defiendo activamente cuando se mete con él, pero intento que mis actos cuenten, Vera. Me distancié de mi padre a propósito y le dejé muy claro que no sería parte activa de mi vida hasta que no aclarase las cosas con él. Intenté hablar muchas veces con él en privado, pero no atiende a razones. A lo mejor piensas que debería haber saltado, pero...

—¿Pero...?

—No quiero que mi madre sufra más. Es una mierda y muy injusto para Martin, pero mi madre ya ha sufrido demasiado en esta vida. Una discusión familiar solo acabaría con ella más triste y toda esta situación aún más rota.

—¿Más rota? Es imposible que esté más rota, Max. Me da la sensación de que alzáis cortinas de humo constantemente en lo referente al maltrato que tu padre ejerce en tu hermano.

—Eso no es justo.

—Lo es. Llevo aquí tres meses y he visto a Martin dar la cara por ti en innumerables ocasiones. Y sí, te he visto distanciarte de tu padre e, incluso, dejarle claro que no es bien recibido en tu restaurante y eso lo valoro, pero esta noche... esta noche todos le hemos fallado a Martin.

Max guarda silencio unos instantes. Echa el agua hirviendo en dos tazas y las trae a la mesa, sentándose a mi lado.

—Esto es una mierda —dice al final.

—Lo es —asiento.

—Solo espero que le dejes claro que lo quiero muchísimo y no quiero que sufra.

—No soy yo quien tiene que decírselo y... —Me paro en seco y lo miro con los ojos como platos—. ¿Por qué tendría que decírselo yo, según tú?

Max me dedica una sonrisa pequeña, pero suficiente para ponerme el corazón en la garganta. Después, para mi absoluta incredulidad, se levanta, besa mi frente y sale de la cocina.

—Creo que me tomaré el té en mi habitación.

—Max... —digo caminando tras él.

—Estoy agotado. Me dormiré muy pronto. Calculo que en unos veinte minutos. Te lo digo para que lleves la cuenta.

—¿De qué demonios hablas? —Esta vez su risa entre dientes es inconfundible—. Max...

—Buenas noches, cielo.

Sube las escaleras y no lo sigo porque... porque no estoy segura de querer seguir presionando. ¿Max lo sabe? No, no puede saberlo. He sido cuidadosa. He salido de casa prácticamente cada noche desde que me acosté con Martin la primera vez, sí, pero me he asegurado de que todo estaba tranquilo y todos dormían. ¡Hasta engrasé la puerta de la entrada a escondidas para que no hiciera ruido! Y por si te lo preguntas, no, no hacía ruido antes, pero quise asegurarme de que no empezaba a hacerlo ahora.

Me quedo en el salón, sin atreverme a ir tras él porque no sé si quiero tener esta conversación. En realidad, ahora mismo lo único que quiero es ir con Martin para que no esté solo. Si de paso podemos hablar de esto, mejor.

No puedo creer que haya pasado de llevar ropa interior sexy para mostrarme por fin ante él a que se haya ido solo de casa de Rose y ahora yo esté a punto de tener un infarto por si Max nos ha pillado.

Espero una hora entera. Una hora agónica al máximo, si digo la verdad, porque sé que salir de casa hoy me hará tener remordimientos y nerviosismo por si confirmo las sospechas de Max, pero no puedo dejar a Martin solo. No... no puedo. Por eso, pasada una hora y después de asomarme al cuarto de Maia para asegurarme de que duerme, salgo de casa y voy corriendo hacia la de Martin. Me pregunto si estará esperándome, porque no se ven luces encendidas desde fuera y, aunque quedamos en que nos veríamos, eso fue antes de que ocurriera todo esto.

Entro en la casa y me sorprende oír un ruido de cristales. Me sorprende y me asusta. Subo las escaleras a toda prisa cuando oigo a Martin gruñir y, al abrir la puerta del baño, que es de donde proviene el ruido, me encuentro con una estampa que jamás imaginé.

Martin está en el suelo, su altísimo cuerpo está encajado entre la ducha y el lavabo. Es evidente que se ha caído hacia atrás, pero lo es aún más que está sangrando, porque el lavabo está lleno de salpicaduras. El pánico me activa, me arrodillo ante él y lo toco a toda prisa, buscando la herida.

—¿Qué ha pasado? ¿Qué...? —Me fijo en la palma de su mano ensangrentada y ahogo un gemido—. ¿Qué es esto, Martin?

Él contesta con un gruñido y, cuando lo miro a la cara, me doy cuenta. Está borracho. Joder, está tan borracho que ha cerrado los ojos y, al parecer, no le importa haberse rajado la mano con a saber qué.

—Vamos a levantarte, ¿de acuerdo? Hay que enjuagar y curar esta herida —le digo haciendo fuerza para que acate mis órdenes.

—¿Vera? —Entreabre los ojos lo justo para mirarme—. Vera —confirma antes de suspirar.

—Sí, soy yo. Ven, Martin, necesito que colabores para ponerte de pie.

Lo hace, pero se nota que no tiene mucho control y me pregunto qué demonios ha bebido en algo más de una hora para estar así. Por fortuna, he visto las suficientes heridas como para no marearme por la sangre. Maia tenía especial tendencia por hacerse daño en las rodillas en cada parque infantil al que íbamos. Esto es más que un raspón infantil, pero cuando consigo que Martin se ponga de pie y coloco la mano bajo el agua del lavabo veo que no es demasiado profundo. Lo que es una alegría, porque solo tenemos un médico en Rose Lake y sería muy incómodo llamarlo en Acción de Gracias para que viniera a curar a uno de los hombres más respetados del pueblo. Sobre todo porque está tan borracho que le cuesta tenerse en pie.

—No sé qué demonios te has bebido, pero tendremos una conversación acerca de esto.

—Conversemos, pues —dice con voz entrecortada.

—No, ahora no. Ahora vas a ducharte.

Martin no contesta, así que supongo que está de acuerdo. Lo ayudo a ir hacia el lavabo y, cuando me doy cuenta de que ni siquiera camina bien, cambio la idea del lavabo. No voy a poder meterlo yo sola en la ducha y me da miedo que se resbale y se haga aún más daño, así que envuelvo su mano en una toalla y lo ayudo a llegar a la cama. Está cerca, a solo un par de metros de la puerta del lavabo, pero nos cuesta llegar porque Martin... Bueno, no parece Martin. Vamos a dejarlo ahí.

Lo tumbo en la cama y me alegra infinitamente que haya caído con casi todo su cuerpo en el colchón, porque solo tengo que subirle las piernas. Por fortuna, él se quitó los zapatos en algún momento, de modo que tiro del nórdico, lo tapo y bajo a la cocina. Algo me dice que necesitará tener un cubo cerca y, como no sé dónde hay, cojo una fuente de plástico que Martin usa como ensaladera. Una fuente que mañana irá a la papelera si la usa en medio de la noche como creo que hará. También cojo las vendas del botiquín. Subo las escaleras, dejo la fuente en la mesilla de noche y me siento en el borde del colchón para sustituir la toalla de su mano por una venda y un apósito.

—Ojalá quisieras meterte aquí conmigo —me dice cuando termino de curarlo.

Sonrío, acaricio su pelo y palmeo su mejilla.

—No estás para hacer mucho ahora mismo, profesor Campbell.

Martin me mira con intensidad, como si me entendiera, pero enseguida cierra los ojos, así que supongo que solo es la borrachera.

Busco su botella de agua, la coloco en la mesilla por si la necesita y beso su pómulo. Whisky. Es whisky lo que ha bebido. Whisky en cantidades ingentes a juzgar por cómo huele su aliento.

—Ojalá quisieras meterte aquí conmigo —murmura de nuevo, esta vez con los ojos cerrados.

Sonrío, porque sé que solo repite una letanía, y me dispongo a marcharme, pero cuando estoy a punto de atravesar la puerta, lo oigo de nuevo:

—Ojalá quisieras meterte aquí conmigo y amanecer conmigo. Ojalá no te avergonzaras de mí. Ojalá alguien estuviera orgulloso de tenerme en su vida, aunque fuera un puto minuto.

Me giro, sorprendida y dolida por sus palabras, pero sus ojos siguen cerrados y, un minuto después, ronca suavemente. No es consciente, lo sé, pero... pero mi corazón se ha roto de todos modos.

La forma en la que Martin sufre, la manera en que se entrega a los demás sin pedir nada a cambio siempre me ha parecido injusta, pero no es hasta ahora cuando me doy cuenta de que él jamás me presionará para que dé un paso más. Él nunca me pedirá más de lo que esté dispuesta a dar, pero eso no significa que no le duela.

Y, de camino a casa, la certeza de que, sin ser consciente, he contribuido a hacer desgraciado a Martin Campbell se aposenta en mi pecho, como una piedra gigante, y amenaza con no dejarme respirar con normalidad en mucho tiempo.

46

Maia

Me despierto a punto de llorar, con la respiración agitada y la sensación de que algo va mal. Muy mal. Enciendo la luz y miro alrededor. La estantería de libros, la alfombra, la madera de mi cama y el nórdico, suave y caliente. Todo está bien, me digo, pero la realidad es que mi corazón late desbocado y no dejo de pensar en el sueño que acabo de tener. Me echo a llorar, no por miedo, sino por tristeza. He soñado muy pocas veces con mi abuelo y, cuando lo he hecho, ha sido bonito, reconfortante. Esta vez no ha sido así. Estábamos en Madrid y él me preguntaba por qué lo he olvidado. Quería saber por qué lo he sustituido por otro abuelo. El corazón me ha dolido tanto que creo que eso ha sido lo que me ha despertado. No soporto imaginar, ni siquiera en sueños, el dolor que se dibujaba en sus ojos. No puedo. Es algo superior y, de pronto, todo me viene grande. Este pueblo, este dormitorio, esta nueva vida.

Dicen que es normal. Que, aunque sea feliz aquí, porque lo soy, una parte de mí siempre va a querer volver. Y una parte de mí siempre echará de menos a mi abuelo. Siempre. Creo que la culpabilidad por disfrutar de tener a mi abuelo Ronan y a mi abuela Rose me puede en sueños, porque durante el día nunca me había planteado esta cuestión.

Intento respirar hondo, pero no dejo de dar vueltas al mismo tema y quizá sea, también, porque no sé bien cómo manejar la situación con mi abuelo Ronan. No comprendo que pueda albergar en su interior dos personas completamente diferentes. Conmigo es atento, bueno y hasta dulce. Sí, dulce, aunque no lo parezca. Es cariñoso y sobreprotector. Hace solo un par de días me dio una charla de más de diez minutos acerca de todos los motivos que hay para desconfiar de los chicos. Según él, todos son malos. Absolutamente todos. Es gracioso, cuando quiere, y cuando estamos juntos no me cuesta pensar que es muy buena persona, porque la abuela Rose me ha hablado de las múltiples causas en las que colabora para que Rose Lake crezca más y mejor. Pero luego, cuando me convenzo de esto, presencio escenas como la de esta noche, en las que trata tan mal a su hijo y me pregunto si no estaré equivocada. Si no es, en realidad, un ogro. Un lobo disfrazado de oveja.

Me imagino, por un instante, cómo me sentiría si mi madre me tratase como mi abuelo Ronan trata al tío Martin. Un segundo, ese es el tiempo que tardo en quitarme esa idea de la cabeza porque sé que mi madre nunca me trataría así. Ella... da igual lo enfadada o decepcionada que esté, jamás me pierde el respeto. Y sí, ha tomado decisiones sin consultarme, pero ahora que veo cómo puede llegar a comportarse un padre con su hijo, valoro mucho más que ella sea dulce, atenta y sincera conmigo.

Quizá por eso, movida por los sentimientos que todavía tengo a flor de piel, salgo de la cama y de mi habitación. Porque aunque llevo tres meses aquí y apenas discutimos, necesito abrazarla como antes. Necesito dejarle claro que no estoy enfadada, ya no. Puede que aún no esté de acuerdo con algunas cosas, pero la entiendo, o quiero entenderla.

Y no solo eso, quiero dormir con ella y sentirme reconfortada de nuevo, como cuando era pequeña, tenía una pesadilla y mi madre me aseguraba que sus sueños velarían los míos. Me abrazaba y yo de verdad sentía que ya no había nada que temer. Eso es justo lo que quiero, por eso entro en su habitación en silencio y sin encender la luz, con la idea de buscarla a tientas, pero cuando subo a la cama todo lo que encuentro es... vacío. Enciendo la luz y me quedo mirando su cama sin deshacer. ¿Cómo puede ser? Salgo del dormitorio pensando que quizá se ha dormido en el sofá. En España lo hacía mucho: se ponía una serie, documental o peli que supuestamente le interesaba muchísimo pero cuando apenas llevaba media hora se quedaba dormida. Sé que era el cansancio extremo de trabajar y llevar la casa adelante, pero me encantaba reírme de ella por tener ese sueño tan profundo. Casi estoy preparando mi frase estrella para decirle cuando llego al último escalón, que da al salón, y compruebo que tampoco está en el sofá.

Por un instante me preocupo. ¿Dónde puede estar? Miro la cocina, los baños y, con cuidado, abro la puerta del dormitorio de mi padre, pero Steve y él duermen plácidamente.

Vuelvo a su habitación con una sensación extraña en la boca del estómago. Como si... como si estuviera perdiéndome algo importante.

¿Habrá salido? Miro por la ventana, el frío es intenso y la lluvia no ha cesado en muchos días, así que no puede ser eso. ¿A dónde iba a ir? Pienso unos instantes pero, cuando no se me ocurre nada, valoro despertar a mi padre e informarlo de esto.

Estoy a punto de hacerlo, pero en ese momento la puerta del dormitorio se abre y mi madre entra distraída. No es para menos, la luz está apagada y, si la veo, es porque distingo su silueta con la luz del pasillo. Debería haber encendido la lámpara, pero estoy un poco impactada porque... bueno, no parece herida, ni mal. De hecho, cuando enciende la luz y se sobresalta al verme allí, solo parece... sorprendida. No se muestra asustada, su respiración no está agitada y es muy evidente que no está herida, lo que me alivia e intriga a partes iguales, porque ahora no tengo ni idea de qué significa todo esto.

—Cariño, ¿qué haces aquí?

—Tuve una pesadilla y viene a dormir contigo, pero me llevé una pequeña sorpresa. —Ella está ahora tan nerviosa que de inmediato sospecho que pasa algo. Algo gordo, y no pienso irme de aquí sin averiguarlo—. ¿Dónde estabas, mamá?

47

Kellan

Acción de Gracias es la mierda más grande jamás inventada. Da igual cuánto intenten disfrazarlo. No me importa el tiempo que mi madre ha invertido en la cocina o la cantidad de veces que Chelsea ha repetido que tenemos que sonreír para recordar a papá como él querría. La realidad es que él no está, apenas quedan unos días para el primer aniversario de su muerte y el ambiente es tan triste y forzado que, llegados al postre, hasta mi madre se rinde y deja de fingir.

Al final es Chelsea la que toma la palabra:

—A papá le encantaba dar las gracias por tenernos los unos a los otros y, aunque no esté, a lo mejor es buena idea intentarlo.

Mi madre se emociona hasta las lágrimas pero, en vez de ceder al dolor y llorar por la muerte de su marido, hace lo de siempre: se recompone y antepone las necesidades de sus hijos a las suyas. Tira suavemente de la mano de Chelsea para que se levante y se siente sobre sus rodillas.

—Creo que es una gran idea, ¿qué dices, Kellan?

Sonrío sin despegar los labios y tardo unos instantes en hablar. No puedo. Duele demasiado. Demasiado. Y, aun así, cuando miro a mi hermana y soy consciente de lo importante que es para ella mantener su recuerdo, asiento. A fin de cuentas, puedo hacer como mi madre. Debo hacer como ella, de hecho. Tragarme el dolor y seguir adelante por Chelsea, que es quien menos recuerdos tendrá de papá cuando pase el tiempo. Se merece, al menos, que mamá y yo le hablemos de él tanto como quiera. Y si necesita mantener vivo su recuerdo a través de una tradición que a él le encantaba, así lo haremos.

—De hecho —digo por fin—. Creo que lo mejor que podemos hacer es dar las gracias por estar los tres juntos, cortar el postre y sentarnos en el sofá para ver ese vídeo en el que papá enseñó a Chelsea a tirarse sola con el trineo.

—¡Sí! —exclama mi hermana—. ¿Podemos, mamá?

Mi madre asiente y esta vez no puede evitar que las lágrimas escapen de sus ojos. Chelsea está tan emocionada que parece no darse cuenta, así que sale disparada hacia el salón mientras mi madre se queda mirándome.

—¿Estás seguro? —pregunta.

Y la respuesta es un gigantesco NO. No estoy seguro en absoluto, no he visto ni un vídeo de mi padre desde que murió porque sé que dolerá demasiado. Aun así, asiento y beso la mejilla de mi madre.

—Será bonito.

Ella no dice nada y yo me hago el tonto cortando la tarta y repartiéndola en tres platos. Sé que se preocupa por mí, pero esto es algo que los dos le debemos a Chelsea. Le debemos mucho más, de hecho. Ella es la que ha quedado más huérfana de todos, porque a mí me ha quedado el taller y los recuerdos durante gran parte de mi vida. Pero mi hermana, no. Ella no ha podido disfrutar lo mismo que yo. Por eso, si quiere ver vídeos de mi padre, los veré junto a ella, aunque por dentro sienta que me rompo en pedazos.

Nos sentamos en el sofá del salón, conecto el portátil al televisor y, después de un rato buscando, Chelsea elige el primer vídeo, que es justo el que le dije. Tenía tres años, más o menos, y se veía tan pequeña dentro del trineo que mi padre hizo para mí que no puedo evitar sonreír.

—¿Estás lista, Chels?

Se oye la voz de mi padre, pero la cámara está fija en la pequeña Chelsea, enfundada en un mono de esquí azul, de cuando yo era pequeño, con un casco de estrellas rosas y la nariz tan roja como el famoso reno de Santa Claus. Se ríe nerviosa, sabiendo que tiene que empujarse ella sola. La cuesta no es muy pronunciada ni mucho menos, pero, claro, con tres años cualquier cosa te parece una aventura. Junto a Chelsea estoy yo, dando saltos sin parar y animándola.

—¡*Toy* lista! —grita mi hermana en el vídeo.

—Pues cuando tú quieras, cariño.

Chelsea no lo piensa, apenas mi padre termina de hablar, se lanza ladera abajo y, esta vez sí, mi madre graba, no solo a ella, sino a mi padre y a mí corriendo detrás.

—¡Eres la mejor, Chels! —grito yo en el vídeo—. ¿A que es la mejor, papá?

—¡Sí que lo es! —Chelsea llega abajo y mi padre la alza en brazos de inmediato, girando con ella y haciéndola reír a carcajadas—. ¡Chelsea Hyland, eres la niña más valiente del mundo mundial!

La Chelsea del vídeo no para de reír. La Chelsea actual se acurruca al lado de mi madre y mira la pantalla con una pequeña sonrisa y lágrimas bañando su cara.

—¿Estás bien? —pregunta mi madre, aunque en su voz se nota que está acongojada.

—Sí, lo estoy. ¿Podemos ver otro?

—¿Sabes qué, Chels? —le digo acercándome a ella y quedándome a su otro lado. Ella deja el cuerpo de mi madre y me abraza de inmediato—. Sigues siendo la niña más valiente del mundo mundial.

El llanto de mi hermana no cesa, pero su sonrisa se amplía. Le pido que elija otro vídeo y ella coge el portátil y pone uno de una barbacoa. Más tarde lo vemos en el parque, en los festivales de otoño de otros años, esquiando, en distintos cumpleaños, Navidades, Acción de Gracias y arreglando motores en el taller. Cuando queremos darnos cuenta nos hemos dado una maratón y Chelsea se cae de sueño, pero insiste en ver uno más. Cedemos, aunque a estas alturas no sé si estoy más destrozado por lo mucho que lo echo de menos o por la certeza de que, si vemos todos estos vídeos hoy, no habrá nuevos el año que viene. No veré a mi padre envejecer como estoy haciendo ahora. Tenía algunas canas, pero nunca sabré si su pelo se tornaría blanco por completo o se quedaría calvo, como su padre. No sabré si su cara se arrugaría o, por el contrario, se mantendría en el tiempo. No lo veré reír a carcajadas en más barbacoas y ya no oiré sus gritos mientras me anima cuando decido hacer algo, lo que sea. Eso es lo peor cuando alguien se va: te quedan los recuerdos pero eliminan tu futuro con esa persona. Y es injusto. Es muy muy injusto, sobre todo cuando se van tan jóvenes.

Finalmente, Chelsea elige un vídeo en el que se me ve de pequeño, con la edad que Chelsea tiene ahora, más o menos. Estoy aquí, en este mismo sofá y sentado frente a mí, apoyado en la mesita, está mi padre mirándome tocar la guitarra. Y su mirada... hay tanto orgullo en esos ojos que me pregunto cómo es que no lo veía cuando era pequeño. Daba igual que tocara la guitarra o hiciera un trabajo para el colegio. Él siempre me miraba como se miran las cosas importantes.

Yo tocaba y cantaba la famosa *Always on my mind* del gran Elvis Presley y mi padre sonreía cada vez que yo elevaba el tono. Chelsea dormía en su hamaca, era solo un bebé, y juro que puedo oír la risa de mi madre a través de la cámara. Cuando la canción acaba mi padre da una palmada. Solo una antes de mirar a mi madre y señalarme.

—Este chico será un grande de la música, Dawna, recuerda esto que te digo. ¡Será un triunfador!

Lo intento, de verdad lo intento, pero las lágrimas son más rápidas y caen de mis ojos antes de poder frenarlas o controlar el impulso. Chelsea se ha dormido sobre mi costado, así que moverme o esconder mi rostro no es una posibilidad. Y aunque intento controlarme, sobre todo cuando mi madre apaga el televisor y se levanta, no puedo sino llorar más cuando se sienta a mi otro lado y guía mi cabeza hacia su hombro. Entierro la cara en su cuello, muerto de vergüenza por estar llorando, pero ella solo acaricia mi mejilla y susurra palabras de aliento.

—Está bien, Kellan. Llorarlo también es parte del camino.

—Ya hace casi un año —digo conteniéndome, casi con rabia—. ¿Cuándo se hará más fácil, mamá?

—Creo que no es algo lineal, ¿sabes? —susurra ella a mi oído—. Habrá días en que lo lleves bien y días, como hoy, en que las fechas señaladas y su recuerdo duelan como alfileres clavándose bajo tus uñas. Y las dos cosas están bien, Kellan. Lo más importante es que tengas presente que te adoraba y le encantaría ver que sigues avanzando en tu vida, cumpliendo sueños. —No respondo de inmediato. No puedo, así que ella sigue hablando—: A esa edad, más o menos, empezaste a hablar de escribir tus propias canciones. Querías marcharte lejos, componer, cantar y...

—Eso ya no importa —digo separándome de ella y limpiándome los ojos con fuerza—. Lo único que importa es esto: la familia.

—Pero, cariño...

—Soy feliz, mamá. Tienes que entenderlo —le digo enfrentando su mirada—. Sé que piensas que no, porque he dejado de pensar en todo eso de la música, pero simplemente he cambiado de opinión. Tengo el taller, os tengo a vosotras y ahora, además, tengo a Maia. Y echo de menos a papá, sí, mucho, pero... estoy bien. Estaré bien. Tienes que creerme. Necesito que me creas.

Si estuviera un poco más calmado, me daría cuenta de la desesperación que tiñe mi voz, pero no lo hago. Lo único de lo que sí soy consciente es de la sonrisa de mi madre. Besa mi mejilla con la dulzura que la caracteriza y sonríe. Sonríe sin parar, pero no es una sonrisa sincera.

Y lo peor de todo es que, por más que lo intente, no puedo acallar del todo el eco de la vocecita que me grita que ella tiene razón.

48

Vera

¿Podrían dejar de pasar cosas en este día de Acción de Gracias? Para ser el primero que celebro en mi vida, no está dejándome muchas ganas de repetir el año que viene.

Miro a Maia sentada en mi cama, con el pelo alborotado y los ojos algo hinchados por el sueño. pero pendiente de cada movimiento que hago. Bien, esto no será fácil y, aun sin querer, da respuesta a una de las dudas que albergaba. De hecho, da pie a resolver lo que más me preocupa de mi relación con Martin, y es el hecho de contárselo a Maia. No saber cómo va a encajarlo me ha tenido en vilo desde que lo besé por primera vez. A ratos me convencía de que no haría falta contarle nada porque esta relación era informal, pero, sinceramente, esa línea del autoengaño perdió fuelle enseguida. No sé si esto que Martin y yo tenemos es para toda la vida, aunque tampoco es un rollo de una noche. Y, en cualquier caso, mi hija merece saberlo, así que me coloco frente a ella, a los pies de la cama, y me enfrento a la realidad. Es hora de contárselo. Y, si Maia se enfada o se muestra resentida... bueno, tendremos una grieta más con la que lidiar en nuestra relación de madre e hija.

—¿Te importa si me ducho antes? —pregunto—. Estoy helada.

—No, por supuesto.

Su mirada es tan perspicaz que me pongo nerviosa. Y la ducha no lo arregla, porque es demasiado rápida como para tener tiempo de calmarme. Me pongo un pijama y, a sabiendas de que hay cosas que es mejor tratar con una taza caliente entre las manos, aviso a mi hija para que bajemos a la cocina.

—Haré chocolate caliente —le digo.

—¿A estas horas? —pregunta, extrañada.

—¿Acaso hay una mala hora para el chocolate caliente?

Maia no lo piensa demasiado. Su amor por el chocolate gana, tal como yo esperaba.

—Tienes toda la razón.

Bajamos y hacemos el chocolate juntas y en silencio. Sé que viene una conversación importante y quizá por eso me regodeo en el simple hecho de estar aquí, con ella, mano a mano en la cocina. No sé cómo saldrá esto, pero espero que, al acabar, no piense que ha sido el peor chocolate caliente de su vida.

Nos acomodamos junto a la mesa de la cocina, ambas rodeando la taza del mismo modo. Sonrío con cierta tristeza, porque es un gesto que vimos millones de veces en mi padre. Él solía decirnos que nada calienta mejor unas manos que una buena taza de chocolate caliente. Y tenía razón, pero ahora que no está este ritual se ha vuelto un poco amargo.

—Tú dirás —dice mi hija.

Entiendo su ansia. Yo no tengo ninguna prisa por abordar el tema, aunque para ella es distinto. Su cabeza tiene que ir a mil por hora pensando en el motivo por el que su madre ha llegado a las tantas de la madrugada a casa. No sería tan raro en Madrid, pero recordemos que estamos aisladas en una cabaña a las afueras de un pueblo muy muy pequeño.

—Mamá... —se impacienta Maia.

—Está bien, vale. ¿Cómo te sentirías si...? —dudo, porque esto no es fácil, pero no encuentro un modo correcto de hacerlo, así que me lanzo por instinto—. ¿Cómo te sentirías si te dijera que estoy un poco relacionada con tu tío?

Maia me mira con cara de póquer, como si no hubiera comprendido mis palabras. Cuando por fin reacciona, lo hace elevando las cejas.

—¿Un poco relacionada? ¿Qué diablos significa eso?

—Oh, bueno, ya sabes. Pues... —Carraspeo—. ¿Qué pasaría si te dijera que tu tío y yo tenemos... relaciones?

—¿Relaciones?

—Sexuales.

—Oh, mierda, mamá. —Maia se tapa los ojos y me río, porque esto es incómodo, vergonzoso y... divertido, en cierto modo. En un modo muy macabro, lo reconozco—. ¿Hablas en serio?

La diversión desaparece del mapa cuando me doy cuenta de que está flipando mucho.

—Sé que es raro, pero, Maia... surgió. No sé explicártelo de otro modo. Desde que lo vi hubo algo distinto y, con el tiempo, cuando nos conocimos... todo fluyó. La primera vez que me besó sentí que nunca antes me habían besado así. Me sentí... importante. Me sentí algo más que una madre y una mujer medio enterrada en un montón de problemas.

Podría haber dicho esto de otro modo, sin ser tan brutalmente sincera, pero mi hija tiene diecisiete años. No es ninguna niña y, si quiere que la trate como a una adulta, lo haré con todas las consecuencias, incluida esta. Le cuento todo lo ocurrido entre nosotros, sin detalles, por supuesto, y cuando acabo, para mi sorpresa, mi hija sonríe.

—En realidad, es genial. Es mi profe favorito, mi tío favorito y, ahora, mi padrastro favorito. Y encima voy a hacer que Ash se muera de envidia.

—Un segundo, cielo, porque yo no... bueno, no sé cómo de serio es esto y no... ¿Padrastro?

—Claro, si estáis liados.

—Espera un momento. —Me pongo la mano en la frente, confundida—. ¿Todo esto no te parece mal?

Mi hija me mira como si fuese una inepta.

—¿Por qué iba a parecerme mal?

Me quedo impactada y arrepentida, porque es obvio que, pese a querer tratarla como a una mujer, una parte de mí ha infravalorado hasta qué punto era capaz Maia de aceptar y asimilar esto. Una vez hecho, decido lanzarme a por todas.

—Bueno, desde que vinimos aquí es como si... como si todo lo que hago te sentara mal. Ahora no —aclaro al ver su cara—. Ahora no, pero sí al principio.

Mi hija no parece enfadada, sino todo lo contrario. Puedo ver cómo reflexiona acerca de esto y, finalmente, se abre, lo que me alegra como nadie se imagina.

—Mira, sé que no fue fácil para ti traernos aquí. Sé que... sé que tú también sufres, pero me dolió que no contaras conmigo. Me lo impusiste, mamá, y aunque ahora estoy contenta, me hizo daño que mi opinión no contara.

—Lo entiendo y lo respeto, cariño, pero es que no teníamos opciones. O sí, las teníamos, pero pasaban por compartir piso con extraños o buscar un trabajo nocturno y... pensé que esto sería lo mejor. No quería sacrificarme más. No quería que tú te sacrificaras más compartiendo tu vida con desconocidos o terminando de crecer prácticamente sola.

—Y tenías razón. —La miro con la boca abierta y Maia se ríe entre dientes—. Tenías razón, mamá, solo que me habría gustado hablarlo con calma y no que me lo dijeras de esa forma. No sé, supongo que no me gustó el modo de comunicármelo. Y tampoco te miento, lo habría tomado mal también, pero al menos habría hecho el esfuerzo de entenderlo —suspira—. Aunque, si te digo la verdad, es más fácil vivir aquí, donde los recuerdos del abuelo no me atosigan por todas partes.

El látigo encargado de hacer tocar las campanas del dolor se activa y contraigo un poco el gesto.

—Lo echo de menos cada día —confieso con la voz tomada.

Mi hija se emociona tan rápido que no puede controlar las lágrimas.

—Va a ser una Navidad un poco triste sin él —confiesa con la voz rota. Separo mi mano de la taza y se la ofrezco. Cuando entrelaza sus dedos entre los míos, sonrío, porque es un momento triste, pero sigue aquí, conmigo. Seguimos juntas—. Y a veces... a veces me siento mal, ¿sabes? Por disfrutar, ya sabes. —La miro en silencio, animándola a seguir—. Cuando salgo con Kellan o con los chicos... O voy a fiestas yo... es como si no respetara su memoria.

—No, cariño, nada más lejos de la realidad. Precisamente porque lo queríamos y lo respetamos debemos tener claro que él querría esto. Tu abuelo no querría que viviéramos sufriendo o llorando su partida para siempre. La tristeza es buena, llorar es bueno, pero aprender a vivir sin él también es bueno. Es, de hecho, lo mejor que podemos hacer por su memoria.

Maia llora y no puedo evitar hacerlo con ella. Perder a mi padre fue uno de los peores golpes de mi vida, pero me niego a creer que el modo en que intentamos salir adelante no es adecuado. Al final, es mi hija la que se limpia la cara y se ríe, intentando reponerse.

—¿Sabes qué? Creo que al abuelo le gustaría mucho el tío Martin. O sea, que le gustaría como novio tuyo, aunque todo sea un poco raro. Y me alegro de que el tío tenga a alguien a su lado. Creo que todo esto del abuelo Ronan le afecta mucho, aunque no se queje en voz alta.

Me recoloco en la silla un instante con la intención de pensar en mis siguientes palabras, pero no me lleva mucho tiempo darme cuenta de que, llegados a este punto, lo mejor que puedo hacer es seguir hablando con sinceridad. Por eso le cuento lo ocurrido esta noche, que Martin está borracho en este instante y acostado en su cama. Cuando mi hija se emociona de nuevo, soy consciente de hasta qué punto ha aprendido a querer a su tío.

—¿Por qué no le has dicho que tú no te avergüenzas de él? ¿Por qué no te has quedado a su lado?

—Porque tenía que venir aquí, contigo. Y de todos modos... está borracho y lo que necesita es dormir. Mañana verá las cosas de otro modo, o eso espero.

—Pero, mamá, los borrachos siempre dicen la verdad.

—Uy, no siempre. Yo cuando me emborracho voy declarando mi amor a todo el mundo y te aseguro que estoy muy lejos de querer a tanta gente. —Nos reímos, pero la seriedad vuelve a adueñarse de la situación.

—Necesitas hacerle un gran gesto, mamá. Algo que le haga ver que tú sí quieres estar con él. Algo como... como... cantarle una canción.

—Ni muerta. Eso déjaselo a tu chico.

Maia se ríe un poco avergonzada.

—Lo hace bien, ¿no?

Me río, contenta de poder hablar de esto con ella. Y, de hecho, aprovecho que la conversación ha salido y parece que estamos en un momento de sinceridad total para hablar con ella de algo que me preocupa.

—Muy bien. De tener diecisiete años, me habría enamorado locamente de ese chico. —Maia vuelve a reír y suspiro, preparándome para la pregunta más importante de la noche—. ¿Debería tener contigo otra vez conversaciones acerca de sexo seguro y...?

—No lo hemos hecho —confiesa Maia ruborizándose en el acto—. Es una gilipollez, ¿no? Ash dice que el sexo no es para tanto y no se debe dar tanta importancia a la primera vez, pero Savannah dice que para ella fue bonito y yo quiero que... quiero que ese primer recuerdo merezca la pena. —Se muerde el labio—. No tenemos que hablar de ello si es incómodo. Porque es incómodo de la hostia.

—No, cariño, no me importa lo más mínimo —me río. En realidad, sí es un poco incómodo, pero quiero que mi hija hable de estos temas conmigo. Quiero que se mantenga informada y prefiero que lo haga conmigo a que use internet o fuentes poco fiables—. Sabes que puedes contar conmigo siempre. El sexo, ciertamente, es algo contradictorio. Puede ser el acto más fácil del mundo y, al mismo tiempo, el más complejo. Requiere confianza, mimo, esfuerzo y respeto. Sobre todo respeto. Y si tú no estás segura, Maia, no deberías practicarlo.

—Eso dice Kellan.

—Dios, me encanta ese chico.

Nos reímos y Maia suspira, un poco sorprendida con toda esta situación, supongo.

—Imagino que tú sí estás muy segura con mi tío. Dios, es muy raro imaginarlo.

—¡Es que no tienes que hacerlo! —exclamo riéndome y muerta de vergüenza.

—¡No lo hago literalmente! Solo digo que... es bueno saber que mi madre goza sin complejos de una vida activa, hablando sex...

—Maia, para —le pido roja como un tomate. Y luego, como ya no tengo mucho que perder, decido tirarme a la piscina del todo—. En realidad, es difícil también en ese aspecto.

—¿No te gusta hacerlo con él?

—Dios, Maia, deja de hacer preguntas incómodas.

—Tú has dicho que podía hablar contigo de cualquier cosa.

—Sí, pero... —Me paro a tiempo. Sí se lo he dicho, y si pretendo que confíe en mí, es una estupidez no confiar en ella del mismo modo—. Bueno, tenemos que superar ciertas barreras. Barreras que me impuse cuando era demasiado joven y acaparé un montón de complejos con mi cuerpo.

—¿Te ha dicho algo de tu cuerpo? —pregunta, alerta.

—No, no, para nada. Al revés. Él... quiere verlo. —Maia no entiende nada—. Solo nos... relacionamos a oscuras.

—¿A oscuras?

—Muy a oscuras. De noche y con la luz apagada.

—Oh... guau.

Vale, bien, estamos las dos rojas. Esto es incómodo. Incómodo y bochornoso, pero ya está dicho y no pienso retractarme.

—¿Sabes lo que no entiendo? Que sigas teniendo esos complejos, como cuando íbamos a la piscina y te ponías el bañador más oscuro y feo del mundo pensando que así nadie te miraría. Eres guapísima, mamá. Siempre lo he pensado. Da igual la talla que tengas, o las estrías o que tu pecho esté un poco caído.

—¿Un poco? —pregunto con sorna.

—Da igual, porque sigues siendo preciosa y si dejaras que Martin te viera pensaría lo mismo que yo, pero lo que más rabia me da no es eso, sino que no lo veas tú. Tienes que empezar a quererte, mamá, porque el día que te des una oportunidad vas a ser consciente de lo tonta que has sido por no valorarte como mereces.

Mis lágrimas no me dejan hablar y Maia, que se da cuenta, me abraza por encima de nuestras tazas, besando mi pelo y haciéndome pensar que puede que aún me cueste un poco sentirme orgullosa de mi físico, pero estoy jodidamente orgullosa de la chica en la que se ha convertido mi hija y eso, en parte, es mérito mío.

O eso me gusta pensar.

49

Martin

La noche después de Acción de Gracias entro en casa listo para hacer ver que todo es maravilloso. Mi vida es perfecta tal como está y no siento ningún rencor. Suena a autoengaño, porque lo es, pero es que me he pasado el día en la ciudad con Wendy, Brad y el pequeño Brad y siento, de verdad, que vuelvo a ser un poco yo mismo. Hemos paseado viendo las luces y disfrutando con la reacción del pequeñajo, porque la Navidad queda oficialmente inaugurada, hemos comido en un asador increíble, merendado con una selección de tartas en una cafetería con aspecto europeo y hemos vuelto a casa un poco empachados, pero con las emociones en calma. Bueno, eso yo. Imagino que mis amigos han vuelto más o menos igual, pero espero que, al menos, no estén tan preocupados. Supongo que no es fácil que tu mejor amigo llame para confesar que no quiere estar solo el día después de Acción de Gracias...

La resaca desde que me he despertado es horrible, pero el sentimiento de vergüenza y humillación es aún peor. Me he levantado de la cama y huido de Rose Lake porque, tanto como quiero a este pueblo, me sentía incapaz de permanecer en él. Wendy y Brad no me han fallado, nunca lo hacen, y cuando les he contado lo sucedido en la cena han mostrado tanta rabia que me han hecho sentir... bien. Está mal decirlo, pero después de todo lo que he pasado desde ayer, ver que alguien sí se ofende por esas cosas y, además, lo exterioriza, me hace sentir menos bicho raro. A lo mejor tengo razón y la forma en que mi padre me trata se ha ido de control por completo. Aun así, he intentado calmarlos. Yo solo quería que entendieran los motivos por los que necesitaba salir del pueblo, pero no pretendía, ni mucho menos, pasarme el día hablando de ello. No merece la pena y Wen y Brad lo han entendido a la perfección.

Me han dado mi espacio cuando lo he necesitado y se han acercado a abrazarme y darme calor cuando se han dado cuenta de que era lo que necesitaba. Al volver a casa, mi teléfono estaba tan apagado como esta mañana y yo no me arrepiento de esa decisión. Lo apagué para poder disfrutar de mis amigos.

Bueno, no puedo ser hipócrita: lo apagué por eso y porque me daba miedo que nadie se acordara de mí. Por eso esta noche, al llegar a casa y mirar por la ventana y ver todas las luces apagadas, he sabido que no había nadie y me he preguntado si Vera me ha echado de menos en algún momento o, por el contrario, está molesta conmigo por haber tenido que ayudarme a llegar a la maldita cama borracho y hecho un desastre emocional.

Para no mentir, llevo todo el día intentando recordar si dije algo ofensivo, porque solo consigo recordar ráfagas de su imagen intentando lidiar conmigo, pero no recuerdo nada específico, así que vivo con la esperanza de no haber metido la pata pero sin saberlo.

Me doy una ducha, preparo una infusión para cenar, porque nos hemos pasado el día comiendo, y solo entonces enciendo mi teléfono. Por un momento me pregunto qué pasará si nadie me ha escrito. Intento hacerme a esa idea, pero, joder, es que duele mucho, así que supongo que por eso me alegra tanto encontrar que tengo mensajes de Ashley Jones, Kellan, Brody, Hunter, algún que otro alumno más, Max, Maia y, por último, Vera.

Me cuesta un poco decidir cuál abro primero, porque evidentemente quiero abrir el de Vera, pero... pero no sé qué me va a decir, si será bueno o malo, así que abro el de Ashley porque intuyo que me hará reír y mejorará mi ánimo para lo que sea que venga después.

Ashley
Eh, señor Campbell, mis padres han
decidido poner en la mesa un pavo hecho
con tofu. No es broma, lo han hecho con un
molde. Les odio aunque Maia diga que es
genial, espero que usted haya comido pavo
real hasta reventar. Y espero que cuando
nos casemos no decida hacerse vegetariano.
Sería un golpe imposible de encajar. Feliz
Acción de Gracias.

Le respondo para felicitarle las fiestas y, después, leo los mensajes del resto de los alumnos. ¿Estoy escondiéndome de la realidad? Sí, probablemente, pero tardo unos buenos cinco minutos en contestar a todo y, al final, ya no me queda más remedio que elegir entre Max o Vera. Imagino que mi hermano está preocupado por mí, o al menos quiere saber cómo estoy, pero una parte de mí siente un poco de rencor, así que abro el de Vera solo por no abrir el de él, lo que me hace sentir fatal.

Vera
Hola, Martin. Hoy tengo turno de cena en el
restaurante. ¿Te pasarás? Me gustaría verte.

Vale. Tanto como lo he temido y es, en realidad, bastante normal y escueto. Claro que conociendo a Vera no va a decir nada de lo que piensa en mensajes. Posiblemente ese «Me gustaría verte» incluye un «sería bueno saber por qué cojones bebiste de ese modo al llegar a casa». Y, aunque es tarde, el turno de cenas casi ha acabado y no me apetece demasiado tener esa charla, decido ponerme algo más decente que este chándal viejo y acercarme al restaurante. Elijo un vaquero cualquiera, un jersey negro y el abrigo con el gorro. El frío de Oregón ya hace de las suyas sin pudor. La nieve llegará pronto y, por primera vez, al pensar en ello no siento especial ilusión. Pero tampoco siento especial ilusión por vivir el verano. Supongo que no siento ilusión, a secas, y eso se ve reflejado en todo lo demás.

Entro en el restaurante unos quince minutos después de haber leído el mensaje de Vera. Nada más traspasar las puertas me percato del ambiente festivo que reina. Kellan está cantando y muchos vecinos se han congregado en las mesas frente al escenario, disfrutando del espectáculo y, posiblemente, del hecho de volver a tener al chico tras el micrófono. Mi sobrina está en una silla junto a Ashley, Savannah y el resto de los chicos con los que suele juntarse, pero no me ve llegar, así que me encamino hacia la barra. Ya la saludaré más tarde. Me siento en uno de los taburetes y saludo a mi hermano, que me mira con la ansiedad dibujada en la cara. Lo conozco bien, por eso procuro sonreír a conciencia. Puede que esté dolido, pero a fin de cuentas él no tiene la culpa de que nuestro padre me odie.

—¿Cómo estás? —pregunta preocupado—. Te he llamado varias veces.

—Estuve en la ciudad con Wen y Brad.

—Oh, ¿no han venido?

—No, se quedaron en casa. El pequeño está agotado.

—Vale. —Max está limpiando la barra y me concentro en el movimiento circular del trapo contra la madera—. No has respondido a mi primera pregunta: ¿cómo estás?

—Bien —miento.

—Mamá me ha llamado. Está preocupada por ti.

—Estoy bien —le digo un poco más seco.

Mi hermano da un toque en mi mejilla con sus dedos para que deje de mirar al trapo y me centre en él.

—Estoy aquí, Martin. Sigo estando aquí. Seguimos siendo un equipo, ¿vale?

—Equipo de tres —interviene Steve—. No pienso volver a la casa de ese viejo gruñón hasta que te trate con respeto.

Debería sorprenderme la actitud de Steve, pero lo cierto es que no lo hace. Es un hombre que no soporta las injusticias y ver que lo de ayer también lo fue para él me alegra, porque significa que no soy tan dramático como seguramente piense mi padre.

—Despídete de la casa, entonces —replico—. Eso no va a pasar.

—En algún momento tendrá que...

—Me pareció oírte.

La sonrisa de Vera al salir de la cocina hace que me sienta un poco estúpido. Dejo de oír a Steve. En realidad, dejo de oír a todo el puto restaurante, lo que me hace sentir un poco estúpido, porque ni siquiera de adolescente me sentí así con ninguna chica. Estoy bien jodido y colgado por ella, lo acepto. Intento no pensarlo, pero entonces Vera sale de la barra y viene hacia mí.

—Hola —murmuro.

Intento evaluar si está molesta o avergonzada por todo lo que tuvo que hacer ayer por mí, pero no lo parece. Al contrario, parece contenta y... ¿nerviosa?

Vera avanza en mi dirección y, para mi completa estupefacción, al llegar a mi altura abre mis piernas y se cuela entre ellas. Acaricia mi nuca, acercándome a ella, y sonríe de ese modo que hace que piense en arrancar estrellas a la noche para ella.

—Te eché de menos, Martin Campbell.

Sus labios se encuentran con los míos. Me besa, me está besando frente a todo el puto restaurante y me quedo tan impresionado que soy incapaz de reaccionar.

¿Qué significa esto?

50

Maia

Aparto los ojos de Kellan en el momento en que mi tío Martin entra en el restaurante. Tiene el rostro neutro, pero se nota que está más serio de lo que es normal en él. Además, sus gestos le delatan. Cuando llega al restaurante él suele saludar a los vecinos, se para en alguna mesa y charla con unos y otros, pero va derecho hacia la barra y, al sentarse, tampoco es que sonría mucho.

Veo a mi madre salir, caminar hacia él, colarse entre sus piernas y besarlo. Lo veo, igual que todos los que están en el restaurante. Algunos sueltan risas nerviosas e incrédulas, otros se quedan impactados, pero nadie se queda tan sorprendido como mi tío Martin. El shock es tal que, de pronto, mi corazón se paraliza por si rechaza a mi madre. Sé bien cuántos complejos carga, siempre ha sido un tema que me ha molestado de ella, porque no entiendo que no vea cuánto vale y lo preciosa que es. A veces las personas somos así: da igual cuántas veces te den un lienzo y te digan que puedes pintar un bosque rojo, amarillo o azul, si tú no eres capaz de convencerte y siempre lo acabas pintando de verde, porque el verde es lo supuestamente normal. El verde es lo más aceptado, es lo que te han dicho que es más bonito y, por tanto, da igual cuántos tonos de amarillo tengas. Si no tienes un verde, crees que tu lienzo no sirve. No es perfecto.

Ahora mismo mi madre intenta pintar un lienzo de amarillo y, si mi tío rechaza a mi madre públicamente, después del inmenso acto de valor que ella ha llevado a cabo, existe la posibilidad de que no quiera volver a pintar nunca más. Lo sé, lo supe cuando nos sinceramos la una con la otra y me lo confesó todo. Nunca pensé que una charla podría ser tan esclarecedora, incómoda a ratos, y reconfortante en su mayor parte. Ella no está besando a un hombre sin más: mi madre está entregando una parte de ella que no ha entregado nunca a nadie y si mi tío la rechaza y mi madre se hunde, yo me hundiré con ella y odiaré a mi tío para siempre.

Es así, adoro a mi tío, pero si tengo que elegir entre él y mi madre la opción es más que evidente. Por fortuna, no hará falta que odie a nadie porque, justo cuando empiezo a sentir palpitaciones, mi tío se pone de pie, enmarca las mejillas de mi madre y la aplasta un poco contra la barra, apoyando su espalda en ella y devolviéndole el beso. Haciéndose cargo de la situación con tanto ímpetu que levanta los vítores del restaurante a un nivel tan elevado que hasta Kellan, que seguía cantando hasta este momento, deja de hacerlo.

—¡Así se hace, señor Campbell! —grita al micrófono.

Todo el mundo se ríe, incluida yo, aunque todavía estoy un poco preocupada por cómo estará afectando esta situación a mi madre, pero mi tío deja de besarla, esconde la risa entre su pelo y, cuando ella lo abraza, lo sé. Ella es feliz. Mi madre es feliz por primera vez en... Mi madre es completamente feliz por primera vez desde que la conozco, y eso es alegre y triste en la misma medida. No debería haber esperado tanto para buscar su felicidad pero supongo que a veces las cosas salen así. Imagino que, de no haber dado los pasos en esta dirección ahora no estaríamos aquí y, sinceramente, ya no puedo imaginar mi vida lejos de Rose Lake.

Ella se merece esto. Se merece los besos, los abrazos, los vítores del pueblo que nos ha adoptado y... todo. Se lo merece todo y me siento feliz y tranquila, por fin. Tranquila porque sé que ahora su mundo no soy solo yo, y tanto como eso podría resultar contradictorio, lo cierto es que me gusta pensar que tiene alguien más que hace aletear su corazón de un modo que yo nunca podré.

Ellos se separan lo justo para mirarse a los ojos y juro que incluso desde aquí puedo ver en sus iris un millón de promesas. El pueblo se calma un poco y ellos salen a la terraza mientras me quedo mirándolos.

—¿Qué tal si retomamos este espectáculo? No es tan sabroso, pero...

Las palabras de Kellan arrancan varias carcajadas. Me giro a mirarlo, me guiña un ojo y contengo el aliento un instante. Es solo un segundo, puede que menos: lo que dura un pestañeo. Ese es el tiempo que Kellan necesita para paralizar mis emociones y reactivarlas todas con el doble de potencia. Va vestido con botines negros, pantalones ceñidos del mismo tono, un jersey blanco y una cazadora vaquera con el interior de borreguito. Su pelo está alborotado, pero de algún modo parece haber orden en su desorden natural. Es sexy y... tiene pinta de estrella. Es todo lo que puedo pensar mientras lo miro y me derrito.

—¿Cuándo vas a acabar con toda esta tensión sexual? —pregunta Ashley a mi lado—. Es muy incómodo ver a dos personas deseando arrancarse la ropa constantemente y que no hacen nada.

—¿Y a ti qué bicho te ha picado ahora? —pregunto.

—Tu madre me ha robado a mi hombre.

Suelto una carcajada y cojo un nacho rebosando de queso del plato que hay en la mesa.

—Mi madre no te ha robado absolutamente nada, Ashley. Él nunca estuvo destinado a ti, asúmelo.

—Habríamos tenido unos hijos guapísimos.

—Y estás impaciente por eso, ¿verdad, Ashley? —El tono duro de Brody me deja a cuadros. A mi lado, Savannah se queda igual. En realidad, la única que no parece impactada es la propia Ash.

—No todos soñamos con recorrer el país moviendo las pelotas, nene.

Las carcajadas son unánimes, pese a la cara de cabreo de Brody. En España diríamos algo como «Manolete, si no sabes torear, ¿pa' qué te metes»?, pero no sé llevar el dicho al inglés, así que me limito a pensar que Brody no tendría que haber ido de listo con Ash, porque puede que sus notas estén lejos de ser las mejores, pero hay poca gente que gane a esta chica en una discusión verbal.

—¿Entonces? —pregunta Savannah en un susurro cuando los demás vuelven a abstraerse en la música de Kellan.

—Voy a hacerlo... —murmuro.

Mi amiga me mira y el nerviosismo se apodera de nuevo de mí. Parecerá raro, pero la conversación con mi madre me ha abierto mucho los ojos con respecto a todo. Confío en Kellan. Creo que es, junto con mis padres, la persona en la que más confío. No sé si el sexo es tan sencillo como dice Ash o tan bonito como asegura Savannah, pero sé que quiero practicarlo con él. Y cuando baja del escenario y viene hacia mí, no dudo en besar sus labios y ponerme de puntillas para susurrar en su oído.

—¿Podemos ir a algún lugar para estar solos?

Él me mira y lo sabe. Sé que lo sabe. Lo sé por la pequeña sonrisa que se dibuja en su rostro pero, sobre todo, por la única respuesta que da.

—¿Estás segura de no querer quedarte aquí?

—Sí. Y si no me gusta el paseo, podemos volver, ¿verdad?

Kellan afianza su agarre sobre mi cintura y me acaricia la cadera con seguridad.

—Siempre. En cualquier momento —responde con voz ronca.

No hablamos del paseo, los dos lo sabemos, pero, cuando salgo del restaurante hacia su camioneta, sé que, pase lo que pase, Kellan Hyland cuidará de mí.

51

Vera

Salgo a la terraza con Martin y siento que el frío se estampa en mis mejillas y mi nariz, pero no puedo dejar de sonreír como una idiota. Me ha devuelto el beso. Ha tardado, sí, pero lo ha hecho. Y ahora... ahora estamos en la terraza, él no deja de mirarme con una sonrisa que no sé descifrar y yo no sé si he reunido tanto valor para besarlo que ahora no me queda nada para hablar en serio. Y aun así, cuando Martin se acerca y roza su nariz con la mía, no puedo evitar acercar mis labios más, buscando un nuevo beso.

—¿Vas a explicarme en algún momento qué ha pasado? Porque hasta donde yo sé, el que se emborrachó de muy malas formas fui yo —me dice Martin entre beso y beso.

Estamos helados y, aunque nos hayamos metido bajo el tejadillo de la terraza, la lluvia empieza a hacer de las suyas, y no puedo evitar temblar. Martin me abraza con fuerza, como si así pudiera hacerme entrar en calor. Y lo hace, de un modo distinto, pero lo hace.

—Yo... Hubo algo que dijiste anoche, cuando te ayudé a acostarte —confieso. Me mira con una mezcla de arrepentimiento e interés que me hace sonreír—. ¿No lo recuerdas?

—Me he esforzado mucho para recordarlo, y también espero no haber dicho ninguna estupidez, pero no consigo acordarme.

—Dijiste... dijiste que ojalá alguien estuviera orgulloso de tenerte en su vida, aunque fuera un minuto.

—Oye, eso...

—Sé que lo piensas, Martin, no me mientas. —Él traga saliva, confirmando mis sospechas—. No es una cuestión de orgullo. Te aseguro que me siento increíblemente afortunada de que quieras estar con alguien como yo.

—¿Alguien como tú? —pregunta, confuso—. ¿Esto va en la línea de tus complejos de nuevo? Porque te aseguro que solo tú los ves y a mí me vuelve loco tu cuerpo, tu cara y... todo. Todo de ti, aunque no me dejes verlo sin ropa.

Mis mejillas se encienden y un sentimiento de gratitud se expande en mi pecho. Es amable, educado, listo, guapo y... y quiere estar conmigo. No ve a la Vera madre, ni a la mujer llena de complejos. Él solo quiere estar conmigo. Así de sencillo. Así de extraordinario.

—Si no te hubieras emborrachado en Acción de Gracias habrías descubierto que compré un conjunto por internet que me hace sentir ridícula solo porque se suponía que era sexy y te dejaría verme con él. —Su cara va del asombro a algo mucho más oscuro en solo un segundo—. Y el caso es que vuelvo a llevarlo hoy después de haberlo lavado y secado a escondidas, así que agradecería que esperaras a que acabe mi turno sin beber demasiado o no podré demostrarte hasta qué punto estoy dispuesta a saltar al vacío por ti.

Los labios de Martin encuentran los míos a medio camino, porque en cuanto ha comenzado a acercarse a mí he hecho mi parte impulsándome hacia arriba.

—Prometo hacer que hasta el vacío merezca la pena —susurra—. Dios, Vera, estoy... —Roza su nariz con la mía y está tan fría que me estremezco—. Agradecido —susurra—. Ese es mi agradecimiento este año, aunque llegue un día tarde. Estoy jodidamente agradecido de tenerte aquí, en Rose Lake, en mi vida, en mi cama y entre mis brazos.

A veces las palabras se quedan cortas. Intentas exteriorizarlas pero ruedan por tu cabeza y solo consigues un batiburrillo de letras sueltas que no quieren encajar. Suele ocurrir cuando las emociones se anteponen y, en este caso, no podría estar más emocionada, así que es normal que solo pueda besarlo de vuelta y dar un paso atrás, si quiero acabar este turno sin hacer una locura. Otra más.

—¿Esperarás aquí a que acabe el turno?

—Seré el chico que te observa todo el rato.

—Es un poco siniestro.

—No, cuando se trata de nosotros.

Me río, tiene razón. Martin da un paso hacia mí y yo doy uno hacia atrás, lo que lo hace reír.

—¿Tienes miedo de mí, Vera?

—No, tengo más miedo de lo que puedo hacer cuando me tocas.

Se muerde el labio y está a punto de responder cuando Max sale.

—Siento mucho interrumpir a los tortolitos pero necesito a mi ayudante de cocina.

Mis mejillas se encienden, no solo por el frío, y casi puedo sentir la tensión emanar de Martin.

—Oye, yo... —empieza a decirle a su hermano.

No puede decir más. Max se adelanta, lo atrapa en un abrazo de oso y palmea su espalda de ese modo que usan muchos hombres para no reconocer que, en realidad, les encantan las muestras de afecto.

—Soy inmensamente feliz por ti, hermano. Ya era hora de verte ilusionado. Y, si te digo la verdad, agradeceré que Vera deje de engrasar la puerta de entrada pensando que así no me doy cuenta de que sale cada noche.

—¡Max! —exclamo, avergonzada.

—¿Engrasas la puerta? —pregunta Martin, divertido.

—Sí, y también la tuya, por cierto.

Los hermanos Campbell se ríen y yo entro en el restaurante. Par de idiotas. Tienen suerte de ser el padre de mi hija y... ay, Dios, esto es raro, ¿no? Quiero decir, ¿y si empiezan a pensar en este pueblo que tengo algún tipo de fijación con esta familia?

No. Stop. No pienso hacer esto ahora. Nadie pensará eso porque estas personas ya me conocen, en mayor o menor medida. Me han aceptado. Ahora soy parte de Rose Lake, aunque todavía esté haciéndome a la idea. Y ese es el único pensamiento que debo permitirme tener en estos momentos.

Entro en la cocina, me empleo a fondo en el trabajo y rezo para que las horas pasen lo más rápido posible.

Dos horas después entro en la cabaña de Martin mirando el teléfono.

—¿Ha respondido? —pregunta él.

—Aún no.

—Te ha dicho que iba con Kellan. Dale espacio, seguro que están en alguna fiesta.

—Ashley seguía en el restaurante cuando hemos salido. Por cierto, ¿has visto cómo me miraba? Me odia. —Martin se ríe, cierra la puerta de casa, tira de mi mano para acercarme a su cuerpo y estampa un beso en mis labios.

—Te has quedado con el amor de su vida. Es lógico.

—Oh, yo no diría que eres el amor de su vida.

—Ah ¿no?

—Nah. Si acaso, el profesor madurito del que se ha encaprichado momentáneamente.

—Madurito, ¿eh? —Martin, lejos de ofenderse, muerde mi barbilla y me insta a subir los escalones—. Vamos a mi cama. Verás todo lo que es capaz de hacer el madurito.

Me río. Sé bien que Martin es muy joven, como yo. Apenas tiene treinta y cuatro años, pero, de algún modo, siento que es más maduro que la mayoría de las personas de nuestra edad. Seguramente por todo el drama que vive con su familia. Drama en el que no debería pensar si quiero que esta noche acabe bien. Quedan muchas pruebas por pasar, muchos obstáculos por sortear, pero ahora mismo solo importamos él y yo, por eso dejo que me arrastre hasta la habitación y, una vez ahí, me quedo mirando el interruptor de la luz. Martin se da cuenta, porque enmarca mis mejillas y me mira con tanta dulzura que siento que el corazón me duele.

—No tienes que hacerlo —susurra—. Está bien si necesitas más tiempo, Vera. Hoy has dado pasos de gigante y yo... yo estoy contento solo con que quieras estar aquí, conmigo. Sin esconderte más.

Coloco una mano en su pecho, acariciándolo por encima del jersey, y me aseguro de mirarlo a los ojos antes de hablar:

—Por eso lo voy a hacer, Martin. Porque no quiero esconderme más, ni siquiera de mí misma. No vamos a apagar la luz. Si acaso, crearemos más cuando por fin podamos mirarnos a los ojos mientras...

Las palabras vuelven a fallarme, pero esta vez él me sostiene. Acaricia mi espalda un segundo y después se quita la chaqueta. Se deshace del jersey y, cuando su cuerpo delgado, esculpido y perfecto queda a mi alcance siento una punzada de pánico. Mi vientre está lejos de ser firme y mis estrías... Y...

—Cierra los ojos —susurra Martin—. No apagaremos la luz si no quieres, pero entonces deja que te ayude. Cierra los ojos, Vera.

Obedezco, porque el pánico empieza a atravesarse en mi garganta. Las manos de Martin abarcan mi cuerpo. Diría que tocan un punto exacto pero parecen estar en todas partes. Sus labios se aposentan en mi cuello y bajan despacio hacia mi clavícula. Al mismo tiempo que me arqueo para darle acceso, sus manos me despojan del abrigo. Eso ha sido fácil, aún me queda el jersey, pero Martin no me deja tiempo para pensar. Cuela las manos por debajo de la tela y me toca los costados con dulzura y tiento.

—Te he tocado mil veces ¿recuerdas? —dice en voz baja, consciente de mi tensión—. No te he visto a plena luz, pero me he aprendido tu cuerpo de otras formas. Sé exactamente dónde besar y tocar para que respondas a mis caricias, Vera. Me privaste de un sentido y obligué al resto a poner aún más atención. Y ¿sabes qué? Eres perfecta para todos y cada uno de mis sentidos, incluida la vista.

No es que no encuentre las palabras. Es que, esta vez, ni siquiera circulan por mi mente en letras sueltas, por eso abro los ojos y separo a Martin de mí. Martin, que siempre da de un modo incondicional. Martin, que siempre está dispuesto a intentarlo todo para hacerme sentir bien. Martin, que se ha acostumbrado a ponerse en último lugar y ahora no sabe bien cómo dejar de hacerlo, aunque no lo diga. Lo empujo hacia su cama para que se siente y él guarda silencio, porque sabe que estoy librando una batalla importante y necesito hacerlo sola.

—No dejes de mirarme —le pido.

—No podría —susurra con la voz más ronca que le he oído nunca.

Doy un paso atrás. Estoy cerca, muy cerca de él, pero lo bastante alejada como para que me vea en todo mi esplendor, si es que hay algo aquí que merezca ser llamado esplendoroso. Me quito el jersey por la cabeza y me quedo solo con el sujetador. Bueno, con el sujetador y con todas esas marcas que me han hecho esclava durante años. Encerrada en un cuerpo que no podía valorar. Y me doy cuenta, mientras Martin me mira, que lo importante no era gustarle a él. Lo importante era reunir el valor para ponerme aquí, frente a él, y mostrarme tal como soy.

Lo importante es deshacerme de las cadenas a las que he vivido atada demasiado tiempo. Trago saliva, me desabrocho el pantalón y me deshago de él antes de tener tiempo a pensar en lo que hago. Me enderezo y cuadro los hombros, intentando parecer convencida. Intentando convencerme de verdad.

—No soy perfecta, pero quiero estar contigo.

Sus ojos... Podría escribir una historia con el brillo de sus ojos como única guía. Y yo ni siquiera sé escribir. Martin no se levanta, no se mete en mi espacio, sino todo lo contrario. Estira una mano para que me acerque yo. Entrelazo nuestros dedos y doy los dos únicos pasos que nos separan.

—¿Puedo...? —pregunta alzando su otra mano con intención de tocarme.

Su aceptación, su respeto infinito se me atragantan mientras asiento. Y entonces, en vez de sus dedos, son sus labios los que vuelan a mi vientre y recorren una de mis muchas estrías. Cierro los ojos, tiemblo y me obligo a rectificar el primer pensamiento que me llega.

Este es mi cuerpo. Tiene estrías, un vientre bajo muy lejos de ser firme y le sobran varios kilos. Y, sin embargo, se las supo ingeniar para acoger vida con solo dieciséis años. Mi cuerpo encontró el modo de parir y dar vida a otro ser humano. Y más que eso, se las apañó para seguir en pie cuando el sueño faltó. Encontró alivio en algo tan simple como el agua cuando las grietas emocionales fueron tan profundas como puñaladas y se enfrentó a cada mirada acusatoria para mantenernos erguidas. Mi cuerpo no es perfecto, pero es mío y ha soportado tanto que lo mínimo que le debo es respeto.

Rodeo la nuca de Martin y, en vez de alejarlo de mí, lo llevo hacia arriba, justo hacia la parte baja de mis pechos.

—Desnúdame tú.

Martin no necesita que le diga más. Lo nota, sabe lo que estoy sintiendo por cómo lo miro y actúo. Se levanta y, esta vez, no pide permiso. Me tumba en la cama con solo un par de movimientos y desabrocha el sujetador con maestría, claro que lleva meses haciéndolo a oscuras. Mis pechos quedan libres y él atrapa uno de mis pezones entre sus labios con tanto ímpetu que gimo, sorprendida. Mis braguitas desaparecen entre sus dedos en algún momento, pero no sabría decir cuál. Sus manos, sus labios, su lengua recorren mi cuerpo como llevan haciendo semanas, pero esta vez hay algo distinto. Esta vez sus ojos están puestos en los míos. Puedo regocijarme en el brillo que emana de ellos al saber que esto es especial. Que estamos poniendo una piedra más en esto que intentamos construir entre los dos.

—Si pudieras verte como yo te veo... Si pudieras meterte dentro de mí y ver a través de mis ojos te darías cuenta de lo jodidamente bonita que eres. Ojalá, Vera... ojalá un día puedas mirarte en el espejo y ver todo lo que yo veo ahora.

Las lágrimas acuden a mis ojos imparables. Que ponga palabras a lo que pensaba hace solo unos instantes es demasiado, incluso para mí. Martin, que intuye que mi fragilidad empieza a superarme, sube por mi cuerpo y besa mis labios, acomodándose entre mis piernas. Sigue con los pantalones puestos, pero me ocupo de eso enseguida. Lo ayudo a desnudarse y, cuando a ninguno de los dos nos queda nada, salvo las ganas de llenarnos del otro, nos arrastramos por el colchón entregándonos de un modo totalmente desconocido, al menos para mí. Es serio, mirarlo a los ojos mientras hacemos el amor hace que todo sea más real y serio. Y cuando Martin entra en mi cuerpo con lentitud y un suspiro de placer ahogado, apenas quedan dudas. Miedos sí, muchos, pero ¿qué sería de las mejores aventuras sin un poco de miedo espoleando el camino?

—Prometo... —susurra él en mi oído—. Prometo tratarte siempre como si fueras la persona más importante del mundo, porque algo me dice que así acabará siendo. Mi preciosa y brillante luz en la oscuridad.

Lo abrazo con fuerza y me aferro a todo lo que sus palabras me provocan. No sé si esto saldrá bien, no sé si es una locura y estoy segura de que no llego a comprender todos los obstáculos que vamos a encontrar en nuestra relación, pero estamos aquí, juntos y fuertes, ahora sí, y eso tiene que contar para algo. Por eso lo beso, elevo mis caderas y me dejo ir del todo, entregándome sin reservas ni barreras.

—Mi preciosa y brillante luz en la oscuridad —repito.

Martin sonríe, me besa y, cuando abraza mi cuerpo, consiguiendo de alguna forma que cada tramo de nuestra piel se roce, siento algo que pensé que ya no sentiría nunca.

Y entonces lo entiendo.

Debes quedarte con quien sea capaz de hacer explotar la libertad en tu pecho de un modo tan extraordinario que creas que hasta volar es posible. ¿Cómo no iba a serlo, con un compañero de vuelo como Martin Campbell?

52

Kellan

La cabaña de Brody no es el mejor sitio del mundo, pero está limpio, tiene chimenea y sé que sus padres no la usarán este fin de semana, porque están de viaje romántico. Esos dos hacen tantos viajes románticos que no sé cómo no han tenido una legión de hijos. Brody dice que, en realidad, no son románticos, porque su padre lleva a su madre cada vez que la caga a lo grande, así que la lleva mucho. Yo no sé cuál es la realidad, pero me alegra que se vayan de fines de semana porque son los días que siento que Brody consigue relajarse. El caso es que la cabaña está libre, yo tengo llaves, porque mi amigo me las dio hace tiempo por si necesitaba estar a solas, y eso es lo único que me importa. Le envío un mensaje rápido para que sepa que estaré aquí y miro a Maia.

—Voy a encender la chimenea, ¿quieres ver una peli?

Ella me mira como si estuviera hablando en chino.

—¿Peli? Pero...

Me acerco y la beso. Parece un cervatillo asustado y no me gusta verla así. Joder, quiero tener sexo con ella, si es que está segura, pero sin prisas, siempre que ella sea consciente de lo que hacemos. Quiero... quiero que sea especial, aunque quizá debería haber comprado flores, o velas, pero no sabía que sería así de repentino y... solo quiero que esté segura.

—Vamos a disfrutar de esta noche, Maia. Sin presiones, sin nervios. Solo tú y yo, como siempre, como nos apetezca y hasta donde nos apetezca.

Ella se calma y se sienta en el sofá, frente a la chimenea. La primera vez que nos besamos fue en esta cabaña y, al parecer, también será aquí nuestra otra primera vez.

No voy a ser hipócrita y decir que no me importa si esto pasa o no. Claro que me importa. Quiero que pase, pero solo cuando ella esté segura. Esa es la diferencia. Sería un cabrón si quisiera conseguirlo a cualquier precio, o si intentara convencerla y acelerar el proceso. No es eso. Es que... es que algo me dice que dar un paso más con Maia significará ser un poco más feliz. En el fondo supongo que baso parte de mi felicidad en todo lo que ella significa para mí. Es mucha responsabilidad para ella, lo sé, por eso no se lo digo. Todo lo que quiero es que sea feliz a mi lado. Que le baste conmigo, porque a mí me basta con ella.

Enciendo la chimenea, me siento a su lado y tiro de la manta de cuadros que hay en el extremo del sofá. La coloco sobre nosotros y paso un brazo por sus hombros. Maia se deja caer sobre mi pecho y miro las llamas pensando que podría acostumbrarme a esto. Podría ser feliz aquí, en Rose Lake, siempre que ella esté a mi lado y podamos pasar las noches abrazados.

—¿Nunca te ha dado miedo? —pregunta después de unos segundos.

—¿El qué?

—Quedarte solo en una cabaña de estas.

—¿Tienes miedo?

—No, contigo no, pero me pregunto cómo sería si me quedara aquí sola. Bueno, en realidad me pregunto cómo sería quedarse encerrada en cualquier cabaña del pueblo. Son bonitas y reconfortantes por dentro pero no dejo de pensar que fuera hace mucho frío, llueve y todo lo que hay en varios kilómetros es un bosque espeso y oscuro.

—Bueno, por suerte no tenemos que salir hasta dentro de un rato. ¿Has avisado a tu madre de que estarías aquí?

—Ajá.

Su respuesta es tan escueta y su mirada sigue tan perdida en las llamas que decido tomar las riendas.

—Maia, si no quieres...

—¡Sí que quiero! De verdad, quiero. Es solo que estoy nerviosa. Ashley dice que tengo que hacerlo rápido y sin pararme a pensar, pero...

—Ashley no debería ser tu consejera sexual —le digo sonriendo—. Créeme, se ha sincerado en alguna ocasión conmigo y guarda tanta mierda dentro que el día que explote van a saberlo hasta en tu adorado Madrid.

Sonríe y me parece ver que se calma un poco. Al final, no sé cómo, acabamos hablando de música. Bueno, sí sé cómo, porque con Maia casi siempre es así. Me habla de grupos y cantantes españoles que le encantan y yo le hablo de autores que solo son conocidos a nivel nacional. Algunos ni eso, pues los descubrí por YouTube u otras plataformas y ahora los sigo esperando que un día les llegue la fama y el reconocimiento que merecen.

No sé cuánto tiempo pasamos así, perdidos en la música, pero Maia me besa en un momento dado y lo sé. Es algo que ocurre: el chispazo llega y sabes que estás a punto de vivir algo que marcará tu vida.

En realidad, con Maia suele ser así, por eso cuando se quita ella sola el jersey intento hacer una fotografía visual de su imagen, no solo por lo sexy que es, sino porque quiero recordar esto. De verdad quiero que pasen los años, cerrar los ojos y poder volver aquí; al momento exacto en que Maia y yo conseguimos fundirnos por primera vez.

No sé si nuestra primera vez será perfecta, pero sé que intentaré ser tan cuidadoso como pueda. Quiero demostrarle que esto es algo más que sexo. Quiero que tenga la certeza de que no importa cuántos años me queden de vida y cuántas chicas conozca, porque ninguna será como ella. Es así y lo sé.

Lo sé cuando la beso.

Lo sé cuando me abraza.

Lo sé cuando me mira y, pese al miedo, me entrega su confianza.

Ella será la dueña de todas mis canciones.

Maia... Maia lo será todo.

53

Maia

No sé qué piensa Kellan. No imagino qué puede pasar por su mente al verme sin jersey, pero sé lo que pasa por la mía y es que, por el modo en que me mira, haría muchas locuras.

En realidad, por el modo en que Kellan me mira siempre yo haría muchas muchísimas locuras y esa certeza que tanto me hace perder el equilibrio también es la que me lo da.

Como un puzle al que le falta una pieza y, de la nada, es capaz de fabricarla solo para encajar por completo.

—Puedes parar esto en el momento en que quieras —susurra él sujetando mi cintura y sentándome sobre él. Lo miro sorprendida por el gesto y por lo evidente de su excitación—. Será más fácil si tú marcas el ritmo, de momento.

Trago saliva. Pienso en lo contradictorio que es sentirme un poco asustada y, aun así, estar completamente segura de querer hacer esto.

—Si... si hay algo que no te guste...

—Estoy contigo. Es jodidamente imposible que haya algo que no me guste de estar contigo.

Un crac metafórico suena dentro de mí. Kellan se acaba de quedar con otra parte de mi corazón. Podría parecer que es un chico que siempre sabe qué decir, pero, después de conocerlo y ver de primera mano con qué tipo de sentimientos convive, creo que, en realidad,

Kellan pasa de mentir. No tiene el tiempo ni las ganas para hacerlo y, cuando dice algo, es porque lo piensa o siente así.

O quizá eso es lo que necesito contarme para excusar que esté cayendo rendida a él con tanta facilidad.

Sus labios se aposentan sobre los míos, sus manos recorren mis costados y siento que mi piel se eriza, como si un viento gélido hubiese entrado en la habitación de pronto, solo que, en vez de frío, siento calor y las ganas se apoderan de todo.

Dejo de besarlo para quitarle el jersey. Beso su cuello, en gran medida porque me apetece y en parte porque no quiero que vea el modo en que me embobo con su torso. En realidad, Kellan es un chico bastante delgado y alto, pero eso no impide que su cuerpo sea fibroso e increíblemente atractivo. Y estoy bastante segura de que, de quedarme mirándolo, me sonrojaría solo por todo lo que quiero hacerle.

Aun así, Kellan parece comprender mi repentino ataque de timidez, porque pese a estar disfrutando de mis besos, a juzgar por cómo sus caderas se mueven buscando fricción conmigo, me levanta de su regazo y me ayuda a ponerme de pie.

—Vamos a la habitación de arriba.

—¿La de los padres de Brody? —pregunto, no muy convencida de que me guste esa idea.

—La de Brody —dice él sonriendo.

Bueno, eso sí puedo hacerlo. Cojo su mano, subimos las escaleras y nos adentramos en la habitación. Como es una cabaña de ocio, no hay grandes recuerdos, ni fotos ni ningún objeto que me recuerde constantemente que estamos en la casa y la cama de nuestro amigo. De hecho, la cama con manta de cuadros escoceses es bonita y la decoración en madera y tonos crema es tan confortable que me dejo caer de espaldas sobre el colchón y miro a Kellan sonriendo.

—Estoy a punto de preguntarle si Brody sabe lo que estamos

haciendo aquí, pero su mirada me detiene. Kellan se acerca a la cama de un modo lento y preciso, como un león que cerca a su presa tranquilamente, con suavidad para que no se asuste.

—¿De verdad estás segura de esto, Maia?

Su voz suena distinta esta vez. Más ronca. Más excitada. Como si esta realidad ya fuese inminente. Contesto sin vacilar porque de verdad así lo siento.

—Pocas veces he estado tan segura de algo como de esto.

Kellan sonríe lentamente, de ese modo que hace que primero se eleve una esquina de su boca y luego el resto, haciendo que el corazón me palpite a un ritmo inadecuado. Se lleva las manos al botón de su pantalón, lo desabrocha y baja la cremallera. No lo deja caer, como yo pensaba, sino que se arrodilla en la cama, abre mis piernas y se cuela entre ellas, estirándose y, una vez sobre mí, baja su pantalón lo justo para que el contacto entre nosotros sea más estrecho. Gimo cuando su erección se aloja entre mis piernas y lo miro.

—No voy a arrepentirme de esto y no tienes que ir tan lento —le aseguro moviendo las caderas y haciendo que él jadee.

—Solo quiero que estés segura.

—Lo estoy. Eres tú, Kellan. Lo sé. —Él me mira como si hubiese dicho algo muy alocado—. ¿Qué?

—Nada, que eres tú, Maia. Eres tú. Lo sé.

Sonreímos y, esta vez, Kellan sí se lo toma en serio, saliendo de la cama, quitándose toda la ropa y dejándome ver su desnudez apenas unos segundos antes de ocuparse de mi pantalón. Me deja las bragas y el sujetador y se tumba sobre mí en la misma posición que antes, solo que es distinto, porque ahora su piel roza la mía, su erección acaricia mi piel y trago saliva, sobre todo por la excitación que recorre mi sistema nervioso.

—Déjame tocarte —le pido.

—Enseguida —susurra justo antes de besar mi cuello.

Mordisquea mi pezón derecho sobre la tela, haciendo que me arquee de placer. Soy virgen, pero no estúpida. He jugado con mi cuerpo, me he masturbado en innumerables ocasiones y sé bien cómo respondo ante ciertas caricias, pero esto... esto es distinto. Estas no son mis caricias, sino las suyas. Más aún, no son unos dedos, sino unos labios. Una lengua que se enrosca y su aliento sobre mí, calentándome, pese a seguir erizando mi piel.

—Haré que esto sea bueno —susurra—. Solo quiero que esto sea jodidamente bueno para ti. Para los dos.

—Ya lo es —confieso.

Kellan sonríe y arrastra su lengua hacia mi estómago.

—No, todavía no, pero lo será.

Por un instante no lo comprendo, pero luego su lengua desciende aún más, hasta encontrar la cinturilla de mis bragas. Me las baja con delicadeza, una delicadeza no reñida con la pasión con la que su lengua se introduce entre mis pliegues, arrancándome un gemido, mitad sorpresa, mitad excitación.

Oh, joder, eso me gusta. Quiero decírselo, pero su boca vuelve a moverse y pierdo toda capacidad de palabra y raciocinio. Bueno, toda no, hay una palabra que resuena con fuerza en mi cabeza: más.

Quiero más de esto.

Y no puedo hablar, pero puedo actuar, por eso enredo mi mano en su nuca y lo retengo justo donde está cuando pretende moverse.

—Ahí —gimo.

—¿Aquí? —La voz de Kellan es tan sensual que creo que podría correrme solo con eso, pero cuando su dedo señala el punto justo que necesito y me encojo de placer, su sonrisa es... joder, su sonrisa es lo más bonito que he visto nunca—. Sí, es aquí.

Sus labios vuelven a tomar el control y yo exploto. Así. No hay otro modo de describirlo, porque literalmente siento que algo repentino y poderoso estalla dentro de mí, obligándome a cerrar los ojos y dejar que mi cuerpo se rinda a las sensaciones. Me arqueo, aferrada el pelo de Kellan en un puño tenso del que no soy consciente hasta que la ola de placer cede un poco y me siento como si acabara subir gratis a la mejor montaña rusa del mundo.

—Lo siento —jadeo soltando su pelo.

Él sonríe, como si en realidad estuviera encantado, sube por mi cuerpo y besa mis labios, apoyándose de nuevo sobre mí. La diferencia es que ahora yo no tengo ropa interior y él queda tan encajado que elevo las caderas por instinto, buscando más fricción.

—Un segundo —jadea—. Solo un segundo.

Sale de la cama a toda prisa, como si hubiera olvidado algo, y revuelve sus pantalones hasta dar con un preservativo. Vuelve a la cama, visiblemente ansioso por recuperar la postura que teníamos, pero lo freno.

—Quiero... quiero darte placer —susurro rodeando su erección y sintiendo el modo en que se tensa su cuerpo.

—Oh, joder.

—Dime cómo hacerlo...

Kellan me besa, se tumba en la cama, me arrastra hasta su lado y rodea mi mano con la suya sobre su erección. Guía el movimiento y controla el ritmo, enseñándome lo que le gusta, y pasados unos instantes, cuando retira su mano y me deja hacerlo sola, me demuestra cuánto poder puede haber en el sexo. Ver el modo en que le afectan mis caricias tiene una reacción directa en mi autoestima que no esperaba, pero me encanta, porque esto lo provoco yo.

Esto se lo hago yo y es alucinante.

Kellan, mientras tanto, acaricia mis pechos, mi espalda y mi trasero con una suavidad que me vuelve loca. Tanto que cuando él me detiene, asegurándome que no puede más, me alegro de no tener que confesar que yo tampoco.

—¿No quieres que pruebe con mi... boca? —pregunto algo avergonzada.

—Joder, sí, pero si lo hacemos todo hoy, voy a correrme mucho antes de llegar al final.

Me río y él se ríe conmigo, besándome y tumbándome de nuevo sobre mi espalda. Se separa de mí lo justo para ponerse el preservativo y luego se cuela entre mis piernas, acariciando mi nariz con la suya.

—¿Lista? —pregunta entre susurros.

El modo en que me cuida, aun cuando su ansiedad por hacerlo ya es patente, hace que mi corazón se derrita. Asiento y Kellan se apoya en mi entrada después de acariciarme y asegurarse de que sigo lubricada. Me besa, como si pretendiera distraer mi boca y mi mente mientras él se introduce en mi cuerpo, pero eso es imposible, porque lo siento. Con cada centímetro que avanza siento cómo me abro y lo acojo, con tensión y algo de dolor, sobre todo cuando llega a lo que, supongo, es mi himen.

—¿Estás bien?

—Estoy bien —le aseguro.

—Tengo que empujar.

El tono de disculpa de su voz me hace sonreír.

—Sí, eso he leído en alguna parte. —Conseguimos reírnos, Kellan besa mis labios y gime cuando mis músculos vaginales se contraen.

—Te prometo que después de esto mejorará.

No dice más, su boca arrasa con la mía, sus caderas retroceden y, cuando vuelve a entrar en mí, no se detiene. Se entierra en mi cuerpo hasta el fondo con un movimiento intenso, sin ser brusco pero sin detenerse. No hasta que llega al final y se queda paralizado, esperando mi reacción.

Me gustaría decir que no me duele, pero siento un tirón que me hace contraer el gesto y apretar sus hombros con fuerza. Pasará, sé que pasará porque lo he leído mil veces, pero es intenso e incómodo. Una invasión a la que no estoy acostumbrada.

—Un minuto —susurro cuando recupero el habla.

—Todos los que quieras —dice él besando mis hombros, mi cuello, mi barbilla y mis labios—. Todo lo que tú quieras, Maia.

Nos besamos lánguidamente, intentando que mi cuerpo se adapte, y cuando creo que estoy lista muevo mis caderas, avisando a Kellan. Él lo toma al pie de la letra, se mueve lento, mirándome a los ojos y haciendo de este momento algo inolvidable.

No sé si estaré siempre con Kellan, a mí me gusta pensar que sí, pero sé que, pase lo que pase entre nosotros, siempre le agradeceré el modo en que se ha portado conmigo hoy.

Por unos instantes pienso que no seré capaz de alcanzar otro orgasmo. No cuando todavía me siento incómoda con la fricción, pero Kellan se las ingenia para tocar todos los puntos de mi cuerpo que responden y despiertan a la excitación y juntos descubrimos que adoro que lama mis pezones en círculos, envolviéndolos. Eso, y que coge mi mano y la guía hacia mi clítoris.

—Tócate tú, enséñame cómo te gusta.

Lo hago, sin pudor, entregándome al cien por cien porque sé que el resultado merecerá la pena. Kellan me sigue y, pasados unos minutos, me encuentro jadeando y deseando más para poder liberarme.

El orgasmo llega y es extraño, porque él sigue dentro de mí, pero es a la vez increíblemente placentero, teniendo en cuenta que yo no esperaba nada. Kellan gime conmigo y soy consciente, cuando entierra la cara en el hueco de mi cuello, de que él también ha llegado al orgasmo. Estaba demasiado ensimismada para verlo, y cuando nuestros corazones se calman, las respiraciones se acompasan y siento su cuerpo pesado y cálido sobre el mío, oigo una voz clara y rotunda gritar desde las profundidades de mi mente que ojalá esto no acabe nunca, porque Kellan Hyland es lo mejor que me ha pasado en mucho mucho tiempo.

54

Martin

Me despierto sintiendo un reguero de besos en el cuello y sonrío. La noche ha sido increíble. Todo desde ayer lo ha sido, pero que se haya quedado aquí a dormir... eso es lo mejor de todo. Que me haya permitido tocarla y verla durante toda la noche y, aun sabiendo lo que le cuesta, se muestre con las primeras horas del día, habla de lo valiente que es capaz de ser Vera Dávalos en todo lo que hace.

—Tengo que volver a casa —dice con voz rasposa por el sueño.

—Un minuto, solo un minuto.

Salgo de la cama, bajo las escaleras y hago café a toda prisa. Rebusco en las estanterías y solo encuentro un paquete de galletas de avena y arroz, así que lo cojo, más que nada porque es lo único que puedo ofrecer sin cocinar, y subo a toda prisa con una taza en cada mano y el paquete de galletas entre los dientes. Entiendo perfectamente la risa de Vera, porque la imagen es... curiosa.

—¿No podías ponerte, al menos, un pantalón?

Miro hacia abajo, sonrío, me acerco a la cama y dejo caer el paquete de galletas.

—Bueno, al menos tuve el detalle de ponerme un bóxer anoche. Podría haber ido desnudo.

—Hum. Hubiese sido una imagen curiosa.

Dejo las dos tazas en la mesilla de noche. Debería haberle dado la suya, pero es que no puedo evitar meterme en la cama y pasar la mano por su cadera, o lo que intuyo que es su cadera, pues está tumbada de lado y tapada con el nórdico.

—Hablando de imágenes preciosas...

—He dicho curiosa, no preciosa.

—Da igual, Vera, da igual.

Levanto el nórdico, sonrío al ver cómo su cuerpo se eriza y sonrío aún más cuando me tumbo sobre ella y abre las piernas al instante. Joder, qué bueno es estar con una mujer que se compenetre tan increíblemente bien conmigo. Al final, los besos llevan a las caricias y las caricias llevan a que acabemos tomando el café frío y con la respiración agitada porque acabo de tener el orgasmo matutino más increíble de mi vida.

Vera apenas da dos sorbos a su taza antes de levantarse y buscar su ropa por el suelo. La miro y... solo eso, la miro, porque durante un tiempo no tuve oportunidad de hacerlo y creo que nunca estaré lo bastante agradecido con ella por la confianza que deposita en mí.

Dicen que el amor lo puede todo, pero no es cierto. Es la confianza lo que de verdad lo puede todo. Cuando hay confianza, el amor es fácil, sencillo, porque, aun en los días malos, tienes la certeza de contar con alguien que no te dejará caer.

Y cuando, además, tienes la confianza en ti mismo... entonces prácticamente puedes llegar a ser dueño del mundo. Del tuyo, por lo menos.

Ahora solo falta que, al salir por la puerta, Vera no olvide todo lo que hemos vivido aquí esta noche. Quizá por eso, llevado por ciertas dudas, hago en voz alta la única pregunta que aún me ronda por la cabeza.

—¿Significa esto que ya puedo besarte en el restaurante sin que importe si nos miran? —Ella me mira curiosa—. ¿Aunque haya mucha gente? —insisto.

Vera se acerca al a cama, se sienta en el borde y se agacha para besarme.

—Significa que más vale que me compres algo bonito por Navidad, porque ya no soy solo la madre de tu sobrina.

Me río. Es una gran forma de decir que es algo más. ¿Qué exactamente? No lo sé. La verdad, llamarla novia es... poco. De algún modo es insuficiente y siento que no abarca del todo lo que somos, pero tampoco encuentro un calificativo que nos sirva, así que la beso de vuelta y enredo mis dedos en su pelo.

—Procuraré hacerte el regalo más bonito del mundo.

—Max dice que se te da fatal elegir regalos —dice riendo.

—Lo intentaré. Y, si no te gusta, lo compensaré con sexo.

—No es una mala solución —murmura justo antes de levantarse al ver que me dispongo a profundizar mis caricias—. En serio, quiero ir a casa. Escribí a Maia, pero me gustaría estar allí cuando se despierte.

—Sabes que no es una niña y posiblemente intuya todo lo que hemos hecho esta noche, ¿verdad?

—No soy tonta y, para tu información, tuve una charla con ella que haría ruborizar al más pintado.

—A mí no.

—Oh, sí. Hablamos de sexo. ¿Sabes lo extraño que puede ser sentirte reconfortada por tener ese nivel de confianza con tu hija y al mismo tiempo sentirte más incómoda de lo que te has sentido en toda tu vida? Pues así fue.

Me río, recupero mi postura en la cama y enlazo los dedos detrás de mi cabeza.

—No me hables de temas incómodos. El año pasado me mandaron impartir una charla de educación sexual. No sabes lo que es el miedo hasta que tienes que hablar de sexo frente a una clase llena de adolescentes. Rectifico: una clase llena de adolescentes entre los que se incluye a Ashley Jones. Te juro que esa chica sería capaz de conseguir que Satanás se ruborice en diez segundos.

Vera suelta una carcajada pero los dos sabemos que tengo razón. Al final no consigo enredarla mucho más. Quiere estar con Maia y es normal, así que se marcha mientras yo remoloneo en la cama un rato. Miro por la ventana, vuelve a estar nublado, pero, de algún modo, es como si sintiera el sol por detrás. Supongo que es lo que ocurre cuando la vida sonríe y lo hace de verdad.

Aprovecho que es sábado para salir de la cama y hacer algo de ejercicio. Estoy acabando de hacer unas flexiones cuando Brad me llama para invitarme a comer en su casa. Acepto, porque imagino que Vera tendrá que ir al restaurante, y voy al súper a comprar el helado favorito de Wendy.

Cuando llego a su casa me encuentro con el pequeño Brad dando pasitos cortos del sofá a la mesita que hay justo enfrente.

—¡Fíjate! Si ya está hecho un hombrecito.

—No sé si tanto, pero nos ha obligado a quitar todos los artículos de decoración que quedaban a su alcance. Este niño es una máquina de destruir objetos bonitos —dice Wendy, antes de abrazarme—. ¿Cómo estás después del momentazo de ayer? Tienes mucho que contarnos.

—¿Cómo os habéis enterado? No estabais en el restaurante.

—Tío, que esto es Rose Lake —se ríe Brad—. No puedes ocultar nada más de un par de horas y tú te morreaste con Vera delante de medio pueblo. En el aserradero no se ha hablado de otra cosa en toda la mañana.

—¿Has trabajado hoy?

—No, tu padre me llamó para pedirme una documentación que necesitaba y se la llevé en un momento.

La mención de mi padre hace que mis hombros se tensen. Es inevitable y mis amigos se dan cuenta.

—Brad dice que tiene mala cara —susurra Wendy con tiento.

No contesto de inmediato. Lo primero que me viene es una maldición y no merece la pena.

—Supongo que también se habrá enterado de lo mío con Vera... —Aunque no ponga tono interrogativo, es una pregunta, y Brad lo entiende, porque mira a su chica y, después, a mí.

—En realidad, sí. Me preguntó al respecto.

—¿Que te...? ¿Y quién cojones es él para preguntarte nada sobre mi vida privada a ti?

—Tranquilo, Martin. Sabe que somos tus mejores amigos y quería saber qué había de cierto en los rumores, nada más.

—¿Y puedo saber para qué quería saberlo? Ah, déjame pensar: no te lo dijo. Él es así, quiere la información pero nunca da nada a cambio.

—Si te soy sincero, no parecía tan enfadado como sorprendido. Estaba como... incrédulo.

No digo lo que pienso, porque no quiero empezar una discusión con Brad. Por algún motivo mi amigo respeta a mi padre. Lo respeta de verdad y no solo porque sea su jefe. Piensa que un gran empresario y lo peor es que en eso no puedo quitarle la razón. Mi padre ha dado trabajo a mucha gente en el pueblo y tiene fama de ser exigente, pero justo. Normalmente, cuando los chicos no quieren estudiar, sus padres los mandan allí para que mi padre les enseñe lo que es el trabajo duro. A veces no funciona, pero cuando lo hace, les ofrece trabajo fijo, siempre que pueda, y se ocupa de enseñarles la profesión. Entiendo y valoro eso, pero no significa que sea un buen padre.

Es lo que ocurre con todas las personas. Somos seres complejos. No hay una persona completamente buena o mala. Decir que mi padre es un completo cabrón sería mentir. Me odia y me trata como el culo, pero sabe cómo ser un buen jefe y me consta que ayuda al pueblo, anteponiéndolo muchas veces incluso a sus necesidades personales.

No desmerezco lo mucho que ha dado a Rose Lake y lo bien que está llevando el legado de la familia, pero tampoco diré que, solo por eso, merece mi respeto.

Para que un hijo respete a su padre hace falta mucho más que el conocimiento de que es un buen empresario.

Brad tira al suelo un jarrón de la madre de Wen y, aunque ella se enfada, a mí el percance me viene bien para evitar el tema de mi padre. Sé que reaccionará a mi relación con Vera, lo espero y, por un instante, algo grande y pesado se aposenta en mi pecho, como una mancha que amenaza con volver todos mis colores grises. Intento olvidarlo, me digo a mí mismo que no pienso permitir que se entrometa y me convenzo de que Vera y yo lucharemos mano a mano por esta relación, pero mentiría si dijera que, en realidad, tengo la misma estabilidad emocional que el pequeño Brad a la hora de dar sus primeros pasos.

Mentiría también si dijera que no espero un nuevo ataque. Ronan Campbell tiene muchas virtudes y muchos defectos. Depende de a quién preguntes te dirá una cosa u otra, pero lo que está claro es que no es de los que se quedan sentados cuando algo no le parece bien.

Y tengo muy claro que esto no va a parecerle bien.

55

Vera

Entro en casa en una nube. De verdad, una nube blanca y esponjosa que me envuelve y me hace sentir reconfortada. Y no es una sensación que sienta a menudo, así que pienso disfrutarla tanto como me sea posible. El problema es que, nada más entrar en la cocina para tomar un poco de agua, me encuentro con mi hija recién duchada, tomando café y leyendo un libro.

—Vaya vaya... —murmura en tono de falsa reprimenda—. Hasta mi señora madre decide aparecer.

Es posible que haya alguien capaz de ruborizarse tanto como yo en este instante, no lo niego, pero lo dudo. Y lo dudo porque el calor que siento en las mejillas de pronto es abrasador. Estoy a punto de pedirle que no haga bromas con esto cuando algo llama mi atención. Maia está distinta. No sabría decir si es su mirada, su postura o el modo en que sostiene el libro. He visto a mi hija leer miles de veces, porque es adicta a la lectura, pero esta vez es... distinto. Es como si no estuviera muy interesada en el libro.

—¿Qué haces tan temprano?

—Me pongo al día con la lectura del club. *Orgullo y prejuicio*. No soy muy de lectura clásica, pero la abuela Rose dice que es de muy mal gusto participar solo cuando salen los libros que me interesan a mí y supongo que es un modo como cualquier otro de pasar tiempo con ella.

Parece un discurso de lo más normal, pero yo, que sé cómo se las gasta Maia recién levantada, no me quedo conforme. Toda esa perorata, en vez de zanjar la pregunta con un «aquí, leyendo», es sospechoso tratándose de mi hija. De inmediato recuerdo que anoche me envió un mensaje diciendo que Kellan la llevaría a casa. Me quedé relativamente tranquila porque es un buen chico, pero ahora mismo...

—¿Qué tal fue anoche? —pregunto intentando no sonar como un detective—. ¿A qué hora te trajo Kellan a casa?

El modo en que su mirada desconecta de la mía, sus mejillas sonrosadas y su carraspeo me dicen todo lo que necesito saber. La sensación es rara. Por un lado entiendo que mi hija es mayor y, de hecho, muchas chicas empiezan a tener relaciones sexuales antes (yo misma). Por otro, es un paso más hacia la adultez y, por tanto, cada vez más deja de ser mi niña. Y eso duele. Duele, porque aún pienso que, cuando Maia vuele del nido, yo me quedaré vacía. Porque intento aprenderme cada día el discurso autoimpuesto de que, además de su madre, soy una mujer y me pertenezco a mí misma, pero el instinto es otra cosa. Y mi instinto echa de menos acurrucar en mis brazos a mi bebé. Mi instinto me está gritando que la aparte del mundo y la deje aquí, conmigo, a salvo de todos los malos sentimientos. Aun así, me olvido de mis sentimientos, me siento a su lado y acaricio su cabello. Este es, posiblemente, el acto de amor desinteresado más grande del mundo: hacer todo lo contrario de lo que quiero solo porque sé que es lo que ella necesita.

—¿Te ha tratado bien?

Los ojos de Maia son dos luceros deslumbrantes y juro que casi puedo ver a un cervatillo asustado en ellos, pero cuando desvía la mirada, sé que no está asustada por lo que sea que haya vivido, sino por mi reacción, por eso beso su frente y la abrazo.

—Mamá... —Su voz rota, a punto de derrumbarse como cuando era pequeña y hacía alguna trastada, me rompe un poco por dentro.

Sonrío. Me recuerdo en todo momento que tengo que seguir sonriendo.

—Maia, contéstame. ¿Te ha tratado bien? —Asiente y, con el movimiento, un par de lágrimas caen de sus ojos—. Pues ya está, mi vida. Si te ha tratado bien, te has sentido segura, valorada y respetada, yo estoy muy feliz por ti.

No es mentira. Estoy feliz por ella, aunque algo arda de una manera egoísta en mi pecho. Mi hija me mira, por fin, y lo veo más claro que nunca. No es una niña. Es una mujer joven y adulta que tomará cada vez decisiones más complicadas. Está escribiendo su propia historia y eso es bonito, aunque una parte de mí sufra al saber que yo ya no soy todo su mundo. Ahora el mundo de Maia es grande y sus experiencias se lo van mostrando.

—Él me hizo sentir... importante. Kellan hizo que hasta la parte más complicada fuera como un rincón cálido y seguro.

Me emociono, acaricio su mejilla y, cuando hablo, no puedo evitar que mi voz suene ronca.

—Es una forma preciosa de definir el amor.

—Amor... —repite ella—. Creo que sí, mamá. Creo que estoy enamorada. —Suspira y niega brevemente con la cabeza—. ¿No te parece una locura?

—¿El qué, mi niña?

—Enamorarse de alguien en solo tres meses.

Intento no hacerlo, pero mi cabeza vuela a la habitación de Martin. A Martin. No puedo impedir que algo se atraviese por dentro, en alguna parte, impidiéndome respirar con normalidad. Y, aun así, cuando pasan unos segundos y hablo, lo hago completamente convencida.

—No, no lo es —susurro pensando en ella, pero también en mí—. No lo es en absoluto.

Y decirlo en voz alta hace que, de algún modo, se vuelva real.

Vine aquí hace tres meses con el corazón destrozado por la muerte de mi padre y el odio de mi hija. Ahora tengo amigos, un hombre increíble que me entiende y acepta y mi hija me ha dado la mayor lección de adaptación del mundo.

La vida no es perfecta, ninguna lo es. Sigo adaptándome al idioma, aunque ya prácticamente no suponga una traba. El trabajo es agotador algunos días y creo que el invierno será duro, porque ya el otoño lo está siendo a nivel físico. Todavía no he conseguido acostumbrarme al frío. Y, lo peor de todo, es que algunas noches me duermo pensando en mi padre y siento que la tristeza me ahoga. Y cuando pienso que Navidad está a la vuelta de la esquina y él no estará conmigo solo quiero hacerme una bola en la cama y llorar. Si no lo hago es porque... porque no sé si creo en el más allá, pero si existe, si hay una mínima posibilidad de que mi padre esté mirándome desde algún rincón de este universo, quiero que sonría al darse cuenta de que, a pesar del dolor, sigue vivo en cada recuerdo suyo que evoco. Y siempre va a ser así.

Así son las cosas muchas veces. Consigues algo que consideras grandioso para tu vida y, a cambio, pierdes algo valioso, te alejas de gente que quieres o, simplemente, vienen malas noticias. Antes me frustraba pensar en ello. No entendía por qué no había un momento de mi vida en el que todo fuera bien, pero con el tiempo aprendí que, en realidad, sin ese equilibrio todo sería demasiado... insustancial. Sé que suena mal, pero creo que, de haber llegado aquí sin una historia dura detrás, no valoraría del todo lo logrado. He llorado, todavía lo hago, pero precisamente por esas lágrimas me sigo levantando cada día para dar un paso más. Las lágrimas también sostienen, aunque mucha gente no lo entienda. Las cosas malas van a estar siempre, en mayor o menor medida, recordándonos que esto es la vida real. Por eso cuando da la casualidad de que hay un determinado instante, por pequeño que sea, en que todo parece ir bien, debes cerrar los ojos, sonreír y agradecer haber vivido un pequeño milagro.

56

Maia

El invierno de Rose Lake llega con fuerza, demostrando que, por más que intentamos imaginar cómo sería y por más que hablamos acerca de la posibilidad, ni mi madre ni yo estábamos preparadas para tener que quitar nieve de la puerta día sí, día también. Bueno, en honor a la verdad, hemos quitado poca, porque Steve, mi padre y mi tío Martin se ocupan a diario, pero solo verlos ya es agotador. No termino de hacerme a esto de tener que desenterrar parte de los vehículos para salir, o que nieve durante horas sin parar. Horas. He estado en la nieve antes, pero no es lo mismo. Yo iba de excursión a la sierra porque en Madrid no suele nevar, salvo en ocasiones puntuales. Por más que te digan, no es igual ir un día, dos o una semana a la nieve a disfrutar, que convivir con ella. Y eso que no hace demasiado que empezaron las nevadas, pero me voy dando cuenta de que, por más que habláramos de un infierno frío y un tanto duro, realmente no teníamos mucha idea de dónde nos metíamos.

No todo iba a ser malo, claro, el club de lectura ahora incluye chocolate caliente y los buzones de las puertas de muchos vecinos están aislados para que los libros no sufran. Me encantaría tener uno, pero vivimos a las afueras, en el bosque junto al lago, y la gente no pasa por aquí, de modo que sería un poco absurdo. Aun así, paseo a menudo por las calles buscando nuevas joyas que leer.

Aparte de eso, están las comidas copiosas que prepara Steve, que se está haciendo experto en menús vegetarianos. El otro día me hizo una hamburguesa de garbanzos, zanahoria y avena que estaba increíble. Y no lo digo solo yo, hasta Ash dio el visto bueno. Y luego está el hecho de acurrucarme con Kellan, ya sea en su habitación, en la cabaña de Brody o en la camioneta. Acurrucarme con Kellan se ha convertido en mi actividad favorita del mundo. Hacer el amor con él, también. Reconozco que la primera vez me dolió, pero fue tan dulce, paciente y generoso que conseguí disfrutarlo al final. Ahora ya no hay dolor. Todo lo que experimento es placer y algo distinto. Algo que me oprime y llena el pecho al mismo tiempo. El amor, supongo. No le he dicho que estoy enamorada, él tampoco a mí, creo que es mejor no introducir esas palabras en nuestro vocabulario de momento, pero en el fondo, ya sueño con que Kellan un día me diga que soy la mujer de su vida.

Lo importante ahora no es eso, sino lo que contaba acerca de que vivir en Rose Lake en invierno tiene cosas malas y cosas buenas, y es justo lo que estoy comentándole en este instante al abuelo Ronan durante mi visita.

No mentiré, la situación con ellos es un poco tensa. Bueno, no, es tensa con mi abuelo, sobre todo desde que supo que el tío Martin y mi madre salen, porque ahora evita a mi madre. Dice que no, pero sé que sí. Y me duele, porque he aceptado bien la relación, incluso me reí a carcajadas cuando Martin intentó hablar conmigo para ver qué opinaba yo al respecto. Fue raro verlo perder un poco de esa seguridad que siempre parece acompañarlo. Raro y divertido. Le pregunté si podía llamarlo papá Martin y se quedó sin habla, mi padre, que estaba al lado, soltó una carcajada y Steve dijo que soy una víbora con cara angelical. Fue divertido ver a mi tío tartamudear por primera vez desde que lo conozco.

El caso es que, si yo, que soy parte afectada y directa de mi madre, estoy de acuerdo con que ellos estén juntos. Si incluso mi padre está feliz por ellos, ¿por qué mi abuelo tiene que tomar partido? Y encima para mal, haciéndoles sentir que hacen algo que no deben.

Me duele, me duele mucho, pero el problema es que, por el otro lado... quiero estar con ellos. No entiendo por qué el abuelo es así. Realmente no lo entiendo. Sé que ha habido problemas en la familia, que lo que le pasó a la abuela fue tremendo, pero... ¿para tanto odio? No me entra en la cabeza.

—Si tanto te aburre jugar en la nieve, según tú, ¿qué te parece ayudarme con la planificación del baile de graduación? Apenas quedan unos meses.

Miro a mi abuela Rose horrorizada. No pienso organizar un baile en el que las chicas esperan como entes sin decisión que algún chico se digne a invitarlas y así se lo hago saber a mi abuela.

—Es más —añado—, ni siquiera pensaba ir. Kellan y yo organizaremos una noche de pelis.

—No, Kellan cantará. Tenemos un pequeño presupuesto para música y tengo pensado pedírselo a él. El dinero irá bien a su familia y, además, Kellan debería explotar más ese talento suyo.

—Abuela, yo no voy a ir al baile.

—Bien, no vayas, pero tu chico irá y seguramente se ponga un traje que le hará parecer atractivo. Si quieres dejarlo solo entre tantas chicas vestidas de gala...

—Por favor —me río mientras mi abuela da un sorbo a su taza de té—. No soy tan insegura.

—Eso es maravilloso, querida. Me alegra saberlo.

—Además, Kellan no tiene tiempo. Ni siquiera lo tiene para salir por las tardes. Se pasa la vida en el taller, ahora que los turistas no paran de venir y, por tanto, de romper motos de nieve y vehículos. Me paso las tardes sin saber qué hacer.

—¡Pues qué suerte! —exclama mi abuelo desde un rincón del

sofá, donde intenta ponerse al día con un montón de papeles—. Yo tengo que ponerme al día con la documentación y facturación de la empresa, otra vez.

—Si no fueras tan desorganizado, no tendrías problemas —le dice mi abuela.

—Y si tuviera unos buenos hijos no debería tener todo esto hecho un caos —refunfuña él.

Mi abuela sonríe, lo que es raro, porque suele tomarse fatal las puyas de mi abuelo con respecto a mi padre y mi tío, pero esta vez, al parecer, no lo dice a malas. O no del todo.

—Tu abuelo es un auténtico desastre con los números —me dice ella—. No entiendo cómo ha manejado con tanto éxito el aserradero todos estos años.

—No soy un auténtico desastre con los números —se queja él—. Soy un auténtico desastre con la documentación. Yo lo tengo todo aquí. —Se señala la cabeza—. Estoy harto de que la gente confíe cada vez más en esos trastos que no sirven para nada. Mi última secretaria decidió automatizarlo todo y ¿para qué? Para largarse a California en cuanto ese estúpido chico con el que sale le prometió vivir al sol todo el año. Estúpido él y estúpida ella, que se fue sin trabajo, solo por seguirlo.

—Se fue por amor —dice mi abuela con un suspiro.

—Se fue por lo que se van todos hoy en día: ideales absurdos.

Por un momento, estoy tentada de preguntar cómo es que, pensando así, se fue a recorrer mundo con mi abuela cuando eran jóvenes. Cada vez me cuesta más pensar en eso que me contaron y casarlo con el Ronan Campbell que tengo frente a mí y que, al parecer, no considera necesario salir de Rose Lake más que cuando los negocios lo exigen.

—A mí se me dan bien los números, podría ayudarte un rato.

—¿Lo dices en serio? —Mi abuelo me mira tan impresionado que me da un poco de pena, porque es como si... como si nadie le hubiera ofrecido ayuda.

Y me siento fatal por sentirme así, valga la redundancia. Sé que él se comporta como un ogro, pero es que... en el fondo creo que no es malo. Está perdido. Quiere ayuda y no sabe cómo pedirla o, a lo mejor, es que me niego a pensar que el único abuelo que me queda es un completo capullo, aunque sus acciones lo definan justo así.

—Claro, si quieres vamos al despacho con todo eso y encendemos el ordenador, a ver qué podemos hacer.

Mi abuelo no contesta, pero coge todos los papeles y se acelera tanto que mi sentimiento de compasión se incrementa, lo que es una mierda, porque soy testigo a diario de lo mal que se porta con mi padre, mi tío y, ahora, mi madre.

Aun así, nos metemos en el despacho, enciendo el ordenador y nos pasamos un buen rato intentando actualizar todo lo que ha hecho desde que se fue su secretaria. Tan ensimismados estamos que, cuando quiero darme cuenta, se me ha hecho tardísimo y es hora de volver a casa. Mi abuelo me lleva en su camioneta y, una vez que llegamos a la puerta de la cabaña, le pregunto si quiere entrar. Es algo arriesgado, lo sé, pero es que en el fondo guardo la esperanza de que él también tenga ganas. Aun así, él hunde mis ilusiones al negar con la cabeza mientras suspira.

—Será mejor tener la fiesta en paz. Mi último encuentro con tu padre y tu tío no fue muy agradable.

—Le dijiste al tío Martin que arruinará la vida de mi madre como hace con todo —le recuerdo.

—No dije eso —masculla.

—Dijiste exactamente eso.

Farfulla algo ininteligible y, al final, se aferra con las manos al volante, como si lo necesitara para no ceder a la tentación de bajar del coche y entrar en casa conmigo.

—Lo único que digo es que hay un montón de mujeres en el mundo. ¿Tenía que fijarse en tu madre?

—Bueno, tratándose de Rose Lake, no hay tantas, pero principalmente no habría logrado nada si mi madre no se hubiera fijado también en él.

—Tiene un gusto pésimo. Lo tuvo el día que se acostó con tu padre y lo sigue teniendo ahora.

Me río, aunque le moleste, porque sé que todo eso es fanfarronería pura. Me niego a creer lo contrario y, cuando lo veo aguantándose la risa, me echo sobre él y le beso la mejilla.

—¿Sabes qué, Ronan Campbell? Eres un viejo gruñón y un ser completamente insoportable, pero te quiero mucho.

Mi abuelo se queda paralizado pero, tras unos segundos, palmea mi mejilla y contesta con voz ronca:

—Y tú eres una chica respondona y un poco mandona, pero también te quiero mucho, Maia.

Sonrío, bajo del coche y entro en casa permitiéndome, aunque sea por un instante, que crezca la esperanza de que mi familia vuelva a unirse.

Y si para eso tengo que tomar cartas en el asunto, no va a temblarme el pulso. Total, algo bueno debe tener vivir en un pueblo enterrado en nieve sin saber esquiar, un novio trabajando y estudiando constantemente y con solo un restaurante para socializar.

O consigo unir a esta familia, o dejo de llamarme Maia Campbell Dávalos.

57

Kellan

Las vacaciones del instituto están resultando ser los días en los que más trabajo. El año pasado, por estas fechas, estábamos cerrados porque... Bueno, porque mi padre acababa de dejarnos. Esta vez es distinto, estoy viviendo en primera persona lo que mi padre tanto amaba y detestaba al mismo tiempo. Amaba tener tanto trabajo porque eso significaba ganar un buen extra, pero aborrecía no tener tanto tiempo libre para nosotros.

Y la verdad es que, cuando crecí, no me importaba. Prefería estar con mis amigos. Me he arrepentido en muchas ocasiones de todas las veces que preferí salir con mis amigos antes que quedarme con él. Mi madre dice que no debo flagelarme por eso, que es normal que un adolescente quiera salir, pero la realidad es que cualquier momento puede ser el último que pases con tu familia. Nunca sabes si se acabará de pronto y las preguntas que quedan son demasiadas. Y duelen demasiado.

Recibo un mensaje de Maia que me obliga a desconectar de este pensamiento, algo que agradezco mucho.

> **Maia**
> Me he apropiado del sofá del restaurante.
> Pienso alegar que soy hija del dueño para
> que no me eche el círculo de la tabla. ¿Te

vienes? Prometo chocolate gratis, piénsalo
bien. No son tus bombas de purpurina pero
está bastante rico.

Sonrío y paso los dedos por la pantalla casi sin darme cuenta. No poder estar con Maia tanto como me gustaría ha sido otra de las cosas malas.

Kellan
Estoy en el taller y tengo a Chelsea conmigo.
Mi madre está limpiando el instituto y dejándolo
a punto para la vuelta de las vacaciones.

Maia
También hay chocolate para Chels. 😊

Me río, porque es cierto. Lo que pasa es que prefiero pasar tiempo a solas con ella. La echo de menos tanto que anoche fui hasta su casa solo para que estuviéramos juntos un rato, aunque fuera en el salón con sus padres y Steve rondando por allí. Miro la cantidad de trabajo pendiente que tengo y me froto la nuca. Si salgo ahora, tendré que quedarme hasta tarde esta noche, pero... pero es que quiero estar con ella.

—¡Eh, Chels! —exclamo, abriendo la puerta que da a la casa—. ¿Quieres ir a tomar un chocolate al restaurante?

Oigo el ajetreo de sartenes en la cocina y me imagino que está liada con algo. Debería vigilarla cuando se pone creativa, pero Chelsea suele ser responsable cuando se trata de cocinar y, siendo sincero, se le da bastante mejor que a mí.

—¡Claro! ¿Estará Maia? —pregunta asomándose para que pueda verla.

—Sí, es ella la que me ha escrito.

—¡Cojo el abrigo y salimos!

Se va tan rápido que no puedo responder, así que me ocupo de recogerlo todo. De cualquier modo, el horario de apertura a los clientes ya se había acabado así que cierro todo y voy en busca de mi hermana.

Tardamos en llegar al restaurante el doble de tiempo del habitual, porque, aunque estamos a cinco minutos caminando, la nieve hace que todo sea más lento. Entramos y siento un cosquilleo por la espalda cuando el calor me impacta en las mejillas. Dios, qué agradable es no estar calado y temblando. Maia está en el sofá, como me dijo, y me sonríe con tanta dulzura que camino hacia ella y la beso en los labios antes siquiera de saludarla.

—¡Hola, Maia! ¿Está tu madre en la cocina? —pregunta Chelsea.

—Sí, nos hará chocolate caliente ahora.

—¡Voy a ir a saludarla! A lo mejor necesita ayuda.

Su amor por la cocina la lleva con Vera y yo lo agradezco, porque adoro a mi hermana, pero me encanta pasar tiempo a solas con Maia.

—¿Cómo estás? —pregunto sentándome a su lado y pasando un brazo por sus hombros—. Te echaba de menos.

—Es que eres un chico muy ocupado últimamente. —Sonrío sin despegar los labios y ella acaricia mi boca con la yema de los dedos. Los beso y, cuando se deslizan por mi piel hacia mis ojeras, puedo intuir la pregunta que viene—. ¿Cómo estás tú? Tienes cara de no dormir mucho.

—Estoy bien —susurro.

En realidad, eso no es del todo cierto y los dos lo sabemos, pero no quiero que se preocupe más. Hace una semana que se cumplió el primer aniversario de la muerte de mi padre y ha sido duro, la verdad. No hicimos nada especial, salvo quedarnos en casa, ver su peli favorita y hablar un rato de él para intentar recordar todo lo bueno que vivimos juntos. Es lo que mi madre siempre ha intentado para animarnos: traerlo de vuelta en forma de recuerdos. Y funciona, pero eso no impide que la perspectiva de pasar la Navidad en casa me atosigue hasta el punto de sentir una bola inmensa en la garganta, como si tuviera un objeto atorado en ella y no pudiera tragar ni respirar con normalidad. Si por mí fuera, no celebraría el día de Navidad, pero sé que Chelsea aún es una niña y lo necesita. Y mi madre... Ella merece creer que sus hijos son felices, aunque en días así yo no lo sea.

He adornado la casa por ellas. He puesto las luces de la fachada por ellas y no me negué cuando Brody y los demás aparecieron para ayudar, porque habría sido descortés, pero lo que en realidad quería era que todo el mundo se largara y meter las luces en cajas.

Bueno, quería que se marcharan todos menos Maia.

Ella es la única que no se ha empeñado en llenar de actividades los días para que olvide que mi padre murió hace un año. Quizá sea porque también echa terriblemente de menos a su abuelo. Por eso se ha dedicado a besarme, acariciarme, hacer el amor conmigo cuando tenemos tiempo y conformarnos con otras prácticas igual de placenteras. Estar juntos, como si lo único importante fuera esto, porque así es.

Y no es que no quiera recordar a mi padre. No, joder, no es eso. Es que duele demasiado saber que en la mejor época del mundo para estar en familia, la mía estará incompleta.

Sé que Maia duda cuando digo que estoy bien, pero en cierto modo, no miento. Cuando ella me toca y estamos juntos... ahí estoy bien. Ahora mismo estoy bien. El problema llega cuando me meto en el taller y los recuerdos, buenos y malos, se me echan encima.

—Tengo algo para ti. —Las palabras de Maia me sacan de mi ensimismamiento.

—¿Para mí?

—En realidad, es algo para tu madre y Chelsea, también.

Frunzo el ceño y ella me entrega un sobre mientras me mira expectante. Lo abro y me doy cuenta de que es una invitación para celebrar la Navidad en casa de los Campbell, junto al aserradero.

—¿En serio? —pregunto incrédulo.

—Mi abuelo quiere juntarnos a todos.

—No lo creo.

—Que sí, que es verdad. —Elevo una ceja, porque los dos sabemos que esa afirmación tiene lagunas—. Bueno, puede que yo lo sugiriera y mi abuela se mostrara tan entusiasmada que mi abuelo no haya podido negarse. ¡Pero no se ha negado! Eso es lo importante.

—Maia... tu padre, tu tío y tu abuelo no se soportan. ¿Qué demonios haremos todos en un ambiente tan tenso?

—¿Comer, cantar y celebrar la Navidad? —La miro como si se hubiera vuelto loca, pero lejos de retractarse, insiste—. Vamos, me apetece mucho celebrarla contigo y he jugado limpio.

—Sí, ¿eh?

—Podría decírselo a Chelsea y a tu madre y me las ganaría. Lo sabes bien. Acabarías haciéndolo por orden de ellas.

En eso tiene razón. Maia se lleva tan bien con mi madre y mi hermana que, cuando no quiero hacer algo de lo que idea alguna de las tres, las otras dos la apoyan. Han creado un vínculo que, lejos de molestarme, me enorgullece, porque significa que la gente más importante de mi vida también se quiere entre sí, pero eso no significa que no me joda en momentos puntuales que sean tres contra mí.

—¿Qué ha dicho tu tío?

—Que no va a ir ni muerto, pero mi madre va a sobornarlo con sexo. —Hago una mueca y ella se ríe—. Lo sé, es asqueroso, pero fueron palabras literales de mi madre. Está harta del mal rollo familiar, sobre todo ahora que están juntos. Venga, Kellan, por favor. Quiero comer en ese enorme salón, besarte bajo el muérdago y abrir regalos a lo americano contigo.

—Abrir regalos a lo americano, ¿eh? —pregunto riéndome.

Ella se avergüenza de sus palabras, pero a mí me hacen gracia. Sigue un poco obsesionada con lo que ella llama americanadas y la verdad es que es bastante divertido ver cuántos clichés ha sido capaz de reunir a lo largo de su vida.

—Solo con una condición —continúo.

—Tú dirás —contesta con los ojos brillantes de emoción.

—Todos tenemos que llevar jerséis tejidos del taller de Gladys.

Su cara de espanto me hace soltar una carcajada.

—Ni hablar. Me probé uno el otro día y pican muchísimo.

—Buenos, pues no vamos.

—¡Kellan!

—Le irá bien el dinero. Es tan orgullosa que no lo dice, pero sé que no lo están pasando muy bien.

Maia frunce el ceño. Cederá, sé bien que su corazón gana a la posible incomodidad de llevar un jersey que pica.

—Eres el mejor haciéndome sentir mal —refunfuña—. ¡Está bien! Compraremos jerséis para todos.

—¿Para todos? —pregunto.

—No voy a ser la única con el cuello rojo por la urticaria. —Se queda un instante en silencio y, al final, lanza un suspiro pesaroso—. Dios, la mitad de los invitados odia a la otra mitad y voy a vestirlos con jerséis navideños que pican. ¿Qué puede salir mal?

Me río, la abrazo y la beso justo cuando llega Steve con nuestros chocolates. Cuando se marcha vuelvo a besarla, solo porque puedo y porque no quiero pensar en todas las malditas cosas que pueden salir mal.

58

Martin

—De todas las malditas malas ideas del mundo, esta es, sin duda, la peor. Y la culpa es tuya —farfullo mientras conduzco de camino a la casa de mis padres.

Ella se ríe y yo me enervo más. Estoy loco por esta mujer, eso es un hecho, pero aun así tengo luces suficientes como para saber que esto va a ser un desastre.

—Cálmate, tu padre sabe que vamos y está de acuerdo.

—Eso es lo que dice Maia, no la realidad.

—Bueno, sea como sea, habrá más gente. Irán Wendy y Brad con el pequeño. ¿No te alegra? —Le dedico un gruñido ininteligible—. Tienes que dejar de comportarte así, porque empiezas a recordarme a él y eso sí que no puedo soportarlo.

—Me convenciste de venir con malas artes —la acuso.

—No te vi quejarte mientras te hacía...

—Joder, es que fue muy bueno.

Vera se ríe y yo cedo, porque su risa me trastoca hasta el punto de olvidar por qué estoy molesto. Tiro de su mano y me la llevo a los labios. Nuestra relación no ha hecho más que mejorar desde que dejamos la luz encendida y el corazón abierto. Suena cursi, lo sé, pero es que de verdad me siento como en una maldita nube la mayor parte del tiempo. Ni siquiera me ha afectado en exceso saber que mi padre no aprueba esta relación. Claro que eso puede ser porque yo ya imaginaba que no la aprobaría. Lo único que me duele es que tome distancias con Vera, porque sé que ella, aunque no lo diga, lo lamenta; cuando se lo dije, ella me aseguró que no se pierde gran cosa y que lo importante es que Maia siga teniendo relación con su abuelo. Siempre que eso no cambie, todo está bien. Y por un lado creo que tiene razón, pero por otro...

—Si te dice algo inapropiado, voy a arremeter contra él —le aseguro.

—Oh, ¿y qué harás? ¿Embestirlo con la cabeza? Eres tan masculino...

—Detecto cierto sarcasmo en tu tono.

—¿Solo «cierto»? Te aseguro que hay mucho. —Me río y ella pone los ojos en blanco—. Tu padre no hará nada inapropiado y, si lo hace, no te meterás, porque soy una mujer adulta y sé defenderme sola.

—Lo sé, lo sé, pero no quiero que te haga daño. Es solo eso.

—Voy con el hombre más guapo de Rose Lake. Créeme, cielo, mi autoestima está atravesando uno de sus mejores momentos gracias a ti.

Me río, en realidad, no es gracias a mí, pero sí que me alegra ver que su autoestima mejora. El valor que Vera da a todo el mundo es altísimo, pero el que se daba a sí misma en algunos aspectos era ridículo y me cabreaba bastante. Por supuesto, me cuidé mucho de decirlo, no me correspondía a mí. Y de todos modos, no puedes obligar a alguien a quererse más. No funciona así. El amor debe sentirse, no exigirse, incluso cuando es hacia uno mismo.

Sobre todo cuando es hacia uno mismo.

Llegamos a la casa y, nada más entrar, me llevo la primera sorpresa del día.

—Hola, mi amor.

Ashley Jones se acerca a mí contoneando las caderas de un modo exagerado y rascándose el cuello como si no hubiera un mañana. Pero, bueno, esto último lo hacemos todos gracias a los jerséis de Gladys, así que ni siquiera lo menciono.

—¿Qué haces aquí, Ash? —pregunto, sorprendido—. ¿No comes con tu familia?

—Mis padres han decidido que la Navidad es una época consumista y, como también son ateos, no van a celebrarla. Mi abuela dice que se han vuelto jodidamente locos y tu madre nos invitó a comer por pena. —Lo suelta del tirón, como si no le importara, cuando puedo ver muy bien las sombras en sus ojos—. Yo acepté porque así puedo ir a marcar territorio.

—¿¿¿Perdón??? —pregunto elevando las cejas.

Ella se acerca, entrecierra los ojos mirando a Vera y se pone las manos en la cintura.

—Me has quitado a mi hombre y me parece una gravísima falta de respeto.

Vera se queda en shock unos segundos. No me extraña, yo estoy igual, pero al final se ríe y da un paso hacia delante, abrazándola.

—¿Crees que si te hago chocolate durante una semana seguida podrás perdonarme?

Ashley la mira fijamente. No ha dicho cualquier cosa. El chocolate caliente de Vera está triunfando. La receta de Steve está muy rica, pero ella lo hace distinto y es... explosivo. Tiene a casi todos los vecinos Rose Lake enamorados de ella.

—Que sean dos semanas. Y cuando te canses de él, seré la primera en la lista.

—No soy un perr...

—Hecho —dice Vera interrumpiéndome.

Por un instante quiero protestar porque, joder, hay tantas cosas mal en esto que es imposible no hacerlo.

Primero: Soy su profesor y bastante mayor que ella.

Segundo: No soy un puto perro.

Tercero: ¡Decidiré yo con quién salgo si un día rompo con Vera!

Cuarto: No pienso romper con Vera nunca. Jamás. No está en discusión.

Quinto: Vera debería dejar de hablar de la posibilidad de romper porque me acojona cada vez que lo hace.

Y podría dar muchos más, pero tenemos una comida de Navidad que celebrar y para eso deberíamos adentrarnos en el salón y saludar a los demás. Vera se acerca a Dawna, la madre de Kellan, y yo voy hacia donde están Brad y Wendy, que intenta dormir al pequeño por todos los medios.

—Voy a dar una vuelta por el otro extremo, a ver si es el ruido que lo pone nervioso —nos dice en cuanto llego a donde están.

—Tío, ya era hora —murmura Brad pasándome un botellín de cerveza—. Tu padre empezaba a decir que seguro que no venías.

—Eso es lo que él querría. —Doy un sorbo al botellín y miro a mi amigo—. Mala suerte la suya, que ya estoy aquí.

—En realidad, creo que quería que estuvierais aquí. Hasta ha intentado sacar tema de conversación con tu hermano y Steve, solo que el único que le ha contestado ha sido Steve. Tu hermano está siendo un hueso duro de roer.

No me siento estoy orgulloso del latigazo de satisfacción que me recorre al saber eso. No he hablado con Max acerca de lo solo que me siento a veces en estas comidas, pero supongo que Acción de Gracias fue suficiente prueba de ello, porque mi hermano habla de ignorar a nuestro padre hasta que se comporte. Siempre le digo que es una pérdida de tiempo, pero insiste tanto que no puedo decirle que no.

—¿Por qué no...?

No consigo acabar, Maia se acerca a nosotros y se engancha de mi cuello, dándome un abrazo.

—Hola, tío barra padrastro Martin.

Brad suelta una carcajada y yo abrazo a Maia, pero no sin ponerle mala cara.

—Tú y yo tenemos que hablar de la satisfacción insana que te recorre al avergonzarme. —Maia suelta una carcajada y pone cara de niña buena.

—¿Por qué dices que no puedo llamarte así? Es lo que eres. De hecho, hoy, al ver al pequeño Brad he tenido una revelación.

—Ah, ¿sí? —La pregunta la hace Brad, el padre.

Maia se separa de mí y mira a mi amigo, pero tiene ese brillo en los ojos... ese brillo inconfundible de que dirá algo que me pondrá al borde del infarto.

—Si mi madre y el tío Martin tuvieran un bebé: ¿qué sería más mío? ¿Hermano o primo?

—Santo Dios, necesito algo más fuerte que esta cerveza —murmuro antes de beberme medio botellín de un trago.

Brad suelta una estruendosa carcajada, como era de esperar, y Maia bate las pestañas como si fuera un angelito recién caído del cielo.

—¿No contestas?

—Me encantaría, pero tengo que saludar a mis padres.

—Que prefieras saludar a tu padre antes que responder dice mucho de tu valentía.

—De lo que dice mucho es de mi buena educación. Si me disculpáis.

Me alejo dejando atrás su risa mientras siento un escalofrío en la nuca. ¿Un hijo de Vera y mío? Eso es... raro. ¿No? ¿Es raro? Paro a medio camino y miro al pequeño Brad dando pasos inestables por el enorme salón con su madre detrás. No sé si quiero tener hijos. No es algo que me haya planteado nunca, pero ahora que Maia ha pronunciado las palabras no puedo evitar imaginar cómo sería tener un hijo con Vera. Y, para mi sorpresa, lo que mi imaginación me muestra resulta ser... agradable. Bonito. Joder, es una locura, ni siquiera sé si Vera quiere volver a pasar por todo eso de un embarazo, y lo nuestro es demasiado reciente. Hay tiempo, me digo. Hay mucho tiempo para pensar en eso, sobre todo cuando ahora mismo mi mayor problema debería ser el rictus serio que ha adoptado mi padre mientras me acerco a él y a mi madre.

—Oh, cariño, estaba deseando verte —dice mi madre estirando los brazos para que me agache y pueda besar mis mejillas—. Estás muy apuesto hoy.

Llevo pantalón de traje y camisa, y uno de los jerséis de Gladys encima. Ese es el truco para que no piquen: ponerte algo debajo. No es mi mejor aspecto, pero supongo que, simplemente, quiere dedicarme un halago que rompa un poco el hielo.

—Tú estás preciosa, mamá —le digo mientras me agacho para besarla en la mejilla.

No es un simple halago. Lleva un jersey que pica, como todos, pero sus piernas están cubiertas con una falda negra y elegante que, al movimiento, capta la luz de las velas y las grandes lámparas, arrancándole un suave destello. Tiene el pelo recogido en un moño y los pendientes que le regaló mi padre unas Navidades, hace ya muchos años, cuando Max y yo éramos niños.

Cuando la vida era un poco más sencilla.

—Debe de ser la felicidad de tener en casa a tanta gente querida.

—De hecho, falta poco para alojar a todo el pueblo de Rose Lake en nuestro salón —dice mi padre haciendo reír a mi madre. Me mira y asiente una sola vez—. Martin.

—Papá —saludo en el mismo tono.

Él no dice nada y yo, tampoco, lo que hace que la situación sea bastante tensa. Y no mejora con la llegada de Vera, que se sitúa a mi lado y sonríe a mis padres como si fuesen amigos de toda la vida.

—Ronan, Rose, muchas gracias por abrir las puertas de vuestro hogar para celebrar la Navidad.

—Oh, ha sido un verdadero placer. —Mi madre estira las manos, tal como ha hecho conmigo, y Vera se agacha para besar sus mejillas—. Estás preciosa, cariño.

Y lo está. Lleva jersey, pero yo sé que debajo se ha enfundado un vestido rojo, ceñido por completo, aunque la haga sentir insegura. Maia la convenció de ponérselo y le debo una solo por eso. Estoy deseando llegar a casa y quitarle el jersey para disfrutar del vestido. Y, con suerte, más tarde se lo quitaré para disfrutar de lo que más me gusta.

No. Mala idea pensar en eso con mis padres mirando.

—Deberíamos saludar al resto de los invitados —le dice mi padre a mi madre—. Pronto nos sentaremos a comer.

—Sí, cierto —dice mi madre.

Cuando creo que me he librado del primer asalto, mi padre se para justo a mi lado.

—Antes de que te marches, me gustaría hablar contigo.

Es la primera vez que mi padre se dirige a mí en un tono tan educado, lo que me sorprende, así que le digo que sí y los veo marchar mientras Vera me abraza y sonríe.

—¿Crees que es posible que quiera tener un acercamiento?

—No —contesto, muy seguro.

—Vamos, Martin, es Navidad. Ten un poco más de fe.

Quiero decirle que la fe está completamente sobrevalorada, pero entiendo que aún mantenga la ilusión de vernos hacer las paces. No ha sufrido todos los años que llevamos haciéndonos daño, así que beso su frente y, un segundo después, sus labios. Y si alguien está mirando, me importa una mierda.

—Tengo fe en poder quitarte ese vestido hoy al final del día, a ser posible con la boca.

—Si eres un buen chico, tu fe se verá recompensada.

Me río y, estoy a punto de besarla de nuevo, cuando veo a Maia y Kellan acercarse a nosotros. Una cosa es que no me importe que me miren y otra que quiera dar más munición a mi sobrina. La adoro, pero ha sacado el gen sádico de los Campbell.

—¿No es genial? ¡Todos juntos! —miro a Kellan, que tiene la cara brillante—. Sí, mi novio está sudando porque se ha puesto un jersey de lana y cuello vuelto debajo del jersey de lana de Gladys y ahora se está asfixiando de calor.

—Si el jersey no toca mi piel, no me levanta el sarpullido de otros años —se queja Kellan antes de fijarse en mí—. Eh, bien hecho, señor Campbell —dice señalando mi camisa.

—Quizá es mejor idea esto que doble jersey, ¿no? —pregunto aguantándome la risa.

Kellan suspira y encoge los hombros, como si estuviera derrotado, lo que provoca que me den más ganas de reír.

Nos avisan para sentarnos a la mesa y, por un instante, tiemblo al pensar que irá igual que en Acción de Gracias.

Por fortuna, esta vez hay muchas cosas distintas. La más importante es que mi relación con Vera ya no es secreta, así que nos damos la mano y nos tocamos sin complejo, aunque mantengamos la compostura. La otra parte importante es que hay tanta gente que mi padre está en la otra punta de donde estoy yo. Literalmente en la otra punta. Para hablar conmigo tendría que hacerlo a gritos y no es tan estúpido.

La cena es muy divertida y amena. Era de esperar, con la señora Miller riñendo a Ashley por todo, Ashley protestando, Chelsea Hyland valorando la comida y poniéndole nota pese a las protestas de su madre, mi hermano y Steve discutiendo acerca de si es mejor este día o el de fin de año, Brad y Wendy intentando que el pequeño no se descontrole y mi madre mirando hacia la mesa y sonriendo como hacía mucho que no la veía. Me doy cuenta, cuando la miro, de que soportaría millones de comidas con mi padre solo por ver sonreír así a mi madre.

La comida se acaba, los postres salen y, cuando acabamos con ellos y ya solo nos queda tomar café o unas copas, mi padre me hace una inequívoca señal para que lo acompañe. Lo hago y paso desapercibido, porque aprovecho el movimiento de gente quitándose de la mesa para volver a desperdigarse por el salón. Camino hacia el despacho, que no queda lejos y, en cuanto entro, sé que he sido un iluso por pensar que este día acabaría mejor que el de Acción de Gracias.

—Solo quiero hacerte una pregunta —me dice en tono grave.

—Tú dirás.

—¿Estás seguro de lo que haces? —Tenso los hombros, pero mi padre no se amedrenta—. ¿Crees que puedes estar con ella sin romperle el corazón?

Habla de Vera y eso no... Eso es demasiado insoportable. No voy a consentir que hable de ella, ni de nuestra relación, pero aun así respondo, porque no hacerlo significaría darle la razón y por ahí sí que no puedo pasar.

—Lo creo. La pregunta es: ¿por qué crees tú que no puedo?

—Bueno, después de todo, no eres un hombre de palabra o de cumplir promesas.

Recuerdo perfectamente la Navidad de hace muchos muchos años, cuando era niño y prometí hacerme cargo del aserradero. El remordimiento acude a mí pero lo desecho de inmediato. No voy a dejar que juegue a esto de nuevo.

—Era un niño, papá. Crecí y mis sueños cambiaron.

—Quizá ese es el problema, que cambias de sueño con frecuencia.

—No, el problema es que te cuesta aceptar que no voy a llevar tu empresa porque no me interesa. No la quiero. Soy profesor, adoro serlo, me encanta mi trabajo y ¿sabes qué? Se me da jodidamente bien, así que si eso es todo lo que tenías que decirme, hemos acabado.

—Pareces tan... orgulloso.

—Lo estoy. Hay muchas muchas cosas de las que no estoy orgulloso, pero de mi trabajo sí, y mucho. Y, para que quede claro, de mi relación con Vera también. —Mi padre hace amago de hablar, pero alzo la mano—. No te metas, papá. No te metas.

—¿Es una especie de amenaza?

—Es un consejo. Métete conmigo tanto como quieras, pero si atacas a Vera de cualquier forma, por mínima que sea, prepárate para vértelas conmigo.

Salgo del despacho antes de pararme a ver su reacción. No la necesito. He dicho lo que tenía que decir alto y claro, y ahora lo único que me importa es largarme de aquí cuanto antes.

El resto de la noche es tensa, pero soportable. Pasada una hora y media le propongo a Vera marcharnos y accede, lo que me tranquiliza como nadie se imagina.

Conduzco hasta casa, entramos y, cuando cierro la puerta, me quito el dichoso jersey y la miro sonriendo, porque sabe lo que viene.

—Por fin voy a abrir mi regalo.

Ella se ríe cuando la alzo en brazos y la llevo hasta el sofá. No voy a llegar más lejos porque no puedo aguantar más para desnudarla y los dos lo sabemos. La beso y, mientras la nieve cae incesante al otro lado de las ventanas, me empapo de Vera Dávalos y me pregunto cómo cojones he conseguido sobrevivir toda mi vida sin ella.

59

Vera

Es una Navidad extraña, pienso mientras me envuelvo en la manta que Martin ha sacado para nosotros. Hacer el amor con él me supone tal explosión emocional que no es hasta que acabo cuando descubro lo helada que estoy, pese a la chimenea encendida. En este momento estoy adormecida, tranquila, saboreando los últimos minutos antes de volver a casa, porque Maia llegará en un rato de estar con Kellan y quiero acabar el día con ella.

El fuego de la chimenea crepita con fuerza, consumiendo el tronco que Martin acaba de poner antes de volver conmigo al sofá.

—¿Quieres ver una peli? —pregunta abrazándome y colándose bajo la manta.

—En realidad, quedé con Maia para ver *Solo en casa*. Es una especie de tradición navideña para nosotras. Anoche celebramos la Nochebuena a nuestra manera, así que no lo hicimos.

Siento la sonrisa de Martin en mi hombro. Sí, él también estuvo. Fue algo muy sencillo, pero ni Maia ni yo queríamos dejar pasar el día veinticuatro sin hacer la cena de Nochebuena, que aquí no se celebra. Preparamos marisco, una ensalada y una buena sopa y cenamos Max, Steve, Martin, Maia y yo. Fue genial, porque, por un instante, pensé que tenía a mi lado a muchas personas buenas a las que querer. Luego el peso de la añoranza se hizo cargo de la situación y, para cuando tomamos una copa, yo estaba tan rara que no quise ir con Martin. Me metí en mi habitación y procuré dormirme temprano, porque intuía que los recuerdos de mi padre pretendían hacerme daño y no quería permitir eso.

Hoy la comida de Navidad me ha tenido distraída, hasta ahora, el primer momento de tranquilidad que tengo, pero sé que pronto me levantaré y me iré a la cabaña, en busca de Maia, para llenar mis horas de entretenimiento que me obligue a seguir adelante.

—¿Puedo apuntarme? —pregunta Martin entre susurros.

Giro la cara para verlo, despeinado y con los labios enrojecidos de tanto como me ha besado y mordido. Y posiblemente de lo mucho que yo lo he mordido a él.

—¿Quieres unirte?

—Me gustaría, si no os importa. Es una peli que siempre me hace sonreír. A Max y a mí nos encantaba verla de pequeños.

Pienso un instante en la tradición de Maia y mía que, en realidad, también era de mi padre. Por un segundo, valoro la posibilidad de negarme a que entre nadie más en eso, pero entonces imagino lo que diría mi padre al conocer a Martin. Más que eso, imagino lo que diría al saber que ahora hay una familia que me sostiene, aunque no sea una familia típica. Casi puedo ver su sonrisa al saber que Maia y yo no estamos solas. Y ese es el motivo que me lleva a sonreír y besar su mentón mientras asiento.

—Me encantará que te unas a nosotras.

Martin me besa, pero no es un beso que incite al sexo. Es... agradecimiento. De algún modo, él intuye que esto no es solo una peli. Es algo más importante y se cuela agradecido y paciente, como siempre.

Nos vestimos, vamos a la casa y nos sentamos en el salón con Max y Steve hasta que llegue Maia.

—Por cierto ¿creéis que debería tener una charla con Kellan?

—pregunta Max—. Ya sabéis, en plan «padre de la novia». Llevan juntos un tiempo y tal vez es hora de...

—Oh, por favor, avísame para no perderme eso —dice Steve riéndose—. Max Campbell intentando amedrentar a alguien.

—Perdona, pero cuando quiero, puedo ser muy amedrentador.

—Uy, sí, tanto como un oso de peluche de hombros anchos. —Max mira mal a su chico y este se ríe—. Un oso de peluche de hombros anchos y guapísimo.

—Eso no hace que me sienta mejor. Lo que quiero decir es: ¿deberíamos conocer las intenciones de Kellan?

—Creo que sería mejor conocer las intenciones de Maia —me río—. En serio, Max, nuestra hija sabe lo que hace. De todas formas, nunca he entendido bien eso de asustar a un pobre chaval solo por ser quien salga con tu hija. Imagina que tu padre se hubiera puesto así con Steve.

—Bueno, mi padre no es ejemplo de nada, para empezar —replica Max y, ahí, le doy toda la razón—. Y para continuar, no es lo mismo.

—¿Por qué no? —quiere saber Martin.

—¡Porque Steve es un trozo de pan!

—Kellan es un gran chico —sigue diciendo su hermano—. Lleva el trabajo familiar y, aun así, se las ingenia para aprobar las asignaturas. Se ocupa de que Maia esté contenta y la trata con respeto y cariño. No veo qué más puedes exigirle.

—Puedo exigirle que no le haga daño —se empecina Max.

Todos guardamos silencio. Creo que, llegados a este punto, pensamos igual. Tal vez Max quiera obligar a Kellan a hacer algún tipo de juramento.

—No hay garantías —digo al final—. Hables o no con él, no hay garantías de que no le haga daño a nuestra hija. Pero ¿sabes qué? Tampoco las hay de que Maia no termine haciéndole daño a él. Son jóvenes, están muy enamorados, pero la vida es larga y nunca se sabe.

Lo que sí está claro es que, si el amor se acaba o uno de los dos decide hacer un mal acto contra el otro, una charla tuya no equilibrará la balanza. Nunca lo ha hecho. Esas charlas solo han servido para intimidar sin ningún tipo de necesidad.

Max me mira muy serio y sé que, en el fondo, sabe que tengo razón. Aun así, pasados unos instantes da un sorbo a su vaso de agua y se acomoda más en el sofá.

—Si le hace daño, le partiré las piernas.

Steve suelta una risa, consciente de que Max es incapaz de matar una mosca, y Martin se ríe entre dientes mientras niega con la cabeza, posiblemente porque está pensando lo mismo.

Al final, el tema lo zanja la propia Maia, que aparece tiritando y librándose de las botas y el abrigo de inmediato.

—¡Dios! Solo bajar de la camioneta de Kellan y subir las escaleras de casa me he quedado helada. ¡Cuánta gente! No hay pizzas para todos.

Nos reímos, porque Maia ha sacado del congelador un par de pizzas. Por fortuna, tenemos táperes con comida del restaurante como para alimentar a una legión.

—Se quieren apuntar a la peli —le digo.

—¡Genial!

Y ya está, esa es toda la reacción de mi hija, demostrando, una vez más, que muchas veces los más jóvenes son infinitamente más listos que nosotros, porque no dan tantas vueltas a las cosas. O, al menos, a este tipo de cosas.

Al final cenamos un poco de sobras de ayer, pizza, patata cocida con mantequilla y, para los adultos, una copa de vino. Maia se conforma con su refresco y las palomitas.

Nos sentamos a ver la peli, Martin y yo en una esquina del sofá, acurrucados, en el otro extremo Steve y Max y Maia en el sillón con reposapiés. Nos reímos, la disfrutamos y yo, hacia el final, cuando el protagonista se reúne con su familia, no puedo evitar que las lágrimas me visiten, porque falta parte de mi familia y daría lo que fuera por poder abrazarlo. En ese momento el abrazo de Martin se intensifica. Lo miro, pero sus ojos están puestos en la pantalla, dándome la privacidad que necesito. Y, aun así, sus brazos no me abandonan en ningún momento.

Me refugio en ellos y, cuando la peli acaba, no pienso en que no estamos solos, ni siquiera en que van a oírnos, solo acaricio su mejilla y actúo por impulso.

—Quédate a dormir.

Esta vez sí me mira, sorprendido. He pasado la noche muchas veces con él, pero salvo un par de ocasiones, siempre he vuelto a casa al amanecer o justo antes, sabiendo que todos dormían. No es por esconderme, es una tontería porque en casa lo saben, pero me sabía un poco mal que me pillaran volviendo a casa de pasar la noche fuera. Y él nunca ha estado aquí porque... No sé, supongo que no quiere invadir la que también es la casa de Maia, su hermano y Steve. Pero es el día de Navidad y, para acabarlo, quiero que esté aquí, conmigo. Él mira de inmediato a Maia, que sonríe y asiente.

—Molará ver cómo eres recién despertado.

—No se vuelve feo, te lo digo yo —asegura Max—. Pero se le hinchan los ojos un montón.

Steve y yo nos reímos y Martin carraspea.

—¿No os importa? —pregunta a Max.

Su hermano lo mira y niega con la cabeza.

—¿Me estás preguntando si me importa que mi hermano, que es una de mis personas favoritas del mundo, pase la noche en mi casa con la madre de mi hija, por la que está visiblemente loco? No, en absoluto.

Me ruborizo con eso de que Martin está visiblemente loco por mí, pero eso no impide que, cuando me besa en respuesta, esté lista para recibirlo.

—Voy a casa a por un pantalón de pijama y vuelvo.

Se separa de mí mientras nos reímos por la rapidez con la que actúa y recogemos el salón, dejándolo todo en la cocina.

—Mañana ya limpiaremos con calma —dice Steve—. Ahora es tiempo de descansar.

Max y él suben arriba después de desearnos las buenas noches con un abrazo y, cuando estoy a solas con mi hija, me mordisqueo el labio.

—¿De verdad no te importa?

—¿El qué?

—Que Martin duerma aquí.

—Mamá, soy mayorcita. Sé bien que duermes con él muchas veces y es un poco absurdo que tengáis que separaros tan temprano. Me gusta el tío Martin, le quiero mucho, así que no te preocupes por mí.

La abrazo, porque no merezco a esta chica, y cuando se despide de mí para ir a la habitación me quedo sola en la planta de abajo, esperando a Martin.

Llega solo cinco minutos después con una mochila cargada al hombro. Ha salido sin abrigo, razón por la que viene tiritando.

—¿A quién se le ocurre? —pregunto, riendo.

Él se acerca, me besa y mordisquea mi barbilla.

—No quería darte tiempo para arrepentirte.

Me río, niego con la cabeza y acaricio su pecho.

—¿De estar contigo? Nunca.

La mirada de Martin es todo lo que necesito para estar segura de esto.

—Recuerda eso, preciosa. Recuérdalo siempre.

Nos abrazamos, subimos las escaleras y entramos en mi habitación juntos por primera vez.

No puedo decir que esta haya sido la Navidad perfecta, porque una parte de mi corazón sigue sangrando, pero puedo decir que estará, sin duda, entre las tres mejores de mi vida para siempre.

60

Maia

Tres días después de Navidad voy al taller para ver a Kellan. Me preocupa un poco que, en vez de parecer cada vez más alegre, esté más triste. Al principio quise pensar que era normal. Kellan siempre sonríe, hasta cuando está triste, es así desde que lo conocí pero, al principio, cuando no tenía ni idea de cómo es y ha sido en el pasado, pensaba que era normal. Hay gente que es más melancólica que otra. Con el tiempo me he ido dando cuenta de que no es el caso de Kellan. En su caso hay heridas tan abiertas que, si llegas a conocerlo bien, puedes verlas sangrar. El problema es que él no las ve y así, es muy difícil aconsejarle nada.

Por otro lado, entiendo que acaba de pasar un año de la muerte de su padre. No sé cómo estaré yo cuando llegue el primer año de la muerte de mi abuelo, pero posiblemente pase unos días mal, también, porque las Navidades están siendo más duras de lo que yo pensaba. Y, aun así, yo salí de Madrid y puedo evitar los lugares que me recuerdan a él. Para mí es más fácil esquivar los recuerdos, pero Kellan se enfrenta a ellos constantemente. En el taller, en el embarcadero, en la nieve cuando cae. Se lo comenté el otro día, pero asegura que eso no es un problema porque Rose Lake es su ciudad. El lugar que le vio crecer y donde quiere estar siempre. Y su vehemencia fue tal que no pude dudar. Pero, pese a sus palabras, su gesto cada vez se está volviendo más serio. Sé que su madre se preocupa por él, pero se ha cerrado en banda. Pasa infinitas horas en el taller, trabajando, y cuando le preguntamos dice que es normal, porque tiene más trabajo y el dinero irá bien a la familia. No le falta razón y, aun así, es... raro.

—¡Hola, Maia! ¿Vienes a ver a Kellan? —pregunta Chelsea, que está en la entrada de su casa, haciendo un muñeco de nieve un poco extraño, pues le ha colocado la zanahoria en una mano, en vez de en la cara.

—Sí, ¿está en el taller?

—Ajá.

—¿Por qué has puesto ahí la zanahoria?

—Mamá dice que, quien algo quiere, algo le cuesta. Si este muñeco quiere una nariz, va a tener que ponérsela él mismo. ¿Te imaginas lo guay que sería verlo cobrar vida para hacerlo? —Me río y ella se ruboriza—. O sea, no soy un bebé, sé que la magia no existe, pero...

—¿Quién ha dicho que la magia no existe? Yo creo en ella.

—¿De verdad? —La ilusión contenida que desprenden sus palabras me ablandan el corazón.

—Por supuesto. Creo que es un muñeco precioso que se pondrá su nariz y se irá a dormir muy feliz hoy.

Chelsea no contesta, creo que intenta mantener intacta su imagen de niña mayor, pero cuando paso por su lado puedo oír su risa ilusionada y me alegra mucho haber animado tanto a alguien hoy. Ojalá con su hermano fuera tan fácil.

Abro la puerta y entro en el taller, pues está cerrado para que no se cuele el frío, y me encuentro con que Kellan no está trabajando en ningún coche, sino en el despacho, con su guitarra. Y lo sé porque lo oigo antes de verlo. Sigo el sonido de la música y, al llegar, empujo la puerta entreabierta y me apoyo en el quicio con un hombro y me cruzo de brazos. Está tocando y cantando *Photograph*, de Ed Sheeran. Siempre me ha parecido una canción triste, pero en los tonos rasgados de Kellan pone el vello de punta.

Me quedo en silencio, consciente de que aún no se ha percatado de mi presencia, y lo veo navegar por las notas con soltura, casi como si esa magia en la que Chelsea intenta creer desesperadamente corriera por sus dedos y cuerdas vocales. Como si no le costara ningún esfuerzo crear y manejar algo tan poderoso como la música.

—Eres un gran cantante, Kellan Hyland —le digo cuando la canción acaba, sobresaltándolo.

—No te esperaba —dice sonriendo—, ven aquí, preciosa. Quiero enseñarte algo nuevo.

Podría decir que sus palabras no me derriten, pero sería mentira porque lo hacen. Caigo rendida a él cada vez que abre esa puerta de su mundo que se empeña en mantener cerrada. Me siento a su lado y oigo su nueva canción. Es triste, muy triste, habla de cómo algo tan delicado como la nieve puede enterrar incluso casas. Y cómo el tiempo puede llevarse cosas tan valiosas como los recuerdos. Me emociona, porque no puedo evitar pensar en mi abuelo, pero también porque puedo ver a quién va dedicada.

Y, aun así, soy muy consciente de los límites que Kellan pone siempre, por eso al acabar no menciono a su padre. No de inmediato. En lugar de eso, hablo de otro tema que me interesa y apenas tengo oportunidad de sacar.

—Tu madre dice que siempre quisiste componer profesionalmente.

Kellan me besa y sonríe mientras niega.

—Eran sueños de adolescente.

—Tienes diecisiete años, Kellan —le digo resoplando.

—Cumpliré dieciocho en enero. Solo quedan unos días.

—Tienes toda la vida por delante. ¿Te das cuenta de que todavía podrías intentarlo?

—¿El qué?

—Componer, Kellan.

—Venga, Maia. —Se ríe, pero cuando se percata de mi seriedad me besa de nuevo, para distraerme—. Está bien. A veces la vida no sale como uno quiere y no pasa nada.

Guardo silencio. No tiene sentido decirle que jura y perjura que lo que quiere es ocuparse del taller pero en una sola frase acaba de echar por alto todos sus argumentos. Creo que sería cruel remarcarlo, porque entiendo que necesita mantener a su familia a flote, así que me callo. Y, aun así, Kellan no parece muy feliz. Nunca lo parece, salvo cuando estamos juntos y solos. Es como si entonces y solo entonces él pudiera olvidar lo que sea que lo martiriza. Y el caso es que todos se dan cuenta en Rose Lake, porque sé que es algo que se comenta, aunque nadie lo diga. Llevo meses en la vida de Kellan Hyland y todavía no sé cómo es una sonrisa sincera suya. Una que haga brillar sus ojos y haga que su alma se llene.

—Me gustaría hacerte tan feliz como para que no necesites nada más en la vida —confieso—. Me gustaría... me gustaría mucho ser todo tu mundo, porque así podría asegurarme de que lo tienes todo.

Kellan me mira sorprendido, me abraza y acaricia su nariz con la mía.

—Te quiero, Maia. Sé que es una locura, pero te quiero y, aunque no lo creas, sí eres una gran gran parte de mi mundo. Sin ti... sin ti estaría perdido.

Me emociono, pero no me separo de él.

—Me encantaría estar contigo siempre.

—Lo estaremos.

—La gente dice que las relaciones adolescentes no funcionan. Que al final todos se acaban separando.

Kellan se asegura de mirarme a los ojos antes de negar con la cabeza, sonriendo.

—Mis padres funcionaron, y fíjate en Wyatt y Savannah. No soy capaz de imaginarlos separados. Y tampoco soy capaz de imaginar una vida sin ti, Maia Campbell. Me niego.

—¿Lo dices en serio? —pregunto emocionada—. ¿No dejarás de quererme nunca?

—Nunca.

—¿Ni siquiera aunque aparezca gente más interesante que yo en Rose Lake?

—No hay nadie más interesante que tú.

—Eso tú no lo sabes. Puede pasar que llegue otra chica y...

—Nunca, Maia. Nunca. Te querré hasta el día en que me muera.

—Eso no lo sabes. A veces las personas dejan de sentir amor.

—No. Yo no.

—Tú no lo sabes —insisto—. ¿Cómo vas a saberlo? Yo creo que es posible que, en algún momento, mires a tu alrededor y te des cuenta de que no soy lo que quieres.

Abrirme a mis miedos es difícil, pero necesario. De verdad siento lo que le digo a Kellan porque es cierto que me cuesta creer que, de entre todas las chicas del mundo, yo tenga la maldita suerte de estar con él.

—Cuando el cielo se rompa y caigan las estrellas.

—¿Qué? —pregunto confundida.

—Solo entonces dejaré de quererte, Maia. Cuando el cielo se rompa y caigan las estrellas.

Me emociono, porque no entiendo bien cómo Kellan llega a estas conclusiones, pero sé que no olvidaré sus palabras nunca.

Sé eso del mismo modo que sé que la suerte decidió ponerse de mi lado el día que Kellan Hyland se cruzó en mi camino y clavó sus preciosos ojos en mí.

61

Kellan

La cena del último día del año acaba y miro a gran parte del pueblo, que ha decidido hacerlo en el restaurante. Max propuso un menú para quien quisiera y, al final, hemos sido muchos los vecinos que queríamos pasarlo aquí, todos juntos, en vez de solos en casa. No ha sido una Navidad sencilla. Ahora entiendo que, para muchas personas, esta sea la peor época del año. No sé si odio la Navidad, pero sé que estaba deseando poner fin a esta.

Y aun así, estoy contento, porque creo que lo he llevado con entereza, aunque la saturación de trabajo me tenga encerrado en el taller desde el amanecer hasta el anochecer. Será aún más difícil cuando tenga que volver a clase y los turistas sigan viniendo por los alrededores en busca de la nieve. No tengo dinero para contratar a alguien y, si no dejo los estudios, acabaré arruinando el negocio.

Y eso, evidentemente, no es una posibilidad.

El único motivo por el que no he dejado el instituto, incluso en contra de lo que diga mi madre, es porque el dinero que gano en el restaurante cantando compensa el que pierdo cuando no puedo trabajar en el taller. Además, esta noche, por ejemplo, Max se ha empeñado en pagarme un poco más. Según él, trabajar en festivo tiene más valor. Intenté negarme, porque no sé hasta qué punto esto es verdad y no quiero abusar o, peor aún, que me pague de más por lástima.

Mentí y le dije que no necesitaba más, pero insistió en que debía ser así y, al final, lo cogí, porque no me irá mal tener dinero extra después de haber gastado una buena parte en regalos. Mi madre se enfadó también por eso, y yo me enfadé porque se enfadara. Estoy intentando que esta familia funcione exactamente igual que lo hacía cuando mi padre vivía, ¿por qué no puede verlo?

—Solo quedan cinco minutos —dice Maia a mi lado.

Sonrío y beso su mejilla. Estamos sentados alrededor de una mesa larguísima que ha formado Max con las del restaurante. Tengo el brazo puesto sobre sus hombros, por eso soy consciente de la tensión que se apodera de ella cuando la puerta del restaurante se abre y entran sus abuelos, Ronan y Rose Campbell.

Su abuelo empuja la silla de ruedas de su abuela y, cuando todo el mundo se queda en silencio, es ella la que habla:

—No pienso empezar otro año más sin mi familia.

Max y Martin se acercan de inmediato para abrazarla, lo que hace que algunos vecinos se emocionen. Es normal, yo no puedo imaginar cómo sería alejarme tanto de mi madre. Y tampoco puedo imaginar que un padre llegue a odiar a sus hijos de ese modo. Maia está convencida de que su abuelo no odia a sus hijos, sino que está resentido y no sabe cómo manejar todo lo que siente, pero yo no sé qué pensar. Ronan Campbell tiene fama de ser un jefe y empresario justo, pero cuando se trata de su familia... Bueno, es evidente que no ha hecho las cosas bien.

En este instante, veo el modo en que Martin lo mira. Ronan asiente una sola vez y su hijo hace lo mismo, como si pactaran sin palabras una minitregua. Maia va a saludarlos un instante, pero vuelve enseguida.

—Quiero que mi primer beso del año sea tuyo —me dice sonriendo.

Me derrito, joder. Me encanta esta chica. Me gusta tanto estar con ella que, si pudiera elegir, no haría otra cosa en el mundo.

Nos colocamos de pie, con nuestras copas de champán ya servido, y miramos fijamente a la pantalla de televisor del restaurante. La bola de Times Square de Nueva York baja los últimos diez segundos del año, y todos hacemos la cuenta atrás. Cuando el año nuevo llega, el griterío del restaurante no hace que me despiste de mi objetivo. Sin soltar la copa, acaricio el rostro de Maia y la acerco a mí, besándola como si estuviéramos solos. Por un breve instante, me pregunto cómo sería empezar el año con ella desnuda en una cama. Supongo que es algo que tendré que averiguar en el futuro, porque ahora mismo los dos estamos vestidos y rodeados de gente, pero vuelvo a besarla y apoyo mi frente en ella.

—Por una vida a tu lado, Maia —susurro, porque confesar lo que he imaginado ahora mismo no es posible.

—Por una vida a tu lado, Kellan. —Se alza de puntillas, me besa y palmea mi pecho antes de chocar su copa con la mía y dar un sorbo—. Ahora sube ahí y dedícame una canción.

Acepto el brindis, tomo un sorbo y dejo la copa en la mesa, porque sé que nuestros padres vigilan que no la tomemos entera. Me río, le guiño un ojo y doy un paso atrás.

—Tú lo has querido.

Maia se ríe, pero yo subo al escenario, me cuelgo la guitarra y me acerco al micrófono.

—Buenas noches, Rose Lake —comento sonriendo.

El pueblo me saluda y, entre ellos, puedo ver a todos mis amigos sonrientes y ansiosos por verme cantar. El único que falta es Brody, porque su familia no ha querido cenar aquí, pero me dijo que vendría en cuanto pudiera, así que no tardará en llegar ahora que el nuevo año ha comenzado.

Mi madre y Chelsea están abrazadas y me miran expectantes, esperando a que empiece a llenar el nuevo año de música, supongo. Yo les sonrío, pero mis ojos buscan a Maia de inmediato.

—Esta noche quiero empezar con una canción que no he cantado antes, ni es conocida, porque es mía y la acabé de componer hace solo unos días.

Es la primera vez que toco algo mío en público desde que murió mi padre y, aunque lo intente, no puedo evitar pensar en él, pero cuando los acordes suenan, decido dejarlo ir todo: los recuerdos, la añoranza y el dolor.

Canto hablando de hojas de otoño, copas de árboles que se mueven al antojo del frío viento otoñal y una chica que llega a un pueblo justo a tiempo para poner color. Hablo del gris del invierno y el color de sus mejillas. De un alma fría y unos besos encendidos y de las estrellas que salen cada noche, incansables, hasta en los días malos. Hablo de Maia y ella lo sabe, por eso llora, pero consigue sonreír entre lágrimas. Ella me mira fijamente y con los ojos muy abiertos, como si temiera pestañear por si se pierde algo, y entonces recuerdo que es por esa mirada por la que merece la pena subir a este escenario.

Es por ella por lo que la música vuelve a cobrar sentido.

La canción acaba, pero mis sentimientos por ella, no. Esos no acaban y dudo mucho que lo hagan algún día. El pueblo aplaude, mis amigos vitorean mi nombre y mi madre abraza a mi hermana y sonríe con tanto orgullo que el pecho se me hincha instantáneamente.

En realidad, no sé si esta canción es tan buena, aunque es de las más sentidas, pero creo que el pueblo no está así tanto por la letra, como por lo que significa que vuelva a tocar mis propias canciones.

No olvido, no dejo de sangrar, pero elijo seguir adelante.

Vuelvo a acercarme al micrófono y sonrío, dando las gracias a mis vecinos y familia.

—Si alguien quiere una canción en especial que no dude en pedírmela.

—¡Canta la que compusiste cuando nací yo! —grita Chelsea.

Es una canción un poco absurda, porque era muy pequeño, pero aun así lo hago. La canto mientras mi hermana baila y se ríe a carcajadas. Después de ella, voy aceptando peticiones de todos. Algunas canciones son mías, otras ya están compuestas, pero en todas vibro del mismo modo. El micrófono roza mis labios de vez en cuando y el escalofrío es tan brutal que, durante unos segundos, pienso que ojalá no tuviera que bajar nunca de aquí.

Cuando dejo el escenario, más de una hora después, tengo la garganta irritada pero me siento... bien. Siento esperanza y, joder, qué bueno es. Beso a Maia, que me echa los brazos al cuello de inmediato, y cuando nos separamos le pregunto si quiere beber algo.

—Un batido de chocolate.

—¿Un batido de chocolate de madrugada? —pregunto riéndome.

—Nunca es mala hora para un batido y te recuerdo que a ti te encanta besarme cuando la boca me sabe a chocolate.

—No puedo decir absolutamente nada en contra. —Me río, la beso y voy hacia la barra.

Pido nuestras bebidas a Steve y, cuando me las está preparando, se acerca a mí uno de los turistas que se han apuntado al menú navideño. En realidad, vienen de vacaciones a las cabañas del bosque, porque en Rose Lake no tenemos hotel como tal. No somos un pueblo en el que la gente quiera pasar tiempo. Les interesan nuestros bosques y nuestra nieve, pero no nosotros.

—¿Tienes más canciones tuyas? —pregunta a bocajarro.

Me río. Es alto, de hombros anchos y va vestido con una ridícula chaqueta de nieve que habrá costado una pasta pero no abriga tanto como mi cazadora, seguro.

—Algunas —respondo encogiendo los hombros.

—Me gustaría oírlas.

—Cuando descanse un rato subiré de nuevo. —Sonrío, porque siempre es agradable que un extraño me diga que le gusta mi música. Eso lo hace más real, porque a ratos pienso que mis vecinos y familiares disfrutan de todo porque soy yo y dirían que lo que hago es bonito aunque me dedicara a soltar gallos a diestro y siniestro.

En cambio, el hombre me sorprende cuando saca una tarjeta del bolsillo de su chaqueta cutre y cara y la pone frente a mis ojos.

—Soy Jacob Smith, productor musical de Sunshine Records y no sé qué demonios haces aquí cuando podrías estar encima de los escenarios de medio mundo.

62

Martin

El chico canta de nuevo, Maia está completamente enamorada, a mi hermano no podría irle mejor con Steve y yo... yo estoy loco por Vera.

Mi vida es casi perfecta. Casi, porque la relación con mi padre sigue mal, pero al menos esta noche no ha hecho amago de acercarse para dejarme claro que soy el peor hijo, novio y ser humano del mundo. Está hablando con los vecinos de un modo tan amigable que una parte de mí se resiente, porque quiere gritarles a todos que no es el hombre bueno y generoso que todos creen.

El problema es que sí lo es. Al menos con ellos. En mi padre se aplica a la perfección esa ley no escrita que habla de que una persona nunca es completamente buena ni completamente mala. Su rechazo me ha partido en dos durante mucho tiempo, pero aun así he podido ver todo lo bueno que hace por el pueblo.

Ahora, además, empiezo a ver que el problema de que las personas nos hagan daño no son tanto sus acciones, sino cómo nos afectan. Cuando quieres mucho a alguien, que te haga daño es doloroso, pero si ese amor mengua... el dolor también.

Así, aunque no esté bien decirlo en voz alta, después de tanto tiempo ya no quiero a mi padre como antes. Ni siquiera puedo decir que lo respete como padre, aunque lo haga como empresario. Su rechazo todavía me duele, pero no tanto, y eso es porque... va perdiendo poder sobre mí. Supongo que llegará un día en que, simplemente, me resulte indiferente.

Y ese día me habrá perdido por completo.

—¿En qué piensas tan concentrado? —pregunta Vera.

Sonrío. No quiero contarle estas divagaciones porque no nos benefician en nada y, de todos modos, estoy bien. Estoy muy muy bien y, como ya he dicho, creo que mi vida es casi perfecta. Por eso, mientras bailamos en un rincón del restaurante, la beso y le hago la pregunta que lleva días rondando por mi cabeza.

—¿Creerías que estoy loco si...?

—¿Sí? —pregunta ella cuando dudo.

Y no es que dude de la pregunta, sino de su respuesta. Joder, eso sí me pone de los nervios. Y, aun así, me lanzo, porque llegados a este punto no hay otra forma de hacer las cosas.

—¿Creerías que estoy loco si te propusiera vivir conmigo?

El vaivén de Vera se frena. La mano que tiene sobre mi hombro se queda congelada y sus ojos se abren, no sé si por la sorpresa o por el pánico.

—¿Vivir contigo? —Se ríe, nerviosa y, por desgracia, suelta nuestro agarre, separándose de mí—. ¿Y Maia?

—Hay una habitación para ella.

Intento aparentar una seguridad que estoy lejos de sentir. Esto es algo que yo ya había pensado. No soy idiota y adoro a Maia, obviamente, la invitación la afecta por extensión.

—Pero ahora vive con su padre también.

—Sí, pero Steve se ha instalado definitivamente en la cabaña. —Vera abre la boca, pero interrumpo lo que sea que está a punto de decir—. Maia no tiene que elegir, Vera. Las dos cabañas están juntas y tendrá una habitación en ambas. Solo tiene que elegir dónde duerme cada día.

—Lo haces ver muy fácil.

—Porque es muy fácil. No pretendo robársela a Max. De hecho, él es consciente de mis intenciones y le parece bien. —Vera se sorprende—. Ha pasado toda la vida lejos de su hija y ahora la tiene en casa. Lo único que cambiará es que, algunos días, estará en la casa de al lado.

—Pero, pero... ¿no es demasiado precipitado?

Sus dudas me comen por dentro, pero las entiendo. Su vida ha cambiado demasiado en un solo año. Acabamos de empezar un nuevo ciclo por el calendario, pero eso no significa que para ella no hayan sido un montón de cambios en muy pocos meses.

—Está bien. Lo entiendo y podemos esperar.

Vera se muestra todavía más sorprendida.

—¿De verdad no te molesta?

—Claro que no. Solo deberías saber que la oferta queda abierta. —Mordisqueo sus labios, jugando con ella—. Y espero que esta conversación no impida que esta noche te envuelva en papel de regalo y te abra por partes, para despedirme a lo grande de la mejor Navidad de mi vida.

Vera se ríe y, aunque no lo dice, puedo ver en sus ojos el miedo que tiene a lanzarse a una nueva aventura. Está bien, le he dicho en serio que puedo esperar. Era una idea porque me encanta dormir con ella y amanecer a su lado, pero, al final del día, lo que más me importa es que soy el afortunado que pasa con ella las horas en su cama y en su vida. Entiendo sus miedos, porque no es fácil arrancar de cero cuando la vida te ha tratado tan mal, pero estaré aquí, fuerte como una roca y listo para aceptar las decisiones que tome.

De momento, todo lo que puedo hacer es rezar para que las cosas se mantengan como están. Que nada cambie este aire de esperanza que parece recorrer a las personas que más quiero.

Que nada arruine un inicio de año que se avecina prometedor.

63

Maia

No sé definir bien el primer día del año pero, si me esforzara para elegir una palabra, creo que sería esta: «raro».

El primer día del año es raro porque Kellan está raro. Anoche lo vi hablando con un hombre, pero, cuando le pregunté quién era, me dijo que se trataba de un turista. Y aunque quise creerlo, he visto a Kellan tratar con varios turistas antes y nunca se había quedado así de pensativo. Quiero decir, ¿qué puedes hablar con alguien que no conoces de nada y que acabe con tu buen humor? Porque estaba de buen humor. Sus canciones lo demostraban, su modo de sonreír sobre el escenario y esa mirada... Era como si hubiera encontrado el modo de ser libre a través de la música después de la muerte de su padre. Era precioso y yo estaba exultante... hasta que habló con el supuesto turista.

En realidad, no estuvimos juntos demasiado tiempo porque, aunque me hubiese encantado pasar con él la primera noche, volví a casa con mi madre. Ella también estaba rara, pero, al contrario que Kellan, me confesó el motivo: mi tío quiere que vivamos con él. Bueno, quiere que mi madre viva con él y yo me reparta a mi antojo entre las dos cabañas, lo que a mí no me parece mala idea. Es mi madre la que piensa que es demasiado pronto y la entiendo. No obstante, le dejé claro que estaría de acuerdo. Podría estar en casa de mi tío y mi madre cuando los ánimos estén caldeados y en la de mi padre y Steve cuando sea mi madre la que esté de mal humor. Sinceramente, no le veo fugas al plan.

El caso es que no me quedé a solas con Kellan, no empezamos el año haciendo el amor, como me habría gustado, pero tengo la esperanza de pasar el primer día del año a su lado, por eso le escribo para invitarlo a desayunar tortitas, pero su respuesta llega solo un minuto después y no es lo que esperaba.

Kellan
Estoy agotado, nena. ¿nos vemos más
tarde? Quiero dormir un poco más.

Eso no es raro. Me lo repito una y mil veces. Está bien querer dormir más, yo soy de dormir poco y Kellan necesita descansar. Me convenzo, aunque me cuesta, y bajo a la cocina, donde mi madre ya está despierta y lista para ir al restaurante. Esta Navidad ha trabajado tantas horas que ha perdido peso. Se lo dije, pero se rio entre dientes y me dijo que estaba haciendo ejercicio. Cuando cometí el inmenso error de preguntarle qué tipo de ejercicio se ruborizó, dejando claro que el ejercicio era el que hace con mi tío Martin, y yo quise morirme ahí mismo.

Sea como sea, ha perdido un poco de peso, aunque sigue sin tener un cuerpo supuestamente normativo. Y sí, pienso seguir usando el «supuestamente» antes de la palabra «normativo» hasta que todo el mundo comprenda que no hay cuerpos más normales que otros. Absolutamente todos los tipos de cuerpo son válidos y reales. Fin de mi alegato.

Tanto me distraigo con mis desvaríos que, cuando me doy cuenta, mi madre se está despidiendo para ir al restaurante, donde la esperan Steve y mi padre.

—¿Te lleva el tío?

—Sí, ha ido a casa a ducharse y ya está listo.

—¿Ha ido a casa a ducharse? Pero anoche durmió allí. —Oh, mierda, esa mirada... Momento incómodo de nuevo.

—Bueno, vino a mitad de la noche. —Carraspea y se sube más la cremallera del jersey—. No podía dormir y...

—No necesito detalles.

—Ya, lo imagino. —Se ríe nerviosa—. ¿Tú irás con Kellan?

—No, está durmiendo. Creo que llamaré al abuelo. Son mis comodines cuando todo el mundo me abandona.

—Oh, no seas melodramática. Dile a ese gruñón que se comporte.

—Siempre lo hago, pero no hace caso. Además, estoy poniendo al día la documentación de la oficina y así estoy un ratito más.

Mi madre refunfuña algo acerca de que es un ogro y un explotador de nietas y yo me río, porque tiene razón a medias. Es un ogro con sus hijos, pero no me explota. Me gusta estar en la oficina y pasar tiempo con él, aunque odie su modo de ser con sus hijos.

Lo llamo en cuanto mi madre se va y, tal como esperaba, está más que dispuesto a recogerme. En cuanto llegamos a la casa del aserradero voy con él a la oficina, donde mi abuela lee un libro al calor de la chimenea. Sí, hay chimenea en el despacho. En esta casa hay chimenea casi en cualquier habitación.

Me pongo a trabajar mientras charlo con ellos sobre temas banales hasta que sale uno que me interesa.

—¿Has pensado ya a qué universidad quieres ir? —pregunta mi abuela.

—Pues ¿sabes qué? Por raro que parezca, creo que no quiero alejarme de aquí —confieso—. En realidad, estoy valorando estudiar a distancia. No quiero irme lejos de papá, Steve, mamá y el tío... Y tampoco quiero estar lejos de vosotros.

No menciono a Kellan pero es, desde luego, una de las razones.

Él no irá a la universidad, lo tiene claro. Se hará cargo del taller y está bien, por fin he comprendido que, a veces, el mundo entero puede caber en un pueblo con un puñado de calles, buzones con libros en las puertas y un restaurante que hace las veces de club literario y centro de reunión de todos los vecinos. Kellan pertenece aquí, pero no es solo eso. Creo que yo pertenezco a Rose Lake. He conseguido enamorarme de este pequeño pueblo, del bosque y del lago. Creo que quiero ver cómo es cada estación del año aquí. Deseo ver cómo se desarrolla este sentimiento de pertenencia a un lugar. Explorarlo a fondo. Así que, aunque pueda parecer que lo hago en gran parte por Kellan, no es del todo cierto.

Claro que mentiría si dijera que no es una razón poderosa.

Tan perdida estoy en mis pensamientos, que no me doy cuenta de la sonrisa de mis abuelos.

—No sabes cuánto nos alegramos, cariño —dice mi abuela—. Teníamos la sensación de que íbamos a perderte ahora que por fin te hemos encontrado. Aunque, si en última instancia decides ir a la universidad, es totalmente comprensible.

Mi abuelo asiente, mostrándose de acuerdo, y es curioso, porque dudo mucho que aceptara de tan buen grado la elección de futuro de mi tío. Mucho menos de mi padre. Aun así, me centro en mí.

—Bueno, hay una universidad en Candem que ofrece la posibilidad de estudiar el grado de Administración de empresas a distancia al cien por cien. No he mirado mucho, pero seguro que otras universidades también ofrecen... —Veo que mi abuelo me mira fijamente, como si hubiese dicho una locura—. ¿Qué?

—¿Vas a estudiar Administración de empresas?

—Sí, se lo dije a la abuela. ¿No te lo comentó?

Mi abuela sonríe con dulzura y niega con la cabeza.

—Pensé que sería mejor que se lo contaras tú misma.

Me pongo nerviosa. Sinceramente, pensé que mi abuela habría hablado con él y, por lo tanto, el camino estaría un poco más abierto. Es una tontería, en realidad, no debería ponerme así, pero supongo que es la primera vez que voy a dar voz a mis pensamientos y eso lo hará todo más real.

—Bueno... —Me retuerzo las manos sin darme cuenta—. Me encantan los números y creo... Bueno, no sé, pensé que quizá tendrías trabajo para mí al acabar la carrera. Me gusta trabajar aquí, contigo. Y creo... creo que sería buena en esto. —Mi abuelo me mira tan impactado que trago saliva—. A lo mejor es una estupidez.

Debería haber hablado esto con mis padres antes. No lo hablé con mi padre porque me daba miedo que dijera que mi abuelo me ha comido la cabeza, cuando no es así. Y no lo he hablado con mi madre porque... porque quería estar segura, pero cada vez que trabajo en este despacho siento que podría hacerlo durante mucho tiempo. Me gusta organizarlo todo: mejorarlo. Tengo ideas, muchísimas ideas que podrían mejorar el negocio, o eso creo. Y me encanta aprender sobre el funcionamiento de la empresa. Soy una chica práctica, así que creo que es la carrera ideal para mí.

—Cariño... —Mi abuelo sonríe y se acerca a mí, pasándome una mano temblorosa por la mejilla—. No es ninguna estupidez. Es solo que he querido toda la vida que la empresa siguiera en manos de la familia. Cuando tu padre cogió el restaurante y tu tío se hizo profesor, yo... Pensé que el legado acababa con nosotros.

—El problema es que tú querías obligarlos y no funciona así, abuelo. Ellos no querían esto, pero yo sí. A mí me gusta. Si no, haría cualquier otra cosa, dijeras lo que dijeses, como hicieron ellos.

—Lo sé, por eso ni siquiera contemplé la posibilidad de que quisieras quedarte aquí. No quería cometer contigo los mismos errores que con tu padre y tu tío.

Esta vez soy yo quien se queda impactada. Es la primera vez que habla claro y se hace responsable de sus actos. Mi abuela se emociona hasta las lágrimas, dándose cuenta, como yo, de que quizá esto es un gran paso en la dirección correcta. Por eso cuando Chelsea me llama, silencio mi teléfono. Probablemente quiera contarme su última receta o hablar de la última serie que ha visto. La llamaré en cuanto salga de aquí, pero ahora... ahora lo importante es esta conversación.

—¿Te arrepientes de haberlos presionado? —Mi abuelo guarda silencio y mira al suelo—. ¿Y por qué los tratas tan mal? ¿Por qué eres así con el tío Martin? ¿De verdad piensas que por su culpa la abuela está así? Fue un accidente, abuelo, y...

—Por supuesto que fue un accidente —dice mi abuela desde su silla. Y está a punto de decir más, pero entonces mi abuelo toma la palabra, dejándonos de piedra.

—No fue su culpa. Claro que no lo fue. —Su voz es temblorosa y no puedo evitar sentir cierta compasión de él—. No es su culpa, pero cuando ocurrió todo aquello el rencor, el orgullo y, sobre todo, la vergüenza, hicieron una bola en mi pecho que no ha dejado de crecer con el tiempo. Él... se encerró en esa cabaña suya que había comprado poco antes y dejó de ver a su madre durante un tiempo. Sé que no soportaba la culpabilidad que sentía, pero yo no soportaba ver cómo sufría Rose por eso. Y lo culpé. Lo culpé del accidente, más tarde de no venir a ver a su madre y, cuando por fin lo hizo, apenas me miraba a la cara. Como si yo fuese a culparlo. Y sentía rencor. Mucho. No sabía cómo expresarlo, pero... pero yo solo quería que volviera a ser el chico serio y responsable que prometía quedarse con la empresa. Cuando abrí los ojos, la vergüenza tomó el control...

—¿La vergüenza?

—Cuando me hice cargo de esta empresa tenía sueños. Quería recorrer el mundo con tu abuela y luego, quizá, probar suerte en una ciudad grande. Quería dirigir una empresa, pero no esta. —Su confesión hace que mi abuela se emocione aún más y yo, inevitablemente, también—. Soñaba con vivir entre edificios altos y perderme en el bullicio de las calles abarrotadas. En realidad, ahora todo eso me da pereza, pero era joven y tenía...

—Sueños —susurro—. Tenías sueños, abuelo.

—Sí, supongo que sí. Los cambié por hacer lo correcto. Y cuando tu tío se negó, sentí envidia de que él sí tuviera las narices de plantarse. Y luego pasó lo de tu abuela y estuve tan triste y enfadado que necesité un culpable. Él estaba allí, a mano... y ahí empezó todo. Luego fue cuestión de dejar pasar los días y que, con el tiempo, la bola de resentimiento se hiciera más y más grande.

—Pero no fue su culpa.

—Lo sé, pero él siguió mostrándose altivo, testarudo y decidido y yo cada vez me enfadé más. Si te soy sincero, Maia, algunos días me cuesta recordar en qué momento todo se descontroló tanto como para perder a mi familia.

—No la has perdido. ¿No te das cuenta? Estamos aquí, pero tienes que recuperar a tus hijos.

—No sé cómo hacerlo —confiesa.

—Bueno, estás de suerte porque puedo ayudarte con eso.

Mi abuela llora libremente ya, pero me acerco a ella, la abrazo y, cuando mi abuelo se une a nosotras, no puedo controlar un suspiro de satisfacción.

—Eres lo mejor que le ha pasado a este viejo gruñón, Maia Campbell, y estoy convencido de que has venido a salvarnos.

No creo que yo haya salvado nada, pero aun así es precioso que mi abuelo piense así.

—Todo va a salir bien —digo esperanzada, porque de verdad lo creo.

Ellos asienten y, por primera vez, me permito pensar en una gran familia atípica, algo rara, pero familia, al fin y al cabo. Una familia que no cambiaría por nada.

Paso un rato más con ellos hablando de mis planes de futuro y, cuando Chelsea vuelve a llamarme, salgo del despacho para atenderla, porque, aunque es normal que me llame, no es normal que insista tanto cuando no respondo.

—Perdona, cielo, estaba con mis abuelos. ¿Todo bien?

—¡No! —susurra, llorando—. Todo está mal.

—¿Qué ocurre? ¿Estás bien? Voy a tu casa.

—No estoy en casa.

—¿Dónde estás, Chels? ¿Estás bien?

—Estoy en el porche de entrada de tu casa, pero no hay nadie y necesito verte, Maia.

—Voy enseguida, no te preocupes. ¿Estás suficientemente abrigada? —Hace mucho frío y no deja de nevar.

—S-sí. Ven, por favor. Ven ya.

Cuelgo el teléfono, le pido a mi abuelo que me lleve a casa y durante todo el camino me pregunto qué será eso que tiene así a la pequeña Chelsea. Puede que sea una niña, pero no recuerdo haberla visto llorar nunca. Es dura como una roca. Y ya no hablemos del hecho de haber salido del pueblo, cruzado el puente y entrado en el bosque sola, haciendo el camino hasta mi casa. Tiene que ser algo muy importante, por eso cuando por fin llegamos a casa y la veo acurrucada al lado del sillón del porche, no puedo evitar que el corazón me duela por ella. Salgo corriendo del coche y la abrazo para que entre en casa. Una vez a salvo del frío, limpio sus mejillas de lágrimas e intento que me mire.

—¿Qué ocurre, pequeña?

—Que mi hermano va a renunciar a sus sueños por nosotros —solloza envuelta en lágrimas—. Por ti.

64

Kellan

—Deja que se marche, Kellan. Necesita tiempo.

La voz seria de mi madre me frena de ir tras Chelsea. Siento algo ardiendo dentro, algo desagradable, profundo y avasallador, pero aun así hago caso y me quedo justo donde estoy.

—Mamá...

—¿Estás seguro de esto? —Mi madre me mira con seriedad. No es que esté enfadada. Es que está... triste. Y contra eso sí que no puedo—. Te lo pregunto de nuevo porque esto es algo que solo se da una vez en la vida, Kellan. Esto podría ser la entrada a tu sueño. ¿Has mirado, aunque sea, qué discográfica es?

—Yo... necesito estar solo.

Me voy a mi habitación porque no quiero responderle que no necesito mirar qué discográfica es. La conozco. De ahí han salido bastantes cantantes, muchos a los que admiro. No he mirado nada en internet porque, desde anoche, todo lo que siento es dolor y rabia. Yo tengo un taller. Tengo una familia en Rose Lake. Yo adoro este sitio, joder.

Y adoro a Maia.

Anoche Jacob me explicó que podía llevarme con él a Los Ángeles de inmediato. Solo tenía que mostrarle tres o cuatro letras igual de buenas que las que canté en el escenario del restaurante. Con eso, volaríamos y él empezaría a preparar un nuevo proyecto. No... no. El proyecto sería yo. Empezaría a prepararme a mí para venderme a los demás. Dijo que soy joven, guapo y volvería locas a las chicas. Me habló de un mundo de posibilidades, pero nada de eso me interesó. No me importa lo guapo que sea y no quiero volver loca a ninguna chica que no sea Maia.

El problema es que entonces él, al darse cuenta de que por ahí no conseguiría mucho, me dijo que está dispuesto a pagar por adelantado para que lo tome en serio. Ahí sí me puse nervioso, joder, no soy de piedra. Le dije que mi lugar está en Rose Lake y él me respondió que nadie en su sano juicio rechazaría algo así. Solo estaba allí porque su coche de alquiler se averió en medio de ninguna parte cerca de Rose Lake. De cualquier otro modo, jamás habría ido allí. Era el destino, o eso decía Jacob.

Yo tengo una idea distinta del destino. Para mí, el destino es el que hizo que, entre todos los pueblos de Estados Unidos, Maia viniera a parar aquí. Si tengo que creer en un destino, que sea el que la trajo a mi lado y no todos los demás.

Y, después de pensarlo de nuevo durante un rato, estoy listo para decírselo a mi madre, pero entonces la puerta de mi habitación se abre y Maia entra como un vendaval, con lágrimas en los ojos y Chelsea detrás.

No ha dicho ni una palabra y yo ya sé que todo acaba de complicarse aún más.

—¿Es cierto lo que dice tu hermana?

Mi madre aparece también en la habitación con la respiración agitada, muestra de que ha subido corriendo tras ellas. Sin embargo, cuando se da cuenta de cómo Maia me mira, rodea a mi hermana por los hombros, no sin antes apretar la mano de Maia.

—Vamos, cariño, dejemos que hablen.

—Pero, mamá...

Chelsea no deja de llorar, lo que me rompe por dentro. Sé bien que su sueño, como el de mi padre, es el de verme triunfar en la música. En el fondo, creo que en su mente infantil necesita que yo cumpla ese sueño para estar más cerca de nuestro padre, pero no sé cómo hacerle entender que la decisión está tomada. Que he hecho lo mejor para todo el mundo.

—Vamos, Chelsea.

Salen de la habitación cerrando la puerta y me quedo sentado en la cama, mirando a Maia, que me mira con una mezcla de rabia y tristeza que está acabando conmigo.

—Te pregunté quién era y me dijiste que nadie.

—Maia...

—¿Por qué no me lo dijiste?

Me froto los ojos, intentando ordenar mis pensamientos para que no suenen mal en voz alta.

—Fue raro. No... no sabía bien qué decirte. Es una tontería.

—¡No es ninguna tontería, Kellan! ¡Es tu sueño! Es tu sueño real. El verdadero —dice ella entre lágrimas.

—Mi sueño es estar contigo.

—No lo es. O no del todo.

—Maia, he tomado una decisión. ¿Dónde está el problema?

—El problema está en que las únicas veces que te veo realmente feliz es cuando subes al escenario. El resto del tiempo te entregas tanto como puedes, pero una parte de ti sigue entre sombras. Una gran parte. Siempre lo he sabido y pensé que se te pasaría con el tiempo, que renunciabas a tu sueño porque era lo más coherente, pero ahora... ahora te están ofreciendo una oportunidad que no tiene mucha gente y tú quieres tirarla por la borda por miedo y por...

—No tengo miedo.

—¡Claro que lo tienes!

La miro dolido y un tanto ofendido, porque no debería ser ella la que gritase de ese modo.

—No sabes lo que siento.

—¿No? Dime una cosa, Kellan. ¿Te quedas aquí porque quieres o porque es lo correcto? —Tardo solo un segundo en pensarlo. Solo uno, pero, al parecer, es suficiente para que Maia se desate del todo—. Tienes que aceptar lo que sea que te ofrece.

—¿Estás diciéndome que tengo que dejar a mi familia, mi vida aquí y a ti solo para probar suerte en algo que hoy día es tan difícil como que te toque la lotería?

—Es difícil que te elijan, pero a ti ya te han elegido, Kellan. ¿Es que no lo ves?

—No sé cómo sentirme con el hecho de que intentes alejarme de ti con tanto ímpetu —confieso, dolido.

Y sé que la he cagado con mis palabras, porque Maia me mira como si le hubiese disparado en el centro del pecho, pero no me importa. Es así como me siento y si quiere franqueza, franqueza tendrá.

—Dime una cosa, Kellan, ¿cuándo ibas a decirme que ha pasado esto? —Guardo silencio y ella se adelanta—. No pensabas decírmelo, ¿verdad?

—No hay necesidad —resuelvo.

Maia abre más los ojos, y eso que pensé que no sería posible.

—Sí que la hay. ¡Claro que la hay! Pero decírmelo significaría enfrentarte a la realidad y no estás listo para eso. Eres demasiado cobarde.

—¡No soy ningún cobarde! —grito perdiendo momentáneamente la compostura.

—Ah, ¿no? Responde entonces a esto: si tu padre estuviera vivo, ¿aceptarías?

—Mi padre no tiene nada que ver aquí —digo conteniendo mi resentimiento y tristeza a duras penas.

—No has respondido mi pregunta.

—¿Qué quieres que te diga, Maia? —estallo tan rápido que hasta yo me sorprendo, pero, cuando intento parar, me doy cuenta de que no puedo, así que me veo soltándolo todo y arrepintiéndome al mismo tiempo. Es una experiencia que no deseo a nadie—. ¿Quieres que te diga que si mi padre estuviera vivo y todo fuera como antes yo estaría dando saltos de alegría ahora mismo? ¿Que la música siempre ha sido mi sueño y no va a poder cumplirse porque él está muerto, tú estás en mi vida y no puedo dejar solas a mi madre y a Chelsea? ¿Quieres que te diga que no quiero irme porque llevo meses diciéndote que seremos felices en Rose Lake y ahora me siento fatal por imaginar cómo sería salir de aquí? ¿Eso quieres, Maia?

Sus ojos se abren, pero esta vez no es por la sorpresa. Hay algo más. Reconocimiento y dolor. Quería hacerme estallar, pero ahora que lo he soltado, apenas es capaz de soportar el resultado y eso me hace sentir tan miserable que estoy a punto de pedirle por favor que olvide todo lo que he dicho y me perdone.

—Sí, supongo que eso es lo que quiero que me digas, porque al menos sé que es la verdad. Esa sí es la verdad.

—Maia...

—Vete con él, Kellan, cumple tus sueños y deja de vivir intentando agradar a todo el mundo.

—Pídeme que me quede, Maia, no que me vaya —le suplico.

—No puedo pedirte que hagas algo que te destrozaría a la larga. No voy a coronarme como la mujer que te impidió hacer lo que realmente quieres.

—Pídemelo y jamás me escucharás quejarme.

—Te pido que hagas lo que deseas. Te pido que, por una vez en tu vida, seas valiente.

—Maia...

—Adiós, Kellan.

Maia sale corriendo y, por un momento, no sé qué hacer, porque ir tras ella significa seguir discutiendo.

Peor aún.

Ir tras ella significa llegar a una serie de verdades para las que no sé si estoy listo.

65

Vera

—¿Y de verdad le dijiste que no? —Steve se muestra tan sorprendido que no puedo evitar reírme.

—No es nada tan raro.

Aunque, en realidad, sí que lo es. No es que no quiera vivir con Martin, es que me da pánico que algo salga mal y tener que volver a casa de Max que, recordemos, es su hermano. ¿Qué situación se generaría, entonces? Creo que no pensé bien en esas consecuencias cuando avancé en mi relación con Martin. Rose Lake es un pueblo muy pequeño y, si algo sale mal... ¿dónde me dejará eso a mí? Intento creer que seguiré teniendo mi hueco, pero cuando llevas una vida entera intentando encajar, y por fin lo consigues, es muy difícil dejar de creer que en cualquier momento todo se irá al traste.

—Estás loca por él, pasas la mayoría de las noches con él, ya sea en su casa o en la nuestra. Vera, ¿te das cuenta de que tú ya vives con él?

—No digas tonterías.

—A efectos prácticos, estás ahora mismo donde estaba yo hace unos meses con Max. Ahora mismo eres Max, de hecho, y te recuerdo que no dejaste de darle charlas acerca de lo triste que es comportarse como un cobarde.

—Es distinto. Max y tú teníais una relación consolidada. Vivías aquí incluso antes de que llegáramos nosotras. Eras parte de esta casa ya desde hace mucho.

—Sí, pero aún no había dado el paso definitivo. No quería darlo hasta que Max me lo pidiera, porque la primera vez que yo hablé de vivir juntos hizo exactamente lo mismo que estás haciendo tú ahora. Evadir la situación y dejar pasar los días.

—Bueno, necesito tiempo, ¿y qué? Tampoco me parece mal. Llevamos pocos meses juntos y he pasado por muchos cambios en muy poco tiempo. Sumar uno más así, de repente, no me haría sentirme segura.

—En eso tengo que darte toda la razón, pero solo recuerda que, cuando te veas lista, a lo mejor es él quien no se atreve a pedírtelo, como me pasó a mí, y te toca pasar el trago a ti.

—¿A mí?

—Max me lo acabó pidiendo al darse cuenta de que yo nunca más iba a sacar el tema.

Reconozco que eso me da que pensar un rato. No tengo nada en contra de que las mujeres den el primer paso, ni mucho menos, pero no sé si me veo con la suficiente valentía como para pedirle a Martin que vivamos juntos en su casa. ¿Eso no es como acoplarme por la cara? Sí, él me lo ha pedido, pero quizá en un mes ya no le interesa. O puede que, simplemente, al pensarlo mejor prefiera seguir así, como estamos ahora.

—¿Sabes qué? —Steve me mira esperando que siga—. Voy a sacar la basura, porque ahora, por tu culpa, tengo un terrible dolor de cabeza.

Steve suelta una carcajada y, mientras salgo con la bolsa de basura, susurra entre dientes un «cobarde» que no me gusta nada.

No soy cobarde. Precavida y prudente, sí, pero cobarde no. ¡Son dos cosas distintas! Y pienso dejárselo claro en cuanto entre en el restaurante, pero estoy tirando la basura cuando veo a Maia corriendo y llorando. Viene desde la casa de Kellan y no puedo evitar correr hacia ella, porque no viene hacia el restaurante, sino que se dirige a la salida del pueblo.

—¡Cariño! —La paro agarrándola de la manga del abrigo—. ¿Qué ocurre?

—¡Déjame! —Su desesperación es tan visible que me quedo de piedra—. ¡Déjame! —repite—. Todo esto es culpa tuya. ¡Tú me trajiste aquí! Me sacaste de mi casa para venir aquí a enamorarme de este sitio y del lago y de Kellan y ahora...

—Maia, cariño...

—¡No! —grita cuando intento acercarme—. ¡No! Esto es culpa tuya. Ojalá no hubiéramos venido nunca, mamá. —Se rompe tanto que su estabilidad falla y la sujeto con más fuerza—. Ojalá... ojalá hubiera muerto yo en vez del abuelo. Todo sería más fácil.

Hay pocas cosas que consigan dejarme en estado de shock permanente. El horror de oír a mi hija hablar en esos términos acaba de encabezar la lista. La simple idea de que hubiese muerto Maia en vez de mi padre, aun con todo lo que quería a mi padre, es insostenible. Incomprensible. Demasiado desgarradora. No entiendo por qué ha dicho eso, pero sus lágrimas hablan de un dolor tan profundo que no sé qué decir. Estoy tan impactada que Maia consigue zafarse de mi agarre y se va corriendo justo cuando Max sale del restaurante.

—¿Qué demonios pasa? He oído gritar a Maia.

—Ella... —Mis lágrimas se desatan, hablando por sí solas de la escena vivida—. Max, ella...

—Tranquila —susurra Max abrazándome—. Dejemos que se calme. Sea lo que sea, necesita relajarse y respirar hondo. Ven, te prepararé un té y la buscaremos en un rato, cuando haya tenido tiempo de procesar lo que sea que haya ocurrido.

—No, no, quiero ir tras ella ahora.

—A juzgar por los gritos que he oído desde dentro, no vas a conseguir mucho, Vera.

—Venía de la casa de Kellan...

—Lo llamaremos ahora, pero primero entra. Vas a quedarte helada aquí fuera.

Entro en el restaurante deseando recomponerme lo suficiente como para llamar a Dawna y preguntar qué ha pasado. Ha tenido que ser algo muy gordo, porque mi hija no es de estallar fácilmente y lo ha hecho a lo grande. Sé que no me odia, o eso espero, pero lo que ha dicho de su abuelo... No, eso no podré olvidarlo.

Y, aunque no debería, porque mi parte objetiva me dice que no es buena idea pensar en ello ahora, hay otra parte, la emocional, que me pregunta hasta qué punto he hecho mal las cosas para que mi hija haya llegado a pensar así. Para que la ira y la tristeza se unan en su pecho de ese modo tan devastador.

66

Martin

Estoy en casa organizando el material para la vuelta a clase cuando Vera me llama y me cuenta lo ocurrido con Maia. Está nerviosa y no es para menos.

—He hablado con Dawna, pero no sabe a dónde puede haber ido. También he llamado a Ashley, pero no contesta. ¿Puedes mirar si está en la cabaña? Quizá ha cruzado el pueblo corriendo y... No sé. No sé dónde puede estar. Tendría que haber salido tras ella.

—Tranquila, seguro que ha venido a casa. Voy a mirar y ahora te llamo.

Cuelgo el teléfono y trago saliva. Una cosa es lo que le haya dicho a Vera y otra el mal presentimiento que se me agarra al estómago. La nieve cae incesante y el frío es intenso a estas horas. Salgo de casa a toda prisa, voy a la cabaña y no me lleva más de dos minutos de reloj verificar que Maia no está aquí. Cojo el teléfono y, en vez de avisar a Vera, llamo a Max.

—¿No está en casa? —responde mi hermano, evidentemente nervioso y esperando lo peor.

—No. ¿Habéis logrado hablar con Ashley?

—He llamado a su abuela, la señora Miller. Está en casa con Ashley y Maia no ha ido por allí. También he llamado a Brody y a Hunter, pero ninguno sabe nada. Martin...

—La encontraremos. —Lo corto antes de que termine de formular la frase, porque ceder al pánico nunca es buena idea y en estos casos, menos—. Llama al sheriff y pon en alerta a todos, Max. Voy a ir caminando hacia el pueblo, por si la encontrara en el camino.

Cuelgo el teléfono y echo a andar, móvil en mano, por si me llamaran por teléfono para avisarme de que ya ha aparecido. Una de las cosas buenas de vivir en un sitio tan pequeño es que no cuesta nada alertar a todos los vecinos. Y menos en un día festivo, cuando todos estarán en casa. Es cuestión de minutos que todos se movilicen para buscar a Maia en establecimientos, garajes y casas. En unos minutos la encontraremos y esta opresión en el pecho desaparecerá. Tengo que pensar así si no quiero que se me cierre la garganta y se me nublen los pensamientos. Miro todos los alrededores con atención, cruzo el puente y, en un acto de valentía, porque me aterroriza el resultado, miro hacia abajo por ambos lados, pero no hay rastro de Maia.

Cuando llego al restaurante el ambiente ya está caldeado, Vera me abraza, desconsolada, y lo único que puedo hacer por ella es estar aquí. Permanecer aquí. Abrazarla y hacerle saber que no está sola pero, joder, qué difícil es.

Mis padres todavía no han bajado y creo que deberían saberlo. Mi padre tiene más medios que nadie para buscarla por el pueblo. Y si está en el bosque... Joder, no quiero ni pensar qué ocurriría si ha ido al bosque con este temporal.

—Si le pasa algo me muero, Martin. Te juro que me muero.

—No le pasará nada —susurro, mientras mi mano pasa por su espalda incesante, intentando dar un consuelo que, ahora mismo, es imposible de conseguir—. Todo estará bien. La encontraremos antes de lo que crees.

No sé si es cierto. Ni siquiera sé si puedo hacer estas promesas. No, cuando la nieve no amaina, el viento se intensifica y Maia no aparece.

Kellan Hyland entra en el restaurante agitado, con la respiración alterada y tal cara de culpabilidad que no puedo evitar apretar su hombro cuando se acerca.

—He mirado en los alrededores del taller y en el muelle, pero no... no está. Lo siento mucho, señora Dávalos.

Vera lo mira y niega con la cabeza.

—¿Qué ha pasado, Kellan? Parecía destrozada y... no lo entiendo. Estabais bien.

—Discutimos —admite el chico—. Es... es largo de contar. Discutimos y Maia se fue muy dolida de casa. Yo... lo siento mucho.

Traga saliva y mira al suelo, tan arrepentido de la discusión como de la situación de Maia. Quizá por eso, por compasión o porque sé que Kellan es un buen chico, aprieto su hombro, instándolo a mirarme.

—Estará bien, Kellan, pero tienes que hacer un esfuerzo ahora. ¿Hay algún lugar al que soláis ir? ¿Un sitio en el que pienses que puede estar escondida?

Él lo piensa al mismo tiempo que niega con la cabeza y, cuando está a punto de hundir los hombros de nuevo, derrotado, sus ojos se abren y una luz brilla en ellos. O será que me aferro a cualquier indicio de esperanza procedente de los alrededores.

—¡La cabaña de Brody!

El grito hace que Brody, que se ha acercado junto a Hunter, Savannah y Ashley se ponga en alerta.

—¿Maia sabe llegar hasta allí caminando y con esta nieve?

La pregunta queda suspendida en el aire, entre una nebulosa de miedo y ansiedad que domina a todos los que estamos aquí ahora mismo.

—No lo sé, pero tendremos que averiguarlo —dice Kellan—. Yo iré por el sendero a pie. Id vosotros con el coche y no olvidéis las cadenas.

Kellan se marcha antes de decir nada más. Conoce bien el camino, así que me ocupo de organizarme con los chicos. Es una tontería que todos vengan con nosotros. Con que venga Brody es suficiente. Por supuesto, Max y Vera suben al coche del chico. Por fortuna es una camioneta preparada para terrenos inestables y ya tiene las cadenas puestas. Los demás se quedan buscando por los alrededores, por si de pronto apareciera escondida en algún lugar a salvo y abrigada.

Subo al coche y, durante todo el recorrido hacia la cabaña, solo puedo pensar que ojalá no haya querido venir aquí, porque, por más optimista que sea, es imposible que haya llegado. Ni siquiera alguien experto en la nieve lo haría con este tiempo.

Vera dejó de ser un mar de lágrimas hace unos minutos para adentrarse en un estado semejante al catatónico. Apenas se mueve, está tan contenida y tensa que creo que podría partirse en mil pedazos si la tocara ahora mismo. Max también debe intuirlo porque se limita a acariciar los dedos de su mano una y otra vez, como si así pudiera transmitirle algo de ánimo.

Llegamos al límite del camino. Una de las cosas que caracteriza la cabaña es que hay que hacer el último tramo caminando. Lo hacemos deprisa y quizá por eso llegamos con la respiración tan agitada, pero lo cierto es que es, en gran parte, por el frío que hace. Por eso, cuando encontramos la cabaña vacía, el desasosiego se apodera de la situación.

Y, aun así, me doy cuenta de que no es un sentimiento tan malo. Es curioso, pero cuando todas las emociones que te rodean son malas, catalogas algunas como mejores que otras y hasta dan un consuelo. Por ejemplo, prefiero mil veces el desasosiego al terror que me recorre de pies a cabeza cuando oigo los gritos desesperados de Kellan.

Está en alguna parte, cerca, pero no tanto como para poder verlo. Vera rompe su estado de shock y grita tan fuerte el nombre de Maia que Kellan debe oírla, porque sus gritos se vuelven mucho más estridentes.

Corremos entre los árboles desesperados, intentando guiarnos por el sonido de su voz y, aunque nadie lo diga, rezando para que Maia esté bien.

Y si no está bien, al menos que esté viva.

Ahí, justo ahí, es donde te das cuenta de que el peor sentimiento del mundo no es el desasosiego, la tristeza o la ansiedad.

El peor, sin duda, es el terror ante la certeza de que alguien a quien quieres está en peligro.

67

Maia

Siempre pensé que moriría siendo anciana. No sé, cuando tienes diecisiete años no te planteas que hay una posibilidad de que no llegues a cumplir la mayoría de edad. Quieres vivir rápido para quemar etapas y, al pensar en la muerte, lo único que acude es la certeza de tenerla lejos, muy lejos.

Pero no siempre es así.

Me trago el pánico cuando el suelo cruje bajo mis pies. No puedo gritar, porque no sé si el eco de mi voz dará el pistoletazo de salida definitivo para desencadenar mi muerte.

No quiero morir, joder.

Tengo mucho que hacer aún, y tengo mucho que decir.

Pienso en mi madre, en lo último que le dije, o más bien grité, antes de salir corriendo, y las ganas de llorar me asaltan con tanta fuerza que suelto un quejido. Me doy cuenta enseguida del error que ha sido, porque mi pésima estabilidad se ve afectada y oigo cómo la grieta que hay entre mis pies se ensancha. Se va a abrir. Esta maldita grieta de hielo se abrirá, creará un agujero, y el agua helada me engullirá para siempre.

Morir ahogada debe de ser horrible, pero morir ahogada después de decirle a mi madre que prefería haber muerto yo en vez de mi abuelo y que todo esto es culpa de ella... eso sería demasiado macabro.

Si pudiera volver atrás una hora, solo una hora, cambiaría tantas cosas... Abrazaría a mi madre de nuevo, solo porque podría. Me perdería entre sus brazos y apoyaría la mejilla en su pecho, como cuando era una niña. Dejaría que ella me convenciera de que todo va a estar bien, aunque sepa que no es así, y acabaría creyéndolo porque ¿acaso hay algo que las madres no sepan? Si pudiera volver atrás una hora, sabiendo que este era mi destino, dejaría de lamentar todo lo que he perdido y me preocuparía más por lo que aún podía recuperar.

Saldría a dar un paseo por el bosque con mi padre y no me quejaría ni una sola vez de los bichos, el frío o el maldito aire puro del que tanto le gusta presumir. Incluso puede que presumiera con él. O quizá no tanto, pero me encargaría de sonreír para que vea que no me importa que sea feliz aquí. Que me gusta que sea feliz, joder, aquí, en las montañas de Oregón, o donde él quiera.

Y abrazaría a Steve, a mis abuelos y a Kellan... A Kellan le diría tantas cosas... Como que adoro el modo en que los acordes de su guitarra me sanan y que su voz, aunque no lo crea, porque nunca lo he confesado, me ha hecho creer que había esperanza y la felicidad, después de todo, no era tan ajena a mí.

Pero no puedo volver atrás una hora. Ni siquiera treinta minutos. No puedo evitar las desastrosas consecuencias de mis últimas decisiones y no puedo salir de este maldito lago congelado sin provocar mi muerte. ¿Y lo peor? Quedarme aquí quieta, esperando lo inevitable, es tan agonizante que me pregunto si no sería mejor acabar con todo de una vez.

El problema es que no tengo el valor. He huido a través del pueblo, primero, y del bosque después, he corrido tanto como me lo permitían mis piernas y la visión de un manto blanco de nieve y no he mirado, ni por un segundo, si el camino era el correcto. No me he dado cuenta de lo mal que iba hasta que, al pisar, ha dejado de haber nieve blanda bajo mis pies. He querido frenar, pero iba tan rápido que ha sido imposible. Ahora siento más frío del que he sentido nunca, sé que bajo mis pies hay un lago que, por tranquilo que parezca ahora, aguarda cobrarse una víctima, y lo peor es que ni siquiera creo que alguien me haya seguido hasta aquí. ¿Quién iba a seguirme? Mi padre estará consolando a mi madre y preguntándose qué demonios ha hecho tan mal para merecer a una hija que es capaz de gritar cosas tan horribles como las que he gritado yo. Y a una madre preguntándose si de verdad pienso que ojalá hubiera muerto yo y no...

Ahogo un sollozo, incapaz de controlarme, y oigo el hielo crujir al ritmo de mi desesperación.

El suelo se abre, claro que se abre, era evidente que iba a hacerlo, porque las nevadas han comenzado más tarde este año y el grosor no puede ser mucho. El agua me recibe tan helada como un millón de cuchillas acariciando mi piel.

Este es el final y, ahora que lo tengo claro, lo que de verdad lamento es no haber dicho a la gente que me importa que, pese al dolor, la rabia y las lágrimas, los quiero tanto como un ser humano es capaz de querer.

Solo espero que lo sepan y que, algún día, cuando yo no sea más que un recuerdo lejano, puedan pensar en mí con una sonrisa en los labios. Con un poco de suerte, hasta puede que me perdonen por esto.

Supongo que, si eso pasa, después de todo, morir en medio de un lago congelado habrá valido la pena.

68

Kellan

La vida tiene maneras extrañas de marcar tus prioridades. Hace un día, solo uno, yo sentía que había sitio para la esperanza. Ahora estoy buscando a mi novia en medio de un temporal de nieve, dentro de un bosque de copas tan altas que, al mirar arriba, todo lo que ves son copos de nieve cayendo arremolinados, con intensidad, demostrando que lo bello, a veces, puede ser cruel e implacable.

Y, de todas formas, no es arriba a donde más debo mirar, sino hacia los lados y al frente. Rastrear el bosque pensando en qué camino cogería Maia, si es que ha decidido venir aquí. Es un bosque espeso y, si no conoces bien el camino, puedes acabar en el lago. Y no es buena idea acabar allí, sobre todo en invierno.

Camino atento al más mínimo ruido que pueda provenir de Maia, pero el silbido del viento no ayuda mucho. Y estoy a punto de recorrer el último tramo cuando lo veo. Unas ramas partidas justo por la base del tronco y el barro en la nieve. Algo me tira tan fuerte de las entrañas que salgo corriendo, bosque a través, sin saber bien a donde voy.

—¡Maia! —grito intentando que me oiga—. ¡Maia! ¿Eres tú? ¿Estás bien?

Paro en seco, porque durante unos instantes no soy capaz de oír, pero enseguida un quejido llega hasta mí. Un quejido que viene del lago. El maldito lago. Corro hacia allí con cuidado, intentando vislumbrar la orilla, y cuando lo hago y no veo a Maia de inmediato algo dentro se me desestabiliza. Como un reloj que se niega a mover sus agujas en un momento cualquiera de la vida. Creo que mi corazón no volverá a latir a un ritmo natural nunca. Y en esas estoy cuando la veo más allá de la orilla. Mucho más allá. La sangre se me hiela en el cuerpo, porque no está dentro del lago, pero hay un agujero enorme a su lado, lo que es muy mala noticia teniendo en cuenta que está congelado. Además, está empapada, lo que me confirma que ha caído al agua. En este instante está boca abajo, tiritando y con las manos en cruz, completamente inmóvil.

—¡¡¡Maia!!! —Corro hacia ella y me arrodillo en la orilla.

Me tiendo sobre el hielo, intentando arrastrarme para que el hielo no note mi peso y poder sacarla de ahí, pero la distancia es demasiada.

—¡No, no! ¡Se rompe!

Su grito es una puñalada en el pecho, pero no lo es más que ver que tiene sangre en la cara. No sé de dónde viene esa sangre, pero tengo que llegar allí. Tengo que llegar allí, joder.

Me arrastro como una serpiente. Tiemblo de frío, así que no puedo ni imaginar cómo se siente Maia al estar empapada. Recorro un pequeño trecho y extiendo una mano.

—¡Dame la mano! —le grito.

Ella lo intenta, su brazo se estira, pero sus dedos apenas rozan los míos cuando un quejido hace que apoye la frente en el hielo. Está agotada, las convulsiones la dominan y su cara... No olvidaré esa cara nunca. Jamás. No la olvidaría aunque viviera cien vidas.

Intento alcanzarla de nuevo y pruebo a animarla, rezando para que la poca adrenalina que le quede haga su trabajo.

—¡Solo tienes que estirarte un poco más, Maia! Estarás bien, vamos. Dame la mano. —Ella no levanta la frente del hielo y a mí el terror empieza a paralizarme—. ¡Maia, dame la mano!

Lo intenta. Su mano hace un leve amago de moverse, pero las convulsiones se vuelven más fuertes. Joder, esto no puede estar pasando. Esto no puede ser real. Me arrastro un poco más, pero el hielo tiembla y no soy idiota, si lo fuerzo demasiado se rajará por completo, más aún teniendo en cuenta que ya hay un agujero. Consigo, no sé cómo, agarrar las puntas de los dedos de Maia. Intento tirar de ella pero es imposible, las convulsiones la dominan y creo que ya ni siquiera me oye.

Grito, sé que grito porque me duelen las cuerdas vocales, pero no sé si lo hago para que alguien me oiga o porque la desesperación me hace rezar en alto. Lo que sí sé es que, en un momento dado, cuando me empiezo a preguntar cómo saldremos de esta, unas manos se aferran a mis tobillos. Giro lo justo para ver a Max sujetándome con fuerza. Está aterrorizado, puedo verlo, pero me tiene sujeto y eso... eso es bueno, joder. Eso es muy bueno. Max asiente y, detrás de él, Vera y Martin me animan para que tire de Maia. Bueno, creo que me animan. A decir verdad todo lo que oigo es un zumbido constante. Lo único que oigo gritar es mi miedo ante la posibilidad de que Maia muera aquí.

Y si Maia muere...

Si ella también me deja...

No. Eso, simplemente, no puede ocurrir. Eso no va a pasar, joder. Tiro de sus dedos con tanta fuerza que Maia se queja y lo lamento, pero prefiero que se queje porque la estoy sacando a que siga pereciendo sin que yo haga nada más. Tiro de su cuerpo con la fuerza suficiente para coger su otro brazo y, desde ahí, el trabajo se vuelve más sencillo, porque noto como Max tira de mí. Supongo que Martin también lo hace, pero no miro hacia atrás. Me da demasiado miedo que el hielo se rompa en un movimiento brusco. En un momento dado, consigo tirar de ella lo suficiente para que su cabeza y la mía queden una junto a la otra y yo pueda aferrarme a sus axilas.

—N-no me sueltes —murmura entre temblores.

Su cara... Joder, su cara va a ser el castigo más grande jamás recibido por haberle hecho daño.

—Nunca —le prometo.

No sé si lo llego a decir, pero un minuto después estamos fuera del hielo y veo cómo este se resquebraja al sentirse falto de nuestro peso. Se rompe justo cuando nos sacan y no puedo hacer otra cosa más que aferrarme al cuerpo de Maia antes de que me la quiten, lo que ocurre casi de inmediato.

Max se quita el abrigo a toda prisa y Martin coge en brazos a Maia. Mientras, Vera mira a su hija completamente desencajada. Ahora puedo decir con seguridad que no habla. Ya no grita. Está tan dominada por el miedo que todo lo que puede hacer es ver a su hija en brazos de Martin.

—¡A la cabaña! —grita este—. Kellan, llama al médico y que venga de inmediato. Dile que es urgente. Brody, corre y enciende la chimenea.

El padre de Maia, que le acaba de poner su abrigo por encima, sale corriendo detrás de Brody. Mi amigo será algún día un jugador profesional de fútbol, pero hoy... hoy no hay nadie que corra más que el padre de mi chica. Es lo que tiene el miedo por un ser querido: te hace sacar fuerzas que no sabías ni que tenías en cuanto sientes que está en peligro.

El camino se hace eterno, Maia ha dejado de emitir quejidos y eso es muchísimo peor, porque ahora no sé si está inconsciente, demasiado aturdida o... No. No voy a pensar en la tercera posibilidad.

Una vez dentro de la cabaña todos concuerdan en que lo mejor es desvestirla y taparla con mantas y abrigos. Además, Vera se mete dentro de las mantas con ella y la abraza para intentar darle calor corporal sin dejar de hablar en español. Brody saca de inmediato todo lo que hay de abrigo en la cabaña mientras Max se afana con la chimenea. Maia no deja de convulsionar, tiene la cara morada y es... es como si estuviera muerta, salvo porque sus ojos miran hacia todas partes desesperadamente, como si quisiera hablar y no pudiera.

Como si su cuerpo se hubiera congelado y su alma estuviera pidiendo socorro.

Viviré muchas cosas a lo largo de mi vida. Tendré millones de experiencias buenas y otras no tanto, pero nunca, jamás, podré olvidar la cara de Maia en estos instantes.

Ese será mi castigo por haber provocado todo esto.

Y, sinceramente, es lo mínimo que merezco.

69

Maia

Lo bueno de que el dolor te acuchille por todas partes es que es la prueba más fehaciente de que no estás muerta.

Abro los ojos al oír voces extrañas, pero no sé de dónde han salido, si en Rose Lake ya conozco a todo el mundo. Son médicos, lo sé por todo lo que les cuelga del cuello. Es raro, porque conozco al médico del pueblo y no es ninguno de los que me miran ahora. Eso no es lo normal. Algo pasa, pero el dolor es tan intenso que apenas puedo mantenerme en pie, o cuerda.

Realmente creo que no puedo mantenerme cuerda, y eso nunca es una buena noticia.

Entrecierro los ojos lo justo y entonces la veo. Mi madre, a mi lado, llorando y hablándome de cosas que no entiendo, pero está aquí, conmigo, y con esa seguridad cierro los ojos y me abandono al sueño. No sé si voy a morir, a lo mejor sí, pero me alegra no hacerlo sola en el bosque.

Si tengo que irme del mundo, no se me ocurre hacerlo de una forma mejor que con mi madre al lado.

Cuando despierto de nuevo, estoy en una habitación de hospital, una máquina emite un ruido incesante e irritante y mi madre sigue a mi lado. Fiel, inamovible, como la mejor roca del mundo.

No puedo hablar, me arde la garganta, pero, al mover una mano, mi madre la sujeta tan rápido que, si pudiera, no dudaría en sonreírle.

—Descansa, mi amor. Descansa. Tienes que guardar fuerzas para ponerte bien.

Quiero decirle que la quiero, que siento mucho todo lo que dije y que, si pudiera volver atrás, sería una mejor hija, pero el agotamiento y la vergüenza no me dejan.

A decir verdad, tampoco sé si, de poder, tendría las palabras exactas para expresar cuánto lamento esta situación.

Tres días después, por fin puedo abrir los ojos, pero las noticias son claras: puedo irme a casa y acabar de recuperarme allí.

El «único» problema es que no hablo. Nada. Ni una palabra. Y no es porque no pueda. Los médicos dicen que estoy bien, quitando el trauma, que ya es mucho. En realidad, no creo que tenga tanto trauma. Caí a un lago y casi muero, pero al final no. Visto así, es sencillo, ¿no?

A mí no me carcome el haber estado a punto de morir. A mí me está matando por dentro la vergüenza de mirar a mi madre a la cara y ver la tristeza que habita en ella. Cuando nos mudamos aquí me porté mal, a veces contesté de un modo impertinente y, en definitiva, no fui la mejor hija del mundo, pero esto... esto es peor. He conseguido aterrorizarla y destrozar una parte de ella para siempre y no sé si voy a poder arreglarlo alguna vez.

Sé que cuando hablemos dirá que todo está bien, eso lo sé, pero... ¿Lo estará realmente? ¿O solo me perdonará porque soy su hija y me adora por encima de todo, incluyendo mis decisiones de mierda?

—¿Tienes ganas de ir a casa? —pregunta mi padre en un intento por sacarme conversación.

Sonrío. No hablo. No puedo. De verdad, me encantaría poder decir algo coherente y válido, pero creo que no podré volver a abrir la boca sin sentir que me derrumbo.

Nos vamos a casa con mi madre aguantándose las lágrimas, y lo sé por el número de veces que carraspea mientras mira por la ventana. Es algo que hace desde siempre. Cuando está mal, evita mi mirada y se concentra en cualquier cosa que pueda distraerla. A lo mejor no ha ayudado que, en estos tres días, me haya negado a ver a Kellan. Sé que Dawna y ella son buenas amigas y posiblemente ahora la situación sea tensa por mi culpa.

Kellan...

Recuerdo sus ojos cuando me sacaba del lago. El modo en que me miraba, como si temiera perderme para siempre. Lo recuerdo y pienso que, en cierto modo, nosotros ya nos habíamos perdido. Ya nos habíamos despedido. No es lo mismo que morir, porque si te mueres no tienes que pedir perdón.

Es lo único bueno de morirse.

La entrada en casa es... triste. Toda esta situación lo es. Voy hacia mi dormitorio con ayuda y, una vez en la cama, cierro los ojos, agotada. También lo hago para que me dejen a solas y funciona.

Funciona tan bien que, durante todo el día, solo entran para ofrecerme algo de comida y bebida. Al final del día, mi madre entra y se sienta en el sillón que hay junto a mi cama.

—Creo que estás un poco enfadada conmigo —dice con voz temblorosa—. He hablado con tu abuela y me ha dicho que, si tú quieres, puedes ir unos días allí. —La miro sin comprender nada—. A lo mejor necesitas alejarte unos días de mí para decidir hablar y que podamos tener una charla sobre lo sucedido.

Mis ojos se llenan de lágrimas, pero ella niega con la cabeza, conteniendo las suyas.

—Haré lo que sea por ti, Maia. Incluso apartarme, si es lo que necesitas. Puedes ir a casa de tus abuelos y reflexionar allí acerca de todo lo ocurrido. Puedes... puedes volver en cualquier momento, siempre que lo desees, pero porque tú quieras y no porque yo te traiga aquí y te imponga vivir bajo este techo. Eso ya lo hice una vez y, al parecer, fue uno de mis peores errores como madre.

Hay tantas cosas mal en esto que no sé por dónde empezar. Y, por suerte o por desgracia, no tengo que hacerlo, porque la puerta se abre y mi abuelo entra con cara seria. Esta vez no parece enfadado, solo... serio.

—¿Puedo hablar contigo a solas? —pregunta.

Creo que es la primera vez que lo veo dentro de esta casa y asiento, aunque solo sea por el impacto que me produce.

Mi madre sale de la habitación sin que yo la mire, porque la vergüenza me corroe. Mi abuelo se sienta en el sillón que ella ocupaba y suelta un suspiro tan hondo que me estremezco.

—No soy dado a dar consejos, a no ser que me los pidan —empieza diciendo—. En realidad, lo mío son las órdenes, pero esta vez quiero tomarme la libertad de aconsejarte, siempre que me lo permitas. —Asiento, sin saber bien por dónde va esta conversación—. No sé el motivo por el que no hablas. Los médicos dicen que estás bien, un poco débil, pero recuperándote del tremendo susto. —Guarda silencio, como si con eso fuese a conseguir que yo dijera algo. No lo hago—. No sé si eso que sientes ahora mismo es orgullo, dolor o rabia. Tal vez sea algo psicológico y está claro que, en ese caso, yo no soy la persona adecuada, pero sé que, si por casualidad es una de las tres cosas que he enumerado, soy la persona indicada para hablar de ello. Eres más parecida a mí de lo que crees, Maia. Tienes un orgullo inquebrantable, sientes el dolor hondo, pero la rabia te brota con tanta rapidez que no te permites regodearte en ello. He podido verlo en numerosas ocasiones y eso me ha hecho hincharme de orgullo a mí también, al saberte parecida a mí, pero, aunque tiene cosas muy buenas, y está muy bien para conseguir objetivos, el orgullo puede convertirse en algo muy dañino.

Niego con la cabeza, haciendo que me salgan las lágrimas. Quiero hablar. Necesito hablar pero, al hacerlo, mi voz suena débil, rasgada... Y es como si no fuera yo.

—Vergüenza —consigo susurrar. Mi abuelo no me ha oído bien, así que me esfuerzo, pese al dolor de garganta—. Vergüenza —repito.

Él no parece sorprendido. De hecho, me mira en silencio durante tanto tiempo que las ganas de llorar aumentan. Finalmente, asiente una sola vez, se inclina hacia delante, apoyando los codos en sus rodillas, y me mira con tanta nobleza en los ojos que me estremezco.

—De eso también entiendo bastante. ¿Y sabes una cosa, cariño? A veces la vergüenza es aún peor que el orgullo. Por orgullo se hacen muchas cosas, buenas y malas. Pero la vergüenza es la culpable de millones de sueños sin cumplir, disculpas sin dar y abrazos sin pedir. Y te lo digo por experiencia. —Se relame y carraspea, dejándome claro que esto no es fácil para él—. Si pudiera volver atrás en mi vida, solo hay una cosa que cambiaría. Miraría a mis hijos a los ojos y les diría: no os entiendo, pero procuraré apoyaros siempre. —Mis emociones se desbordan, pero él sigue—. No lo hice, y ahora arrastro una maraña de sentimientos que, cada vez más, me alejan de mi familia. No seas como yo, Maia. No permitas que tus emociones lo llenen todo hasta el punto de empezar a perder a la gente que realmente te importa.

—No sé... —Empiezo a hablar bajito, pero esta vez está más cerca de mí, así que me oye—. No sé cómo pedir perdón.

Mi abuelo guarda silencio un instante. No es un hombre dado a hablar sin reflexionar y, cuando lo hace, es porque está en plena ebullición y lo que sale de su boca no es agradable. Finalmente asiente una sola vez y suspira.

—¿Sabes qué? Yo tampoco, pero a lo mejor es hora de que los dos lo averigüemos.

—Mi madre...

—Va a estar aquí para ti siempre.

—Dije cosas horribles.

—No le importará.

—Dije...

—No importará, Maia. ¿Sabes por qué lo sé? Porque, tantas cosas horribles como yo he dicho, y tantas como me ha dicho tu tío Martin, si un día viniera a casa y dijera que echa de menos un abrazo mío, se lo daría sin pensarlo un solo segundo. El problema es que siempre he sabido que él no vendrá y me he agarrado a eso, en vez de pensar que era yo quien tenía que ir a él. Y a tu padre. —Traga saliva y su nuez se mueve con el gesto—. Deja que tu familia te sostenga, ahora que tú no puedes hacerlo por ti misma. Por favor, Maia. No seas tan Campbell.

Me río por primera vez desde que el hielo se abrió, aunque el gesto hace que mi garganta vuelva a doler. Mi abuelo palmea mi mano, se levanta, besa mi frente y sale de la habitación, no sin antes guiñarme el ojo y darme, con un simple gesto, la confianza suficiente para enfrentarme a mi madre cuando esta vuelve.

—¿Has decidido si quieres ir con ellos o...?

—No quiero irme nunca —susurro—. Lo siento mucho. Lo siento muchísimo —confieso antes de echarme a llorar.

Apenas tengo tiempo de bajar la mirada. Siento los brazos de mi madre rodeándome y, cuando intento decir algo, es su voz la que irrumpe en el silencio creado entre sollozos.

—No sabes cuánto me alegra tenerte en casa. No sabes cuánto cuánto cuánto me alegra no haberte perdido, Maia.

Sí que lo sé. Lo noto en su voz. También sé que, sin mí, mi madre se hundiría. Y lo sé porque yo me hundiría sin ella.

Las cosas no serán fáciles ahora. La vida ha vuelto a darme un revés y todavía no sé bien cómo voy a recuperarme, porque siento que mi corazón no tiene la capacidad de volver a recomponerse, pero la tengo a ella.

La sigo teniendo a ella y, pese al dolor, con eso basta.

70

Vera

Cuando eres madre nadie te prepara para la explosión de sentimientos que experimentas. Te dicen que querrás a tu bebé como nunca has querido a nada ni a nadie, pero no te cuentan lo demás.

Se olvidan de decir que esa explosión solo es el principio. Imagino que hay muchas formas de experimentar la maternidad, por eso hablo de la mía. Porque ser madre para mí fue sentir, no solo que Maia era lo que más quería en el mundo, sino que era un amor dinámico. Crecía con cada día de vida. Ser madre de Maia ha supuesto sentir que mi corazón duplicaba su tamaño con cada sonrisa y logro suyo conseguido. También ha sido sentir que algo se resquebrajaba en mi interior con cada lágrima suya.

Ser madre, para mí, ha sido lo mejor y lo peor de mi vida. Lo mejor, porque he tenido la inmensa suerte de crear vida y ayudar a un ser humano tan asombroso como Maia a hacerse a sí misma.

Lo peor, porque nadie te prepara para el sufrimiento. Da igual cuánto te digan eso de que «un hijo duele mucho». Da igual. Cuando el dolor les llega, en la forma que sea, todo lo que puedes pensar es «ojalá fuese yo».

Lo pensé la primera vez que corriendo se cayó y sellé una herida de su rodilla con una tirita de Minnie Mouse.

Lo pensé cuando su primera bicicleta perdió la estabilidad y las palmas de sus manos quedaron destrozadas al intentar frenar el golpe contra el suelo.

Lo pensé la primera vez que le hicieron daño emocional en el cole, no invitándola a un cumpleaños al que sí fueron la mayoría de sus compañeros.

Lo pienso ahora, que su corazón sangra emocionalmente de un modo tan brutal. Ojalá fuera yo. Ojalá pudiera cargar su dolor en mi espalda y asegurarme de que ella no lo siente más. De verdad lo haría con todo el gusto del mundo.

Pero no puedo. Y peor aún, tampoco puedo subirla en mi regazo y prometerle que todo irá bien, porque tiene diecisiete años. Es una mujer adulta. Joven, pero adulta. No puedo invalidar sus emociones diciéndole que todo estará bien, porque lo cierto es que, después de hablar con Dawna y saber el motivo de la discusión con Kellan, sé que las cosas no van a estar bien por un tiempo. Tengo que dejarla atravesar esto y eso, sin duda, es lo más duro que he hecho como madre. Dejar a mi hija sufrir y estar aquí para ella.

Lo sé y, aun así, cuánto duele no poder sacar unas tiritas de Minnie Mousse para sanar sus heridas con ellas, un beso y una de esas nanas que tanto le gustaban.

—¿Podemos tumbarnos en la cama, como cuando era pequeña? —pregunta mi hija entre lágrimas.

Me cuesta la vida no llorar con ella, pero no puedo hablar de inmediato, así que asiento para ganar tiempo y me descalzo para meterme en la cama. La abrazo con fuerza, porque creo que va a costarme mucho tiempo olvidar la cara de Maia morada de frío, su cuerpo convulsionando por la hipotermia y su mirada de pánico. Algo me dice que pasaré mucho tiempo abrazando a mi hija para que entre en calor, aunque el peligro haya pasado.

—¿Sabes...? —Su voz suena rota, pero no por ello se detiene, demostrándome, otra vez, lo valiente que es—. ¿Sabes que no pensaba lo que grité? No quiero que creas que yo preferiría haber muer...

—No lo digas. —La aprieto más fuerte, hasta que se queja un poco—. No lo digas, porque no puedo soportar oírlo de nuevo.

—No lo pienso de verdad —dice llorando.

—Lo sé.

—Estaba enfadada, dolida y... Lo siento tanto. Siento tanto pagarlo siempre contigo.

—Yo no. —Ella se separa de mí, aunque le cuesta un poco, y me mira sorprendida.

—¿No?

—Si tienes que descargar tu dolor con alguien para sentirte mejor, estaré aquí, Maia. Siempre.

Por un instante, consigo ver en su mirada a la niña pequeña y perdida que fue cuando cayó de su bicicleta. Solo es un segundo, porque enseguida sus emociones toman el control y son demasiado complejas como para poder llamarlo «cosas de niñas».

—Kellan va a marcharse —confiesa con la voz más rota que le he oído nunca.

—Lo sé.

—Duele mucho, mamá. Duele demasiado.

—También lo sé.

Maia se abraza a mí y llora, esta vez no por el dolor, sino por la pérdida. Llora porque tiene que aprender a vivir sin alguien importante para ella, otra vez.

—Mamá, yo sé que él debe aceptar esta oportunidad, pero... pero...

—A veces la vida es injusta —la interrumpo, intentando darle tiempo, porque sus lágrimas se han desatado completamente—. A veces, muchas veces, la vida se vuelve tan dura y exigente que tomar la decisión correcta nos destroza por dentro. A veces las personas que queremos mueren y otras viven, pero no están destinadas a hacerlo junto a nosotras.

—Y si es la decisión correcta, ¿por qué me siento tan mal? Le grité que se marchara, le dije que cumpliera su sueño y él confesó que solo está aquí por su familia y por mí. No debería ser así, pero... pero ahora todo duele demasiado, aunque se supone que hice bien al animarlo a seguir su sueño.

—Es que hacer lo correcto no siempre es gratificante, cariño. Es una de las lecciones más duras de la vida. Tener la conciencia tranquila y el corazón roto no es fácil, ni bonito, pero estoy aquí para ti, ¿me oyes? Siempre estaré aquí para ti.

—No lo entiendo. —Su voz se ha apagado, lo bastante como para que tenga que unir mi cabeza más a la suya y así poder entenderla—. En las películas y los libros siempre dicen que el amor es lo más importante y renunciar a todo por él vale la pena, pero no es cierto, mamá. No siempre es cierto. Ahora lo sé.

Maia se abandona al dolor y, aunque desearía frenar este torrente de sufrimiento, no lo hago, porque es parte del aprendizaje. Caer hasta abajo para tomar impulso y subir, como cuando te tiras a una piscina.

Superaremos esto, no tengo dudas, pero eso no quita que piense en lo mucho que le ha tocado sufrir a Maia en la vida. Al menos, en los últimos tiempos. Demasiado joven y demasiados sueños para que todo se trunque en apenas instantes.

Solo espero que, después de todo, la vida le depare algo bonito y duradero. Algo a la altura de todo lo que ella merece.

Al final se duerme, después de muchas caricias en la espalda, besos en la frente y pañuelos de papel gastados en limpiarse la cara y la nariz. Y cuando lo hace, solo entonces, me permito ponerme boca arriba en la cama y pensar en mí misma y el modo en que todo esto me afecta.

Ha sido, sin duda, la peor semana de mi vida, junto con la muerte de mi padre. Y no es solo por lo de Maia, aunque obviamente es lo más importante, sino por todo lo que esto ha arrastrado. Martin ha permanecido a mi lado como una roca. En todos los sentidos, porque ha guardado silencio la mayor parte del tiempo.

Creo que no sabe bien qué lugar ocupar en todo este drama y lo cierto es que parte de eso es culpa mía. He estado tan centrada en Maia que he olvidado nuestra relación por completo. Hace solo unos días hablábamos de la posibilidad de vivir juntos, pero luego Maia cayó al lago congelado y todo se concentró en eso.

Es normal, lo sé, no me siento mal por eso, pero sí por no haber tenido una vía de comunicación abierta con él. Solo una vez le pregunté si estaba bien y me dijo que sí, que por supuesto y que no tenía que preocuparme de nada.

Pero me preocupo. Me preocupo porque, si algo he aprendido todos estos meses, es que soy algo más que la madre de Maia, la compañera de paternidad de Max y la amiga de Steve. Incluso soy algo más que la compañera sentimental de Martin. O, más que «algo más», soy alguien más. No soy solo una versión de mí misma, sino varias, y eso está bien. Ahora lo sé. Está genial dar espacio a la mujer cuando lo necesita, a la madre cuando es el momento y al resto cuando proceda. En la teoría, es así como debería ser.

En la práctica, creo que, sin darme cuenta, he delegado a Martin al último lugar de nuevo. Y no lo merece, pero la vida a veces complica las cosas. En algunos momentos, no puedes elegir qué versión de ti quieres ser en el presente, sino que tienes que jugar a ser todas a la vez. Y tan caótico como suena, funciona, con empeño, disposición y valor. Mucho valor.

El problema es que no sé si Martin empezará a cansarse de este equilibrio constante. Él dice que no, pero yo no dejo de preguntarme si soy tan importante como para merecer que alguien soporte este embrollo emocional que soy.

No dejo de pensar que en algún momento llegará alguien que le ponga las cosas más fáciles. Y es precisamente por ese pensamiento por lo que averiguo lo mucho que aún me queda por trabajar en mí.

Es por ese pensamiento por lo que descubro el miedo que aún escondo a no ser suficiente para alguien.

A no ser suficiente para Martin.

71

Martin

Entro en casa de mi hermano tenso. Quiero ver a Maia, hablar con Vera y sentirme parte de esta familia, ahora que la situación es delicada, pero el coche de mi padre lleva más de una hora aparcado fuera y eso, inevitablemente, hace que mi cuerpo se ponga en alerta.

Podría esperar hasta más tarde, pero no quiero que mi sobrina piense que no estoy aquí para ella.

En realidad, tampoco quiero que Vera piense que no estoy aquí, o estoy molesto por algo. La he visto debatirse entre la culpabilidad de no hacerme mucho caso y el dolor por su hija y quiero dejarle claro que no hay problema, pero no sé cómo hacerlo sin que parezca que quiero mantener una conversación sobre nosotros en un momento tan delicado como este.

Es todo una gran mierda. No voy a mentir. Tengo la sensación de que mi relación con Vera, para el poco tiempo que llevamos, ya se ha puesto a prueba muchas veces. Y no es que esté cansado o piense en tirar la toalla, pero reconozco que anhelo tener cierta tranquilidad en mi vida. Quiero que todo sea más fácil. Ese es parte del problema. No soy capaz de asimilar que la vida va por etapas. Llegará la calma en algún momento, porque nadie puede vivir en alerta constantemente, pero el anhelo, a veces, se come todo el terreno.

Empujo la puerta, suponiendo que está abierta, y así es. Entro en el salón y me encuentro de cara con mis padres. A ver, la cabaña no es enorme, había muchas posibilidades pero, aun así, me esfuerzo para no poner mala cara.

—Hola, vengo a ver a Maia. Aunque no sé si tendrá ganas de visita.

Me preparo para la pulla de mi padre y los ánimos de mi madre. Me preparo tanto que, quizá por eso, me quedo descolocado cuando el resultado no es ese.

—Creo que le vendrá bien que su tío favorito la distraiga.

Por increíble que parezca, esa frase ha salido de la boca de mi padre. Es lo más semejante a algo bonito que me ha dicho en años. Años, en serio, lo que es triste de cojones. Aun así, acepto sus palabras con un gesto de la boca que pretendía que fuera una sonrisa y se acaba quedando en un esbozo de incomodidad.

—Estás pálido, cariño, ¿duermes bien? —pregunta mi madre.

—Sí, mamá. Todo perfecto. ¿Has visto a Maia?

—Está en su habitación y no puedo subir con la silla. Ha ido tu padre en mi lugar.

Por un instante estoy tentado de decirle que no creo que mi padre sea capaz de dar los ánimos y el cariño que da mi madre, pero me contengo a tiempo. Tampoco se trata de reventar la poca calma que existe en esta relación.

—Se ha quedado con Vera y creo que iban a hablar largo y tendido.

—Oh. Bueno, en ese caso... ¿Está Max...?

—Ha aprovechado que Maia está con Vera para ir al restaurante y ayudar un poco a Steve. Están siendo días duros para todos —dice mi madre.

—Claro. —Me meto las manos en los bolsillos hasta el fondo y me balanceo un poco sobre los talones—. Bueno, entonces me voy a casa. Vendré más tarde.

Me doy la vuelta confuso, porque no entiendo bien esa frase de que Maia querrá ver a su tío favorito para luego decirme que está con Vera. Obviamente, es más importante que esté con ella.

—En realidad... me gustaría hablar contigo, si tienes unos minutos.

Me giro para mirarlo con las cejas elevadas. Si no lo conociera y supiera que mi padre es el peor enemigo de las bromas de mal gusto, pensaría que se trata de una. Mi madre sonríe, como si esto fuese normal, pero no lo es, joder, y no sé bien qué se supone que debo decir.

—Eh...

—Podemos ir a tu casa.

Ah, vale. Quiere ir a mi casa. Hago un repaso mental. No he dejado nada por medio y me obligo a recordar que estoy orgulloso de mi casa. Sus críticas no tienen por qué afectarme. Encojo los hombros y asiento.

—Bueno.

No es la respuesta más elocuente del mundo, pero es algo, teniendo en cuenta que lo que de verdad me apetece es preguntarle si ha empezado a drogarse.

Ya en mi casa, mi padre se sienta en el sofá y mira a su alrededor.

—Creo que nunca he estado aquí el tiempo suficiente para decirte que es... acogedora.

—¿Acogedora? —Sí, hago esa pregunta como podría haber preguntado la receta del pollo frito. Sinceramente, eso de sentirse como pez fuera del agua está adquiriendo todo el sentido del mundo ahora mismo.

—Sí, no es tan grande como la casa del aserradero, pero tiene lo suficiente para resultar cómoda y bonita.

—Eh... gracias.

Mi padre me mira muy serio. Es posible que esté pensando cómo es que tiene un hijo profesor si parece tan sumamente imbécil.

—Maia ya habla —dice de pronto.

—Oh, eso es genial.

—Sí. Estaba avergonzada y... —Se detiene y frunce el ceño, como si hubiera dicho algo incorrecto—. En realidad, creo que es mejor que lo cuente ella a quien quiera.

¿Mi padre respetando la intimidad de sus familiares? Joder. Necesito sentarme. Pero no lo hago, porque mi padre está en mi casa y se supone que debería ofrecerle algo.

—¿Quieres un café?

—Depende. ¿Es de ese de cápsulas europeas, o café bueno?

Me río, porque esta guerra contra el café que tiene abierta desde que lo conozco es un tanto absurda, pero aun así contesto:

—Ni una cosa ni la otra. Tengo una cafetera italiana.

—¿En serio?

—Sí, me gusta el buen café.

—Entonces sí, quiero.

Voy a la cocina, preparo un par de tazas y no diré en todo lo que pienso mientras el agua hierve, porque creo que faltarían páginas y me haría quedar como un capullo. Pero un resumen bastante acertado sería: no entiendo ni una mierda, pero como se esté riendo de mí se las voy a hacer pagar todas juntas.

No se me puede culpar de ser un poco rencoroso, con el pasado que tenemos a cuestas.

Vuelvo al salón con las dos tazas, las coloco en la mesita y me siento en el sofá, pero a cierta distancia de él. Mi padre lo prueba, se relame y, finalmente, asiente una sola vez.

—Muy bueno.

Que sí. Que se está cayendo el mundo fijo.

—¿De qué querías hablar? —pregunto.

Sinceramente, mentiría si dijera que no estoy esperando que de un momento a otro se levante, empiece a gritar y a decir que soy un iluso por pensar que él quería tener una conversación amable conmigo.

—No es fácil y no sé por dónde empezar, así que voy a darte el titular y, a partir de ahí, si te interesa, desarrollamos todo lo demás.

—Suena a algo que aconsejaría a mis alumnos —murmuro.

Mi padre sonríe un poco y yo estoy a punto de perder la cabeza.

—Creo que el titular se define en lo siguiente: mi conversación con Maia me ha demostrado algo que ya venía pensando desde hace un tiempo, y es que he sido un padre pésimo.

Dejo la taza a medio camino entre la mesa y mis labios. La suelto sin haber dado un sorbo y miro a mi padre sin pestañear.

—¿Perdón?

—Sí, y esa reacción lo confirma. —Inspira hondo, entrelaza los dedos y carraspea—. No soy un hombre de muchas palabras, ya lo sabes, pero me he dado cuenta con todo esto de Maia de que no siempre podemos excusarnos en el orgullo o la vergüenza para hacer o dejar de hacer cosas. Lo sé, lo sé —dice cuando hago amago de hablar—. Es lo que he hecho muchos años, pero he aconsejado a mi nieta que deje de ser tan Campbell y se apoye en la familia que está dispuesta a sostenerla. Después de decir algo como eso, sería demasiado hipócrita no aplicarme el mismo consejo.

—Papá... no entiendo nada.

—Sí, lo sé. ¿Cómo ibas a entenderlo? Te aparté de mi lado cuando me sentí dolido por el hecho de que no cumplieras las expectativas que tenía puestas en ti. —Siento un pinchazo en el pecho, pero él no se detiene—. Cuando tomé el control del aserradero lo odiaba. Había tenido que interrumpir mi viaje por todo el mundo y encargarme de un negocio que no me gustaba. Me pasé muchos meses lamentándome por mi suerte y un día, al despertarme, me di cuenta de que era feliz. Más que eso: me di cuenta de que abrir la ventana de mi habitación y ver el bosque, el lago y el pueblo me hacía inmensamente feliz. Me imaginé a mí mismo en una gran ciudad, como había hecho en el pasado, y fui consciente de que no me llenaba. Mis sueños habían cambiado. Es algo difícil de asimilar para muchas personas. Cuando tienes un sueño te aferras a él y empiezas a dar los pasos necesarios para llegar a cumplirlo, pero nadie habla de lo que ocurre cuando, a medio camino, de manera forzada o voluntaria aparece una meta nueva: otro sueño. Y entonces ves que quieres cambiar de camino. Eso me pasó a mí con el aserradero.

—No tenía ni idea de que lo odiaras al principio —admito.

—Siempre os conté que tuvimos que volver cuando...

—Lo sé, lo sé —le interrumpo, sin querer ahondar en los motivos del pasado—. Pero siempre pensé que estabas listo para coger ese cargo cuando fuera necesario.

—¿Listo? No sabía ni dónde tenía la cara —se ríe—. Los trabajadores tenían que guiarnos a tu madre y a mí. Yo aprendí a amarlo y tu madre encontró un sueño distinto.

—¿Mi madre?

—Sí, Rose se quedó embarazada y, cuando naciste, tuvo claro que quería implicarse en tu crianza al cien por cien. Ayudaría en el aserradero pero no quería perderse ningún logro tuyo, por pequeño que fuera. Lo que es curioso porque, al final, se perdió los más grandes por mi culpa. —No hablo, no sé qué podría decir para no quedar como un idiota insensible. O un idiota a secas—. Cuando dijiste que querías ser profesor... no me centré en lo bonito que sería que mi hijo se quedara en nuestro pueblo dando clase a los más jóvenes. Me encerré en que te acabaría pasando lo mismo que a mí. Te presioné porque estaba seguro de que aceptarías quedarte con el aserradero y aprenderías a amarlo como hice yo. Lo hice todo mal, lo sé, pero te pido que trates de entender que era un hombre asustado por perder todo un patrimonio por no tener a quien se ocupara de él. Antepuse el legado de nuestra familia a tu bienestar y tus sueños y eso no estuvo bien. Lo lamento mucho, Martin.

—Papá, no... no sé qué decir.

Él me mira serio y asiente otra vez. Suspira de nuevo. Creo que suspira tanto porque no respira con normalidad, pero sigue teniendo buen color, así que supongo que no está teniendo una especie de infarto que le haga decir todas esas cosas.

—Lo entiendo. Solo tengo una cosa que decir, y es que...

Se interrumpe cuando alguien llama a la puerta. Nos miramos unos instantes y voy a abrir. Max está al otro lado con la respiración agitada y los ojos como platos.

—Mamá dice que papá y tú estáis aquí solos. ¿Estás bien?

Hay muchos tipos de amor. La gente suele centrarse en el romántico, pero el amor fraternal... tener a un hermano dispuesto a enfrentar todas las batallas del mundo contigo es un puto regalo del cielo.

—Entra —le pido.

Él lo hace extrañado y, cuando ve a nuestro progenitor sentado y con la taza entre las manos, se queda aún más sorprendido.

—Quizá deberías sentarte —le dice nuestro padre—. Esto también va contigo, pequeño guardaespaldas.

Max me mira y yo me permito sonreír, porque... no sé, esto pinta bien. Hay algo de esperanza en el aire y eso siempre es bien recibido. Nos sentamos y mi padre repite la historia que me ha contado a mí. Y aunque usa palabras distintas, el sentimiento es el mismo. Esta vez puedo centrarme en otras cosas: la expresión de sus ojos, sus manos inquietas y el modo en que carraspea, como si tuviera algo atorado en la garganta. Está nervioso y se siente vulnerable. Son emociones totalmente comprensibles en cualquiera, pero en mi padre... en mi padre impactan muchísimo.

—Pero Martin no quería el aserradero. Él quiere enseñar y yo... yo quiero mi restaurante. Y no siento que sea inferior por ello. No soy el perrito faldero de mi hermano.

Guardo silencio. Es una espina que tiene mi hermano desde siempre. Mi padre lo ha culpado mil veces de seguirme a ciegas, igual que me ha culpado a mí de influenciarlo por ser más pequeño que yo.

—Supongo que no me di cuenta de que no se trataba de un simple juego de niños. Crecisteis en algún momento y no supe aceptarlo. Quise mantener el control como cuando medíais apenas un metro, solo que medís bastante más. —Asiente—. He hecho muchas cosas mal, pero también tengo que deciros algo y perdonadme si suena a reproche: vosotros os habéis tenido todo el tiempo el uno al otro. Cuando uno se equivocaba, el otro se lo hacía ver. Yo tenía a vuestra madre, pero no era lo mismo. Ella, cuando se trataba de elegir, lo hacía bien: os elegía a vosotros. Y no lo hacía solo porque seáis sus hijos, sino porque teníais razón. En mi lista de cosas de las que sentirme orgulloso estará el aserradero siempre, y pensé que eso era suficiente para mantener el honor en alto. Ahora sé que en la lista de fracasos está el de haber sido un mal padre y eso, por desgracia, es algo que no se arregla con facilidad. No he salvado nuestro legado familiar y, por el camino, he conseguido quedarme sin hijos.

—No te has quedado sin hijos —dice Max, afectado.

—Dijiste que era mi culpa —susurro yo, queriendo llegar al fondo de todo esto—. Dijiste...

—Dije muchas cosas para hacerte daño porque no entendía que no vinieras a nosotros. Al principio, cuando a tu madre le dieron el diagnóstico, no pasaste por casa. No querías ni verla y ella no paraba de llorar. —Bajo la mirada y mi padre maldice—. No quiero hacerte sentir mal. Solo quiero que comprendas que me enfadé muchísimo. No tengo excusa, pero creo que, en el fondo, siempre pensé que volveríais a mí. El problema es que los años pasaron, llegó Maia, la brecha se hizo más honda y, hasta que ella no estuvo en peligro, no fui consciente de lo rápido que puede acabar todo para cualquiera de nosotros.

—Ella está bien —dice Max, emocionado esta vez—. Se pondrá bien.

—Lo hará, es una chica fuerte y maravillosa —dice mi padre—. Pero cuando supe lo ocurrido sentí que... sentí que necesitaba venir aquí, abrazar a mi nieta y... —Se para y nos mira a los ojos, aunque sé bien el esfuerzo que le supone—. Y también sentí que quizá era hora de pedir disculpas y preguntar si hay alguna posibilidad, por mínima que sea, de reparar el daño causado y recuperar a mis hijos.

El impacto nos deja en shock. Eso, y que no sabemos bien cómo reaccionar. Al final, Max, demostrando ser el más impulsivo, se aclara la garganta y se acerca más a mi padre, sentándose al lado de él.

—No renunciaré a mi restaurante. No me ocuparé del aserradero. Y Martin no va a dejar de ser profesor.

—No es lo que pretendo —dice con voz suave nuestro padre.

—No... no dejaré de ser homosexual, tampoco.

—Jamás he tenido nada en contra de tu orientación sexual. Me gusta Steve. Creo que te ayuda a mantener los pies en la tierra.

—Yo tengo los pies en la tierra.

—Tuviste una hija de adolescente y me he enterado diecisiete años después. Tienes los pies en la tierra y un montón de perjuicios contra tu padre, también.

Max se queda a cuadros y no es para menos, porque yo estoy igual. Y lo peor es que, ahí, no puedo quitarle la razón.

—No se lo dije a nadie, ni siquiera a Martin, porque no quería que... No quería que tú intentaras manipularla o hacer daño a Vera. Y no quería que culparas a Martin de no decírtelo cuando todo saliera a la luz. Si él no lo sabía, no podías tener nada en su contra.

Nuestro padre deja escapar un aire que no ha cogido, o no que hayamos visto, por lo que visualmente es como si le hubieran dado una patada en el centro del pecho.

—Supongo que me lo merezco por haber hecho tan mal las cosas. Pero, si sirve de algo, yo jamás separaría a un niño de su madre. Por muy nieta mía que sea, Vera va antes.

—Tampoco estás a favor de nuestra relación —intervengo, porque si vamos a dejar los puntos claros, es mejor no olvidar ninguno.

—No es que no esté a favor, es que me da miedo lo que pueda ocurrir con Maia si lo vuestro se rompe y todo esto se convierte en una gran familia disfuncional. ¿Qué pasará? ¿Querrá Vera marcharse entonces?

—Creo que no —confieso—. Creo que, aunque Vera y yo no estuviéramos juntos, ella se quedaría aquí. Y si rompemos... Bueno, pues supongo que tendremos que lidiar con un poco de mierda familiar, pero somos expertos, después de todo.

—En eso tiene razón —dice mi hermano señalándome—. Y tú no lo has presenciado, pero es divertido ver a Maia poner a Martin sobre las cuerdas. No deja de preguntarle si va a tener un bebé con Vera y cuánto porcentaje tendrá de primo y de hermano. —Nuestro padre se ríe pero a mí se me traba la respiración, como siempre que sale el tema.

—No hay que hablar de eso —murmuro.

Max se ríe y me doy cuenta de algo: es la primera vez que compartimos un momento mínimamente divertido con nuestro padre. Como si él también se hubiera dado cuenta, frunce el ceño y carraspea.

—¿Entonces? ¿Estáis dispuestos a firmar una tregua y...?

No puede seguir hablando. Max se abalanza sobre él, abrazándolo con un ímpetu que me da envidia, porque, aunque lo deseo, una parte de mí está alerta. Como si en el último instante él fuese a rechazarme. Veo a mi padre rodear a Max y palmear su espalda, igual que lo veo besar su mejilla. Cuando se separan, mi hermano está tan emocionado que se queda mirando al suelo, intentando reponerse. Mi padre se pone de pie, lo que hace que yo también me ponga de pie. Camina hacia mí, en vez de hacia la puerta, y abre los brazos.

—¿Crees que puedo recibir un abrazo de mi hijo, el profesor? Ha pasado mucho tiempo desde la última vez. Demasiado.

Tanto que no soy capaz de recordarlo. Por eso doy un paso adelante y lo abrazo. El olor de su *after-shave* me golpea, llevándome en unos segundos a las noches que pasaba sobre sus rodillas, oyendo los cuentos que me leía. Él no lo sabe, pero fue un gran impulsor en este sueño mío de la docencia. Y quizá, algún día, pueda decírselo.

—No quería hacerte daño —admito en voz baja—. Yo solo...

—Está olvidado, Martin. —La voz de mi padre suena tan grave y contenida que siento que solo ese hecho podría hacerme llorar—. Está olvidado, hijo.

Clerro los ojos, suelto un inmenso suspiro y me regodeo en las palabras que llevo años queriendo oír.

Joder, por fin.

72

Vera

No sé qué hora es cuando Maia consigue dormirse un poco, pero al bajar las escaleras Rose sigue aquí, viendo el televisor con un volumen bajito, supongo que para no molestar a Maia.

—¿Dónde están Ronan y Max? —pregunto de inmediato.

—Pues la cosa es que Max fue al restaurante, pero volvió hace rato.

—Vale. ¿Y dónde está? —pregunto divertida.

—Verás, Ronan quería hablar con Martin... en su casa. Mi hijo vino mientras estabais arriba. Quería ver a Maia pero, como estaba contigo, prefirió dejaros intimidad y mi marido aprovechó para charlar con él.

—¿Charlar? ¿Ronan y Martin?

—Lo sé, parece mentira, ¿no?

—Parece una broma. —Rose se ríe, pero a mí algo se me mueve en el pecho, intranquilo—. ¿Cuándo se fueron?

—Hace bastante ya. Casi dos horas.

—¡¿Casi dos horas?!

—Sí, Max vino y, cuando le dije que Martin y Ronan estaban allí, puso esa misma cara que estás poniendo tú y salió corriendo.

No sé cómo decir esto sin ofender a Rose, pero entiendo perfectamente a Max. Ahora mismo no dejo de imaginar escenas desagradables, lo que es un tanto absurdo porque si alguien hubiera sacado una motosierra se oiría, estando tan cerca su cabaña. Lo sé, tengo exceso de imaginación.

—Creo que iré a echar un vistazo.

Rose intenta disimular una sonrisa, pero no le sale demasiado bien.

—Por supuesto. Me quedo aquí por si Maia necesita algo.

Salgo de la cabaña después de ponerme el abrigo y, en el corto trayecto que hay hasta la casa de Martin, mi mente no deja de disparar un montón de escenas desagradables. Quizá por eso acelero el paso. Juro que este año acaba de empezar pero yo ya siento que el cupo de cosas malas está bastante lleno.

Entro en la casa con mi llave, acelerada y pensando en las miles de desgracias que pueden estar ocurriendo, pero lo que encuentro me deja clavada en el marco de la puerta.

Ronan, Martin y Max juegan a las cartas.

A las cartas.

No solo eso, sino que es evidente que he interrumpido una conversación bastante animada, porque estaban sonriendo los tres. Solo se me ocurre que, mientras yo estaba con Maia en su habitación, alguien ha hecho un conjuro y el mundo ahora es distinto a como lo conocía antes.

Los tres me miran, esperando a que hable, supongo, pero en vista de que no lo hago, es Martin quien se levanta y camina hacia mí, sonriendo.

—¿Cómo está Maia?

—Bien —susurro—. Bien. Ha hablado.

—¿En serio? —pregunta Max—. Joder, por fin.

El alivio en el padre de mi hija es tan patente que le sonrío, para trasladarle mi tranquilidad. Vienen tiempos duros con Maia, pero saldremos adelante como una familia. Como hemos hecho siempre.

Miro a Martin, que sonríe, y después a Max y Ronan, que intentan hacer como que no están pendientes de nosotros. Finalmente, es el mayor el que se levanta y coge su chaqueta.

—Quizá deberíamos marcharnos, Max. Tu madre estará aburrida.

—Sí, seguro que le gustará saber cómo está la cosa ahora. Y que sigues siendo el peor jugando al póquer.

—Os dejo ganar porque es mi responsabilidad como padre.

Max se ríe y los dos se dirigen hacia la puerta mientras yo concentro todos mis esfuerzos en que la boca no me llegue al suelo. Cuando Ronan pasa por el lado de Martin palmea su hombro y le sonríe.

—Nos vemos, hijo.

Salen y yo me quedo aquí, justo donde estoy, flipando en colores y, sí, con la boca abierta. Lo sé porque Martin se ríe y me la cierra con sus dedos.

—Tengo mucho que contarte.

—Oh, ¿tú crees? —Su risa se intensifica y yo me quito el abrigo—. Va a explotarme la cabeza.

—No te preocupes, todo tiene su explicación, pero mejor cuéntame cómo está Maia.

Lo hago. Nos sentamos en el sofá y le hablo de mi hija. Por supuesto, guardo para mí las partes que invaden demasiado la privacidad de Maia. Pero al acabar, él sonríe y se alegra sinceramente de que por fin haya hablado.

—Ahora solo le queda mejorar.

—Sí, pero vienen tiempos difíciles.

—Lo sé. —Suspira—. Tenemos que intentar estar ahí para ella. Que no note la falta de amor en ningún momento.

—No somos Kellan. Hay cosas que no podemos darle por mucho que queramos —admito.

—No, no es el mismo tipo de amor. Pero si finalmente Kellan se marcha, nos toca a nosotros demostrarle a Maia que el amor familiar es tan fuerte como para hacer menos dolorosas algunas heridas.

—Eso es muy bonito —susurro besando sus labios—. Y ahora, cuéntame tú por qué se supone que esto que acabo de presenciar tiene algún sentido.

Martin se ríe y me cuenta todo lo ocurrido mientras yo he estado con Maia. Increíble, pero cierto. A veces basta solo la voluntad de cambiar las cosas y una buena conversación para empezar a dar la vuelta a relaciones complejas. Me habla de todo lo que Ronan ha dicho y no puedo evitar sentir cierta lástima, porque imagino que ha sido complicado para él gestionar el dolor con el rencor de todos los que le reprochábamos que tratara así a sus hijos. Sobre todo a Martin. Y, aun así, no me arrepiento, porque las injusticias nunca han sido lo mío.

Cuando Martin acaba de contarme, puedo sentir su felicidad. No deja de sonreír, se mordisquea el labio y se pasa la mano constantemente por el pelo. Creo que nunca lo he querido tanto como ahora, viéndolo por fin relajado y feliz.

—Me alegra mucho que por fin haya dado su brazo a torcer. Estoy segura de que, desde aquí, solo podéis mejorar. Y para Maia será genial que su familia esté unida por fin.

—Eso creo. Si te digo la verdad, cuando preguntó si tenía cartas de póquer lo primero que pensé fue que quería soltar alguna de sus pullas. No sé, creo que me costará un tiempo adaptarme a que no haya frases malintencionadas o palabras hirientes. Y no voy a ponerme de santo, porque posiblemente también me cueste adaptarme a no responder con ironía a todo.

—Tiempo. Es todo lo que necesitáis. Tiempo. —Martin suspira y asiente, pero puedo ver en él una sombra—. Eh, ¿todo bien?

—Sí. Es solo que me estoy dando cuenta a marchas forzadas de hasta qué punto es real eso de que el tiempo es lo único que lo cura todo.

Hay más, estoy segura. Y diría, incluso, que está relacionado conmigo, pero Martin no va a reprocharme nada mientras piense que estoy haciendo lo correcto, aunque él se fastidie, por eso me acerco y lo beso en los labios.

—Gracias.

—¿Por qué?

—Por estar, por la paciencia, por dejar que anteponga a mi hija siempre, sin preguntar ni dudar. Por tu tiempo, Martin. No sabes cómo lo valoro.

—Es lo mínimo que puedo hacer. Voy a estar aquí siempre, Vera. Para ti, siempre. No quiero que lo dudes más.

Me emociono, no solo por sus palabras sino por lo reales que se sienten. Apoyo mi frente en la suya y acaricio su mejilla, sobrepasada por lo que siento.

—Hace meses me prometiste que serías capaz de hacer que me enamorase de Rose Lake. Bien, creo que es hora de decirte que no solo lo conseguiste, sino que, en el camino, me enamoré completamente de ti. Te quiero, Martin Campbell.

Mis palabras le afectan. Lo sé por el modo en que rodea mi cintura y me estrecha más contra su cuerpo.

—Vera...

—Déjame acabar —le pido—. Déjame, porque es hora de que te muestre en palabras cuanto he sentido todo este tiempo. Aguantaste que me escondiera en la oscuridad hasta que estuve segura, sin presionar ni una sola vez. Te has hecho a un lado siempre que la situación lo ha requerido y no te he visto quejarte jamás. He tomado un montón de decisiones que te dejaban en segundo lugar porque así consideraba que debía ser.

—Así debía ser. Tu hija siempre irá primero y no solo lo entiendo, sino que lo comparto.

Su respuesta me emociona aún más, pero me las ingenio para seguir.

—Lo sé, por eso he decidido que es hora de pensar en mí. Es hora de elegir qué quiere la Vera mujer. Y te quiere elegir a ti, Martin. —Él me besa y yo me río contra su boca, pero no me detengo—. Te elijo con todas las partes que componen a la persona que soy. Quiero estar contigo sin pensar más en el pasado, ni siquiera en el futuro. Quiero elegirte hoy y levantarme mañana para hacerlo de nuevo. Quiero tomar cada día la decisión de estar contigo y quererte. De ser lo bastante buena para ti.

—Joder, Vera. —Su beso es demandante esta vez, prueba de la intensidad del momento y lo ansioso que se siente—. Te quiero. Te quiero, te quiero desde... no sé desde cuándo, posiblemente desde poco después de conocerte, porque apartar mis ojos de ti se hizo imposible. Respeto a la mujer que me elige, pero respeto aún más a la que tiene claro que hay momentos en que se debe a otras causas. Y está bien. Te quiero por cómo eres, por cómo te entregas y, sobre todo, porque algo me ha dicho siempre que, cuando decides amar a alguien, no eres de las que se largan. No, tú eres de las que se quedan siempre.

Me emociona ver hasta qué punto me conoce, o me tiene idealizada. Y aunque estoy de acuerdo con él en que no soy de abrirme a muchas personas, pero cuando elijo, lo hago para siempre, también es cierto que hay un tema que aparqué por miedo, más que por otra cosa, por eso me separo un poco de él, para que pueda verme bien.

—Quiero vivir contigo. No ahora, que Maia está así, pero sí cuando se recupere y pueda ir de una casa a otra sin mayor problema. Quiero... quiero una vida contigo, Martin Campbell.

—Es una jodida suerte, porque yo también quiero una vida contigo, Vera Dávalos.

Se acerca y, en el beso que me da, encuentro todas las promesas de futuro que necesito.

73

Kellan

Miro la llamada perdida de Jacob y cierro los ojos. Estoy tumbado en mi cama, intentando llegar a alguna conclusión que no sea dolorosa. De momento, no lo he conseguido.

Jacob quiere una respuesta ya y, aunque me cueste la vida, tengo que pensar en los últimos días y tomar una decisión. Más que eso, debo pensar en lo ocurrido desde que mi padre murió, pero eso solo hace que vuelva a oír los últimos audios suyos de un modo inevitable. Y, como cada vez que entro en este bucle autodestructivo, de los audios paso a los vídeos y, en vez de responder a Jacob, se me van los minutos deslizando el dedo por la pantalla del móvil y seleccionando vídeos de cuando él estaba. Cuando todo era mejor.

Esto es dañino, lo sé, pero me siento incapaz de no recurrir a su voz o su imagen en movimiento para recordarlo. Sobre todo cuando necesito que esté aquí, conmigo. Que me hable. Que me diga qué debo hacer. Tengo diecisiete años, maldita sea, ¿cómo se supone que tengo que saberlo todo? No se trata de elegir una buena universidad y volver a casa por Navidad. Esto cambiará mi vida de un modo irremediable porque, tome la decisión que tome, tendré que vivir con ello en los momentos en que merezca la pena pero, sobre todo, en los que no.

Reproduzco uno de los últimos vídeos que tengo de él. Estábamos en el restaurante y era la primera vez que cantaba en público. En las imágenes, mi padre alza una copa y mira a los vecinos que se congregaron aquel día allí, que fueron muchos.

—Quiero hacer un brindis por mi hijo, el cantante.

Las lágrimas acuden a mis ojos mientras mi padre habla del gran futuro que me espera. Y lo sé. Me siento como una mierda, no quiero dejar a mi familia, ni Rose Lake, porque para mí es un paraíso, pero quiero componer. Necesito dar una oportunidad a la música, aunque una parte de mí se pudra por dentro. Llamo a Jacob y se lo digo, sin rodeos y en una sola frase. Cuanto antes lo haga, antes podré convencerme de que no hay marcha atrás.

—¡Ese es mi chico! —Se ríe a carcajadas y trago saliva. Está pletórico, pero yo no consigo sentirme bien al cien por cien—. Te mandaré por correo el contrato y el anticipo para que puedas gestionarlo todo cuanto antes.

—De acuerdo, gracias, Jacob.

—A ti, chico. ¡Vamos a reventar el panorama musical! Confía en mí.

Cuelgo el teléfono y cierro los ojos. ¿Confiar en él? No sé hasta qué punto puedo hacerlo. Soy consciente de que no doy mi confianza a cualquiera. Me cuesta abrirme y mostrarme tal como soy.

Bueno, me costaba con todos menos con Maia.

Pienso en ella, en las ganas que tengo de verla, besarla y esconder la cara en su cuello. Aspirar su aroma y quedarme ahí hasta que el mundo vuelva a ser un lugar agradable. Verla con color en las mejillas e intentar, así, borrar la terrible imagen de ella con los labios morados, la cara pálida y el cuerpo convulsionando. Un estremecimiento recorre mi espalda y las ganas de ir corriendo a su casa me tientan, pero ella no permitió que entrase en la habitación del hospital, y la única vez que fui a su casa, su madre me dijo que prefería estar sola.

Supongo que lo entiendo, porque debe de sentirse estafada, pero me gustaría tanto explicarle que nada de lo que dije era mentira. Que la quiero de verdad. Que es lo que quiero. El problema es que también la música lo es y... y a veces, por más que nos digan, no puedes tenerlo todo en la vida. De hecho, la mayoría de las veces no puedes tenerlo todo.

Me levanto de la cama y salgo de mi dormitorio. Quedarme aquí rumiando acerca de mi situación con Maia no solucionará nada y, de todas formas, tengo que hablar con mi madre. La encuentro en la cocina, cortando un poco de masa para hacer algún pastel, supongo.

—Tenemos que hablar —le digo sentándome en una silla y esperando que se una a mí.

Mi madre se sienta y lo hace con una sonrisa. Creo que intuye lo que ocurre, pero aun así me da mi espacio. Por eso es la mejor madre del mundo.

—Dime, cariño.

—He contestado a Jacob. Voy... voy a irme. —Trago saliva, porque decírselo a Jacob es una cosa pero aceptarlo en voz alta hace que se vuelva tan real que arde por dentro—. No quiero que te preocupes. Me ha prometido un anticipo y eso, junto a tu trabajo, servirá mientras pueda mandarte más y...

—Voy a vender el taller, Kellan.

El dolor que siento es tan sordo que agradezco estar sentado, porque podría haberme caído al suelo si hubiera estado de pie.

—Tienes que estar de broma.

—No lo estoy, cariño. Si algún vecino de Rose Lake lo quiere, traspasaré toda la documentación legal y alquilaré el garaje para que pueda trabajar, si quiere que el negocio siga donde está, lo que tiene sentido, porque está completamente acondicionado. Eso me dará un pequeño sustento y, unido a mi sueldo, será más que suficiente para que tú no tengas que preocuparte por nosotras.

Me lleva unos instantes recuperarme y, cuando lo hago lo bastante como para hablar, no consigo expresar todo lo que siento.

—Parece que lo has pensado mucho.

Mi madre no se muestra avergonzada, ni mucho menos.

—Es mi deber como madre asegurarme de que persigues tus sueños.

—Antes estabas conforme con que me quedara.

—Antes no existía la posibilidad de verte cumplirlos. No de un modo tan claro como ahora.

—¿Y por qué no me has dicho que crees que debo irme?

—Porque, tanto como me habría gustado, soy consciente de que es una decisión que tienes que tomar tú y solo tú. Es el único modo de que no culpes a nadie si sale mal, ni sientas que debes algo si sale bien. Es tu camino y eres tú quien decide qué zapatos ponerse.

La emoción me pilla desprevenido. Miro hacia un lado intentando contenerla, pero mi madre se adelanta, abrazándome y permitiéndome esconderme entre sus brazos.

—Voy a echar de menos esto. Voy a... voy a echarlo mucho de menos.

—Estaremos aquí siempre, Kellan. No es un adiós definitivo. —Hace una pausa y su pecho se hincha cuando inspira. Lo siento en la mejilla y eso, de algún modo, reconforta—. No es como cuando se fue papá.

Ahogo un sollozo contra la tela de su vestido y pienso en lo mucho que me gustaría poder darle esta noticia. Me pregunto si estaría orgulloso, si aprobaría que haga las cosas así. Lo peor de perder a un ser querido es eso: atravesar los momentos importantes sin ellos. Sin sus ánimos, consuelo y abrazos. Mi padre solía decirme cada día: «Lo estás haciendo bien, hijo». Da igual que estuviera patinando, montando en bicicleta o haciendo deberes. Cada día repetía la frase, al menos una vez. Y ahora, que se supone que estoy feliz, yo solo quiero que venga y me diga: «Lo estás haciendo bien, hijo».

Mi madre me permite desahogarme entre sus brazos y llorar. Llorar mucho no solo por mi padre, sino por todo lo que dejo aquí. Lloro por Chelsea, que solo tiene diez años y crecerá sin que yo esté a su lado. Vivirá un montón de primeras veces en su etapa preadolescente y yo no estaré y... Y lloro por el taller, porque debería ser de mi padre muchos años más, pero él no está y es absurdo tenerlo cerrado.

Y lloro por Maia. Porque me encantaría decirle que nunca quise hacerle daño, pero no sé cómo hacerlo sin ahondar más en la herida.

Lloro durante mucho tiempo. No sé cuánto, pero cuando me separo de mi madre, pese a limpiarme rápidamente los ojos con la manga de la sudadera, los tengo hinchados y estoy seguro de que mi rostro no deja lugar a dudas de cómo me siento. Ella sonríe, se levanta y abre un armario de la cocina. Saca un sobre y me lo da, sorprendiéndome.

—Maia me dio esto el día que llegó del hospital, cuando fuimos a verla. —La miro anonadado. Fuimos los dos, pero solo ella pudo entrar, porque yo no fui bien recibido y, aunque duela, lo comprendo—. Me hizo prometer que solo te la daría cuando tomaras una decisión. Y no sé por qué, pero parecía convencida de que tomarías justo esta. —Me tiende el sobre—. Todo tuyo, mi vida.

Lo cojo y miro a mi madre, que asiente una sola vez antes de besarme en la frente y volver a la masa que espera en la encimera. Me levanto y voy a mi habitación. Cierro la puerta y me tumbo en la cama mirando el sobre al trasluz. Trago saliva. No sé si quiero saber lo que hay dentro, porque una cosa es imaginar que Maia me odia y otra tener la confirmación, pero sé que no leerla me llevaría a sumar a mi lista de arrepentimientos algo que se colocaría en lo más alto, así que abro el sobre, saco la carta y leo.

Hola, Kellan,

Supongo que te extrañan estas palabras, teniendo en cuenta que no he querido verte. Espero que no me odies, pero creo que he acumulado dolor suficiente para una temporada y no me siento tan fuerte como para afrontar una despedida. Es algo absurdo, porque en algún momento tendré que aceptar tu marcha, pero así es más fácil para mí y, conociéndote, sé que podrás concederme eso.

Solo quiero decirte que no te guardo rencor, aunque puedas creerlo. He tenido que caer a un lago congelado para percatarme, pero lo cierto es que creo que lo entiendo.

De verdad creo que lo comprendo.

A veces la vida es así. Conseguir unos sueños implica renunciar a otros y está bien, Kellan. De verdad que está bien. Te mereces triunfar fuera de casa y yo me merezco tener, por fin, un lugar en el mundo. Ahora lo entiendo, por fin hay un lugar al que puedo llamar mi hogar y eso, en gran parte, siempre voy a debértelo a ti, así que vete tranquilo y lucha con todas tus fuerzas por tus sueños. Yo intentaré hacerlo por los míos.

Vive, Kellan. Parece una palabra sencilla, pero nada más lejos de la realidad. VIVE, así, en mayúscula. Hazlo como si el pasado no importara y el mañana no existiera. Abre bien los ojos, echa a correr y no pienses en lo que dejas atrás, porque así no disfrutarás las vistas y algo me dice que valdrán la pena.

Sé feliz y, aunque me gustaría que no me olvidaras del todo, te voy a pedir que sí te olvides de lo que tuvimos. Deja atrás nuestra historia y déjame aquí, en Rose Lake, adonde pertenezco.

Te quiere,

MAIA

Cierro la carta, me tapo los ojos con el antebrazo y dejo caer lágrimas de nuevo, esta vez de agradecimiento, porque Maia Campbell Dávalos es tan jodidamente especial que se las ha ingeniado para, pese a tener el corazón roto, intentar darme un pasaporte libre de culpabilidad. Y para hacer eso, debes tener el corazón hecho de una pasta distinta.

—Solo espero que la vida sepa recompensarte, porque si alguien merece que sus días se llenen de felicidad continua, esa eres tú, Maia —susurro aún con los ojos cerrados, rememorando cada momento que pasamos juntos—. Que tus días estén llenos de risas y tus noches de estrellas. Te echaré de menos.

74

Maia

No nieva sobre nosotras, lo que es raro, porque creo que paró en el momento en que subimos aquí. Como si el cielo hubiese decidido darnos una tregua. Observo el todoterreno negro que se aleja por la carretera principal de Rose Lake. Mis lágrimas se entremezclan en las comisuras de mi boca con el vaho helado que sale de ella y, pese a todo, consigo sonreír, lo que demuestra que, en realidad, en la vida, la tristeza y la felicidad conviven con más frecuencia de la que pensamos.

—¿Estás bien? —pregunta mi madre abrazándome por el costado.

—No —admito—, pero lo estaré. Y, de todas formas, así es como debe ser. Ya era hora de ver alzar el vuelo al chico más triste de Rose Lake, ¿no crees?

Mi voz no es estable, pero al menos sale y me quedo con eso. Mi madre me dedica una sonrisa melancólica, me abraza más fuerte y consigue amortiguar un poco el dolor de verlo marchar para siempre.

—Le irá bien, pero a ti también, Maia. Estoy segura.

Mis lágrimas caen incesantes, pero asiento. Quizá sí. A lo mejor algún día vuelvo a ser feliz, aunque ahora la posibilidad parezca remota. Creí que mi vida se acababa con la muerte de mi abuelo y, a raíz de lo que desencadenó ese dolor, pude encontrar un sitio en el mundo en el que sentirme en casa. A lo mejor la vida consiste en comprender que, incluso las peores situaciones, tienen algo que enseñar.

El coche desaparece y lo tomo como una señal para volver al pueblo. Caminamos a paso lento y seguro. Me encuentro bien, pero perderme en el bosque una vez y estar a punto de morir en él me ha dado el respeto suficiente como para volver a internarme con lentitud y mirando en todas las direcciones, sobre todo cuando hay nieve.

Ya en el pueblo, nos dirigimos al restaurante para hacer eso que tan imposible parece cuando sientes el corazón destrozado: seguir viviendo.

La vida sigue y lo hace de un modo cotidiano. Sin grandes finales ni aspavientos. Al entrar en el restaurante me encuentro con Ash, Savannah, Wyatt, Brody y mi familia. Ellos lo sabían. Intuían lo difícil que sería esto, por eso están aquí. Me abrazan uno a uno, y aunque no puedo dejar de llorar, me obligo a sentirme agradecida. Cuando Dawna y Chelsea entran en el restaurante, cabizbajas y sin saber bien cómo comportarse, soy yo quien va hacia ellas y las abraza. Puede que Kellan y yo ya no seamos nada, pero ellas siguen formando parte de mi vida y eso sí que no va a cambiar.

Estoy rodeada de amigos y familia decididos a sostenerme cuando algo vaya mal y tengo al dolor para hacer de pilar, que parece algo malo, pero no lo es tanto. Después de todo, el dolor por la marcha de alguien nos trae una de las cosas más preciadas de la vida: los recuerdos.

Perdí a mi abuelo y gané una familia, amigos nuevos y a Rose Lake.

Ahora he perdido a Kellan y, con el tiempo, creo que podré decir que gané algo. Aunque solo sea fortaleza.

Lo que sí he aprendido es a definir la vida correctamente. O eso creo. Antes pensaba que todo era bueno o malo. Ya sabes, eso que dicen de las rachas buenas o malas. De verdad creía en ello pero me he dado cuenta de que la vida, a menudo, es una paleta de grises que a veces toma color y otras se vuelve tan oscuro como la noche. Estar en una buena época no significa tenerlo todo y atravesar una de esas malas rachas no indica necesariamente que todo será malo. Solo que pesará más.

Al final, se traduce en no poder tenerlo todo y eso no significa que esté mal. A veces, tener una parte del corazón roto no significa que la vida no sea bonita, porque lo es, hasta cuando los recuerdos duelen de un modo especial en cada día de lluvia y nieve.

Voy tras la barra en un momento en el que todos parecen ocupados, me sirvo una enorme taza de chocolate caliente de ese que hace mi madre y, apoyada en una esquina, miro la nieve caer a través de los ventanales y me imagino cómo será la vida de Kellan fuera de estas montañas. Quizá por eso, pese a todo, sonrío: porque no tengo ninguna duda de lo increíbles que serán sus días.

—Brindo por ti, chico triste —susurro antes de cerrar los ojos y dar un sorbo.

Puede que parte de mí esté rota, pero la parte sana todavía es capaz de hallar felicidad en una taza de chocolate caliente.

Y mientras siga siendo así, la vida valdrá la pena.

Epílogo

Maia

Un año después

Aparco frente al restaurante y miro la hora. Intento no resoplar, pero llego casi una hora tarde y, conociendo a mi abuela, va a caerme una charla tremenda por incumplir su estricto protocolo.

A mi favor diré que me quedé hasta tarde intentando adelantar información para un trabajo de la facultad.

Empujo la puerta del restaurante y me encuentro con Ashley tumbada en el sofá.

—Noche dura, ¿eh? —pregunto.

Ella se estira como una gata, sonríe y se sienta con ojos somnolientos.

—Reconozco que no fue buena idea alargar mi turno bebiendo chupitos con Hunter hasta las tres, pero la culpa es de tu padre, que me dio las llaves para que cerrara.

—Ashley, mueve el culo. Llevas todo el día arrastrándote por ahí y es hora de servir el primer plato. ¡Hola, cariño!

Me río, ver a mi padre en plan jefe es extraño. En realidad, ver a Ashley siguiendo las órdenes de mi padre lo es, pero mi amiga dejó los estudios cuando acabamos el instituto y, de momento, trabaja como camarera aquí. Dice que no es definitivo porque el futuro que le espera es espectacular. Lo dice irónicamente, pero no puedo evitar desear que sea cierto, porque Ashley Jones merece mucho y todo bonito.

—¡Hola, papá!

—Te dejo, tengo un montón de lío aquí y tu madre no está colaborando nada.

Me río, busco a mi madre con la mirada y la encuentro sentada a la mesa principal, tomando una copa de vino y pasando olímpicamente del histerismo que parece gobernar el restaurante.

—Buah, está guapísima y supersexy. Tengo que reconocer que me quitó a mi hombre, pero es difícil competir con un culazo español.

—¿Perdona? Estás hablando de mi madre, joder —le reprocho a mi amiga medio en broma, medio en serio.

—Échale la culpa a tu padrastío que es quien no deja de mirárselo. Tampoco deja de mirarle las tetas. Ni la cara. La mira a toda ella, en realidad. —Suspira dramáticamente—. Es verdad que el dinero no lo compra todo. Conseguí que los hippies de mis padres me pagaran las tetas nuevas y ni así ha caído.

—No le digas padrastío. Sabes que no le gusta. ¡Y deja de lamentarte! Van a casarse, asúmelo.

—Me duele el corazón.

Me río. No sé qué demonios hace Ashley aquí cuando debería estar actuando en las películas más dramáticas de Hollywood. Claro que no lo exteriorizo, no sea que quiera cumplirlo y me quede sola.

Wyatt y Savannah están en la universidad. Hunter también ha ido, contra todo pronóstico, pero está en Salem y es el que más viene por casa. Brody se fue con una beca, como era de esperar, y pinta a que será un gran jugador de la liga profesional cuando acabe.

De nuestro grupo de amigos, en Rose Lake hemos quedado Ashley y yo. Ella porque los estudios nunca han sido lo suyo y, aunque así hubiera sido, no tiene dinero para la facultad, y yo porque finalmente decidí estudiar a distancia y llevo meses compaginándolo con mi trabajo en el aserradero.

Me gusta. Más que eso, me encanta. Mi abuelo se ha empeñado en diseñar un despacho para mí en la casa grande, tiene unos ventanales inmensos que dan al bosque y al lago. También tiene chimenea, como su despacho, y cada vez que me siento tras mi escritorio y oigo crepitar el fuego mientras la lluvia o la nieve caen, oigo una vocecita dentro que susurra incesante: «¡Qué bueno estar en casa!».

—Solo pensar en servir mesas hasta que toda esta gente se vaya hace que me deprima —dice Ashley sacándome de mis pensamientos.

—¡Eh, Ash! ¿Me sirves uno de esos chupitos de anoche? —pregunta Hunter desde la otra punta.

Cualquier otra chica se habría avergonzado con la clara indirecta, pero Ashley no es cualquier otra chica. Le hace un corte de mangas y sigue hacia la cocina. Yo voy detrás de ella.

—Dime que no te has vuelto a acostar con él —le digo cuando se levanta.

—¿Con Hunter? Dios, no. Hay errores que solo deben cometerse una vez en la vida.

—¿Seguro? ¿No me mientes?

—¿Y por qué iba a mentirte? No hay razón para hacerlo. —Tiene razón. Ashley no suele mentirme nunca—. Y ahora, ve con tu madre, o sea, la futura novia, y pórtate como una hija calmando sus nervios y susurrándole al oído que esperas que aproveche la oportunidad que la vida le ha brindado al meterle en la cama cada noche a Martin Campbell.

—Dios, Ashley, es mi tío. En serio, tienes que dejar de decir esas cosas antes de que me traumatice.

—A tu tío le hacía yo...

—Me voy.

Oigo su risa a mis espaldas, pero me concentro en mi madre. Es verdad que parece nerviosa y no es para menos. No todos los días se hace una cena de ensayo de boda con todos los vecinos de Rose Lake. Eso sí, en cuanto me ve, sonríe y se levanta para abrazarme.

—Cariño, te echaba de menos.

—Lo sé, se me hizo tarde sin darme cuenta. La abuela va a matarme.

—Oh, yo soy la novia y tú la dama de honor, así que no lo hará.

—¿Cómo estás? ¿Nerviosa?

Mi madre mira a su alrededor. Se casa en solo dos días con mi tío Martin y nunca la he visto tan feliz. Me extraña que hayan esperado tanto tiempo para dar el paso, porque viven juntos desde poco después de mi accidente en el bosque. Yo me instalé a tres bandos, porque algunas noches las pasaba allí, otras con mi padre y, con el tiempo, empecé a dormir a intervalos en la casa del aserradero. No sé si algún día tendré casa fija, pero resulta que nunca me he sentido tan en mi hogar, así que supongo que todo es válido, siempre que el corazón así lo sienta.

—En realidad, solo quiero que todo esto pase y verme en el avión que nos llevará a Hawái.

—Mmm, qué envidia, playas cálidas, cócteles...

—Sabes que te ofrecí un billete.

—Sí, pero soy lo bastante adulta como para saber que no pinto nada en la luna de miel de mi madre.

—Y yo sé que eres lo bastante adulta como para entender que te lo agradezco mucho, porque, sinceramente, lo que más ganas tengo de disfrutar no son ni las playas, ni los cócteles.

—¡Mamá! —Me tapo los oídos y la miro con el ceño fruncido mientras se ríe—. Eres peor que Ashley.

—Dios, es difícil. —Las palabras salen de mi tío, que se acerca y abraza a mi madre por detrás—. ¿Cómo estás? —susurra en su oído.

Podría decir que me avergüenza verlos tan enamorados y empalagosos, pero lo cierto es que me derrite ver el modo en que mi tío está constantemente pendiente de que ella no se sienta sobrepasada. Le pidió matrimonio el verano pasado, en un paseo en barca por el lago, y cuando llegaron al muelle todo el mundo sabía la noticia y a mi tío le tocó ponerse delante para que no la agobiaran a ella. Pocas veces he visto a una pareja que se complemente tan bien como ellos y me hace pensar en lo curioso que es que hemos llegado a vivir esto por una noche loca de mi madre cuando era adolescente con el chico estadounidense de intercambio en España. La vida, a veces, tiene unos giros impredecibles pero increíblemente maravillosos.

—Estábamos hablando de la posibilidad de que, finalmente, me sume al viaje de novios.

Mi tío me mira con la boca entreabierta y pierde un poco de color en el acto. No puedo culparlo y me cuesta la vida no soltar una carcajada.

—Oh, claro, cariño, no hay proble...

—Es broma, es broma —confieso riéndome—. Ay, padrastío, qué bueno eres.

—En serio, Maia, si vuelves a llamarme así te saco de mi testamento.

—¿Estoy en tu testamento? Interesante...

—Ahora me das miedo.

Vuelvo a reírme y, cuando mi abuelo se acerca, nos encuentra a mi madre y a mí riendo y a mi tío con el ceño fruncido.

—¿Qué pasa ahora?

—Tu nieta quiere venir de luna de miel con nosotros y luego matarme para quedarse con mi fortuna.

Mi abuelo mira a mi tío y pienso en lo mucho que ha cambiado también eso desde hace un año. Ahora hay una complicidad en ellos, incluyendo a mi padre, que me hace pensar que casi parece que no se hayan odiado y evitado durante años.

—Hijo, sin ofender: si Maia quisiera hacerse rica, no te mataría a ti, ni tampoco a su padre. Es la gran heredera del aserradero Campbell y tú tienes un sueldo de profesor.

—Vaya, gracias por el cumplido.

—He avisado de que no quería ofender.

Mi tío se ríe, para nada ofendido, porque mi abuelo por fin ha comprendido que la pasión de Martin es enseñar en el instituto de Rose Lake y la de mi padre, dirigir este restaurante. Aunque esas profesiones no vayan a hacerlos ricos.

—En fin, será mejor que os sentéis. —Me mira y me pellizca la mejilla—. La abuela empieza a ponerse nerviosa porque se acerca la hora del brindis.

Obedezco y me siento en mi lugar, junto a mi abuela, no sin antes besarle la mejilla. Observo a mi padre hacer un brindis por los novios y a Steve aguantarse las lágrimas de emoción. A mi madre sonriendo agradecida y a mi tío Martin enorgulleciéndose del hermano que tiene. A mis abuelos felices de disfrutar este momento en familia y al resto de los vecinos de Rose Lake en silencio, pero sonriendo, celebrando la unión de dos personas que estaban destinadas a estar juntas, estoy convencida.

La celebración sigue, las copas empiezan a correr, la música sube de volumen y, en un momento dado, cuando menos lo espero, como siempre ocurre, lo oigo.

La voz de Kellan suena y no es mi imaginación. Sale de los altavoces, como viene siendo costumbre últimamente en todas las listas de reproducción potentes del país. Está triunfando, tal como intuí, y aunque algo duele cuando pienso en lo que podríamos haber sido, la satisfacción de saber que persiguió y cumplió su sueño puede más.

Siento una barbilla clavarse en mi hombro. Pienso que se trata de mi madre pero, al girarme, veo a Ashley.

—Dicen que está saliendo con una actriz reconocida.

Asiento, incapaz de negar que, aunque lo intente, es difícil no estar al tanto cuando todo el pueblo habla de él.

—Algo he oído, sí.

—Bah, que le den. Seguro que ella no te llega a la altura de los talones.

—No seas mala —susurro sonriendo y arrastrándola a mi costado para abrazarla—. Supongo que, al final, simplemente ha ocurrido.

—¿El qué? —pregunta mi amiga acariciando las puntas de mi pelo.

Inspiro, miro a través de los ventanales y sonrío, pese a todo.

—El cielo se ha roto y han caído las estrellas —susurro. Ashley me abraza más fuerte y mi sonrisa aumenta—. Está bien, de verdad. Está todo bien. Las lluvias de estrellas también tienen algo mágico, ¿no crees?

Mi amiga me mira, decidida y valiente, como siempre ha sido, y alza mi barbilla sujetándola con dos dedos.

—¿No te arrepientes de nada?

—Si te refieres al hecho de dejar marchar a Kellan: no. No podría. Escúchalo, Ash. —Señalo los altavoces—. Está donde debe. ¿Y sabes qué? Yo también. No soy capaz de imaginar mis días fuera de Rose Lake. Ya no.

Mi amiga sonríe, pero en sus ojos hay una sombra que ya nada tiene que ver conmigo. Y es que, por más que intente disimular, no hay nada que Ashley Jones quiera más que un lugar en el mundo en el que sentirse bien. En el que ser ella misma. Un lugar al que poder llamar hogar.

Si la vida fuera justa, ahora podría prometerle algo así. Podría decirle que no se preocupe, que su vida será maravillosa porque no tengo dudas de ello.

Pero el caso es que sí las tengo, porque no dispongo de una bola donde ver el futuro, aunque me encantaría, y a veces la vida no es maravillosa. A veces, simplemente, transcurre entre sueños sin cumplir, recados pendientes y metas inalcanzables.

No es tan fácil como que alguien se siente a escribir una historia que luego cobre sentido. Lo sé. Lo tengo claro.

Pero si pudiera... Dios, si yo pudiera convencer a alguien de escribir su historia, qué feliz sería.

Fin... por ahora.